I0640936

"La verdad rara vez es pura y nunca es simple."

Oscar Wilde

DESPUÉS DE QUE ELLA DESAPARECIÓ

UNA NOVELA DE BELLE MCBAIN

Ángela Bennett

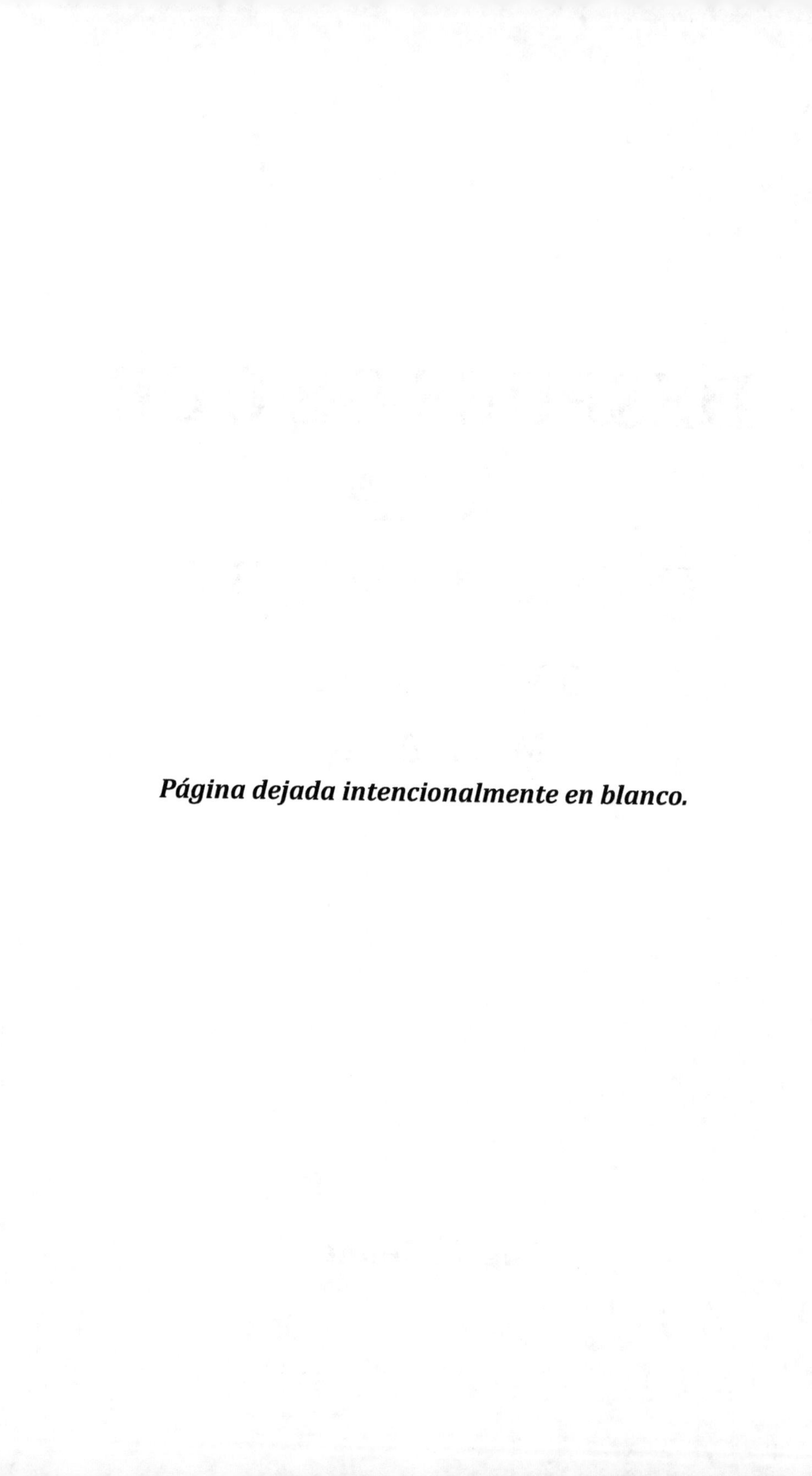

Página dejada intencionalmente en blanco.

Primera Edición: 2025

Dedicatoria

En amorosa memoria de mi padre, cuya voz es mi guía constante.

Agradecimientos

Quisiera extender mi más sincero agradecimiento al extraordinario Ross Tyler y a su equipo editorial, cuya dedicación y experiencia dieron vida a este libro. Su apoyo y guía en cada paso hicieron posible este camino.

A mis queridos amigos y familiares, su inquebrantable aliento y amor han sido mi pilar. Gracias por creer en mí y por estar a mi lado en cada desafío y triunfo.

Y a ustedes, los lectores, gracias por abrir estas páginas y compartir esta historia. Su curiosidad y pasión me motivan a seguir escribiendo.

Con la más profunda gratitud a todos.

PRÓLOGO

A finales del verano de 2004

Apretó el palo del trapeador con un hambre feroz, sintiendo una oleada de placer sádico al imaginar la presión satisfactoria de sus manos alrededor de su cuello, terminando con su vida. La observó, lamiéndose los labios mientras el dolor en sus huesos y el deseo en su entrepierna alcanzaban su punto culminante. Consumido por un hambre incontrolable, la deseaba. Al caer la oscuridad, esperaba con ansias saciar sus retorcidos antojos, merodeando por las calles de Nueva York como una pantera negra—un depredador— al acecho, usando el sigilo y la sorpresa para atacar a víctimas desprevenidas. Él detestaba a las presas superficiales y engreídas que derrochaban dinero en su apariencia y se comportaban como dioses entre los hombres—esas que no le concedían ni un minuto de su tiempo. Para el mundo, eran adoradas; para él, eran recordatorios de todo lo que jamás podría tener.

Sabía que ceder a sus impulsos a la luz del día era un movimiento de alto riesgo. Había apostado así solo una vez antes, en una tarde soleada en Jersey City—un riesgo que casi le costó la libertad. La suerte lo había favorecido, permitiéndole merodear y acechar a sus víctimas. Habiendo escapado del cautiverio, decidió perseguir sus deseos bajo el manto de la oscuridad, desapareciendo en la noche para evadir la captura una vez más. Durante los últimos seis meses, había sido disciplinado, manteniendo ocultos sus impulsos durante el día. Pero hoy, algo había cambiado.

Al otro lado de la habitación, la mujer fijó la mirada en un relicario medieval dentro de una vitrina, hipnotizada por su plata dorada, niello y las gemas que adornaban su núcleo de madera. Estaba tan absorta que ni siquiera el tirón del niño en su vestido logró desviar su mirada.

Lo había visto antes en el The Met Cloisters en Washington Heights. Un bolso negro de cuero, adornado con herrajes dorados, colgaba de su hombro mientras visitaba con regularidad, documentando sus observaciones sobre las obras de arte antiguas en un cuaderno. Pequeña, con largo y suave cabello castaño rojizo que caía sobre un hombro, sus ojos al estilo del Pacífico Sur igualaban el brillo de su sonrisa. Fue su tierna inocencia lo que lo impulsó a actuar. Al igual que la actitud pretenciosa e impura de las muchachas glamorosas, su belleza natural lo enfurecía. Las mujeres, en general, lo rechazaban, haciéndolo parecer inexistente.

Después de terminar de trapear el suelo en la Sala del Tesoro por la bebida derramada de un visitante y colocar los letreros de precaución según las instrucciones de su supervisor, se apresuró hacia el cuarto de suministros. En un rincón abarrotado, encajó el carrito de limpieza, se quitó su overol gris de conserje, que llevaba sobre sus jeans y sudadera, y lo arrojó dentro de su casillero de empleado. Él dejó caer su tarjeta de tiempo into la ranura, fichando la salida quince minutos antes de que terminara su turno y antes de que el museo cerrara sus puertas más temprano de lo previsto por restauraciones. Con gran esfuerzo, reprimió su emoción, adoptando un paso sereno por las galerías del museo, ofreciendo un saludo con la cabeza a sus compañeros y un gesto respetuoso a un guardia de seguridad antes de lanzarse bajando los escalones de concreto y salir por las puertas.

De inmediato, la luz cegadora del exterior lo sobresaltó. Sus ojos necesitaron un instante para ajustarse tras ocho horas en penumbra. Una frescura reconfortante se instaló mientras el sol de la tarde comenzaba a ocultarse. Apresuró el paso cruzando el asfalto agrietado, evadiendo varios autobuses turísticos cuyos conductores aguardaban pacientemente para llenar sus unidades y finalizar su jornada. Avanzó hacia la acera, encontró un banco junto al estacionamiento de visitantes, alejado de la entrada, se cubrió con la capucha de su sudadera azul marino y esperó.

Mantuvo la cabeza gacha. Sus ojos pequeños y penetrantes observaban a las personas que salían del museo en una maldita agonizante lentitud. Que se larguen de una vez. Varios grupos se detenían frente al monasterio gótico, tomando fotografías y conversando entre ellos. La paciencia comenzaba a agotarse. Un apretón firme en el borde del banco. El sudor le corría por la espalda. Esas malditas personas debían irse. Con tantos ojos observando, ¿cómo podría saciar sus deseos?

Echó una mirada rápida a su reloj de pulsera. Veinte

minutos después del cierre. De él escapó un gruñido, enfermo y repugnante. Ejercita la paciencia. Finalmente, se abrió la puerta principal del museo. Otro puñado de visitantes rezagados salió. No encontró a su objetivo entre ellos. ¿Acaso su fijación en la gente que se movía lentamente afuera le hizo perder su salida? ¿La perdió entre la multitud? ¿Podrá sobrevivir hasta la noche para encontrar otra víctima?

Para su descarada alegría, su espera había terminado. Al salir de detrás de las puertas del museo, sonriendo al niño que la acompañaba, una sonrisa cruel se dibujó en sus labios. No se dejó disuadir por el pequeño problema que causó el niño.

Por seguridad, bajó más la capucha de su sudadera oscura, ocultando todo salvo sus pálidos ojos. Para no llamar la atención, mantuvo una distancia prudente de la mujer y el niño mientras trabajaba dentro del museo. Era improbable que el niño lo reconociera y dijera que el hombre que se llevó a su madre era el conserje del museo. Como mínimo, un niño de cinco o seis años podría recordar el tamaño del hombre; era grande. De hecho, lo era. Medía seis pies con cinco pulgadas, lo que a los ojos de un niño pequeño lo convertía en un gigante. Esa espantosa imagen atormentaría para siempre los sueños del niño. Sintió una oleada de calor con solo pensarlo. No había nada notable en su apariencia —no tenía cicatrices, tatuajes ni perforaciones. Nada en él resultaba llamativo para la mayoría, lo cual no era fácil de lograr. El esfuerzo requerido para parecer un tipo común lo divertía. Las ganancias valían el tiempo y la energía invertidos. Su apariencia anodina le permitía mantener sus placeres crueles, a los que se había entregado durante años sin ser detectado.

Parcialmente oculto por su sudadera con capucha, estiró el cuello, reajustó la tela y observó a la mujer y al niño caminar por el camino de adoquines. Examinó el área detenidamente. Después de que el último autobús turístico se fue, solo quedaban tres vehículos en el estacionamiento para visitantes. Apartó la mirada hacia la entrada principal justo cuando Tony, el jefe de seguridad, recogía los carteles de la nueva exhibición del museo, los llevaba adentro y desaparecía tras las puertas cerradas con llave.

El museo había cerrado. Perfecto.

Levantándose, fingió admirar la vista desde el borde de piedra, cautivado por el bosque, los senderos y el lejano Río Hudson. Se encaminó hacia los autos como si disfrutara de un sábado tranquilo en un museo de la ciudad, asumiendo que la mujer y el niño se dirigían por ese camino. Acercándose por detrás, la empujaría dentro del auto y luego se iría manejando, abandonando al niño a sus miedos y llantos.

Reducía la velocidad cuando la mujer y el niño se detuvieron en la acera. La mujer acariciaba el cabello color moca del niño mientras le hablaba, provocándole una sonrisa. Un pensamiento lo asaltó de repente. ¿Ella había conducido hasta allí sola, o un esposo, un familiar o un amigo venía a recogerlos? El pánico lo invadió. ¿Perdería una oportunidad perfecta?

Luego, la mujer hizo un gesto hacia la izquierda y le habló al niño. Este saltó en el lugar, aplaudiendo, emocionado por lo que ella le había dicho. Los observó caminar juntos, dirigiéndose hacia el norte por la pendiente asfaltada frente al museo, rumbo al Parque Fort Tryon. Las comisuras de sus labios se curvaron hacia arriba. Un torrente de sangre pulsaba en sus venas. No todo estaba perdido para él. Se dirigían hacia los senderos exteriores, y se suplicó a sí mismo que se aventuraran hacia la zona que ofrecía la vista turística ideal, capturando el fluir del Río Hudson, el Puente George Washington y los icónicos Acantilados Palisades de Nueva Jersey a lo lejos. Perfecta, como postal de paisaje.

Diez minutos más tarde, siguiéndolos con discreción, la mujer y el niño abandonaron la acera para tomar un sendero de tierra que terminaba en una cerca de malla ciclónica, situada a varios metros atrás para mantener a las personas a una distancia segura del borde del acantilado del parque que daba a la autopista. Más allá de una cuerda y espesos arbustos, en un pequeño claro, se encontraba el sueño de cualquier fotógrafo. La vista al atardecer era magnífica. El espeso bosque y la densa vegetación al sur del claro aceleraron su ritmo cardíaco, enviando una emoción que recorría su cuerpo de pies a cabeza. Ese era el lugar. Tras semanas buscando en el terreno, había descubierto un lugar oculto, ideal para situaciones inesperadas como aquella. Un paraíso realmente existía. Él estiró el cuello. Aunque no vio a nadie, escuchó risas lejanas y voces distantes que resonaban desde el parque cercano, donde los vecinos de

Después De Que Ella Desapareció

Washington Heights disfrutaban de la agradable tarde: sentados en bancos, jugando baloncesto o meciendo bebés en los columpios. A pesar de los muchos usuarios de los senderos del parque, descubrió que su ruta, a pocos pasos de su destino, estaba vacía.

Su lengua barrió sus labios.

El niño saltó hacia la cerca de malla ciclónica, señalando algo al otro lado—quizá un conejo, una ardilla o un gato callejero.

Él volvió a mirar detrás de sí; la zona seguía despejada. Se acercó sigilosamente, pisando con ligereza y cuidado hasta quedar a distancia para oír. "Por favor, quédate detrás de la cuerda, cariño," indicó la mujer. De su bolso tote, sacó un teléfono. "Date la vuelta, cariño, para que mamá pueda tomar una foto."

Girando, el niño se puso de pie, con las manos a los costados, una sonrisa desdentada en el rostro. La sonrisa del niño desapareció; sus ojos se fijaron en el hombre al verlo acercarse por detrás.

Recorrió la distancia en cinco pasos; su brazo rodeó la cintura de ella, aprisionándola contra sí mientras su otra mano le cubría la boca. La cargó—su pequeño cuerpo entre sus brazos—retrocediendo sigilosamente hacia la cerca de malla ciclónica donde estaba el niño. Él pasó por encima de la cuerda y entró en el follaje espeso. Con un gruñido, ella arañó su mano sobre su boca y su cabeza, haciendo que la sudadera con capucha cayera y lo expusiera. Perra. Su agarre se apretó, la presión lo excitaba mientras fantaseaba con quebrarle la espalda. No. Primero tenía que poseerla. A pesar del tamaño de la mujer, era una criatura persistente y ardiente. Susluchas sólo intensificaban su excitación. Sí, nena, así es. Él echó un vistazo al niño, que estabaaturdido y paralizado, sin comprender lo que sucedía. Él se deleitaba con la expresión de terror y confusión absoluta en el rostro del niño. La reacción horrorizada del niño lo hizo relajar el agarre sobre la boca de la mujer, dándole la oportunidad de morder. Sin pensarlo, se detuvo, la dejó caer de pie y retiró su mano del dolor palpitante.

"¡Matthew, corre!" gritó la mujer.

Con dureza, él le tapó la boca una vez más, aplicando más presión, haciendo que sus lágrimas aterrorizadas cayeran sobre sus dedos. Él la empujó más adentro entre los arbustos y observó cómo el niño se alejaba corriendo. ¿Cuánto tiempo pasaría antes de que el niño encontrara ayuda? Aceleró el paso, cuidando no tropezar mientras la arrastraba entre la densa maleza. Una mirada rápida entre la maleza y más allá de la cerca de malla ciclónica lo hizo desacelerar. Una risa— profunda y amenazante. La carrera del niño no fue muy lejos. Acurrucado frente a un olmo, el niño sollozaba, su pequeño cuerpo temblando de pena.

No llegaría ninguna ayuda. Él tenía todo el tiempo del mundo.

CAPÍTULO 1

Día Presente

Belle McBain, sin importarle en lo más mínimo que todos en el restaurante la escucharan, exclamó a través de la mesa: "¿Qué demonios te pasa?" a Osmond Banks, su mejor amigo y socio comercial. Él estaba poniendo a prueba su paciencia y su carácter irlandés. "Estás haciendo que parezca que estamos conspirando en tu contra, pero él sólo quiere saber cómo estás. Quizás si respondieras sus llamadas, no necesitaría contactarme a mí." Ella reprimió un comentario que podría lamentar más tarde.

Olvídate de una tranquila tarde de domingo.

El restaurante Green Tree, situado cerca de The Met Cloisters en el norte de Washington Heights, Manhattan, estaba lleno. No había ni una mesa vacía ni un taburete solo en la barra. A pesar de la mezcla de turistas y locales, el ambiente era uniforme. "Beat It" de Michael Jackson, junto con otros éxitos de los años ochenta, sonaba a todo volumen mientras el aroma de aros de cebolla fritos, carnes a la parrilla y mariscos llenaba el aire. El sonido de vasos chocando y charlas alegres inundaba el recinto mientras los comensales disfrutaban. Una visita de tres horas a las exhibiciones medievales del museo dejó a Belle y Osmond famélicos. El hambre los llevó a saltarse el viaje a Emmet's, la pizzería favorita de Osmond en SoHo, y a comer en el restaurante en su lugar.

Los dos socios habían planeado un día de descanso para relajarse después de una agotadora investigación de tres meses para un prestigioso bufete de abogados en Midtown Manhattan. A pesar de las largas horas, la justicia finalmente prevaleció. Un cliente multimillonario fue declarado inocente de todos los cargos relacionados con pornografía infantil gracias a las Investigaciones McBain y Banks. A pesar de su repulsión hacia el hombre —una reacción que se intensificaba cada vez que lo veía— Belle creía en su inocencia, culpando a su socio comercial por la red asiática de pornografía infantil multimillonaria.

El inicio del día fue ideal. Aprender sobre el arte y la cultura de la Edad Media y disfrutar de risas despreocupadas y bromas sin preocupaciones laborales era esencial. Mentes libres de cargas, vacías de cualquier cosa significativa. Sin embargo, sus risas se detuvieron abruptamente; el ambiente se tornó amargo cuando ella mencionó la cita para tomar café del día anterior con el padre de Osmond.

La naturaleza del desacuerdo entre Osmond y su padre aún era un misterio para ella. Durante años, había envidiado el vínculo cercano entre Osmond y Tom Banks, creyendo que la elevada posición de Tom a los ojos de Osmond era inquebrantable. Sin embargo, ocurrió un incidente grave. Una creciente distancia y tensión entre ellos la mantenía en constante preocupación por su amiga.

Después De Que Ella Desapareció

Incierta sobre los acontecimientos que llevaron a su distanciamiento, Belle había sido testigo del inicio del conflicto entre padre e hijo. Todo comenzó hace dos años, durante el escándalo de Víctor Simone. El implacable y despiadado asesino profesional —ya fallecido— la había secuestrado con la intención de matarla, pero no sin antes revelar, con un orgullo desmedido, la verdad más devastadora sobre su padre, Ethan McBain. Esto formaba parte de la venganza largamente esperada de Víctor Simone por las acciones de su padre más de dos décadas atrás.

Las palabras de Osmond fueron tan filosas como su mirada: "Solo porque nos conocemos desde niños no significa que te deba explicaciones."

Osmond Banks tenía el cabello castaño ondulado, ojos azules cautivadores que las mujeres encontraban irresistibles y un físico fortalecido por la terapia acuática semanal y baloncesto en silla de ruedas. Sufrió un accidente montando a caballo a los quince años que le dejó sin función en las piernas, pero eso no le impidió alcanzar el éxito. La parálisis alimentaba su determinación para desafiar los límites.

Con una risita, ella dijo: "Oh, supongo que entonces está bien que te entrometas en cada detalle de mi vida."

La mirada de Osmond era firme. "Te he salvado de una sobredosis y del suicidio en múltiples ocasiones," replicó. "Eso no es interferir en tu vida, eso es salvarla."

El ataque brusco y repentino la obligó a empujar violentamente su silla hacia atrás, abandonando su ensalada caprese a medias. "Jódete, Os." Se levantó. "Está bien, no me digas qué diablos pasó con Tom. Madura, deja de ignorarlo y enfrenta—" ella alzó las manos— "lo que sea que esté pasando entre ustedes. Tú, más que nadie, sabes que no hacer las paces traerá arrepentimiento algún día. Considérate afortunada de tener un padre con quien puedas discutir." Tiró su bolso mensajero y bufanda del respaldo de la silla. "Necesito aire."

La lluvia había cesado afuera desde su llegada. De un aguacero intenso, había pasado a una llovizna tenue. Ella descendió las escaleras de piedra y recorrió un sendero en el Parque Fort Tryon, con el paraguas abierto. Cuerdas de malla colgaban flojamente a ambos lados del sendero, formando una barrera baja para proteger los parterres y la abundante vegetación. Cada poco metro, entre los espesos jardines, se asomaban destellos del Río Hudson y los Palisades de Nueva Jersey —suficiente para detenerse y maravillarse ante la imponente y serena vista.

Nubes bajas cubrían el cielo, tornándolo en un gris sombrío, y la temperatura era más fría de lo habitual para esta época del año. La Madre Naturaleza parecía haberse saltado el otoño para ir directamente al invierno. La lluvia incansable azotaba los estados, un efecto persistente de las bandas del huracán en la Costa Este. Para proteger su cuello, ella enrolló la bufanda alrededor de su cabeza, cerró la chaqueta de cuero y subió el cuello de ésta. Un viento fuerte del norte soplaba, azotando mechones de su cabello castaño rojizo contra su rostro. Ella se sintió aliviada de llevar sus botas bajas sobre la acera resbaladiza por la lluvia, en lugar de sus impolutas Kate Spades.

Metió su mano libre en el bolsillo de su abrigo de cuero, intentando esquivar el golpe venenoso de Os. Él nunca le había echado en cara una sola de sus dificultades autoinfligidas. Las discusiones con Os no eran nada fuera de lo común. Más bien, eran un intercambio intenso y humorístico entre amigos—como una pareja de esposos veteranos—que divertía a la familia y a los amigos. Sin embargo, cuando el padre de Os se convertía en tema, sus disputas juguetonas escalaban hasta el caos. Sus discusiones ruidosas y airadas tensaban visiblemente su amistad y su sociedad comercial. La sanación se suponía que llegaría con el tiempo, no con un aumento del dolor emocional. Es cierto, no hacía mucho ella había permitido que su intenso dolor emocional se pudriera, llevándola a depender de las drogas y el alcohol para adormecer el sufrimiento. Tales actitudes eran típicas de ella, según quienes la conocían. Os, un optimista que no guardaba rencores, sorprendentemente reprimía su enojo en lugar de confrontarlo directamente.

Honestamente, ella estaba profundamente herida por su falta de confianza. Él nunca antes había estado abatido. Su costumbre de desestimar los problemas y ocultar sus emociones le indicó que esta vez era diferente: lo que lo carcomía era profundo. Sus persistentes reproches finalmente cesaron; ella esperaba que eventualmente él le confiara la razón del distanciamiento con su padre. Habían transcurrido seis meses desde entonces.

El sonido del teléfono celular vibrando en su bolso

interrumpió sus pensamientos. Lo sacó y revisó la pantalla. El número era desconocido.

"¿Hola?"

"Hola, desconocido."

Una voz inesperada la hizo detenerse al instante. "¡EJ!" dijo emocionada, olvidando su mal humor. "¿Cómo va todo? ¿Está todo bien?" soltó de un solo aliento. Caminó hacia una cerca de malla ciclónica, deteniéndose a admirar el horizonte de Nueva Jersey parcialmente visible entre las ramas desnudas.

Su sobrino emitió una risita. "Todo está genial."

El sonido de la voz de su sobrino solo la hacía extrañarlo más, aumentando sus esperanzas de algún día poder pasar tiempo juntos como familia. Pero al escuchar su voz ahora, reconoció la diferencia de inmediato. En lugar de estar reservado y apacible, estaba animado, lo que la hizo sonreír.

"¿Así que es así? ¿Cómo se llama?"

EJ se rió. "Nada de eso."

Belle estaba segura de que EJ tenía muchas chicas compitiendo por su atención. Sin embargo, pensaba que sería un desafío para el joven de diecinueve años comprometerse con una sola chica debido a su estilo de vida transitorio.

"Está bien, si no es una chica, entonces dime qué está pasando." La llovizna se había convertido en gotas grandes. Se oía risa detrás de ella. Observó cómo una pareja, tomada de la mano, se apresuraba a pasar, buscando refugio. A lo lejos, una mujer con ropa deportiva oscura caminaba pesadamente por el sendero, jadeando con las manos en las caderas. Incluso desde la distancia, ella advirtió el lápiz labial rojo cereza, intensamente brillante de la mujer. ¿En serio, lápiz labial rojo mientras trotaba? Le pareció extraño—algo en ello se le quedó rondando en la mente. Parecía que ella y la mujer eran las únicas que se atrevían a desafiar el lúgubre exterior.

EJ dijo: "¿Por qué no te lo digo cara acara?"

Eso la dejó perpleja. EJ, junto con su padre Joseph (su hermano), estaban en el programa de protección de testigos. Pero luego Joseph desafió a la autoridad, desapareciendo de la protección gubernamental y escondiendo tanto a su hijo como a sí mismo. Poco después de huir, Joseph la contactó. "Conozco a los hombres de Víctor," había dicho Joseph. "Soy uno de ellos, y sé que el gobierno no puede proteger a mi hijo, pero yo sí— a mi manera." Belle no pudo refutar ese hecho. Esconderse era algo para lo que Joseph estaba entrenado. Sin embargo, una duda persistía en su mente; ¿Joseph estaba ocultando información? ¿Ya había enfrentado el peligro o lo habían localizado? Aceptar a Joseph como un hermano tomó tiempo; aceptar que era un asesino tomó aún más. Sin embargo, él era el único verdadero protector de EJ.

"¿Qué exactamente quieres decir con cara acara?"

"Cuando llegues a casa, te explicaré todo," dijo EJ.

"¿Casa?" dijo ella, desconcertada, mirando un

carguero que navegaba por el Río Hudson. "Espera. ¿Estás en el Victoriana?" Su voz reflejaba confusión y emoción a la vez.

"Empapada hasta los huesos en tu porche delantero."

Su última conversación con EJ y su hermano fue hace cuatro meses. Aunque EJ nunca reveló su paradero, las charlas con él evidenciaban sus frecuentes viajes y reubicaciones alrededor del mundo. La forma en que Joseph se aseguraba de que permanecieran ocultos y con vida. Entonces, ¿por qué su hermano los expuso tan abiertamente—justo en Jersey City, donde se dio la orden de asesinarlos y que probablemente aún seguía vigente?

"Joseph está contigo, ¿verdad?"ella preguntó.

"No. Quise decir que sí," dijo EJ. "Él me dejó justo ahora y se fue a reunirse con el agente Cartwright. .. para ayudarlo con algo. Estará fuera un par de días y quiere que me quede contigo. ¿Está bien, cierto?"

Abrumada por la curiosidad, preguntas estallaron en su mente como fuegos artificiales. A pesar de la dificultad, decidió esperar y preguntarle a su sobrino en persona. Ella tenía una prisa loca por llegar a casa.

"¡Está fantástico, en realidad!" ella sonrió radiante. Le dio el código de su sistema de seguridad doméstico. "Siéntete como en casa. Os está conmigo en el Upper Manhattan. Estamos terminando un almuerzo tardío. Estaremos en casa dentro de una hora. Os estará tan emocionado de ver—"

Su teléfono y paraguas cayeron cuando una mano

enguantada la silenció y un brazo poderoso rodeó su cintura. El pánico y la adrenalina la invadieron, haciéndola parpadear rápidamente. Intentó retirar la mano de su boca, pero fue en vano. Desesperada por liberarse, se echó hacia atrás, luchando contra el agarre cada vez más fuerte de la persona, sus pulmones sobrecalentados imploraban aire. La persona la arrastró hacia la cuerda delimitadora y el matorral. Usando toda su fuerza y el apoyo de sus talones, se resistió, desequilibrando tanto a ella como a su atacante. Un crujido proveniente de su cráneo fue ensordecedor. Aire fresco y húmedo llenó sus pulmones mientras jadeaba. ¡Levántate, maldita sea! ¡Levántate! Intentó levantar la cabeza, pero el dolor era insoportable, su visión se nublaba y su mente se sentía turbia. Al inhalar, el dolor creciente la obligó a cerrar los ojos.

Con un agarre mortal apretándole el cuello, su último aliento escapó. En un movimiento reflejo, alejó las manos que la estrangulaban, pero estas se mantuvieron firmes. Ella estaba perdiendo la conciencia; sus pulmones sentían como si fueran a estallar.

¡Lucha, maldita sea! ¡Abre los ojos!

Sus párpados aleteaban mientras luchaba por abrirlos. Una sombra oscura se cernía sobre ella.

¡Maldita sea! ¡Concéntrate!

Pero no servía de nada. Cerró los ojos, su mente se nublaba y ralentizaba.

A centímetros de su rostro, la respiración viciada y pesada de la sombra susurró: "Me rodearon los dolores de la muerte.

Termina contigo."

Francés e inglés. Pero la voz—sonaba. .. .

¡Maldita sea! ¡Mira!

Forzó sus ojos para mantenerlos abiertos, pero eran pesados como costales de arena ante una fuerza que no podía superar.

¡Por Dios, cualquiera, ayúdame!

Su cabeza giraba, destellos blancos y brillantes flotando en el negro.

El clima cambió; la lluvia descargó del cielo. La recibió, esperando que lavara este horrible sueño.

Pero no era un sueño. Espera. ¿Es un perro ladrando? ¿Podría encontrarse al dueño del perro cerca?

Con un instante de esperanza, la fuerza brotó de ella, y logró abrir los ojos por el más breve de los segundos. A través de la lluvia torrencial, ella miró fijamente a su asesino—

Llevaba puesto un lápiz labial rojo cereza.

En un segundo más, todo se volvió negro.

CAPÍTULO 2

El detective de homicidios Jonah Ross, de la división de Manhattan, mostró su placa y cruzó la cinta policial. Aunque lo peor de la lluvia había pasado, dejando solo un ligero rocío, las nubes ominosas que surcaban el cielo gris indicaban que la pausa sería pasajera. El futuro prometía una lluvia persistente e implacable. Los policías contenían a una multitud de espectadores cerca del césped empapado más allá del asfalto, mientras un grupo de oficiales mantenía a la prensa contenida; Estaban de pie, aprensivos, con impermeables coloridos, micrófonos y paraguas en mano, preparados.

El detective Kurt Mueller, acercándose bajo la protección de un paraguas, dijo: "Estoy dividido entre a quién odio más: a los abogados o a esos mamíferos parásitos. Me gustaría meterles sus micrófonos por el trasero."

Ross contempló la idea de un grupo selecto de reporteros insistentes y agresivos. "Solo están haciendo su trabajo."

"Por favor," replicó Mueller con desgano. Él inclinó la cabeza hacia los reporteros, señalando a uno en particular. "Su repentina tolerancia se debe únicamente a ese buitre."

Mueller dirigió su comentario acerca de esa enorme ave rapaz a Olivia Amato, una periodista directa del New

York Post y la novia ocasional de Ross. Mueller tenía razón. Si no estuviera acostándose con Amato —con sus largas y esbeltas piernas, un trasero firme como una roca, y su melena negra y sedosa como el más diabólico de los postres— estaría en plena forma, mascullando maldiciones hacia esa bandada de reporteros, intolerante al hecho de que con demasiada frecuencia invadían las escenas del crimen, llegando apenas minutos después de la policía para conseguir una primicia que alimentara sus egomaníacas carreras. Dormir con el enemigo parecía nublar su juicio sobre them.

Sin embargo, Ross no se sorprendió por la amplia cobertura de los medios ni por la gran cantidad de investigadores. La llamada llegó mientras él y Mueller estaban en el centro de la ciudad. El terrible tráfico en la autopista Westside, la construcción vial y el mal clima ralentizaron el viaje de Ross hacia el norte de Manhattan.

Ross y Mueller saltaron la cerca de malla ciclónica, avanzando con cautela por el terreno fangoso, evitando los charcos más profundos. A pesar de tres días de intenso consumo de alcohol y privación del sueño, Ross—aunque fatigado—estaba ansioso por volver a su trabajo. Un retraso en su vuelo de conexión hizo que llegara a casa desde Las Vegas mucho más tarde de lo previsto. Tres días de más en la Ciudad del Pecado. Preferiría haberse sometido a una endodoncia antes que entregarse a una fiesta inmadura e imprudente como un veinteañero. Aquellos días eran un recuerdo lejano, y no sentía nostalgia por ellos. Su cuerpo, a diferencia de antes, ya no soportaba los abusos. El proceso de recuperación fue lento y brutal. Los placeres de envejecer. A pesar de su deseo contrario, otros esperaban que asistiera, y no pudo negarse. Su hermano menor estaba celebrando su despedida de soltero.

Ross entrecerró los ojos contra la lluvia, sus pensamientos aún nublados por Las Vegas. El ruido, el exceso, el caos superficial: todo le parecía absurdo ahora, parado al borde de algo real, algo sombrío.

"Genial. Maldita sea, simplemente genial," murmuró Mueller, rezagado. "Acabo de conseguir estos." Mueller, de un metro setenta y siete, con su cabello caramelo y suelto, recogido en una coleta al estilo bro-flow, lucía una figura delgada, llevaba pantalones Tom Ford y un suéter de cuello alto color marfil de Armani bajo un abrigo ajustado de lana color beige de Marc Jacobs. Parecía más un modelo de GQ que un detective de homicidios en la escena de un asesinato. Sí, Mueller tenía un estilo en abundancia. Claro y simple.

Con una mirada por encima del hombro, Ross observó los Bruno Magli embarrados de Mueller, intentando borrar su sonrisa. "Vas a necesitar un pañuelo para esas lágrimas, ¿no es así?" Se dio vuelta justo cuando su pie izquierdo se hundía más en un charco viscoso, sólo los cordones de sus botas mantenían su color original. Su calzado, a diferencia del de su compañero, estaba muy gastado pero perfectamente adaptado y cómodo para trabajar.

—Bésame —replicó Mueller.

El detective Jonah Ross, con su cabello corto y

castaño, barba recortada, jeans oscuros y camisa de algodón beige bajo una chaqueta de cuero aislada, lucía presentable y profesional, aunque menos preocupado por la moda que Mueller. Mueller era un fashionista nato, y con justa razón. La madre de Mueller, con cuarenta años de experiencia en el competitivo mundo de la moda, había transmitido su estilo y conocimiento de las tendencias a sus hijos. Delante de ellos, un grupo de oficiales uniformados deambulaba. Ross notó que el Oficial Joey Kemp se acercaba con su habitual sonrisa arrogante.

El Oficial Kemp extendió las manos. —Pasé tres días contigo, y ahora tengo que verte de nuevo —dijo. —Si no supiera mejor, pensaría que Dios me está castigando —comentó el Oficial Kemp, mostrando una amplia sonrisa que dejaba ver sus dientes perfectos. Su aspecto juvenil desmentía las setenta y dos horas que había pasado intoxicado; Él parecía fresco y lleno de energía. Ser joven de nuevo.

—Oye, Mueller —dijo Ross, dándole un codazo—, ¿te conté dónde estuvo el trasero de Kemp este fin de semana?

Kemp, riendo, levantó las manos en señal de rendición. «Whoa, amigo. Lo que pasa en Las Vegas, se queda en Las Vegas.» El Oficial Joey Kemp era el mejor amigo del hermano de Ross desde preescolar, futuro padrino de bodas, y el diablo que había organizado la salvaje y desenfrenada despedida de soltero en Las Vegas.

Un apretón de manos fraternal, y el despertar que lo seguía, eran una tradición de infancia para ellos. Los seis hombres invitados a Las Vegas, según se decía, se habían comportado de la mejor manera. Excepto por la bebida excesiva y las fiestas hasta altas horas, perder montones de dinero apostando, visitar club tras club de striptease, pagar una fortuna por bailes sensuales, etc.

Fuera de eso, eran caballeros.

—¿Eres tú el que responde? —preguntó Mueller, mirando sus botas con un humor taciturno.

Asintiendo, Kemp sacó un bloc de notas del bolsillo interior de su chaqueta y lo desplegó. "Víctima identificada como mujer." Ocurrió un ataque mientras ella conversaba con su sobrino por su teléfono celular. Mientras hablaba por su teléfono celular, el sobrino, al escuchar lo que parecía una pelea, usó un teléfono fijo para llamar al 911 antes de comunicarse con el socio comercial de la víctima, el señor Osmond Banks. Son investigadores privados en Jersey City. El señor Banks y la víctima almorzaron en el restaurante Green Tree, tras su visita a The Met Cloisters. El señor Banks, negándose a quedarse quieto, se unió a mi compañero y a mí en la búsqueda. Localizamos su teléfono celular allá." El oficial Kemp indicó un patio más adelante, hacia el marcador amarillo en el sendero. Ross y Mueller se giraron al unísono. "Aún se pueden ver las marcas de arrastre después de la lluvia," continuó Kemp, señalando el suelo empapado y el jardín dañado cerca de la cerca de malla ciclónica y el follaje. "Seguimos su rastro hasta allá adentro, donde la encontramos inconsciente, sangrando por la cabeza y donde hallamos las tumbas."

Ross inspeccionó el paisaje. Aunque un denso follaje cubría la mayor parte del área, un pequeño claro a pocos metros al norte ofrecía una vista del Río Hudson, el Puente George Washington y los Palisades de Nueva Jersey: un espectáculo que habría detenido tanto a lugareños como a turistas, quienes habrían disfrutado de la escena pintoresca.

"¿Alguna novedad sobre la víctima?" preguntó Ross.

"Sigue inconsciente en el Hospital Presbiteriano. Hay un uniforme ahí."

"¿Identificación?"

El Oficial Kemp se detuvo, lanzándole una mirada extraña.

Ross, al notar la mirada, soltó una leve risa. "¿Qué? ¿La víctima, una celebridad o algo así?"

"Algo por el estilo," afirmó el Oficial Kemp. Su mirada se desplazó de Ross a Mueller, y luego nuevamente a Ross.

Ross, impaciente, exclamó: "Por Cristo, Joey, ¿quién es la víctima?"

"Identificación encontrada en un bolso cerca del teléfono celular y la identidad confirmada con el Señor Banks."

El nombre de la víctima es Annabelle McBain.

"Espera. ¿Como en..." La voz de Mueller se apagó poco a poco.

El Oficial Kemp alzó una ceja y asintió. "La única e inigualable." Kemp y Mueller intercambiaron una mirada silenciosa. La policía de Manhattan, tanto veteranos como novatos, conocía bien el pasado de Ross.

Ross reconoció el nombre al instante y quedó paralizado en silencio. Un escalofrío le recorrió la columna vertebral. El nombre golpeó como un golpe bajo, uno que no esperaba.

Kemp dijo: "Lo siento por ella," su voz sacó a Ross de sus pensamientos. "Como si un presagio pendiera sobre ella debido a su nombre."

Aunque el bombo mediático había disminuido tras dos años, el caso McBain continuaba siendo relevante e importante, especialmente para las fuerzas del orden. Ross asintió brevemente, reflexionando sobre las palabras de Kemp. No debió ser fácil para la Srta. McBain enterarse de la conexión de su familia con un asesino despiadado. En verdad, no le preocupaba. El asesino, su hermano distanciado, era mucho más fácil de manejar que lo que había soportado de ese mismo hombre. El calor lo recorrió, con la mandíbula apretada, mientras fragmentos de imágenes de Joseph Simone parpadeaban ante sus ojos. Su pasado, enterrado profundamente en sus recuerdos, lo atacaba con furia. Ahora no era el momento. Suprimió sus emociones; luego, él y Mueller procedieron a la siguiente escena del crimen.

Al oeste de la cerca de malla ciclónica, ocultos entre el follaje denso, los investigadores de la escena del crimen buscaban meticulosamente, marcaban y fotografiaban el área. Ross vio a sus colegas de la Unidad de Homicidios, el detective Nick Torres y Lynn Chen, conversando con algunos detectives del precinto conocidos en medio de la multitud. En cuclillas, el forense estudiaba la primera fosa poco profunda. Con el tiempo corriendo y la lluvia amenazando, su búsqueda de pruebas —ya potencialmente comprometida por las tormentas anteriores— tenía que ser rápida. El ritmo aumentó mientras tres escenas del crimen se desarrollaban simultáneamente.

"Dr. Shelby," dijo Ross al acercarse. Él y Mueller se encontraban al otro lado de la tumba.

Dr. El Dr. Stan Shelby, con su marcado acento británico, respondió: "No hay identificación, bolso ni cartera." Sus dos jóvenes y entusiastas asistentes estaban a su lado, atentos, esperando sus órdenes. "En cuanto a la hora de la muerte, deberán esperar hasta que la coloque sobre la mesa. Muchos factores ambientales afectan la rapidez con que ocurre la descomposición. Ya no podemos confiar en la temperatura corporal, el rigor mortis ni la lividez. Estimaremos la hora de la muerte basándonos en la descomposición post-mortem esperada, pero debemos ajustar según las condiciones del cuerpo." Señaló la boca de la víctima. "Estas larvas maduras muestran una nueva generación de insectos en un ciclo de vida similar y podrían indicar que la muerte ocurrió hasta tres semanas atrás. Sin embargo, como se mencionó, las condiciones influirán en el resultado; Ofreceré una respuesta más concreta una vez que esté en el laboratorio."

Dr. Stan Shelby, en sus cincuenta y tantos, tenía una estatura promedio y unos penetrantes ojos color avellana, enmarcados por gafas redondas. Un fedora de tweed beige ocultaba su cabello gris y escaso; un cuello blanco rígido y una pajarita roja asomaban por debajo de su chaqueta azul marino de "Forense". "La pobre muchacha. Tan joven," musitó el doctor, aparentemente para sí.

"La pendiente del terreno," señaló Ross mientras observaba el bosque, "causa que la capa superficial del suelo se lave más rápido con la lluvia continua, poniendo en riesgo la exposición de las tumbas."

"Un punto para la Madre Naturaleza," dijo Mueller. Su tono perdió parte de su habitual aspereza— la crudeza de la escena finalmente calaba hondo.

Ross volvió a centrar su atención en la tumba y en lo que contenía. Un cuerpo femenino en descomposición yacía sobre lo que parecía un colcha (quilt) multicolor, ahora sucio y abierto. El cuerpo, en un avanzado estado de descomposición, parecía pertenecer a una joven de cabello largo, posiblemente rubio fresa, con su ropa intacta. Las manos, una sobre la otra, reposaban sobre el abdomen del cuerpo. Ross se agachó para observar mejor el edredón. Parecía hecho a mano, no como algo que se encuentra en una tienda. La tierra manchada ocultaba un diseño en la tela: un patrón de cuadros individuales, cada uno de un color distinto y con una palabra cosida, visible para Ross.

¿Causa de muerte, doctor?", preguntó Mueller.

Dr. Shelby lanzó una mirada severa al detective desde detrás de sus gafas.

"Claro", dijo Mueller. "Hay que llevarla a la mesa."

Dr. Shelby sacó una bolsa plástica de evidencia transparente de su maletín médico y se la entregó a Ross. "Encontramos el objeto doblado en sus manos antes de que llegaras."

Ross examinó el contenido de la bolsa. Un poco más grande que una moneda de veinticinco centavos, el objeto parecía un medallón de bronce con una imagen difusa. Ross volteó la bolsa. El reverso tenía una escritura diminuta, grabada e ilegible. "Quizás la firma del asesino," comentó Él, ofreciéndole la bolsa a Mueller para su inspección.

Dr. Shelby se quitó los guantes de látex. "Ella está lista," les dijo a sus dos asistentes. Con un asentimiento colectivo, comenzaron su trabajo. Al dirigirse a los detectives, el Dr. Shelby dijo: "Pasemos a nuestra próxima alma desafortunada."

El segundo entierro, ubicado a seis metros del primero, tenía aproximadamente el mismo ancho y profundidad. La primera mirada sorprendió a Ross. Esperaba otra víctima reciente. El Dr. Shelby colocó su maletín médico en el suelo, lo abrió, sacó guantes de látex y los calzó mientras se inclinaba.

Una manta desgastada, impregnada de tierra, yacía medio abierta en la fosa poco profunda, dejando a la vista un cráneo. El contraste brutal entre la víctima fresca y aquella figura esquelética era escalofriante: dos mujeres perdidas en el tiempo en el mismo lugar maldito.

"Falta un hueso de la pierna, un fémur," dijo el Dr.

Shelby. "Quizás también algunos huesos pequeños, ."

Ross adoptó una posición en cuclillas frente a la tumba. Su primera observación: un esqueleto perfectamente dispuesto, con las manos cruzadas sobre la mitad del torso. El asesino no solo desechó a la víctima; sino que colocó cuidadosamente el cuerpo, como el primer cadáver fallecido. El vestido hasta mitad del muslo, con un patrón en espiral, en la víctima parecía desgarrado en el pecho, pero la rotura estaba perfectamente alineada.

"Puede que haya ocurrido un asalto sexual antes de su asesinato," dijo Ross.

La detective Lynn Chen, de Homicidios, se acercó con una bolsa de evidencia de la escena del crimen en mano. A Ross le dijo en tono burlón: "Veo que regresaste ileso de tu fin de semana impregnado de testosterona."

"No pude abordar el avión lo suficientemente rápido," respondió Ross.

"Considerando todo ese escote y esas curvas," Chen suspiró juguetonamente, "tengo serias dudas."

"Tetas y trasero en Las Vegas," dijo Ross con una expresión fingida de sorpresa. "No me había dado cuenta."

Lynn puso los ojos en blanco con dramatismo, luego señaló más allá de las tumbas, hacia la espesura. "Allí atrás, descubrimos una cruz blanca clavada en el suelo."

"¿Otra tumba?" preguntó Ross.

"El equipo forense excavó el suelo. Aunque no hay

cuerpo ni evidencia visual, el análisis de suelo continúa." Ella mostró la bolsa de evidencia en su mano. "Este ramo envuelto yacía cerca de la cruz. Aunque está empapado, todavía está bastante fresco. Estimo que alguien lo colocó en los últimos días."

"Una visita reciente del asesino," dijo Mueller. "Las tumbas quedaron expuestas después de que él las visitó."

"¿Encontramos el sitio de tumba de un asesino en serie?" preguntó Chen con temor.

"Y nuestra víctima de asalto — ¿sería ella la próxima en ser enterrada?" agregó Mueller.

Ross se puso de pie. "Es demasiado pronto para determinar si los crímenes están relacionados. Podríamos estar enfrentando a un asesino en serie o a varios."

"¿Qué probabilidades hay de que cuatro criminales hayan elegido la misma zona para marcar una cruz, intentar un asesinato y deshacerse de los cuerpos?", preguntó Mueller. "Difícil de creer."

Ross admitió que la idea parecía improbable. "Necesitamos ampliar la búsqueda en la escena del crimen para encontrar más víctimas potenciales."

"Avisaré al Dr. Logan, el antropólogo forense de la ciudad en Columbia," dijo el Dr. Shelby, levantándose y estirando la espalda.

El Oficial Kemp se acercó y dijo: "La víctima está consciente."

Ross sintió un ardor repentino recorrer su columna

vertebral. Ella no está involucrada. Su mente escuchaba, pero su cuerpo enfurecido permanecía inmóvil. Su composición genética trajo el pasado de golpe — no porque estuviera exhausto, sino porque todo en este caso apestaba a asuntos pendientes y fantasmas que creía enterrados.

CAPÍTULO 3

Tras las puertas automáticas de metal, la unidad de cuidados intensivos del quinto piso del Hospital Presbiteriano bullía de actividad. Las enfermeras, especialmente capacitadas y con rostros cansados, se desplazaban entre las habitaciones acristaladas, atendiendo a los pacientes en su interior. Bajo la luz intensa de los fluorescentes, los familiares permanecían sentados junto a la cama o deambulaban por los pasillos, con muchas cabezas inclinadas en señal de dolor y desesperanza. El aroma a orina, antiséptico y enfermedad flotaba en el aire, acompañado por los sonidos rítmicos de las máquinas médicas de alta tecnología que silbaban y pitaban. En la estación de trabajo, dos asistentes robóticos atendían teléfonos y teclados mientras los doctores en blusas quirúrgicas o batas revisaban expedientes de pacientes y discutían diversos temas.

"Ya basta," dijo Belle, con la voz ronca y tensa por la quemazón en su garganta. Cuarenta minutos después de recobrar el conocimiento en una cama de hospital —conectada a intravenosas y oxígeno y vistiendo una bata áspera—, la enfermera la bombardeó con preguntas. A pesar de sentirse desorientada y aturdida, no tuvo dificultad para recitar su información personal y los sucesos recientes. Y sí, sabía que una persona despreciable la había agredido. Sin embargo, los detalles del ataque le resultaban confusos.

"Orden del doctor," respondió la pequeña enfermera con rostro severo y pijama rosa, mientras monitoreaba sus signos vitales en el monitor junto a la cama.

"Preguntado y respondido por enésima vez," croó Belle.

Luego, la enfermera iluminó directamente sus ojos con una linterna de bolígrafo. Su cabeza giró por el intenso resplandor. Belle se recolocó en la cama tras la evaluación de la enfermera. Un grave error. Un golpe de mazo de dolor le impactó en el cráneo. Ella inclinó la cabeza hacia atrás, contuvo la respiración, ocultando su sufrimiento ante la atenta enfermera. Se tocó el rostro otra vez después de la tortura, sintiendo la áspera textura de las heridas. Palpó el turbante de gasa blanca sobre su cabeza, reprimiendo lágrimas de rabia al sentir el rastrojo de su cabeza rapada. Su cabello. Había perdido una porción significativa de su hermosa y abundante melena. Perder su cabello le molestaba más que sus lesiones; su enfoque en eso era irracional y egocéntrico, pero no le importaba. Sin su amado cabello, su mejor atributo, se sentía vulnerable e incompleta, segura de que parecía el espectáculo más grotesco.

—Compórtate y déjala trabajar —dijo Os desde su Cadillac, una silla de ruedas eléctrica de alta tecnología, estacionada junto a su cama.

—Se realizarán chequeos neurológicos cada quince minutos durante la primera hora después de recuperar la conciencia —dijo la enfermera, anotando los resultados en su computadora portátil. La voz severa de la enfermera le recordó a Belle a un perrito ladrador que se esfuerza demasiado por sonar duro. Adonde se pierde la mente, reflexionó ella.

Un dolor punzante atravesó el cuero cabelludo derecho de Belle. Su mano cayó; apretó ambas manos en puños a los costados. La punzada hizo que su estómago se retorciera, provocando una oleada de náuseas. Apretó la mandíbula, tragó con dificultad, lo que desencadenó otra ardiente quemazón en su garganta. Miró a la enfermera, que tenía la espalda vuelta y no había notado su malestar. A pesar del dolor, una respiración calmada y una firme determinación la impulsaron a abandonar el hospital ese día. Sabía que era ridículo, pero a veces fingir que estás bien da la ilusión de control. Esa ilusión—su acto de valentía—era todo lo que le quedaba.

Os, al percibir su intento de disimular su incomodidad, le dio un ligero golpe en el brazo; al notar su mirada, él negó con la cabeza, moviendo un dedo en señal de desaprobación. Él susurró, "Tsk-tsk," consciente de su propósito.

Una mirada de ella le indicó que guardara silencio. Su mirada vagó por la habitación desnuda, de paredes blancas, mientras luchaba por recordar los eventos; su memoria la traicionaba. Solo imágenes distorsionadas asomaban. Os explicó cómo él y la policía la habían encontrado tras su despertar.

Después De Que Ella Desapareció

Una mujer alta y delgada entró al cuarto por la puerta abierta. "Permítame presentarme. Soy la Dra. Blaine." La doctora cruzó la habitación y le ofreció la mano a Belle.

Ella se sintió cada vez más avergonzada por su aspecto desaliñado mientras estrechaba la mano de la doctora. Una doctora impresionante, de unos cuarenta años, poseía ojos oscuros hipnotizantes, cabello largo y castaño, piernas esbeltas y una belleza propia de una supermodelo. Las sutiles y finas líneas bajo su maquillaje sólo realzaban su belleza natural. Su bata de laboratorio colgaba abierta, dejando al descubierto una camisa beige combinada con una blusa blanca de seda abotonada que ocultaba una figura tan seductora como la de una modelo de Victoria's Secret. Belle estaba silenciosamente asombrada de que alguien tan perfectamente compuesta y deslumbrante pudiera también ejercer autoridad con tal confianza.

—¿Cómo se siente? —preguntó la doctora Blaine, cuyo acento sudamericano complementaba su fluido inglés.

—Me molesta la caída de mi cabello —dijo—, aunque creo que se refiere a mi cabeza. —Señaló a la enfermera. —Ella puede atestiguar que mi mente está completamente en orden. —Lista para ir a casa —forzó su rostro a mantener una expresión neutral, sin mostrar dolor. —Así que, una vez que me informe sobre mi condición, me iré.

Dra. Blaine sonrió y le dirigió una mirada suave y evaluadora. —La laceración en el cuero cabelludo requirió exposición para determinar si era necesaria una cirugía y para proporcionar atención médica a la herida.

Belle no dio respuesta alguna. Ella no encontró consuelo en la explicación.

El Dra. Blaine continuó. "La tomografía computarizada revela una conmoción cerebral: una lesión cerebral traumática leve producida por un golpe en la cabeza."

Belle se concentró. "Me caí," dijo. Su cerebro lento revivió.

Dra. Blaine asintió con la cabeza. "El impacto de la caída pudo haber provocado una conmoción y una herida en la cabeza. La inflamación y el dolor en tu garganta son consecuencia de una constricción violenta alrededor de tu cuello."

Una sombra cruzó la mente de Belle mientras tocaba su cuello, recordando las manos enguantadas apretando su garganta.

"Aunque el EEG es normal, la duración incierta de tu inconsciencia requiere un periodo de observación de 24 a 72 horas," afirmó el Dra. Blaine.

"Estoy bien," dijo Belle, con la voz tensa. Ella inclinó la cabeza hacia Os. "Él me mantendrá bajo estrecha vigilancia, atento a cualquier cambio o si no despierto—"

"No hay tiempo para bromas, Girly," Os interrumpió.

Molesta por la falta de colaboración de su amiga con respecto al alta, ella rodó los ojos y suspiró.

La doctora Blaine continuó. "La principal preocupación tras la laceración en el cuero cabelludo es la prevención de infecciones. Se le están administrando antibióticos por vía intravenosa." Señaló el lado opuesto de la cama, donde colgaban dos bolsas de suero de un poste. "Solicitaré otro conjunto de exámenes dentro de veinticuatro horas para reevaluar."

Su expresión se tornó amarga. Bien. Que ella permaneciera en el hospital era esencial. La hermosa doctora claramente era experta, aunque no debía estar de acuerdo. Una estadía hospitalaria de uno a tres días, sin nada más que paredes blancas como huesos para contemplar, la volvería loca. Una nueva oleada de dolor agonizante le sacudió el cráneo. Como no podía irse, su acto de valentía —fingir que no sentía dolor— carecía de sentido.

Ella apretó los ojos con fuerza, frunció el ceño y contó regresivamente para aliviar el pulso ardiente.

Al notar el dolor de Belle, el Dra. Blaine le aseguró que, aunque la molestia podría intensificarse una vez que el anestésico local desapareciera, esta disminuiría en un plazo de 24 horas. "Tu capacidad para tragar parece intacta, así que para el manejo del dolor ordenaré—"

"¡Ningún medicamento, bajo ninguna circunstancia!" dijo ella, con los ojos fuertemente cerrados. Catorce, trece, doce. El pánico crecía en su pecho antes de que lograra sofocarlo. Con seis años de sobriedad, no permitiría que un sufrimiento físico mayor arruinara su progreso. Lo soportaría. Además, el dolor físico era insignificante comparado con el profundo tormento mental que, en algún momento, había experimentado, alimentado por el odio y resentimiento hacia la corrupción y traición a su confianza de su difunto padre. Durante dieciséis años huyó, consumida por sus demonios internos. Descubrir que su padre seguía con vida y no se había corrompido la traumatizó de nuevo. Apoyada en la resiliencia que obtuvo al superar traumas emocionales pasados, soportaría el intenso dolor sin recurrir a medicamentos.

"Me alegra escucharlo," dijo el Dra. Blaine. "El Tylenol es el analgésico de elección."

Belle abrió los ojos. "Ahora podría usar dos de esas píldoras."

Dra. Blaine dirigió una mirada sutil a la enfermera. La enfermera salió de la habitación. El Dra. Blaine posó sus ojos de Belle en Os. "¿Preguntas?"

Belle negó levemente con la cabeza y miró a Os. "Estoy bien," dijo él.

"Si puedes," declaró la doctora, "han llegado dos detectives que desean entrevistarte."

"Déjenlos pasar." Ella acarició de nuevo su turbante vendado como si así calmara su aflicción. Cuanto antes diera su declaración, antes podrían los detectives capturar a su agresor. Eso, si no la encontraban ella y Os primero.

Dra. Blaine esbozó una sonrisa cálida. "Pasaré a verte mañana." Con un toque tierno, ella le tocó la pierna, por encima de la sábana y salió.

Belle encontró que la doctora no solo era impresionantemente hermosa e inteligente, sino también increíblemente serena, honesta y reconfortante en su trato junto a la cama, a pesar de la rudeza de Belle. ¿Podría la doctora ser más perfecta? Y con los detectives esperando afuera de la puerta, era hora cambiar las batas de hospital por determinación.

CAPÍTULO 4

Los detectives entraron al cuarto y se posicionaron al pie de la cama. Las heridas de Belle no le impedían apreciar el atractivo de los hombres. Ella sentía un dolor inmenso, no estaba muerta. Uno proyectaba una imagen ruda al estilo de James Dean; el otro, elegante y a la moda, parecía haber salido de una sesión fotográfica.

Belle notó que el detective, un auténtico galán, lanzó una mirada sutil hacia el Chico Malo, esperando que él iniciara la entrevista; sin embargo, el detective permaneció en silencio, fijando su mirada en ella. La mirada tenía mucho peso. ¿Era su apariencia lo que perturbaba al detective?

El silencio pesaba intensamente mientras el Chico Malo permanecía callado, la incomodidad palpable. Vestido con elegancia, el hombre tomó el mando y disipó la tensión. "Soy el detective Mueller," señaló a su compañero, "y este es el detective Ross. Tenemos algunas preguntas para usted."

Belle miró de nuevo al detective Ross antes de hablar. No. Su rostro extraño no tenía nada que ver con la intensidad en esos ojos. Ojos acusadores y furiosos la fulminaban, insinuando algún tipo de culpa de su parte. Ella asintió al detective Mueller. "Pregunte."

La enfermera entró en la habitación, con un vaso plástico para medicinas en la mano. Mientras la enfermera le ofrecía el pequeño vaso, Belle tomó el agua de su buró. Soltó un suspiro. A pesar del dolor insoportable al tragarla, necesitaba la medicina para alivio. Tomó las pastillas, anticipando los efectos, aliviada porque la experiencia fue menos severa de lo esperado.

Una vez que la enfermera se retiró, el detective Mueller prosiguió con la entrevista. ¿Puede relatar qué ocurrió durante el asalto?" De un bolsillo del abrigo, él sacó un pequeño bloc de notas.

Ella intentó disipar las telarañas mentales. Algunas partes del ataque permanecían borrosas, mientras que otras se hacían claras. Él se acercó por detrás," comenzó ella, con la voz quebrada. "Yo estaba sobre—" "—¡la espalda de EJ!" Era un momento inapropiado, pero el mar de preguntas que tenía para su hermano y su sobrino sobre su regreso y su padre la invadió de nuevo.

"Lo sé, niña," dijo él con una suave sonrisa. "He hablado con ell."

A pesar de su ardiente curiosidad por la información de Os, tendría que esperar. Ella dirigió de nuevo su atención a los detectives. "Estaba hablando con mi sobrino por teléfono," dijo, "cuando ocurrió el ataque. Intenté defenderme. Caímos." Hizo una pausa, miró fijamente la sábana blanca que cubría su cuerpo, tratando de atravesar la niebla. Se tocó el cuello. "Entonces él estaba encima de mí, estrangulándome."

El detective Mueller preguntó: "¿Pudiste verlo a él?"

Con los ojos fijos en el paño blanco, ella frunció el ceño, deseando invocar su presencia. Pero la sombra no tenía rostro. "Todo se volvió oscuro y no pude mantener los ojos abiertos," dijo ella.

Mueller preguntó de nuevo: "¿Él dijo algo?"

Por un momento guardó silencio, su mente buscando el recuerdo. Luego sintió su aliento caliente y sus palabras en el oído: "Circumdederunt me dolores mortis," dijo ella.

"Los dolores de la muerte me han cercado," tradujo Os. El detective Mueller le lanzó una mirada de reojo.

Os hizo un gesto entre Belle y él. "Estudiamos latín durante cuatro años."

"Después de hablar en francés, dijo: 'Termina contigo, '" contó ella. Una sombra cruzó su rostro. La intensidad del recuerdo la destrozó en pedazos—su mandíbula, el susurro áspero, la presencia amenazante. Algo no estaba bien. En el instante más breve, todo regresó de golpe: la totalidad de lo ocurrido en esos momentos, verlo sobre ella antes de que todo se tornara oscuro. Su mandíbula cruel, sus ojos amenazantes y la amenaza en sus palabras. El sonido de su voz, la proximidad de sus labios. La aparición de la imagen hizo que los ojos de Belle se abrieran desmesuradamente.

—¿Qué pasa? —preguntó Os, al ver el horror reflejado en su rostro.

Parpadeó rápidamente, intentando reorientar la imagen. Algo cambió. Un instinto visceral le indicó que la verdad no era lo que parecía al principio. —Una mujer me atacó —dijo incrédula, presa de un punzante dolor súbito en el cráneo. Contuvo la respiración y contó. Diez, nueve, ocho, siete. ..

Los detectives, desconcertados por la declaración, cruzaron la mirada inquisitiva de Os. El giro de los acontecimientos incluso hizo que el rostro desprovisto de vida del detective Ross mostrase ahora un atisbo de vitalidad.

"¿Una mujer?" preguntó el detective Ross.

El tono del detective la inquietó. Su duda despertó su carácter irlandés, pero se contuvo, incapaz de culparlo. Ella también hallaba difícil aceptar que una mujer pudiera hacer algo así. Intentó asesinarla. Una maldita mujer. "Sí, detective," respondió con frialdad. "La vi más temprano en el sendero. Llevaba puestos pantalones oscuros de nylon para correr, una sudadera con capucha oscura y una gorra de béisbol."

El detective Mueller asintió. "¿Puede describirla? ¿Alguna característica distintiva?"

"Parecía de estatura y complexión promedio. Era caucásica y fuerte. No sé el color de su cabello, pero sus ojos eran oscuros y tenían una mirada salvaje." El rostro. Había algo en ese rostro. Pero ¿qué? "La voz tenía una cualidad profunda, casi seductora, como un susurro. Lo último que recuerdo es un rostro sobre mí, con un lápiz labial rojo intenso y llamativo.

La enfermera asomó la cabeza en la habitación y miró

severamente a los detectives. "Es hora de irse. El paciente necesita descansar."

"Tengo un par de preguntas más," dijo el detective Ross.

"Tendrán que regresar," dijo la enfermera, con la mirada fija. El detective Ross asintió con un gesto breve y renuente antes de desaparecer de la habitación.

El detective Mueller avanzó y le ofreció a Belle su tarjeta de presentación. "Daremos seguimiento más tarde. Si algo le viene a la mente antes, por favor llámenos."

Belle asintió con un pequeño gesto.

"También necesitaremos hablar con tu sobrino," dijo la detective Ross.

Un ceño fruncido surcó su frente. "¿Con qué propósito?" Su voz era áspera, de inmediato protectora.

"Tu teléfono aún estaba encendido," dijo Os. "EJ fue quien llamó a la policía."

La expresión de Belle se tornó sombría. Diecinueve años de edad, y una vez más él la salvó. Primero Víctor Simone, y ahora una mujer lunática. Era irracional, lo sabía, pero se sentía abrumadoramente culpable de que su sobrino regresara a su caos.

—Hola, nena —dijo Os, apretándole suavemente el brazo mientras estudiaba su rostro. —¿Todo bien con EJ, verdad?

Las palabras de Os no lograban calmarla, pero ella le

ofreció una leve sonrisa en respuesta a su intento. Cuando los detectives se marcharon, ella examinó la tarjeta de presentación que tenía en la mano. —Espera —dijo, mostrando la tarjeta. —¿Qué hacen los detectives de homicidios aquí?

Antes de que los detectives pudieran responder, Os dijo: "Nena," y señaló el televisor montado en la esquina de la habitación.

Una reportera, protegida por un enorme paraguas de la lluvia, transmitía un informe en vivo desde la escena. El corazón de Belle latía con fuerza mientras leía el rótulo Últimas Noticias en la parte inferior de la pantalla. Las autoridades hallaron dos cadáveres en el Parque Fort Tryon tras un asalto a una mujer en las proximidades. El equipo de cámaras enfocó la zona boscosa detrás del reportero. La policía acordonó varios sectores del bosque, y varios oficiales permanecían entre la maleza. Entonces, para desdén de Belle, la pantalla mostró su fotografía. El pie de foto decía: La víctima del asalto, Annabelle McBain, secuestrada hace dos años por el infame asesino Víctor Simone, sufre otro ataque brutal.

Sus pulmones se congelaron. Estaba sucediendo de nuevo: su nombre, su trauma, todo en exhibición.

Belle se volvió hacia los detectives. "¿Ustedes creen que la mujer cometió esos asesinatos y que yo era la próxima víctima?"

"Es demasiado pronto en la investigación para afirmarlo," respondió el detective Mueller.

Entró en la habitación la joven Enfermera Ratched. "Ahora, detectives," dijo, quitándose el estetoscopio del cuello.

Con todos fuera y las interminables evaluaciones de la enfermera concluidas, Belle yacía en la cama, incapaz de descansar. Su cuerpo dolorido quedó en un segundo plano mientras una tormenta caótica de pensamientos invadía su mente. Un pensamiento no la abandonaba: ¿estaría acaso en el lugar equivocado en el momento equivocado, convertida en un blanco al azar?

Ella no creía que fuera así.

***

—Eso fue divertido —bromeó Mueller, acomodándose en el asiento del copiloto del Caprice sin matrícula.

—Ella es como una granada de mano con el seguro suelto —dijo Ross, girando la llave en el encendido.

La lluvia cesó cuando salieron del hospital, aliviando la ciudad empapada, aunque más lluvia era inminente, mientras se acumulaban nubes ominosas. Ross condujo por la Calle 168, giró a la izquierda en Broadway y se dirigió hacia el norte.

Mueller le lanzó una mirada de reojo. —Claro, tú no tuviste nada que ver con aflojar ese seguro.

Ross no respondió. A pesar de que su primera impresión de Belle McBain fue que era testaruda y de genio corto, tuvo que admitir que había comprometido su conducta profesional. Él perdió el control de sí mismo. El límite de su compostura se había resquebrajado en el instante en que la miró. El rostro de Belle McBain le recordaba, cuando la veía, a su hermano Joseph Simone y al pasado. Era inquietante en retrospectiva, pero era la verdad. Las palabras de McBain eran ruido de fondo frente a la imagen persistente de Simone, que había trastocado una creencia firme. A pesar de su ardiente curiosidad, se contuvo de confrontarla y ahora compartió su sospecha con Mueller: 'El sobrino de McBain debe ser el hijo de Simone. Simone ha regresado a la ciudad. '

Mueller, guardando silencio por un momento, contempló la ciudad húmeda fuera de la ventana. Las ramas desnudas del árbol se sacudían mientras los toldos de los escaparates aleteaban con fuerza bajo las ráfagas de viento, la lluvia amenazante a punto de caer. «Supongamos que la especulación es válida: Simone y el niño, que estaban en el programa federal de protección de testigos, ya no están ocultos.» Entonces, ¿qué pasa, Jonah?" Mueller se volvió hacia él. "Los federales le dieron un trato especial."

El agarre de Ross sobre el volante se tensó. Los federales otorgaron inmunidad a Simone, un hombre responsable de innumerables asesinatos, permitiéndole quedar libre. Se abrieron las compuertas de su resentimiento y rabia. Contrólate.

"¿Estás bien?" preguntó Mueller, percibiendo la tensión de Ross en el auto.

"Estoy bien, Kurt," mintió.

El asentimiento de Mueller careció de convicción. “Como digas.”

Su fracaso en matar a Joseph Simone carcomía su conciencia. “Sí, como digas.”

CAPÍTULO 5

Christopher estaba encorvado, con las manos en los bolsillos de su chaqueta de camuflaje, la cabeza inclinada, el rostro oculto tras sus despeinados flequillos. Su rodilla rebotaba rítmicamente, como la de un niño, distraído en sus pensamientos, como él ahora. Su corazón acelerado retumbaba como un galope de cascos, el temor lo invadía. "Esto no estaba en el plan," susurró. Ella sólo debía vigilar. Nada más. Nada tan definitivo. «Esto no era parte del plan.»

La sala de espera albergaba pacientes sentados en pesadas sillas, con la mirada fija en el televisor a bajo volumen, las paredes verde lima o el piso de baldosas. En una esquina, un hombre caminaba de un lado a otro, sus dedos golpeando su sien en rápida sucesión. En otra esquina, una mujer murmuraba incoherencias, oculta detrás de un árbol artificial. Imágenes de serenos paisajes boscosos decoraban las paredes, y sobre el escritorio de recepción, el nombre Clínica de Salud Mental Darvere estaba en letras negras y en negritas. Cerca del área de recepción, una puerta segura se erguía junto a una mampara de vidrio, tras la cual doctores y personal entraban y salían a la vista.

El tiempo se le escapaba. No podía recordar cuánto había estado sentado allí. Quizás una hora, o incluso más. No tenía cita y no esperaba ser atendido por ningún doctor.

Cuando los pensamientos acelerados y el miedo lo abrumaban, buscaba refugio en el parque. Rodeado por los sonidos y aromas de la naturaleza, encontraba sosiego, frenando su mente distorsionada.

Sin embargo, el clima húmedo frustraba su escape hacia su zona de confort. Evitaba regresar a casa y no tenía otro lugar adonde acudir.

Una voz áspera a su lado gruñó: "Maldita sea, hombre, estoy tratando de dormir. Si no dejas esa mierda con la rodilla, te la voy a romper."

De su bolsillo emergió una mano, que él posó sobre su rodilla para detener su inquietud.

Al principio, le aterraban los pacientes de la clínica. Temeroso de cruzar miradas y despertar su locura, mantenía la cabeza baja. Durante su estancia en la clínica, comprendió que su locura emanaba de una enfermedad que sufrían. Él no padecía ninguna. Su amiga Ellie consideraba que la clínica le había ayudado con su tristeza y creía que también podría ayudarlo a él. A pesar de su cordura, él empatizaba con los pacientes con enfermedades mentales, compartiendo sus sentimientos de soledad, alienación y malinterpretación.

A su lado, Hank, el veterano en situación de calle, dormía profundamente, roncando, con la saliva resbalando por su barba desordenada; El olor a alcohol y a ropa sucia impregnaba el aire circundante. A su derecha, una anciana sentada, vestida con esmero en su mejor atuendo dominical, escribía con un bolígrafo, trazando la letra X, grande y repetida en espiral en un cuaderno.

Como en el parque, encontraba consuelo entre quienes sufrían y eran incomprendidos. Una leve inquietud lo invadió al pensar en ello. Esta vez, sin embargo, la clínica no hizo nada para mitigar su miedo y pavor. Su ansiedad crecía mientras pensamientos perturbadores no cesaban de atormentarlo. Sólo Ellie podía calmarlo. Tendría que esperar hasta la noche para visitarla. Él acataba esa regla. Maggie, sin embargo, rompió la regla. Maggie, ¿por qué? ¿Qué ocurre si la policía descubre la ubicación? ¡Alto! Todo va a estar bien.

El fuerte alboroto proveniente del área restringida lo sacudió de su ensimismamiento, haciéndolo saltar en su asiento. Un hombre gritaba vulgaridades, inundando la sala de espera. La sala pronto quedó en silencio cuando se abrió la puerta, revelando a un enorme guardia de seguridad negro. Por un momento, permaneció alerta, haciendo un reconocimiento. Se acercó al mostrador de recepción mientras la mampara de vidrio se deslizaba para abrirse.

"Bart no está tomando su medicación otra vez," informó el guardia de seguridad a la recepcionista, su voz profunda resonando en la sala. "Estaba enojado, pero se ha calmado y ha salido afuera a fumar un cigarrillo." Intercambió unas palabras más con la recepcionista antes de recorrer entre los pacientes en la sala de espera.

"Christopher, amigo mío," dijo el guardia de seguridad que se acercaba. "Ha pasado bastante tiempo desde la última vez que nos vimos." Extendió un puño cerrado.

Christopher y el hombre intercambiaron un choque de puños.

"Hola, Sr. Joe," dijo con una leve sonrisa. Le agradaba el Sr. Joe. El hombre enorme era divertido, amable y trataba a las personas sin hogar y a los enfermos como seres humanos — no como animales enfermos y perturbados. El Sr. Joe lo trataba como a un hombre, no como a un adolescente ingenuo.

"¿Cómo va todo?" preguntó el Sr. Joe.

Un encogimiento nervioso acompañó su vacilante "Eh, bien."

"Me alegra escucharlo," respondió el Sr. Joe, asintiendo brevemente con su cabeza calva. "Tampoco he visto a Ellie. ¿Cómo está?"

El cuerpo de Christopher se tensó, presa del pánico. Mantente calmado. Nadie sabe.

"Eh, no he hablado con ella," respondió. "Cuando la veas, envíale saludos de mi parte."

Un apretado asentimiento de Christopher contuvo sus lágrimas mientras la voz reconfortante de Ellie inundaba su memoria.

Sr. Joe le dio un golpe en el hombro. "La señorita Kay quiere hablar contigo," dijo él. Él le dio otro choque de puños a Christopher, luego caminó por el área de espera.

Para no molestar a Hank, recogió cuidadosamente su mochila, y al llegar al mostrador, la mampara de vidrio se deslizó abierta.

Después De Que Ella Desapareció

La señorita Kay, la recepcionista negra y rellenita sentada en su silla, dijo amablemente: "Christopher, cariño, has estado aquí un rato."

"Estoy esperando a que la lluvia pare."

"Bueno, cariño, mientras estás aquí, el señor Dave está disponible. ¿Te gustaría hablar con él?"

Él negó con la cabeza. "Está bien."

"¿Estás seguro?"

Él asintió en respuesta.

"La señorita Melissa regresa el lunes. ¿Quieres fijar una hora para verte con ella?"

Christopher negó con la cabeza una vez más. La clínica ahora estaba fuera de sus límites. Él no se suponía que debía estar allí.

La profunda voz del Sr. Joe retumbó tras él: "¡Santo Moisés!" Se volvió para ver al Sr. Joe al otro lado de la habitación, mirando el televisor asegurado en lo alto de la pared.

La mirada de Christopher se posó en el monitor del televisor. Un periodista, protegido por un paraguas, estaba afuera bajo la lluvia, transmitiendo en vivo. La noticia no captó su atención hasta que el periodista se apartó, y el plano general reveló un lugar reconocido. Con los ojos desorbitados, se apresuró hacia el televisor, sintiendo el estómago revuelto al ver a la policía registrando un área del bosque acordonada con cinta policial amarilla.

El corazón de Christopher se desplomó en el fondo de su estómago. ¡No! ¡No! ¡No! Maggie, mira lo que has hecho. Nunca quiso que esto llegara tan lejos. Pero quedarse en silencio lo convertía en parte de aquello.

Una lágrima surcó su rostro mientras se volvía y salía de la habitación con furia. Las mismas palabras que ella había escuchado. .. las mismas palabras que él no podía dejar de oír. "Los dolores de la muerte me han cercado," gritó él. "Los dolores de la muerte me han cercado."

CAPÍTULO 6

Sentado sobre el banco de la mesa de picnic en el gazebo de la casa en el norte del estado de Nueva York, Joseph Simone aguardaba. Eran casi las diez. La fría lluvia tamborileaba con fuerza sobre el techo de madera del gazebo bajo el cielo sin estrellas. Joseph Simone, vestido con jeans, un gabán negro de lana y guantes de cuero, permanecía inmóvil, con el rostro enrojecido por el viento frío que lo templaba para el desafío que tenía por delante.

Con piedra, cedro, ladrillo y cobre a la vista, la amplia casa de dos pisos era la posesión preciada del dueño, un testimonio de la comodidad de su familia. Un poste de luz de quince pies en el lado oeste de la estructura iluminaba el porche trasero y el patio cercado, creando una escena nocturna serena y apacible. Sin embargo, en el interior, la morada carecía de paz.

Con la mirada fija en la ventana salediza de la cocina, Joseph observaba a la esposa mientras se movía intermitentemente dentro y fuera de su campo visual. Su mirada a través de los vidrios corredizos del comedor se posó en él. Su conocimiento del pasado y los métodos de Joseph le impidió sorprenderse al encontrarlo afuera, en la fría oscuridad, en lugar de en la puerta. Ella asintió sutilmente, luego desapareció de la cocina.

Poco después, el Agente Especial del FBI Ed Cartwright apareció por la puerta trasera. Con un metro ochenta y cerca de los cincuenta años, tenía una complexión delgada, vestido con jeans y una chaqueta verde bosque de North Face, su cabeza calva cubierta por una gorra de los New York Giants. La actitud del agente evidenciaba que la situación con su hija lo estaba desgastando.

—No deberías estar aquí —saludó Cartwright, sentándose en el banco de pino barnizado que estaba frente a él—. La familia es lo primero.

Joseph no dijo nada.

—Aún no la has visto, ¿verdad? —

El le lanzó una mirada firme.

Con su mensaje tácito recibido, Cartwright dejó el tema de lado. —Temo por el personal médico —dijo con ligereza, familiarizado con Belle McBain y su costumbre de no llevarse bien con los demás. Se frotó la barbilla con una mano enguantada. —Te ves bien.

—No podría decir lo mismo de ti —replicó Joseph con franqueza. Durante su colaboración, Cartwright proyectaba la imagen de alguien diez años más joven y en plena forma. Sus años de alcoholismo intenso no le habían dejado marcas visibles. Sin embargo, apenas reconocía al agente sentado frente a él. Parecía exhausto, frágil y abatido. Su hija, víctima de un brutal asalto, devastaba al agente cuyo sufrimiento lo consumía por completo. El perpetrador seguía prófugo, lo que aumentaba la carga sobre el agente.

Cartwright exhaló un profundo suspiro. "Así me lo han dicho." Luego agregó, "Te esperaba hace días."

"Tuve que atender algunos asuntos." Su regreso a EE. UU. tras dos años de esconderse para ayudar a su amigo fue crucial, pero proteger a su hijo tenía una importancia aún mayor. El golpe contra él y su hijo fue cancelado, pero eso no significaba que estuvieran completamente seguros. Años de asesinatos trajeron la amenaza constante de venganza contra él y EJ. En su nuevo hogar en Long Island, lé y EJ instalaron un sistema de seguridad de última generación. Luego viajó a Jersey City para recuperar armas de un viejo conocido. El favor que levantó el golpe no se discutió, pero tuvo un costo: una jugada calculada a cambio de protección.

Cartwright simplemente asintió, acostumbrado a la reticencia del exasesino sobre detalles.

—¿Cómo está Melissa? —preguntó ahora. La hija mayor del agente, Melissa Cartwright, tenía veintinueve años y era psicóloga.

"Mejor que su viejo," dijo Cartwright. "Ella regresó a su apartamento en la ciudad y volverá al trabajo la próxima semana. Afirma que es lo mejor para ella."

"Quizás lo es."

—Quizás. —Negó con la cabeza. "Dios, Joseph, considerando mi experiencia con las peores cosas inimaginables en mi profesión, pensarías que podría manejar esto. Nunca, ni en un millón de años, pensé que algo así le sucedería a mi familia."

Joseph comprendía en parte el calvario del agente. El descubrimiento de que EJ era su hijo llevó a Joseph a proteger a EJ y a su madre, pero el plan de secuestro de Víctor Simone—pese a la creencia previa de Joseph de que Víctor era su padre—lo lanzó a una lucha desesperada para salvar a su hijo.

Los niños cambian a las personas.

Los ojos de Cartwright cambiaron de expresión en un instante. La rabia y la determinación habían sustituido a la derrota y la desesperanza. Enderezó la postura, mandíbula apretada, puños inconscientemente cerrados.

—Encuentra al hijo de puta que lastimó a mi hija —dijo con firme convicción.

Siete meses antes, en el momento del brutal asalto a Melissa, Cartwright se comunicó con él. La amenaza sobre la vida de Joseph y EJ le impidió ir a Nueva York a cazar a quien cometió la terrible acción, pese a su fuerte deseo de hacerlo. De algún modo, las cosas siempre se arreglan. Días antes de la llamada de Cartwright la semana pasada, levantó el golpe sobre su vida a cambio de un acto modesto. Lo que implicaba ese favor nunca se pronunció, pero su peso permanecía entre ellos.

El agente, meses después del ataque, estaba desesperado y divagando, su furia explotando por teléfono ante el crimen impune del agresor. La investigación policial alcanzó un callejón sin salida, obstaculizada por la falta de pistas, testigos y los escasos detalles que Melissa podía recordar sobre el agresor. Él le había indicado al agente que no revelara detalles hasta su llegada a los EE. UU.

Joseph ahora deseaba esos detalles. "Desde el principio."

Con un suspiro profundo, Cartwright bajó momentáneamente la mirada. Ni siquiera la oscuridad de la noche podía ocultar el dolor grabado en su rostro y en sus ojos. El brutal ataque y el intento de asalto sexual a su hija era una imagen difícil para él, y para cualquier padre, de conjurar en la mente. Cartwright carraspeó. "Era sábado por la noche. Para ponerse al día con su papeleo, Melissa trabajó hasta tarde. Salió de la clínica poco después de la medianoche y caminó seis cuadras hasta su casa. Nos preocupaba que ella viviera en ese vecindario. Hill Heights ya no es lo que fue antaño; continúa siendo azotado por personas sin hogar, consumo de drogas y violencia de pandillas. Melissa ignoraba tanto a su madre como a mí. Ayudarlas, decía, implicaba superar su miedo." Él negó con la cabeza. "Seis malditas cuadras."

La diferencia entre caminar seis cuadras tarde en la noche por un barrio peligroso y una cuadra en el Upper East Side no significaba nada para Joseph. En cualquier lugar de la ciudad, caminar solo de noche implica un riesgo. Aunque el agente sabía esto, la culpa y la ira nublaban su visión.

"¿Qué sabes sobre la clínica?"

"Darvere Care Solutions es una gran institución de salud mental. En todo el estado de Nueva York, cuentan con oficinas, clínicas y centros de tratamiento psiquiátrico que ofrecen cuidados tanto a corto como a largo plazo. La sede principal de DCS es un edificio de veinte pisos en la Calle 75 y Primera Avenida. Las oficinas de los doctores ocupan varios pisos. Por una tarifa horaria elevada, DCS ofrece terapia para diversos problemas, incluyendo trastornos de salud mental, consejería matrimonial, trastornos alimenticios, trastorno de estrés postraumático, terapia para el duelo y más. La Clínica de Salud Mental Darvere, una organización sin fines de lucro de DCS, abrió sus puertas justo al lado hace cinco años, enfocándose en el creciente número de personas sin hogar en la ciudad con problemas de salud mental, además de asistir a pacientes de bajos recursos y indigentes.

"¿Cuánto tiempo lleva Melissa en la clínica?"

"Un par de años." Durante el último año de universidad de Melissa, realizó su pasantía en DCS, y le ofrecieron un puesto al graduarse, lo cual esperaba con ilusión. Su trabajo era agradable, con una oficina cómoda y un buen sueldo. Su lugar ideal estaba en otro lado. Se sentía insatisfecha con su nivel de contribución. La esperanza de Melissa era ayudar a aquellos temidos y olvidados por la sociedad, específicamente los enfermos mentales, y aceptó con entusiasmo el puesto en la nueva clínica de Darvere."

Sin haberla conocido personalmente, Joseph respetaba la fortaleza y la dedicación de Melissa hacia una carrera exigente que ayudaba a los enfermos. "¿Cuándo trabaja ella?"

"De nueve a cinco, de lunes a viernes. La clínica está abierta todos los días hasta las nueve de la noche." Una línea telefónica de crisis opera durante las horas nocturnas. Cada tercer fin de semana, los doctores y el personal alternan los turnos de ese fin de semana. El horario de Melissa incluía ese fin de semana.

"Como dije, salió de la clínica ya tarde." Se fue directa a casa, sin detenerse en ningún lugar. Agotada, todo lo que deseaba era una ducha caliente y dormir. Necesitaba regresar al trabajo temprano a la mañana siguiente. Él la emboscó en la esquina de la Calle 81 con Primera Avenida, arrastrándola por la propiedad de San Lucas hasta un patio oculto detrás de unos arbustos. La tiró al suelo con violencia, se colocó encima de ella y la golpeó hasta que estuvo a punto de perder el conocimiento. El hombre tenía la intención de violarla. Le levantó la camisa hasta la cintura y le rasgó la ropa interior. Estoy agradecido de que, por alguna razón, él no lo hiciera. Para confirmar, los resultados de la prueba del kit de agresión sexual fueron negativos.

Bajo la mesa, los puños de Joseph se apretaron, y sus ojos se endurecieron. Impulsado por una sed de venganza contra el hombre que lastimó a la hija de Cartwright, estaba listo para actuar.

El encargado de los terrenos de la iglesia la descubrió el domingo por la mañana, alrededor de las 5 a. m. , casi desnuda y apenas consciente detrás de unos arbustos. La policía registró la zona, pero no encontró nada. Nadie habla, aunque hayan visto algo. Un hombre con jeans, una sudadera con capucha oscura y guantes parecía seguir a Melissa, según las cámaras de la calle. A pesar de que los técnicos mejoraron la resolución, las imágenes aumentadas solo mostraban un logo de Nike en el pecho izquierdo de la sudadera, nada más. Tampoco había evidencia forense. Melissa, su ropa y la escena del crimen no mostraban rastro de cabello ni de fibras. Él sabía perfectamente lo que hacía.

Joseph estuvo de acuerdo. Un aficionado no era lo que estaban buscando. La vigilancia en la Ciudad de Nueva York se expandió dramáticamente después de los ataques del 11 de septiembre, resultando en una supervisión generalizada. El atacante ocultó su rostro con destreza, asegurándose de que no quedara ninguna evidencia. Sus acciones mostraban experiencia en el asalto a mujeres. Era calculado. Y preciso. Joseph había visto esa precisión antes.

Cartwright continuó. —Él no habló, y Melissa no pudo ver bien su rostro cuando la atacó, solo que era caucásico. No pudo determinar su edad. Más allá de que era un hombre blanco, sólo pudo identificar su colonia —dijo mientras se frotaba el rostro con una mano enguantada—. Jesucristo, Joseph, ni siquiera reconocí a mi hija en el hospital. Su rostro estaba terriblemente hinchado y lleno de moretones.

—Ella puede identificar la colonia del hombre —dijo Joseph, curioso.

—Extraño, ¿verdad? Desde que tenía quince años y trabajaba como promotora de fragancias en grandes almacenes, Melissa ha sido una fanática de esas cosas. Cristo, su colección. Más de cien botellas variadas, incluidas colonias para hombre. Según ella, la elección de una fragancia revela mucho sobre la persona.

Después De Que Ella Desapareció

Satisfecho con un simple aftershave, Joseph encontró el conocimiento de Melissa sobre perfumes inusual pero fascinante.

«Es una colonia nueva», explicó Cartwright, «llamada Entice, creada por un artista de hip-hop llamado G Fly. Al parecer, es la tendencia actual: artistas musicales en los primeros lugares tienen su propia línea de colonias.» Rihanna, Beyoncé, Drake — la lista continúa. Entice era relativamente nueva en el mercado, con unos seis meses. La colonia es popular entre adolescentes y jóvenes universitarios. Según Melissa, el aroma es insoportable. Ella dice que el olor le recuerda a ropa de gimnasio sudorosa y maloliente rociada con Lysol.

Los pensamientos de Joseph se tornaron hacia su hijo adolescente, EJ. Que chicos de la edad de su hijo violaran y agredieran brutalmente a mujeres lo consumía por dentro. La quemadura se intensificó mientras él meditaba sobre el maltrato que los hombres infligen a las mujeres. Aunque pudiera ser un asesino contratado, no era un trabajo impulsado por oscuros deseos ni placer alguno. La maldad de acechar a mujeres y niños vulnerables superaba con creces la de matar hombres malignos. Su satisfacción provenía de acabar con la vida de violadores, pedófilos y quienes abusaban de sus esposas y niños.

"Además," dijo Cartwright, "una colonia impregnaba al hombre. Su comportamiento lleva a Melissa a creer que lucha contra una baja autoestima, inseguridad y la sensación de ser ignorado, y que usa la colonia para atraer a los demás y ser notado. Parece que un hombre que huele bien tiene mucho peso ante las mujeres."

Joseph consideró que la colonia, habitualmente pasada por alto, podría ahora servir como un rastreador — un hilo sutil. Pero suficiente.

"¿Hay sospechosos o personas de interés a quienes deba priorizar?"

Cartwright negó con la cabeza. "Los colegas presentaron coartadas sólidas. Debido a la confidencialidad entre paciente y doctores, los doctores y el personal no revelan ninguna información. Como no proporcionan nombres, y dado que la mayoría de los pacientes son personas sin hogar, los intentos de localizarlos y entrevistarlos han fracasado. Melissa ni sus colegas reportaron problemas con el personal o los pacientes. El último novio de Melissa fue descartado. Ha pasado el último año en Europa sin visitar Estados Unidos. La NYPD no ha encontrado víctimas previas en los cinco condados que coincidan con el modus operandi del perpetrador, incluyendo cuatro casos abiertos de violación en Manhattan. Los asaltos variaron; el perpetrador no golpeaba a las víctimas, y no hubo mención de colonia. El VICAP tampoco aportó resultados.

El Programa de Investigación de Criminales Violentos, una base de datos nacional del FBI, le era familiar a Joseph. Sus asesinatos sin resolver permanecían registrados.

Cartwright extendió sus manos enguantadas frente a

él. "No puedo hacer nada porque tengo las manos atadas. Una llamada telefónica sobre este caso, y mi carrera termina. No hay nada que pueda hacer para ayudar a atrapar a esa criatura mientras él esté ahí afuera dañando a mujeres."

"Por lo que veo, tus superiores te hicieron un favor," dijo Joseph con sencillez.

Los labios de Cartwright se apretaron; empezó a hablar, pero luego cambió de opinión. En cambio, respondió con un asentimiento tajante; se negó a discutir. Su mirada cayó y se encogió de hombros. "No lo sé. Quizás sea momento de rendirse por completo."

Cartwright había nacido para combatir el crimen, pero su estado quebrantado como padre protector llevó a Joseph a cuestionar las posibilidades de éxito de su amigo más allá de eso.

"Lo encontraré."

"Y cuando lo hagas, le estarás aplicando su misma medicina. Le harás sangrar y gritar de horror tal como él hizo con mi hija. Haz que sufra en todos los sentidos hasta que suplique clemencia y confiese antes de que intervenga la policía."

Cartwright llamó a Italia precisamente por esta razón. Un padre, desesperado, sólo tenía una esperanza: que un asesino entrenado terminara lo que la policía empezó y no pudo concretar. Y porque se trataba de Cartwright y su hija, Joseph no dudó en cumplir la petición.

Los hombros de Cartwright se desplomaron y la

tensión se desvaneció de su rostro. La idea de que Joseph encontrara al hombre ofreció al Agente un pequeño consuelo.

—¿Ustedes, tú y EJ, planean quedarse un tiempo? — Por el momento —respondió.

Cartwright se enderezó, cruzó los brazos y lo observó fijamente. —¿Te importa explicar cómo anulaste el golpe contra ti, EJ y Ethan?

Una vez resuelto el golpe, Joseph informó al Agente sobre la amenaza anulada contra sus vidas. Ahora le comunicaba sin palabras a Cartwright que la información no era para él.

—Entiendo —dijo Cartwright. Luego: —Belle preguntará, Joseph. ¿Es por eso que retrasas verla?

Él permaneciósilencioso.

"No estuve de acuerdo con la decisión de Ethan, pero entendí por qué la tomó. No estoy seguro de que Belle lo haga," dijo Cartwright con precaución. "Y si podrá perdonarlo esta vez."

Él evitó el tema. En cambio, dijo: "¿Recuerdas a Jonah Ross?"

La curiosidad destelló fugazmente en el rostro de Cartwright. "Por supuesto. ¿Por qué?"

"Mis fuentes dicen que él es el detective encargado del caso de Belle."

“Maldito mundo pequeño. Obviamente, está al tanto de Belle y de su relación contigo.”

——Cuento con ello.

Cartwright lo observó, y las intenciones de Joseph comenzaron a revelársele. “Jonah Ross preferiría verte muerto, con sangre brotando por cada orificio, antes que hacerte algún favor.” Cartwright hizo una pausa y esbozó una sonrisa meditativa. “Probablemente Belle ya esté dos pasos adelante de él en la investigación. Que Dios le conceda la supervivencia contra la furia de Belle.”

—Lo hiciste.

“Lo hice, pero ciertamente no fue un paseo por el parque.” Luego: “No es coincidencia que alguien la atacara donde la policía encontró esas tumbas. Esa persona conocía la ubicación de esas tumbas. ¿Conocía a Belle o la eligió al azar?”

Joseph mantuvo una mirada fija e inmutable.

“¿Crees que alguien tuvo la intención de hacerle daño?”

Su capacidad para percibir las intenciones nocivas de otro criminal permanecía sin explicación.

En lugar de quedárselo pensando, optó por usar su talento a su favor. —Sí, lo creo. —Entonces Belle debe ser la prioridad—”

—Belle y la policía pueden encargarse —dijo,

levantándose. "Te di mi palabra." Víctor Simone le inculcó muchas enseñanzas. Incluso hoy, una tenía para él un valor y significado profundos. La vida o la muerte dependían de la palabra de un hombre. "Recuérdate a ti mismo, Ed. Tu familia te necesita."

La voz de Cartwright se volvió suave. "Joseph."

Con un asentimiento firme al agente, en silencioso agradecimiento, se adentró en la noche oscura y fresca.

CAPÍTULO 7

Jonah Ross se levantó de golpe, empapado en sudor, con los ojos desorbitados y vacíos en la oscuridad. Las sábanas enredadas alrededor de su cuerpo desnudo; las quitó a la fuerza, arrojándolas al lado dela cama. Su respiración era agitada, cerró los ojos con fuerza, intentando desterrar el sueño. Abrió los ojos a una habitación aún oscura, pero el recuerdo nauseabundo había desaparecido.

Se dejó caer sobre la cama y enterró su rostro en las manos, frotándolas con fuerza. Habían pasado años desde que el sueño lo atormentaba así. El sueño que luchaba por mantenerlo lejano en lo más profundo de la oscuridad, para no elegir el camino equivocado, para no convertirse en el hombre sin alma como los malvados que asesinaron a su padre. Se convirtió en un policía, con la esperanza de combatir las injusticias del mundo y alcanzar la justicia que su padre muerto nunca recibió, mientras aseguraba una vida conforme a la ley. Trabajar en el caso McBain reavivó la pesadilla con una claridad aterradora.

Sus manos cayeron sobre la cama al abrir los ojos y contemplar el techo oscuro, sin percatarse de la lluvia que golpeaba con furia los ventanales del dormitorio. Jamás podría haber previsto sus circunstancias actuales. Dirigiendo la investigación sobre una víctima emparentada por sangre con su enemigo más odiado. Conteniendo su ira, tomó las sábanas, sus manos aferrándose al algodón. Maldito hijo de puta. Debería haberlo matado. Una profunda inhalación reveló el aroma del café, recordándole a su compañera de cama de la noche anterior. Miró el reloj en el buró: las 6: 01 a. m. La reportera Olivia Amato, su compañera de cama, llegó a su brownstone en Morningside

Heights cerca de la medianoche, intoxicada y sintiéndose profundamente excitada. A pesar de la intoxicación, Amato despertó temprano, preparó café y partió sin un beso de despedida. Una relación ideal. Duchado, vestido; jeans desgastados y un suéter negro ajustado que delineaba sus bíceps musculosos. Se calzó los Rockports gastados, sus favoritos. Guardó sus credenciales en el bolsillo y enfundó su arma de fuego. Escudriñó la habitación en busca de su teléfono celular, pero no lo encontró. Al recordar el punto de partida de las actividades de la noche anterior, se reprochó por su comportamiento irresponsable e inaccesible. No era una jugada inteligente para un detective jefe con tres casos activos.

Bajó las escaleras. Vientos fuertes y lluvias torrenciales azotaban la casa de piedra rojiza (brownstone) marrón. Supuso que los trabajos de excavación alrededor del Parque Fort Tryon estaban suspendidos. Ross soltó un suspiro. Quería que los casos avanzaran. El enfoque inmediato estaba en identificar el cadáver y los restos humanos. La investigación del ataque a Belle McBain no había arrojado resultados hasta el momento. La escasez de testigos y pistas, combinada con la posibilidad de que la lluvia borrara evidencias, obstaculizaba la investigación. Él entró a la cocina y se acercó a la encimera de mármol Calacatta y a la cafetera Cuisinart. Levantando la jarra de vidrio, sirvió café en la taza hasta llenarla por completo. Hace cuatro años compró la casa estilo brownstone, una propiedad para reparar, a un precio de ganga. Renovó cada habitación, completando el proyecto seis meses atrás. Al darse vuelta, se apoyó en la encimera; mientras sorbía la bebida caliente, percibió una sombra amenazante en su visión periférica. Soltó la taza por reflejo y esta se estrelló contra el piso de madera y que el café se derramara sobre él. Sacó su Glock, apuntando con el arma a la persona sentada en la mesa de la cocina. Su corazón se aceleró al reconocer de inmediato a esa persona.

"Hola, Jonah." El hombre, con un abrigo negro tipo pea coat, sorbió su café, impasible ante el arma apuntada hacia él. "Tu amigo periodista prepara una taza de café bastante buena." Una Beretta 9 mm yacía sobre la mesa, a una pulgada de la mano del hombre, lista para ser usada.

Él reprimió su estupor, apretando con más fuerza el arma de fuego mientras luchaba contra la necesidad de apretar el gatillo. —¿Qué diablos haces aquí? —exigió, al notar el objeto sobre la mesa.

Joseph Simone, en silencio, tomó un sorbo de café. —¡Respóndeme, hijo de puta!

Un teléfono celular, junto al arma, vibró, haciendo que la mesa retumbara. Simone lo levantó y examinó la pantalla. "La oficina del M. E. Es la tercera vez que llaman a este número. Debe ser importante." Dejó el teléfono sobre la mesa. "Eso es lo que hacen las mujeres atractivas con los hombres. Incluso para un oficial de policía, un momento de descuido puede ocurrir." Simone dirigió su mirada hacia la prenda de ropa en el piso de la cocina.

Los ojos de Ross siguieron su mirada, posándose en sus boxers navy de J. Crew descartados en la esquina, y sintió un rubor de humillación. Con sus casos aplazados hasta la mañana, Ross se fue a casa, comió comida china y se relajó con unas cervezas. Aunque él juró dejar el alcohol tras su viaje a Las Vegas, el caso McBain fue demasiado, llevándolo a beber dos botellas. Mientras ordenaba la cocina y se preparaba para dormir, un Amato borracho lo interrumpió. Apoyada en el marco de la puerta, ella irradiaba un erotismo palpable, con la mente centrada en una sola cosa. Ella no perdió tiempo en despojarse de su blusa de seda y de sus jeans ceñidos, besándolo mientras lo desnudaba. Encontraron el camino hacia su cama en el piso superior, olvidando su teléfono y el trabajo.

No. La fuente de su vergüenza no era la conciencia del asesino sobre su actividad sexual. Su posición comprometida —vista por Simone mientras estaba distraído por una mujer durante tres investigaciones cruciales— causó un intenso malestar al detective de homicidios.

La mesa sintió otra vibración del teléfono. Simone la ignoró, manteniendo el contacto visual. Ross casi se estremeció cuando los ojos fríos y vacíos del asesino se fijaron en él. Pero no le daría a Joseph Simone esa satisfacción. Se mantuvo firme, con su arma apuntando al intruso —su amigo de la infancia.

Simone, con voz serena, elogió a Jonah por sus logros. "Una novia hermosa, un buen lugar y un detective del NYPD. Bill estaría orgulloso."

"Ni se te ocurra hablar de mi padre," dijo Ross con los dientes apretados. "Ya lo he dicho antes. Yo no lo asesiné."

Hasta hace dos años, Ross había creído durante diecisiete años que Joseph Simone había asesinado a su padre. La verdad carecía de importancia. Para él, la relación de Joseph con Víctor Simone lo hacía igualmente responsable del asesinato de Bill Ross, su padre. Ross acusó: "Podrías haber evitado el ataque advirtiéndome, permitiéndome proteger a mi familia."

"No, no podía," respondió Simone.

"¡Mentiras! Eres un asesino a sangre fría, nada más." —Tú no lo eres.

Ross vaciló, resistiendo el impulso de disparar. Aunque un instante de satisfacción sería tentador, lo convertiría en tan malo como Simone.

"No te quiero hacer daño, Jonah," dijo Simone.

La incredulidad lo hizo soltar una risita sarcástica. "Claro," dijo, señalando con la barbilla el arma de fuego sobre la mesa.

"Protección. Por si intentas matarme por segunda vez." "Debería arrestarte por entrar a mi casa." "Podrías intentarlo."

La arrogancia de Simone lo enfureció aún más. Bajó el brazo, con el arma de fuego

permaneciendo a su lado. "¿Qué diablos quieres?" — Hablar.

"Hablar," dijo, con tono despreocupado. Entonces comprendió. "Tu hermana es la razón por la que estás aquí."

Simone guardó silencio.

Ross no pudo evitar notar cómo el tiempo había, con delicada suavidad, envejecido a Joseph Simone. Su vida criminal no lo había desgastado ni envejecido. Simone permanecía en forma e increíblemente apuesto. "¿Cuestionas mi objetividad?" Un calor recorrió su cuerpo. "Investigaré a tu hermana como a cualquiera."

"Me alegra oírlo," dijo Simone. "Belle, ella es obstinada, impulsiva, decidida. Después de salir del hospital, irá a encontrar a la persona responsable de que ella haya estado allí."

La percepción precisa de Ross durante su entrevista con Belle McBain. Una mujer indómita que se desempeñaba como investigadora privada era una receta de problemas para él. Ross también creía que McBain no dudaría en aprovechar las lagunas legales a su favor. "¿Cuál es tu punto, Simone?"

"Obsérvala de cerca," dijo Simone, bajando ligeramente el tono. "Ella no se echará atrás, aunque eso la ponga en peligro."

"¿Por qué?" ¿Porque sospechas que aún está en

peligro? ¿Algún tipo de instinto asesino, eso es?"

Simone se levantó, evitando la ropa tirada en el suelo mientras caminaba hacia la cocina. El teléfono celular sobre la mesa vibró otra vez. Él permaneció en la entrada de la habitación y por un momento fijó la mirada en él. "Algo así," dijo, pero era más que intuición: era una certeza profunda y persistente de que el peligro seguía cerca de Belle.

"¿Ahora vas a decirme que la persona que la lastimó también mató a las dos víctimas que encontraron?"

Simone levantó el cuello de su abrigo y sacó unos guantes de cuero de un bolsillo. "O que sabe que los cuerpos están enterrados allí."

El instinto de un asesino. ¿Existía realmente? Desató un pensamiento inquietante pero curioso en su mente. "¿Por qué el hermano mayor no está buscando a su hermana?"

Su pregunta no recibió respuesta. En cambio, Simone dijo: "Mi consejo es que trabajes con ella. Esto será una ventaja para tu investigación. Ella posee un recurso único que las fuerzas del orden no tienen."

Ross se rió entre dientes. "Sí, ¿y cuál es ese?"

"Lo verás."

Al partir Simone, una sensación de pesadez se asentó en el aire. Ross lo vio irse, con una inquietud creciente en el pecho—no miedo al asesino, sino temor a lo que Belle McBain pudiera descubrir antes que él pudiera.

Dominado por un impulso, Ross no pudo detenerse.

¿Cuántas personas has asesinado y, sin embargo, sigues siendo un hombre libre? Espero que tu pasado te alcance y te conduzca a la muerte. Bailaré sobre tu tumba."

Sus palabras cayeron en oídos sordos mientras Simone salía por la puerta.

Ross permaneció inmóvil, con la mente dando vueltas de incredulidad y choque por toda la mañana; jamás imaginó despertar y encontrarse con Joseph Simone en su casa. Dejó ese recuerdo de lado por ahora, concentrándose en las prioridades de la investigación. Guardó su arma en la funda y luego comenzó a recoger los fragmentos destrozados de su taza; sin embargo, su teléfono sobre la mesa vibró de nuevo antes de que él tuviera oportunidad de revisar sus mensajes. Se apresuró a tomarlo, mirando el identificador de llamadas. "¿Sí, Mueller?" Su tono fue cortante.

"Una mañana alegre para ti también." Luego: "¿Dónde has estado?" El doctor Shelby y yo hemos estado intentando comunicarnos contigo."

Se sintió poco inclinado a relatar su loca mañana. Él no lograba encontrar la forma de describirlo, para ser sincero. En vez de eso, fue directo al punto. "¿Qué está pasando?"

"Tu evasiva me indica que tienes o tuviste compañía."

Ross se frotó la sien; su estado de ánimo y sus nervios no estaban en disposición de soportar la insistencia de su compañero. "¿Qué encontró Shelby, Mueller?"

"Nada de besos y secretos. Está bien. Tu escapada

romántica con el buitre no me interesa en lo más mínimo. Ahora, si fuera una nueva compañera—"

"Maldita sea, Mueller," dijo Ross.

"Vaya, alguien parece tener un terrible caso de lunes. Bueno, esto le cambiará esa mueca. Esta mañana, Shelby identificó con certeza al cuerpo reciente. Se está realizando una verificación de antecedentes y una búsqueda en la base de datos de personas desaparecidas. Además, de los restos humanos, Shelby encontró un medallón similar al hallado en la víctima reciente, en un bolsillo del vestido."

A Ross lo recorrió un escalofrío. Los instintos de Joseph Simone rara vez fallaban, pero esta exactitud lo inquietaba más de lo que quería admitir. —Ese hijo de puta —murmuró Ross. Simone y sus malditos instintos.

—¿Qué fue eso? —preguntó Mueller. —Nada.

—Amigo, necesitas tomarte una pastilla para estar feliz antes de entrar. —Si tan solo existiera una pastilla mágica para borrar a Simone de su mente.

CAPÍTULO 8

Conduciendo el Caprice asignado por el departamento, el viaje de veinte minutos de Ross al precinto se demoró más de lo esperado debido a la intensa lluvia y las calles resbaladizas. En el Henry Hudson Parkway, Ross intentó en vano olvidar a Joseph Simone, su inseparable amigo de la infancia, y los días previos al fin de su amistad. Antes de que Simone cambiara. Ross se reprochó permitirse recordar tiempos más felices junto al despiadado asesino. Giró a la izquierda en la calle West 178th desde Riverside Drive y luego nuevamente en Broadway. Frunció el ceño al detenerse junto al edificio del precinto y su estacionamiento.

Él avanzó lentamente el auto por el estacionamiento repleto hacia la parte trasera del edificio, incapaz de encontrar un lugar para estacionar. Puso el auto en parque y se quedó sentado, con el motor en marcha. Una espera de cinco minutos le trajo de nuevo a la mente las palabras de Joseph Simone, despertando su curiosidad sobre la posible ayuda de Belle McBain en la investigación. Impulsado a resolver la triple investigación —el asesinato, los restos descubiertos y el asalto a McBain— meditó si la ayuda de McBain aceleraría su éxito. Idiota, ¿qué diablos estás pensando? Rechazó rápidamente la idea, arrepintiéndose al instante de su breve encuentro, considerando que la mera presencia de la mujer lo ponía tenso e incómodo.

Después De Que Ella Desapareció

Finalmente, un auto en el lugar más lejano al edificio se fue, permitiéndole deslizarse en el espacio estrecho. Apagando el motor, Ross cruzó de un salto el estacionamiento inundado, empapándose. Subió las escaleras de concreto, accedió a la puerta con su tarjeta y luego la abrió. Sacudiendo la cabeza mojada, se peinó hacia atrás y se limpió la humedad del rostro y la chaqueta mientras caminaba hacia la unidad de homicidios. Los detectives y el personal se apresuraban en sus tareas matutinas: atendían llamadas, revisaban expedientes y disfrutaban de café y conversación. Al no ver a los miembros de su equipo, concluyó que se habían reunido en la sala de guerra.

Se quitó la chaqueta de cuero, colocándola sobre el respaldo de la silla de su escritorio al pasar, y se dirigió a la sala de guerra. Notó la puerta cerrada de la oficina del teniente mientras avanzaba. Visible a través de las persianas abiertas, la Teniente estaba sentada en su escritorio, con el auricular del teléfono fijo pegado al oído y su rostro reflejaba el estrés.

Mueller, sentado en la larga mesa rectangular, observó a Ross de pies a cabeza. —¿Sabes que existen los paraguas, verdad?

Al otro lado de la mesa, la detective Chen levantó la vista de su computadora portátil. Notó que estaba empapado. —Se va a enfermar, y todos sufriremos las consecuencias.

El escuadrón utilizaba la sala de conferencias como

su sala de guerra. Para resolver casos de alto perfil o múltiples, el escuadrón colaboraba, compartiendo información clave para asegurar la unidad del equipo. Los casos, aunque tenían menos de veinticuatro horas, parecían investigaciones de larga duración según la mesa desordenada. Una colección caótica pero ordenada de archivos, papeles, computadoras portátiles, vasos de unicel y latas de refresco ocupaba la mesa. Un gran tablero de casos estaba al fondo de la habitación, junto a un mapa mural del Parque Fort Tryon.

Ross tiró de una silla en el cabecero de la mesa y se sentó. "¿De qué se trata eso?" preguntó, señalando por encima del hombro, refiriéndose al Teniente.

Mueller levantó una ceja. "Charlando con elalcalde."

Eso explicaba la puerta cerrada. El alcalde Robert Jones era un opositor constante del departamento. Un hombre egoísta y un político descarado, cuya única preocupación era aparentar rectitud. Que los contribuyentes de Nueva York se atengan a las consecuencias. Su nombramiento en el cargo seguía desconcertando a Ross.

Ross examinó el tablero de casos. Adjuntas al tablero cuando se fue anoche estaban las fotos del cadáver, los restos humanos y el primer medallón; Cada foto tenía una pequeña leyenda. Esta mañana, sin embargo, Mueller había añadido información extra y nuevas fotos a sus notas—incluyendo una imagen del segundo medallón, Belle McBain, y una foto de rostro de la víctima fallecida con su nombre. Ross no pudo resistirse. Su mirada se deslizó de la foto de identificación de la joven a la de McBain, deteniéndose en esta última como si la viera por primera vez. No pudo ignorar su belleza, sus misteriosos ojos avellana brillando a través de sus heridas. La misma foto suficiente para hacerle sentir su atracción seductora. No dudó que muchos hombres la persiguieran mientras que las mujeres la rechazaban por su apariencia. Una mujer impactante con una actitud aguda, pensó Ross. Imaginó que debía ser bastante desafiante para el Señor Banks, su pareja, manejar problemas diarios en tantos niveles. Banks. El nombre le parecía familiar, pero no lo había ubicado hasta ese momento. ¿De dónde conocía ese nombre? El sonido de la puerta abriéndose tras él detuvo su hilo de pensamiento.

La Teniente Marlo Winter entró en la habitación, con sus zapatos de tacón resonando, y una expresión severa en el rostro. Ella vio lo deplorable que se veía al pasar junto a él; abrió la boca para decir algo, pero cambió de idea, negando con la cabeza en señal de desaprobación. Como de costumbre, el afilado traje gris carbón de Winter y su blusa de satén blanca lanzaban una contundente declaración. El estilo seguro de Winter resultaba intimidante. Mientras Ross mostraba poco interés, la Teniente y Mueller — conocidos por su obsesión con la moda — entablaban a menudo conversaciones intensas sobre las tendencias actuales.

Winter, con los brazos cruzados, se paró junto al tablero de casos. —El alcalde exige respuestas —dijo ella. —Espera que el restaurante y sus terrenos vuelvan a operar para el fin de semana. La boda de la hija de un político prominente tendrá lugar en Green Tree este fin de semana, y el alcalde quiere asegurarse de que se realice. La víctima inicial ya es conocida. ¿Qué información tenemos sobre ella?

"Dr. Shelby identificó a la víctima, Ellie Barnes, de veintitrés años, mediante un retenedor dental," afirmó Mueller. "Barnes, originaria de Wayzata, Minnesota, se mudó a la ciudad hace cuatro años, residía en Hell's Kitchen y asistió a Trent Designory. Lamentablemente, sus padres y dos hermanos fallecieron en el crucero Del Concordia, que naufragó frente a la costa de Grecia hace dos años. Vicki Clarkston, tía de Barnes residente en Wayzata, Minnesota, fue notificada y posteriormente confirmó la identidad de su sobrina por medio de un video. Pidió tiempo para asimilar la noticia y devolverá la llamada para la entrevista."

Ross dirigió una mirada hacia la fotografía de la víctima. Poseía un rostro hermoso, cabello largo rubio cenizo y ojos benevolentes. Una cualidad íntegra la definía. Su asesinato y un homicidio antiguo sin resolver—¿cuál sería la conexión? Lógicamente, fue un asesinato al azar—sin vínculo con ningún otro caso; Barnes simplemente estuvo en el lugar equivocado, en el momento equivocado. Como Ross sabía, un argumento lógico para una persona podía parecer una locura para otra.

—La detective Torres está ausente —dijo el teniente, recién consciente de la ausencia de su equipo—. ¿Dónde podría estar?

La detective Chen arqueó la espalda, liberando la tensión. —Él está revisando las grabaciones de las cámaras de seguridad del museo y del restaurante Green Tree.

El teniente asintió con rigidez. —¿Qué sabemos sobre la víctima del asalto?

—Annabelle Lilian McBain es la única hija de Ethan y Lilian McBain —dijo Chen, señalando un expediente abierto sobre la mesa frente a ella—. La madre falleció tras el parto. Su difunto padre fue un abogado defensor de primera categoría en Jersey City. McBain siguió los pasos de su padre: se graduó en la Universidad John Jay, aprobó el examen de abogacía, pero nunca siguió una carrera legal. No tenía empleo registrado antes de hace tres años. Sus registros financieros revelan un gran fondo fiduciario; Sospecho que así se sostenía a sí misma." Ella hizo una pausa. Ross sintió la inquietud de Chen y esperaba lo que vendría a continuación. "A los dieciocho," continuó Chen, "su padre, un supuesto abogado corrupto, fue asesinado, un golpe ordenado por el infame asesino a sueldo Víctor Simone. Acusaron a Anthony Carzossa, uno de los hombres de Simone, pero nunca lo condenaron. Un expediente policial siguió al asesinato de su padre. Múltiples arrestos por conducta desordenada e intoxicación pública. Su último arresto fue hace seis años por conducir bajo los efectos del alcohol. Chocó su vehículo contra un barranco y terminó en el hospital. Como parte de un acuerdo judicial, el juez le suspendió la licencia, impuso una fuerte multa y la envió a rehabilitación. Pasó tres meses en el Centro de Rehabilitación Terrace Gardens en la zona rural de Nueva York. Hace tres años, como todos sabemos, McBain sobrevivió a su secuestro por Víctor Simone."

"Al entrevistarla," dijo Mueller, "veo cómo

sobrevivió."

Ross no pudo refutar ese hecho.

"Ese mismo año," continuó Chen, "McBain se asoció con Osmond Banks para abrir una firma de investigación privada tras obtener la licencia necesaria." Su firma, Investigaciones McBain y Banks, ha ganado reputación, estableciendo una clientela lucrativa. Parece que McBain alcanzó notoriedad después de su calvario."

En su breve encuentro con McBain, Ross afirmó que su personalidad, no su sufrimiento, contribuyó al éxito de su negocio. Se imaginaba a McBain como una bola demoledora, derribando cualquier barrera para alcanzar sus objetivos.

Chen también mencionó: "Torres y yo entrevistamos a EJ Harding, sobrino de McBain, en la residencia de McBain en Nueva Jersey. Lo único que pudo aportar fue que escuchó lo que parecía una pelea por teléfono y llamó a la policía. Aunque McBain opera principalmente desde casa, Torres y yo también visitamos la oficina que comparte con Banks. Déjame decirte, su infraestructura informática es extensa, de alta tecnología y rivaliza con la de seguridad nacional. Para una firma de dos investigadores privados, el sistema es bastante complejo."

"¿Tenemos alguna actualización sobre su estado actual?" preguntó el Teniente.

"Verifiqué en el hospital," dijo Chen. "La condición de McBain sigue siendo estable." Su cabello lacio, oscuro y hasta los hombros caía suelto, con mechones recogidos detrás de una oreja. Ross notó su rostro demacrado, más pálido de lo habitual, y sus ojos rojos con profundas ojeras. Otra noche difícil en casa. Seis meses atrás, Chen se había mudado a Queens para ayudar a su padre a cuidar a su madre, quien padecía Alzheimer.

"Esperemos que siga así," comentó Winter.

"Además," dijo Chen, "hablé con el Dr. Logan, el antropólogo. Un informe preliminar sobre los restos óseos estará disponible pronto y el laboratorio está trabajando actualmente en la cruz blanca."

"Hemos suspendido la excavación del bosque hasta que cesen las lluvias," dijo Winter, frunciendo el ceño. "Maldita lluvia. Necesitamos saber con qué estamos lidiando."

Ross centró su atención en las fotos de los dos medallones en el tablero de casos. Ambos objetos tenían grabados; Sin embargo, su representación era ambigua en las imágenes. "Los medallones podrían significar una firma," dijo.

"Considerando un patrón serial, ¿las víctimas fueron seleccionadas o fueron al azar?" afirmó Chen.

"¿Y hubo un intento deliberado de atacar a McBain?" dijo Mueller.

A pesar de la dificultad para aceptarlo, Simone tenía razón. Cuanto más miraba el tablero de casos, más convencido estaba de que la proximidad del ataque a McBain con los cuerpos no era una coincidencia. El atacante de McBain tenía que estar al tanto de la ubicación de los cuerpos. Admitir ante el Teniente que el asesino contratado lo visitó comprometería su posición en el caso debido a un conflicto de intereses, afirmación que negaría vehementemente. Sus obligaciones en el caso McBain permanecen sin afectarse por su relación con Simone, sin importar sus lazos familiares. Sospechaba que el Teniente no estaría de acuerdo y lo apartaría del caso. No era un riesgo que estuviera dispuesto a correr.

—La especulación no resuelve los casos, gente —dijo Winter, mirando el tablero de casos. —Necesitamos hechos que lo respalden. Dos medallones no son suficientes. Puede que haya o no una conexión entre las pruebas de los tres casos —pausó, se acarició la nuca—. Dios, un serial. Lo último que necesita esta ciudad. —Miró a Ross y a Mueller—. Ustedes dos se encargan del caso Barnes; Chen y Torres trabajarán el caso McBain. El turno B se hará cargo de nuestros casos actuales y los que lleguen. Colaboren con los detectives del precinto para una resolución más rápida de estos casos. Pongámonos a trabajar. —Ella salió de la habitación.

Ross se levantó. —¿A dónde en Hell's Kitchen? —le preguntó a Mueller, refiriéndose a la dirección de la casa de Barnes.

—Cuarenta y cuatro con diez —dijo Mueller, levantándose.

A punto de irse, Ross se detuvo y se volvió hacia Chen. —El socio de negocios de McBain, Osmond Banks.

"¿Y qué hay de él?" "¿Lo revisas, verdad?"

Una expresión de desconcierto pintó el rostro de Chen. “Claro.”

Él pasó junto a Mueller, ignorando la mirada inquisitiva de su compañero.

CAPÍTULO 9

La corriente rápida y vigorosa del agua en la piscina alimentaba las brazadas de estilo libre de Os, confiriéndole determinación e intensidad. Con dispositivos de flotación sujetos a sus piernas, elepulsado atravesó las olas del chorro como si gozara de total movilidad. Con movimientos rítmicos de los brazos, giró el cuerpo para respirar hacia un lado mientras un brazo trazaba un movimiento circular en el agua.

Pasó la noche en la Victoriana con EJ, planificando estrategias. Entró a la oficina compartida con Belle a las 7: 00 a. m. , listo para comenzar su investigación sobre el intento de asesinato. Sin embargo, la activación de sus dispositivos electrónicos trajo a su mente un pensamiento inimaginable, paralizándola y congelando su tacto. La vida sin Belle lo llenaba de terror. Una opresión le constriñó el pecho; su respiración se volvió rápida y superficial. Detente. Ella está viva. Él intentó desterrar ese pensamiento inquietante, pero persistió. Esa idea lo había perseguido antes, intensificándose con la espiral descendente de la adicción de Belle, provocándole una inmensa angustia y pánico. Por fortuna, Dios había protegido a Belle en esos episodios y también ahora. La severa incomodidad que brotaba de su torso tenso requería nadar. Dejó una nota para EJ cuando despertó y se fue.

Después De Que Ella Desapareció

Su amplio condominio estaba a poca distancia tanto de la casa de sus padres como de la de Belle; se mudó de regreso a Nueva Jersey después del accidente de Belle para estar cerca de ella. Incluso un edificio sucio, plagado de ratas, cerca de Belle le habría resultado aceptable. Su necesidad de ayuda seria era incuestionable, y se negó a permitir que ella se autodestruyera tomando el camino fácil. Amplia y renovada, la casa accesible para silla de ruedas contaba con un espectacular loft y sala de estar, una gran cocina, techos catedralicios y una alta ventana redonda al frente. El amplio espacio se veía aún más realzado por una terraza en la azotea con vistas a Nueva York y Jersey City, además de una veranda y un patio de ladrillo. Aprovechando el espacio adicional, él creó un gimnasio en casa sobre su patio cerrado de ladrillo, completo con pesas libres, una máquina Nautilus y una piscina para nadar a contracorriente. Belle llamaba a su "tina de pensar": una máquina de natación con un solo propulsor, de 5 caballos de fuerza, con una profundidad estándar de agua de 39 pulgadas, un lugar al que él acudía en tiempos de problemas y dudas.

Un accidente a caballo a los quince años lo dejó paralizado, un diagnóstico devastador. Las cosas más difíciles para él de entender y aceptar eran las muchas que tendría que abandonar y que ya no podría hacer. Una vez dado de alta tras un mes en el hospital, comenzó el arduo trabajo. Un centro líder en rehabilitación para pacientes internados jóvenes con lesiones medulares fue el escenario de su primer nado tras quedar parapléjico. Construyendo fuerza central y equilibrio, comprendió lo absurdo de aceptar sus limitaciones. Aunque su yo de quince años aceptó su paraplejía, se negó a dejar que esta lo controlara. A pesar de los desafíos, descubrió su resiliencia y superó lo que creía que eran sus límites.

Él no merecía todo el crédito. Su lesión nunca alteró la percepción que sus padres y Belle tenían de él, ni siquiera al principio. Lo protegieron del auto compadecerse, creyéndolo capaz de cualquier cosa. Fomentaron su independencia, alentándolo a luchar por sus propios objetivos y ambiciones. Debe su felicidad y éxito en la vida más al apoyo persistente de ellos que a su propio esfuerzo.

Con los músculos del brazo ardiendo por el agotamiento, ejecutó un último golpe, se volteó sobre la espalda y dejó que la corriente lo llevara hasta el extremo de la piscina. Se sostuvo del borde para apoyarse mientras alcanzaba el interruptor de apagado del sistema y se tomó un momento para recuperar el aliento antes de maniobrar sobre su costado. Detrás de las gafas protectoras, sus ojos miraban el techo blanco, sus brazos remando en cámara lenta para mantenerse a flote. El intenso entrenamiento le proporcionó alivio, eliminando la tensión de su cuerpo. Su terapia acuática, desafortunadamente, no logró calmar su mente. ¿Por qué Belle? ¿Acaso no ha soportado ya suficiente dolor? Incluso después de la muerte de Víctor Simone, Os estaba convencido de que la organización actual de Simone no había orquestado el ataque. De lo contrario, ella estaría muerta. Otra persona quería hacerle daño a Belle. Esta mujer: ¿quién es y por qué quería eliminar a Belle? ¿Por qué en el Parque Fort Tryon? Le resultaba profundamente desconcertante la elección de la mujer por el método del estrangulamiento. Hay formas mucho más simples y rápidas de acabar con el trabajo.

Él alcanzó el borde de la piscina, se sujetó y se quitó los flotadores de las piernas. Respiró hondo, activó el temporizador en su reloj y luego se hundió hasta el fondo de la piscina, usando sus brazos para mantenerse sumergido. Su mente se centró en las tumbas. No podía ser coincidencia que la mujer llevara a Belle a esas dos tumbas entre las vigas. La mujer sabía de las tumbas. La policía debía sospechar lo mismo. Belle, él lo sabía sin lugar a dudas, sospechaba que alguien la tenía como objetivo. Eso encendería su furia y dejaría de lado sus heridas; estaría tentada a abandonar el hospital, decidida a encontrar a su atacante.

Él emergió, jadeó por aire y detuvo el temporizador. Un minuto, ocho segundos. No fue su mejor tiempo. Él se quitó las gafas protectoras, apoyó los brazos en el borde de la piscina y recordó la excursión al museo del domingo. Un día perfecto, hasta que ocurrió la acalorada discusión. Otra pelea estúpida entre Belle y él, relacionada con su padre. Las palabras que le dijo. El dolor en su rostro. Si no me hubiera enojado tanto. Los esfuerzos molestos de Belle por reparar la relación fracturada con su padre no eran el problema. Su preocupación por su felicidad, aunque ella se sintiera rechazada y dolida, le hizo apreciar sus intenciones y amarla aún más de lo que creía posible. Su amor por Belle superaba la amistad. Él estaba profundamente enamorado de ella y lo había estado desde la infancia. Debí haberle contado lo que mi padre sabía desde el principio. La verdad que su padre le ocultaba. Y ahora, el secreto de Os. A lo largo de sus años juntos, él se mantuvo sincero y transparente con Belle. Su honestidad cruda y confianza increíble eran algo especial. Preferiría renunciar a recuperar el uso de sus piernas antes que perder la relación con Belle. Aunque su amistad enfrentaba desafíos, su fundamento era un amor incondicional y una devoción que siempre los mantendría unidos. Su traición, un silencio de dos años, podría dañar irremediablemente su amistad si él confesara ahora, quizá incluso provocando la recaída de Belle; la única persona en quien ella confiaba la había fraudado. Él parpadeó para alejar las lágrimas mientras la culpa y el arrepentimiento volvían, deseando poder cambiar el pasado.

"Tierra a Os," dijo EJ, inclinado hacia adelante, agitando una mano para atraer la atención de Os.

Os, sacudido de su oscuro ensueño, alzó la vista hacia EJ. "Hola," dijo. Él sumergió la mano en el agua y luego se secó el rostro, ocultando sus ojos húmedos. "Esperaba que durmieras hasta tarde." Repasaron el relato de Belle sobre el asalto y la mujer hasta las 3 a. m. , discutiendo los eventos previos al ataque, casos anteriores, posibles represalias contra Belle y el descubrimiento de dos tumbas. Tras finalizar el horario del día siguiente, la conversación derivó hacia temas más casuales como deportes, chicas y asistir a la universidad, aliviando el ambiente. Con la estatura de EJ, su físico atractivo y sus ojos serios, el joven parecía mayor de lo que realmente era. Él había vivido mucho en su breve existencia. Perder a su madre, descubrir la identidad de su padre y vivir oculto—todo ello siendo víctima de Víctor Simone—sería difícil para cualquiera, especialmente para un adolescente. A su modo, EJ navegó entre su tormento emocional, aceptando las circunstancias de su vida y madurando hasta convertirse en un hombre estoico y serio, reflejo de su padre. EJ le hizo saber, en medio de la conversación, que él y Joseph ya estaban fuera de peligro. La noticia emocionó a Os, pero su regreso también planteó una pregunta crucial. Él sabía con certeza que la pregunta atormentaba a Belle. Su anhelo por una respuesta largamente esperada sin duda la impulsaría a interrogar a Joseph en cuanto tuviera oportunidad. Aunque deseaba saber por sí mismo, su principal preocupación era la reacción de Belle si la noticia no resultaba favorable.

"No pude dormir." Inquieto, EJ se levantó, cambiando el peso de un pie a otro. "Estaba jugando en la computadora cuando—"

"¿Te confiscaste la reserva de cafeína de Girly?" Os intervino con una sonrisa socarrona. El niño se movía sin cesar. Con un movimiento fluido, Os se levantó de la piscina y colgó sus piernas sobre el borde. Él señaló la toalla colgada en el respaldo de una silla de patio, indicando a EJ que la tomara por él.

—Solo cuatro latas. Agarró la toalla y se la lanzó.

Con una mano, Os atrapó la toalla y se la colocó sobre la cabeza. "¿Solo cuatro latas?" dijo, frotándose el cabello con la toalla. "Parece que te bebiste todo el maldito caso."

"Olvídate de la cafeína," dijo EJ entre jadeos. "Circumdederunt me dolores mortis— las palabras de la mujer para Belle — creo que descubrí de dónde provienen."

CAPÍTULO 10

Malditos parásitos. Belle apagó el televisor y lanzó el control remoto al pie de su cama. Su mal genio y sus ojos inyectados en sangre eran un crudo testimonio de otra noche sin dormir. Al otro lado de la estrecha habitación, ella contemplaba a través de la ventana empapada por la lluvia el cielo gris y los edificios imponentes, dejando escapar un suspiro temido. Con su identidad revelada, desatará un frenesí mediático, con reporteros aguardando para entrevistarla tras su alta. Ha recibido más que suficiente atención de los medios para toda una vida. Durante meses, reporteros acamparon frente a su casa—persiguiéndola incansablemente, acosándola con llamadas constantes, siguiendo cada uno de sus movimientos solo para lograr una entrevista. Incluso los principales programas de noticias querían su historia, solo para crear un espectáculo que aumentara su audiencia y catapultara las carreras de sus reporteros. La experiencia fue una pesadilla. La tormenta mediática finalmente cedió, y ella se desvaneció del recuerdo público mientras los perros de la noticia cambiaban de objetivo.

Pero se estaba repitiendo, y esta vez, con una negatividad aún más intensa. Los reporteros revivieron de inmediato su historia, especulando que la organización de Víctor Simone — una asesina — había regresado para cerrar el ciclo. Naturalmente, los medios de comunicación retomaron los hechos que rodearon el asesinato de su padre ocurrido más de dos décadas atrás. Una sonrisa astuta se dibujó en los labios de Belle. Si tan solo conocieran la verdad. Su padre estaba vivo y bajo protección de testigos, sin que nadie lo supiera. Sin embargo, su mirada altiva se transformó en una pequeña sonrisa al contemplar a Joseph y al inesperado regreso de EJ y sus consecuencias para su padre. Aunque anhelaba pensamientos esperanzadores, sus circunstancias actuales dominaban su mente.

Ella desechó la especulación de la transmisión sobre que el grupo de Víctor Simone intentó asesinarla por tres motivos. Primero, conocía bien la vida de Víctor y el funcionamiento interno de su organización. Había pasado años aprendiendo todo lo posible sobre el hombre perverso que creía había asesinado a su padre. Víctor consideraba a las mujeres seres inferiores, cuyo único propósito era satisfacer y ser subordinadas a los hombres. Preferiría matar a una mujer antes que contratarla. Belle sabía que, incluso después de muerto, Víctor infundía terror, y que el grupo seguía firme en el credo de la organización. En segundo lugar, el ataque careció de la precisión esperada de un asesino profesional. Belle estaba lejos de ser una experta, pero tras haber sobrevivido al secuestro por los asesinos élite de Víctor, sabía lo suficiente como para reconocer que las habilidades de esta mujer eran aficionadas en comparación. En tercer lugar, estaba segura de que si alguien hubiera ordenado un golpe, Joseph, con sus contactos profesionales, lo habría sabido e intervenido.

Después De Que Ella Desapareció

Un dolor punzante explotó en su cráneo. Se tocó la cabeza, un gemido profundo escapó de sus labios. Su régimen de medicación indicaba una dosis cada cuatro horas, y le faltaban treinta minutos para la siguiente. Aunque padecía un dolor de cabeza sordo y persistente, los dolores agudos y punzantes ocurrían con menor frecuencia. El dolor en su garganta también había disminuido. Apoyó su cabeza vendada sobre la almohada, con los ojos cerrados, esperando que la agonía disminuyera. Fuera de su habitación en la unidad de cuidados intensivos, un constante bombardeo de ruidos —máquinas pitando, puertas golpeando, carritos rodando, teléfonos sonando y el personal conversando— contradecía el descanso recomendado, algo que le resultaba bastante desconcertante. Día y noche, el ruido constante, los olores insoportables y las interrupciones en los tratamientos médicos le impedían conciliar el sueño.

Belle intentaba distraerse repasando el ataque en su mente, con la esperanza de encontrar claridad. No lograba expresar aquella sensación, excepto un extraño presentimiento de que el ataque estaba dirigido específicamente contra ella, como si de algún modo hubiera ofendido a aquella mujer. No te resulto desconocida, ¿verdad? Tu intención fue hacerme daño. Se esforzaba por recordar, entre casos antiguos y recientes, a las pocas personas que había logrado ofender. La venganza parecía improbable en cada una de esas situaciones. Uno podría pensar en pincharle las llantas o lanzarle una bebida, no en un asesinato. Sus dedos rozaron su cuello. Para Belle, que una mujer usara la estrangulación para matar le parecía un método extraño. Se requiere una fuerza considerable para estrangular a alguien. Aunque poseía una fuerza considerable en la parte superior del cuerpo, ¿podría haber dominado y estrangulado a otra mujer hasta la muerte durante una lucha? No parecía probable. El método de uso decía algo. Qué, ella no tenía la menor idea.

Una imagen borrosa del rostro de la mujer destelló en sus pensamientos. Sólo los ojos desquiciados y el lápiz labial rojo desgastado permanecían nítidos para ella. Un rasgo facial aún no era visible. Se esforzó por enfocar, pero la imagen seguía oculta. Golpeó la cama. Maldita sea. ¿Qué es? ¿Qué no puedo ver? Al lado de la cama, el monitor de signos vitales emitía un pitido constante, sin interrupción. Echó un vistazo rápido al monitor. Frecuencia cardíaca: 167.

Una enfermera entró, sonriendo mientras empujaba una mesa portátil con computadora hacia la habitación—gracias a Dios, no era la Enfermera Ratched esta vez. "Buenos días. Soy Amanda, y seré tu enfermera hoy," dijo, silenciando la alarma. "¿Cómo te sientes?"

Belle devolvió la sonrisa. "Estoy bien." Amanda, una alta y delgada morena de poco más de treinta años, vestida con uniforme azul marino y coleta bien colocada, presionó un botón en el monitor. El manguito para medir la presión arterial en su brazo se infló. «Aunque podría usar algo de Tylenol.»

Amanda asintió con su sonrisa firme, luego colocó un dedo sobre sus labios. «Evita hablar hasta que midamos tu presión arterial. Podría elevarla.» Satisfecha con los signos vitales de Belle, Amanda continuó con su evaluación. Cuando terminó, y antes de irse, le recordó a Belle la tomografía computarizada que le ordenaron esta mañana y que volvería con su medicación.

Apoyó la cabeza sobre la almohada, su mente volviendo al ataque—y a la extraña frase que la mujer había susurrado en latín. Circumdederunt me dolores mortis. Los dolores de la muerte me han cercado. Contemplaba las palabras y sus significados en relación con las tumbas. Cuanto más lo rememoraba, una oleada de náusea le subía por la garganta, segura de que si su muerte tenía éxito, sería depositada cerca de las tumbas, para que el asesino pudiera estar rodeado por su muerte. Ella posó una mano sobre su estómago que gruñía y tragó con dolor, negándose a dejar que la náusea aflorara. Una vez que la sensación amainó, susurró la frase varias veces, sintiendo que resonaba como un pasaje bíblico. Su mente volvió a reproducir en su cabeza las últimas palabras de la mujer. Termina contigo. ¿Qué termina con ella? ¿Por qué alguien querría matarla? ¿Qué cosa tan terrible había hecho?

Mientras las preguntas la atormentaban, el dolor sordo en la frente y la tensión en los hombros aumentaban. En lugar de estar en una cama de hospital, necesitaba estar buscando a su agresor. Observó la puerta de la habitación, tentada a salir corriendo a pesar de las órdenes médicas. No sería la primera vez que salía del hospital en contra del consejo médico. Se había internado en una unidad de desintoxicación dos veces, marchándose a las pocas horas en ambas ocasiones, rechazando las súplicas del doctor para que se quedara. Con un suspiro, obedeció a regañadientes, decidiendo llamar a Os en su lugar. Se dirigió hacia su bolso mensajero, pero se paralizó—recordando que la policía aún tenía su teléfono. Sujeta a la baranda junto a la cama, ella tomó lo que le parecía un teléfono de juguete y fijó la mirada en los números. No podía recordar el número de teléfono de Os. ¿Cuándo fue la última vez que marcó su número manualmente, en vez de seleccionarlo de sus contactos? Un gruñido bajo se escapó de ella mientras apretaba la mandíbula. Golpeó el teléfono contra su base, esperando que él llegara pronto.

Detectó un movimiento sombrío en la habitación con su visión periférica. Miró del cuarto al pasillo iluminado con luz fluorescente y brillante. Con una cámara de lente larga, un hombre sin afeitar, vestido con jeans, un abrigo negro hasta la rodilla y una gorra de béisbol al revés que cubría su cabello canoso, estaba de pie, fotografiándola.

Su ira estalló, activando la alarma del monitor. —¡Lárgate de aquí! —gritó con la voz quebrada. Un dolor feroz y ardiente se encendió en su garganta. Se aferró una mano al cuello y con la otra se cubrió el rostro. El fotógrafo permaneció inmóvil, continuando fotografiarla. "¡Enfermera! ¡Enfermera!" gritó ella, con los ojos llenos de lágrimas por el terrible dolor. Se quitó las cobijas, a punto de levantarse de la cama, cuando Amanda irrumpió; un enfermero corpulento estaba en la puerta, gritando por seguridad y evitando que el fotógrafo la viera. Amanda cerró rápidamente la puerta, pero no antes de que Belle escuchara al fotógrafo decir: "Me voy. Tengo lo que necesito." Amanda corrió las cortinas y se acercó a su lado, silenciando el monitor.

"Lo siento," dijo Amanda, tocándole el brazo. "¿Estás bien?"

Belle asintió, aunque estaba lejos de estar bien. Hirviendo de rabia, apretó los dientes, estrujó las sábanas y sintió cómo la ira crecía dentro de ella al pensar en el asalto y su impacto en su vida. La alarma del monitor sonó estruendosa, pero Belle sólo escuchaba su propia voz. "Te encontraré, señora," susurró. "Te encontraré."

CAPÍTULO 11

Hell's Kitchen, un vecindario en el lado oeste del Midtown Manhattan — que se extiende desde la calle 34 hasta la 59, y desde la octava avenida hasta el Río Hudson — había experimentado una ola de gentrificación en los últimos veinte años. Hell's Kitchen ganó su reputación dura y áspera debido a su proximidad a los muelles del Río Hudson, donde los primeros inmigrantes alemanes e irlandeses encontraron trabajo y luego formaron pandillas en el siglo XIX. El vecindario pronto se hizo conocido por la violencia. Los Westies, una de las últimas pandillas irlandesas, trabajaron con la mafia italiana, sembrando un caos homicida en la población de Hell's Kitchen. Finalmente, la gentrificación provocó que gran parte de la clase trabajadora se trasladara, y la policía desmanteló a los Westies, arrestando a sus miembros. A pesar de dos décadas de reconstrucción, todavía permanecen vestigios antiguos de Hell's Kitchen — viejos edificios sin elevador y varias familias de clase trabajadora. Al caminar por el vecindario hoy, es fácil enfocarse en los condominios recién construidos, los restaurantes elegantes y los bares de moda que dominan las calles y pasar por alto que muchos de estos sitios fueron alguna vez escenarios de asesinatos.

Ross giró a la derecha y disminuyó la velocidad, deteniéndose frente a un condominio bajo en la esquina de la Calle 44 con la Décima Avenida. «Buen lugar», dijo, después de poner el coche en parque.

44 Waldon era una construcción de concreto audazmente fusionado, acero inoxidable y vidrio, cuyo diseño futurista destacaba en el vecindario cada vez más exclusivo y vibrante. Ross esperaba que Barnes, un joven universitario, viviera en un edificio antiguo sin ascensor. Un lugar como 44 Waldon parecía estar muy por encima de lo que un estudiante —o incluso un joven policía— podría costear.

Mientras Mueller levantaba el cuello de su gabardina de gamuza color nogal y alcanzaba el paraguas en el asiento trasero, Ross le lanzó una mirada de reojo. «La puerta está a menos de unos seis metros, y solo está lloviznando.»

Mueller abrió de golpe el paraguas y luego hizo un gesto hacia su abrigo. "Esto, debo que decirte, es un Ermenegildo Zegna; No permitiré que la Madre Naturaleza lo arruine."

"Ajá," dijo él. "Un Zegna. Lo entiendo." No sabía a qué se refería su compañero. Metió la mano en la guantera para sacar la tarjeta del letrero y la arrojó sobre el tablero.

Mueller desestimó su réplica con un leve movimiento de muñeca. "¿Para qué me molesto siquiera con alguien cuyas ropas se ven mejor mojadas?"

El edificio tenía un gran vestíbulo con techos altos y pisos de concreto oscuro teñido. La sala contaba con espejos de piso a techo y paredes en verde lima. A la derecha, maceteros en forma de delta carmesí de treinta pulgadas que albergaban ficus flanqueaban un banco de imitación cuero y anchos escalones que conducían a una zona apartada y a los ascensores. Un escritorio de caoba con una alta encimera de vidrio esmerilado estaba ubicado a la izquierda del vestíbulo, cerca de la pared trasera.

—Buenos días. ¿Puedo ayudarle? dijo un hombre bajo, de mediana edad, con un marcado acento español, levantándose detrás del mostrador. Vestía un traje azul marino con una camiseta blanca de cuello.

Ross mostró su placa. "¿Cuál es su nombre, señor?"

El hombre esbozó una sonrisa vacilante. "Sr. Álvarez."

"Señor. Álvarez, tiene una inquilina llamada Ellie Barnes, ¿correcto?"

La sonrisa del hombre se desvaneció. "Sí."

"Necesitamos revisar su apartamento."

Álvarez frunció el ceño. "¿De qué se trata esto?"

"Asuntos de la policía," respondió Ross. Pronto se enteraría de la divulgación pública de la identidad de Barnes.

"¿No debería tener una orden judicial o algo por el estilo?"

Ross trató de no poner los ojos en blanco. Los numerosos programas policiales en el televisor han hecho creer a la gente que son expertos en procedimientos policiales. "No la tenemos, Sr. Álvarez," respondió Ross con brusquedad.

Desde el teléfono del vestíbulo, el Sr. Álvarez llamó para que alguien acudiera al escritorio principal. En cuestión de segundos, un hombre negro de unos cuarenta años apareció, vestido con pantalones negros y una camisa tipo polo. De su bolsillo trasero colgaba un trapo blanco, y unas llaves tintineaban en el gancho de su cinturón. El Sr. Álvarez salió de detrás del mostrador e introdujo a Joe Raymond como el superintendente del edificio.

Ross y Mueller siguieron al superintendente hasta el ascensor y tomaron el rápido trayecto en silencio hasta el tercer piso. El superintendente los condujo a la izquierda y luego a otra inmediata a la izquierda por un largo pasillo alfombrado. Barnes vivía en un apartamento en esquina, el último al final del pasillo. Con la espalda, sostuvo la puerta abierta para los detectives.

Mueller entró primero, y después que Ross cruzó el umbral, se volvió hacia el superintendente. —Nos encargaremos de aquí en adelante. — El superintendente simplemente asintió y los dejó continuar con su trabajo.

Ross metió la mano en el bolsillo interior de su abrigo, sacó un par de guantes de látex y se los puso. Mueller ya se había instalado en otra habitación, mientras los sonidos de su búsqueda resonaban desde dentro. Ross entró en el área central de la sala de estar, escaneando con la mirada cualquier cosa fuera de lugar. Él estimó que el espacio tenía aproximadamente mil pies cuadrados—un tamaño generoso según los estándares de la ciudad. La ubicación del edificio—

una hermosa cuadra arbolada en el corazón del creciente Hell's Kitchen, cerca de fantásticos restaurantes y del distrito teatral—era un lujo para un joven adulto.

Con ojos de investigador, Ross examinó el entorno a medida que avanzaba. Las ventanas de piso a techo, que se abrían a una espaciosa terraza con vista a la calle 10, llenaban la sala de estar de luz natural. El pequeño espacio resultaba acogedor y estilizado gracias a elecciones prácticas de mobiliario, como un sofá verde Gunter con chaiselongue y sillón, mesa de centro de vidrio, televisor de pantalla plana y tres estilizadas estanterías. En lugar de una mesa con sillas, en el comedor, a solo cinco pies del sofá, había una unidad de estantes de fibra de cinco niveles montada en la pared con una superficie plegable y un taburete con almohadilla de vinil. A excepción de algunas manchas oscuras permanentes, la superficie blanca estaba inquietantemente limpia—como si hubiera sido despejada deliberadamente de todo rastro personal. Ross se acercó aún más al estante. Los estantes contenían envases con materiales para escultura, lo que avivó el interés de Ross sobre las actividades académicas de Ellie Barnes en Trent Designory. A juzgar por las apariencias, quizá una artista. O tal vez esos materiales reflejaban un pasatiempo placentero.

A su izquierda, la cocina exhibía electrodomésticos de alta gama Miele, refrigeradores Sub-Zero, gabinetes de roble oscuro hechos a medida y encimeras de piedra Caesar blancas como la nieve. Avanzó con paso lento hacia la cocina, observando un fregadero vacío. Se giró y abrió la puerta del refrigerador. El refrigerador sólo contenía botellas de agua y

Coca-Cola Light. No había productos lácteos en mal estado ni recipientes de comida para llevar en descomposición. Semanas después de la muerte de Barnes, la casa le parecía a Ross recién limpiada. Desde la cocina, realizó otra inspección metódica del área principal, comprobando su orden. El apartamento parecía escenificado —como una unidad modelo, no un lugar donde alguien hubiera vivido realmente—. Esa limpieza artificial puso a Ross nervioso.

De un estrecho nicho emergió Mueller, con las manos enfundadas en guantes de látex, sosteniendo una bolsa plástica de evidencia. "Botellas de antidepresivos y Xanax del botiquín," dijo. "Además, el baño está impecable. No hay toallas usadas y el bote de basura está vacío. ¿La víctima limpió el apartamento el día de su asesinato?"

"Es demasiado perfecto; parece que el lugar no ha sido alquilado," dijo Ross.

Dos dormitorios daban hacia el baño. Entró al cuarto más grande mientras Mueller inspeccionaba el otro. El dormitorio principal contaba con una cama tamaño queen, un tocador, un buró y un escritorio frente a la ventana panorámica con vista a la Décima Avenida. Al igual que la sala de estar, las paredes carecían de cuadros y obras de arte. Pensó que tal vez era por petición del propietario del edificio. Menos trabajo de pintura y relleno de agujeros de clavos después de que un inquilino se muda. Ross abrió de par en par las puertas del clóset, revelando ropa, zapatos y cajas apiladas en su interior. Él retiró tres cajas y miró dentro de cada una. Cada una contenía moldes protésicos de orejas y narices, lo que creyó podría ser una frente y línea mandibular, además de varias pelucas de distintas longitudes y estilos. Dada la estación de trabajo y los materiales en la sala de estar, Ross creía que Barnes había confeccionado personalmente los objetos en las cajas —quizá parte de her estudios, o algo más personal. Colocó las cajas de nuevo en el armario y cerró las puertas. Se enfrentó a la cama hecha, con sábanas y fundas de almohada de algodón rojo a juego.

—El otro dormitorio está vacío —dijo Mueller desde el umbral. —Solo hay una cama, un tocador y un buró; nada más.

Ross señaló la cama. —No hay cubrecama —lo que le pareció roto.

Mueller lanzó una breve mirada a la cama y luego se encogió de hombros. —Quizá estaba en la tintorería, o tal vez ella dormía solo con las sábanas.

Ross abrió el cajón superior del tocador de roble de seis niveles y revolvió entre calcetas, sostenes y calzones. Él procedió de la misma manera con todos los cajones, agachándose para alcanzar el último. Fotos sueltas y enmarcadas llenaban el espacio. Ross examinó cuidadosamente dos fotografías enmarcadas.

—Su familia —dijo, observando a su víctima en un Winn's de veintiocho pies, rodeada de cielos azul claro y aguas abiertas—; sus padres y hermanos lucían lentes de sol y amplias sonrisas.

Mueller miró por encima del hombro de Ross. —Para

evitar ser recordada de su pérdida, ella retiró las fotos del apartamento —explicó.

Ross compartía esa misma opinión. Colocó los marcos en el cajón, luego examinó una pila de fotos sueltas, revolviéndolas. Varias fotos, con Times Square, el río Hudson y Columbus Circle de fondo, parecían haber sido tomadas recientemente. Con los teléfonos inteligentes y su almacenamiento de imágenes, Ross supuso que revelar película era cosa del pasado. Ross se preguntaba si, como él, Barnes creía que las fotos tangibles tenían más significado que las digitales: cada impresión capturaba la emoción con mayor viveza que cualquier pantalla.

Otras fotos mostraban a Barnes con amigos, brindando a la cámara—probablemente en diversas ocasiones de salidas nocturnas femeninas. Alguien había tomado una docena o más de fotos de un grupo de chicas vestidas con elaborados y terroríficos disfraces y maquillaje de zombis. La calidad del maquillaje era tan alta que la impresionante destreza artística dejó a Ross completamente maravillado. Echó un vistazo a la última foto, luego volvió a la pila, hasta que algo lo hizo detenerse. Sus ojos regresaron a la última foto del dormitorio donde ahora se encontraba. Su mirada se desplazó desde el colchón real hacia la foto: Barnes, sonriendo, haciendo el gesto de 'pulgares arriba' con ambas manos mientras estaba sentada con las piernas cruzadas sobre ese mismo colchón. Un bloc de dibujo descansaba en su regazo.

Ross se puso de pie y le entregó la foto a Mueller.

Solo por un breve momento, Mueller estudió la fotografía. "Eso se parece al edredón que usaron para envolver a la víctima," afirmó, devolviendo la foto. Mueller entonces sacó su teléfono. "Puede que hayamos encontrado la escena original del crimen, lo que podría explicar el orden del apartamento. El asesino limpió todo."

"Un riesgo increíble," afirmó Ross. "Remover el cuerpo sin ser detectado sería casi imposible."

Mientras Mueller contactaba a CSI, Ross recuperó una bolsa plástica de evidencia y, al abrirla, la fotografía se deslizó. Él se arrodilló, cerrando el cajón inferior para tener mejor acceso a la fotografía caída debajo del tocador; su chaqueta se enganchó en una cinta suelta al fondo. Volteó la palma y sintió algo sujeto en la parte inferior. Tenía una pulgada de grosor, con bordes cuadrados y flexibles. Con un tirón firme, el objeto se soltó y reveló un cuaderno Oxford Composition. Se incorporó y hojeó las páginas. Parecía un diario personal. Las anotaciones llenaban ambos lados de cada página. Ross frunció el ceño al notar las fechas ausentes en las entradas. Abrió la primera página y comenzó a leer.

Lo vi de nuevo hoy en el parque. Soy consciente de su tristeza, la cual parece profundizar cada vez que lo veo. Hoy, sin embargo, pude notar que tenía otra preocupación. La oscuridad lo envolvía como un manto. ¿Qué me impulsa a querer verlo mientras estoy aquí?

Luego, Ross procedió a la última entrada.

He cumplido mi promesa, pero se vuelve cada vez más difícil a medida que nos acercamos como amigos. El sufrimiento constante de Christopher me desgarraba el alma. Acostado en la cama por la noche, las lágrimas brotan por mi familia y por la agonizante realidad de Christopher. Estos días, mi felicidad proviene de esos momentos en que logro hacer sonreír y reír a Christopher, haciendo que olvide sus preocupaciones. Esperaba que esa alegría y amistad le dieran la fuerza y el valor para luchar por una vida mejor. Me equivoqué. Él no puede escapar del hombre malvado. Su secreto, lo sé, encierra otro secreto. Lo supe desde hace tiempo. Se lo he preguntado, y cada vez llora, diciéndome que teme demasiado lo que podría pasar si lo hace. Durante días he resistido ir a la policía o contarle a la señorita Melissa sobre el secreto de Christopher. Me mantengo fiel a mis palabras. Pero hoy he llegado a mi punto de quiebre. Hoy, Christopher apenas podía caminar por el dolor. Lo ayudé a subir las escaleras hasta mi apartamento; sus gemidos agonizantes y llantos se intensificaban mientras apretaba mi cintura con más fuerza a cada paso. Tuve que revisar el daño, temerosa de que necesitara ir al hospital. Cuando se levantó la camisa, lloré y luego me enfurecí.

—Están a treinta minutos —interrumpió Mueller, notando la expresión sombría en el rostro de su compañero—. ¿Qué encontraste?

—Un diario personal. Alguien lo había pegado bajo la cómoda —dijo, tocando la página. —Esto es de su última entrada al diario; no tiene fecha —Ross leyó en voz alta la última parte de la entrada.

Sé que Christopher no le ha contado su secreto a la

señorita Melissa. Estoy segura de que ella no sospecha nada. Él es un maestro en ocultar todo su dolor, incluso el abuso físico. La promesa a Christopher me atormenta; Estoy al borde de traicionar su confianza y quebrantar esa promesa. Es insoportable ver a Christopher sufrir. ¿Y si la próxima vez el abuso lo mata y yo no hago nada para evitarlo? ¿Cómo podría vivir conmigo mismo?

"Eso podría explicar su muerte," dijo Mueller. "Para impedir que ella acudiera a la policía."

"Quizá."

"Tenemos que localizar a esta Señorita Melissa."

Ross pasó las páginas del cuaderno como abanico hasta que notó una con letras gruesas y oscuras. Se detuvo en esa página. Las palabras, en grandes letras inglesas, estaban escritas con un marcador negro de punta biselada. Reconoció algunas palabras del párrafo y una ola de temor lo invadió. Le entregó el cuaderno a Mueller.

El temor en el rostro de Mueller igualaba al de Ross mientras leía en voz alta la frase conocida. "Los dolores de la muerte me han cercado."

CAPÍTULO 12

Ross y Mueller terminaron de registrar el apartamento al llegar el equipo CSI, sin encontrar más pistas. Los dos detectives conversaron con los investigadores y entregaron lo que habían reunido en bolsas de evidencia antes de dejarlos continuar con su trabajo.

Ross salió del ascensor y vio al portero, Álvarez, detrás del mostrador en el vestíbulo, en una conversación en voz baja con el super. Álvarez, al notar la aproximación del detective, silenció su charla con el colega. La rumorología ya estaba en marcha, pensó Ross.

"Necesitamos hacerles algunas preguntas a ambos," afirmó Ross.

"¿La señorita Barnes está en problemas?" preguntó Álvarez.

En lugar de responder, Ross preguntó: "¿Cuánto tiempo lleva Ellie Barnes viviendo aquí?" A su izquierda, reposaba un arreglo floral fresco en un alto jarrón blanco de estilo art déco, en la esquina del mostrador, cuyo aroma evocaba recuerdos de su infancia—las flores recién cortadas del jardín de su madre que llenaban su hogar durante la primavera y el verano.

Álvarez meditó por un momento. "Casi cuatro años,"

respondió. "En este momento, la Señorita Barnes es la única persona que ha alquilado con nosotros a largo plazo. La mayoría de los inquilinos se van al terminar su contrato de un año."

"¿Cuánto tiempo ha trabajado en el 44 Waldon, Sr. Álvarez?"

—Nueve años —dijo Álvarez con una sonrisa orgullosa.

"¿Y usted, Sr. Raymond?" —Once años —respondió el Super.

"Imagino que ambos conocen bastante bien a los dueños y a los inquilinos."

Álvarez se encogió de hombros. "Supongo que sí."

"Según su declaración, Sr. Álvarez, parece que muchos inquilinos viven en eledificio."

Álvarez frunció el ceño y asintió al mirar al Super, quien respondió con un asentimiento propio. "Más de los que nos gustaría, lo admitiré," dijo Álvarez. "Los inquilinos no respetan la propiedad ni las reglas. Ruidos fuertes a toda hora de la noche, fumar cigarrillos y marihuana dentro de las unidades y pasillos, ninguna etiqueta en el gimnasio—dejando pesas tiradas en el suelo. Si su mascota tiene un accidente intestinal o urinario en los pasillos, lo dejan para Joe, aquí"—él extendió la mano hacia el super—"—para que lo limpie." Álvarez negó con la cabeza. "No es su trabajo."

Ross no pudo estar en desacuerdo. Esas acciones también lo enfadarían a él. "¿La señorita Barnes ha tenido alguna vez quejas o problemas con alguno de los inquilinos?"

"No que yo sepa," respondió Álvarez.

"¿Y qué hay de los propietarios del edificio?"

Álvarez negó con la cabeza. "No lo sé, pero ella y la empresa administradora se encargan de cualquier problema, no nosotros."

"¿La señorita Barnes vive sola?"

Álvarez asintió.

"Casi un año, diría," dijo el super. "La señorita Barnes alquiló el apartamento sola al principio, pero luego tuvo una compañera de cuarto por unos dos años."

"Nombre de la excompañera de cuarto," dijo Ross, sacando su bloc de notas.

El rostro de Álvarez se tornó agrio. "Sheila Foster. Es una persona cuya partida me alegró." Ross escribió el nombre en su bloc de notas. "Sí, ¿por qué?"

"Esa mujer era grosera y malhablada," dijo Álvarez con un tono cortante. "Nunca tenía una palabra amable que decir."

Ross analizó el tono del portero, preguntándose si ocultaba algo más detrás de su antipatía hacia Sheila Foster. "¿Foster fue antipática contigo?" le preguntó al Super.

"No podría decir que sí. Cada vez que la veía, me decía hola."

Álvarez miró más allá de Ross, luego al Super. "Joe, la

puerta," dijo, asintiendo en su dirección. Mientras Ross observaba, el Super se apresuró hacia la entrada principal, abriendo la puerta para una pareja asiática con un bulldog francés marrón y blanco.

"¿Cómo estuvo el paseo de Happy esta mañana?" dijo Álvarez a través del vestíbulo, mostrando una sonrisa amplia y falsa hacia la pareja.

"Happy, no feliz," dijo la mujer con un falso ceño fruncido.

Al lado de su esposa, el hombre puso los ojos en blanco. "Happy es demasiado testarudo para caminar, así que lo cargo otra vez." Sacudió la cabeza con fastidio.

Antes de que la pareja descendiera a los ascensores, Álvarez les había deseado un buen día. Cuando la pareja desapareció tras las puertas metálicas, Álvarez ofreció una disculpa por la interrupción. "Siempre debemos mostrar aprecio a los residentes, especialmente a los propietarios."

"¿Alguna idea de por qué Foster se mudó?" preguntó Mueller, continuando la entrevista.

"No es asunto mío saberlo," dijo Álvarez cuando el super se reincorporó a ellos. "Se espera que seamos corteses y atentos, pero sin exagerar, si me entiendes."

Claro, pensó Ross, como si fuera así. Álvarez probablemente conocía todos los asuntos y difundía chismes y rumores con increíble rapidez.

"La Señorita Foster solía visitar a la Señorita Barnes después de que ella se fue," dijo el super, "pero no la había visto en el edificio por meses hasta hace unas semanas."

"¿Ella lo hacía?" Álvarez parpadeó sorprendido. "No lo sabía." "Probablemente tuviste el día libre."

La información despertó la curiosidad de Ross sobre el momento de la visita de Foster. Asumiendo que la señorita Barnes murió hace tres semanas, ¿estaba viva o muerta cuando Foster visitó el apartamento?

"¿La señorita Barnes tiene visitantes habituales, un novio?"

Álvarez se encogió de hombros. "Sus amigas solían venir, pero ahora ya no tanto.

Actualmente, suele estar con un hombre."

"¿Sabes cómo se llama?"

El Sr. Álvarez negó con la cabeza. "¿Puedes describirlo?"

Álvarez negó con la cabeza otra vez. "No realmente. Su estatura es promedio y tiene un cuerpo delgado. Siempre lleva puesta su sudadera con capucha. Tendría una mejor vista de él si entrara al edificio por la entrada principal, pero la señorita Barnes y él siempre usan la entrada de servicio—" señaló detrás de Ross hacia el área de los ascensores, a una puerta abierta, "—para entrar y salir del edificio." Hizo una pausa. "Ahora que lo pienso, no creo haberlo visto usar los ascensores. Cada vez que lo he visto con la Señorita Barnes, ha tomado las escaleras en lugar del ascensor.

Ross y Mueller dirigieron su atención a la entrada de

servicio. Ross, volviéndose, preguntó: "¿Y usted, Sr. Raymond? ¿Lo vio?"

El super movió la cabeza de un lado a otro. "Solo lo vi unas pocas veces y no le presté atención."

Lo que más inquietaba a Ross era que Barnes parecía estar ayudándolo a mantenerse escondido.

Mueller inclinó la cabeza mientras su mirada barría las paredes y el techo. Con un dedo levantado, llamó la atención hacia las dos cámaras situadas en las esquinas del vestíbulo.

"¿Qué otras áreas de este edificio cuentan con cámaras de seguridad?"

Álvarez extendió la mano hacia los monitores detrás del mostrador. "Las cámaras de seguridad están en la entrada principal, el vestíbulo y dentro de los ascensores."

Mueller se dirigió detrás del mostrador para revisar las tres imágenes mostradas en el monitor. "¿Acaso Señorita Barnes preguntó alguna vez por la ubicación de las cámaras?"

Álvarez frunció el ceño, evidenciando confusión. "No."

Mueller dirigió una mirada a Ross, indicándole en silencio que alguien le había informado.

Un brusco asentimiento de Ross precedió su pregunta. "¿Hasta qué fecha se extienden las grabaciones de las cámaras del edificio?"

"El sistema guarda treinta días. Después, sobrescribe

los cuadros de video actuales."

"Necesitaremos una copia de las grabaciones."

"Joe puede ayudarte con eso."

"También requeriremos una lista de empleados pasados y presentes de los últimos tres meses.

Una lista de los propietarios y arrendatarios, ambién."

"Deberás contactar a la empresa administradora para obtener esa información. Puedo darte su número."

"¿Recuerdas cuándo fue la última vez que viste a la Señorita Barnes?"

Álvarez alzó la mirada, buscando la respuesta en el techo. "No estoy seguro, pero han pasado unas semanas, quizá más. Extraño verla."

La última observación del portero incomodó a Ross; él la consideró extraña y sospechosa.

Sus pensamientos debían reflejarse en su rosto.

Álvarez dijo rápidamente: «Como inquilina. Es amable y aprecia al personal.»

Ross continuó: «¿No te pareció extraño no verla durante tanto tiempo?»

Una expresión de preocupación cruzó el rostro de Álvarez al parecer comprender la pregunta de Ross. "Es común," dijo finalmente, "que propietarios y arrendatarios estén ausentes por largos periodos.

Un número considerable de dueños de edificios suele

estar fuera por trabajo o vacaciones, posee otras propiedades y no es residente permanente. Aunque no tan acomodados como los de Parque Central Este y Oeste, la clientela aquí sigue siendo financieramente solvente." Tras una breve pausa, Álvarez añadió en voz baja: "La señorita Barnes no ha parecido ella misma por algún tiempo."

"¿Por qué eso?"

Álvarez se encogió de hombros. Cuando ella se mudó por primera vez, parecía tener una agenda apretada, siempre entrando y saliendo. Ella era amable, cordial, habladora, y siempre saludaba a los demás en el edificio. Durante el último año, he tenido pocos encuentros con ella. Cada vez, parecía distante, evitando el contacto visual y caminando con la cabeza baja. Si yo u otros le decíamos hola, ella nos ignoraba y seguía caminando.

Los detectives no tenían más preguntas. Aunque las entrevistas produjeron poca información, Ross se sintió satisfecho con las pocas pistas que obtuvo para impulsar la investigación. Su deseo de entender a Ellie Barnes lo llevó a esperar que Sheila Foster proporcionara esa información.

Mientras Mueller recuperaba una copia del metraje de las cámaras del edificio, Ross recopiló el número telefónico de la empresa administradora del edificio, luego llamó al Detective Chen con la información para obtener una orden judicial para los residentes de 44 Waldon. Mueller regresó y, mientras se iban, trabajaba en su teléfono, buscando en Google la dirección de Trent Designory, la escuela de la víctima.

Después De Que Ella Desapareció

CAPÍTULO 13

Joseph Simone estaba sentado en un taxi en la Calle 51 con Quinta Avenida, esperando a que se abrieran las puertas de la tienda departamental. El clima lúgubre mantenía a la gente en sus casas, ralentizando los negocios, por lo que el conductor del taxi accedió a la solicitud de Joseph para estacionarse y así compensar la pérdida de ingresos. Sentado en el asiento trasero, Joseph cumplió con su diligencia debida. Primero, su tarea matutina con Jonah Ross. El disgusto y el odio palpable de su viejo amigo ante su presencia hicieron que la visita transcurriera tal como esperaba. Segundo, se comunicó con EJ, por ende, con Belle. Evitar a su hermana, según Cartwright, era solo otra forma de ganar tiempo. Con su regreso y el de EJ, Belle, sabía, esperaría que fuera seguro para su padre, Ethan McBain, volver a la hija que abandonó diecinueve años atrás. La preparación mental para sus misiones criminales le resultaba fácil. Sin embargo, el caso de Belle requería una preparación considerable antes de que pudiera actuar, y valoraba el elemento disuasivo que implicaba cumplir con la solicitud del agente Cartwright.

Después de la reunión de anoche con el agente Cartwright, Joseph regresó a la ciudad, recorriendo la ruta de regreso a casa de Melissa Cartwright desde la Clínica de Salud Mental Darvere a través de las lluviosas calles del East

Side. Pocas personas caminaban por las calles escasamente pobladas; la mayoría permanecía adentro para mantenerse cálidos y secos. El vacío en las calles se sentía extraño, como si el mundo hubiera llegado a su fin. Recordó aquella noche, tres meses atrás, la noche del ataque a Melissa, y visualizó la escena. La vida nocturna latía: calles concurridas, tráfico estruendoso y gente sumergida en la atmósfera eléctrica de la ciudad. Se detenía cada pocos metros a lo largo de la ruta de seis cuadras de Melissa, observando intensamente diferentes secciones. Cruzó el terreno embarrado junto a la iglesia de St. Luke en la calle 70 con Primera Avenida hacia el lugar donde el brutal ataque había dejado a Melissa. Miró el suelo fangoso, con el pulso acelerado mientras vívidas imágenes de Melissa luchando por su vida cruzaban su mente. Una ira contenida lo consumía. Entrenado por Víctor Simone, el asesino a sueldo experto mataba con un propósito frío, desprovisto de emoción, a lo largo de su carrera. Sin embargo, por primera vez en su vida, la verdad sobre su identidad había derretido el hielo en sus venas, reemplazándolo con venganza; estaba decidido a hacer responsable a Víctor por sus mentiras y por el hombre en que Joseph se había convertido. La rabia que llevaba no se desvaneció; al contrario, agudizó su enfoque. Una vez más, Joseph persiguió a su objetivo, con su sed de venganza intacta.

Con sus asuntos en la iglesia resueltos, regresó a su posición sombría y observó la actividad en la calle. Mark's End captó su atención. El bar del barrio, desgastado en el exterior y frecuentado por clientes de aspecto dudoso, parecía ofrecer algo más que bebidas y comida frita. Sintió una transformación interna mientras observaba, presagiando un descubrimiento prometedor. Pero no era momento para reaccionar, solo para observar. Una joven latina llamó su atención. De manera periódica, ella salía del bar sin abrigo, temblando bajo su paraguas, daba rápidas caladas a un cigarrillo y regresaba al interior. Él la confundió con una empleada en lugar de una clienta.

Joseph pagó al taxista y descendió mientras la lluvia tenue se intensificaba en gotas pesadas. Sin prisa, como si fuera un día perfecto, entró por las puertas giratorias de Saks Fifth Avenue, la emblemática tienda departamental. Se apartó, se limpió el abrigo y contempló la famosa tienda de Manhattan. Habían transcurrido décadas desde la última vez que visitó esa tienda exclusiva. La última visita fue junto a su madre. Habían compartido un domingo especial en la ciudad, comprando ropa para la escuela y almorzando en el Waldorf.

A su izquierda, un hombre negro de gran estatura, vestido profesionalmente, custodiaba con un walkie-talkie en mano y auricular colocado.

—¿Dónde puedo encontrar la colonia para hombres, Entice? —preguntó Joseph al hombre.

"Revisa en el mostrador de Tom Ford," sugirió el guardia de seguridad, señalando hacia el centro del primer piso.

Joseph observó el área a su alrededor. Parecía una interminable sucesión de mostradores de colonia. Se dirigió hacia el pasillo, abrumado por una mezcla empalagosa de fragancias. Pasó junto a varios vendedores jóvenes y atractivos, con más maquillaje del que suelen usar la mayoría de las mujeres, sus sonrisas ensayadas y discursos publicitarios promovían sus productos. El amplio mostrador circular de cristal de Tom Ford, que exhibía fragancias y productos de cuidado para la piel de alta gama, tenía algunas personas probando muestras. Joseph reconoció la marca de diseñador y levantó una botella hacia su nariz. El aroma robusto, a cuero y madera, le pareció bastante decente, supuso. El mostrador de Entice era más sencillo y estaba desocupado. La llegada de Joseph interrumpió a una mujer alta y hermosa que limpiaba la superficie de cristal con Windex.

"¿Puedo ayudarte?" Sus palabras, pronunciadas con acento ruso y una sonrisa sugestiva, quedaron suspendidas en el aire. Su blusa blanca de seda, desabotonada hasta el pecho, se veía bajo su bata sencilla y abierta, mostrando un generoso escote. Una camisa negra ceñida a su esbelta figura, resaltando su piel pálida e impecable y el brillo de su cabello rubio oscuro.

—Espero que sí —respondió Joseph, reflejando su sonrisa. —Estoy buscando una nueva colonia.

De un pequeño montón de papeles del tamaño de una tarjeta de presentación, ella roció una sola hoja con la colonia Entice de un frasco de muestra, la agitó y se la entregó. Joseph acercó el papel a su nariz para olerlo. Coincidió con Melissa: el aroma era desagradable, como una mezcla de calcetines viejos y sucios con un limpiador floral.

—¿Te gusta? —preguntó la mujer.

—No —dijo, dejando el papel sobre el mostrador.

Con una suave risa, la mujer se inclinó sobre el mostrador hacia él. —Tu disgusto me agrada —dijo con ojos seductores. —Eres un hombre de fragancias gourmand. Una persona sensual, sexualmente aventurera, sin arrepentimientos y con una curiosidad intelectual insaciable. Men Extreme de Tom Ford o Vanilla Flash de Tauerville son mis recomendaciones para usted.

En otra ocasión, habría jugado el juego de la simpatía, pero estaba cumpliendo un horario autoimpuesto, con la mente concentrada en su tarea. Él inclinó la cabeza hacia la botella probadora.

¿Venden muchas bottles?

Estos días, no. Fue un éxito de ventas cuando salió al mercado, ya sabe, por el estatus de celebridad que lo respaldaba. Era un artículo imprescindible para los jóvenes, pero su popularidad ha disminuido. Incluso antes del arresto por drogas del artista, las ventas estaban en declive.

¿Por la fragancia?

Ella asintió. Es un gusto adquirido. Eficaz para algunos, pero no para la mayoría." —¿Qué rango de edad comprende a los jóvenes?

La mujer se encogió de hombros. La mayoría son estudiantes de secundaria y universidad. Hombres en sus veintitantos y treinta y pocos años.

Después De Que Ella Desapareció

Con la tarjeta de muestra en mano, Joseph agradeció a la mujer, salió del mostrador y colocó la tarjeta de muestra de Entice en una Bolsa Ziploc. Caminó hacia la salida de la tienda departamental y, en cuanto pidió un taxi afuera, un sentimiento ominoso lo envolvió, activando su alarma interna y haciéndole consciente de la sombra que se encontraba entre ellos.

"75 con 1," dijo él al conductor mientras cerraba la puerta.

Quince minutos después, ingresó a la desierta sala de espera de la Clínica de Salud Mental Darvere y se acercó al escritorio de recepción. Una mujer negra de complexión robusta abrió la mampara de vidrio, esbozando una amplia sonrisa mientras su mirada lo recorría.

"Parece que mis plegarias han sido respondidas," dijo ella, tarareando feliz ante su atractivo. "¿Cómo puedo ayudarte, guapo?"

Él metió la mano en el bolsillo, sacó la bolsa Ziploc y tomó la tarjeta. "Señora—"

"Señorita Kay, cariño," interrumpió Señorita Kay, señalando su placa con el nombre sobre su amplio escote. Luego hizo un gesto hacia su figura agradablemente corpulenta. "Necesitamos un nombre para todo este amor." Le guiñó un ojo.

Una sonrisa iluminó el rostro de Joseph. "Le aseguro, Señorita Kay, que su amor no será olvidado."

Señorita Kay levantó una mano, mientras una sonrisa

traviesa y pérfida se dibujaba en su rostro. "Una palabra más como esa, cariño, y te guardo para mí solo en un cuarto atrás. Ahora dime, ¿qué es lo que buscas?"

A pesar de su naturaleza reservada y de su tendencia a tardar en abrirse a las personas, Joseph se sintió atraído por la Señorita Kay. Le presentó la tarjeta y preguntó: "¿Esta colonia te recuerda a algún paciente de aquí?"

La sonrisa juguetona desapareció del rostro de la Señorita Kay mientras sus ojos oscilaban entre la tarjeta y Joseph.

"Cariño, hubieras mostrado tu placa justo aquí," señaló su rostro, "sobre esta piedra invaluable." Entonces, si no eres policía, ¿quién eres?"

"Alguien que está poniendo las cosas en orden," respondió sin emoción.

La Señorita Kay lo estudió por un largo instante. La intensidad de su mirada inquisitiva se desvaneció al llenarse de comprensión. Asintió, entendiendo sus intenciones. Ella siguió con la petición, olió el papel y retrocedió con una expresión de desagrado, devolviéndole la tarjeta.

"Definitivamente notaría ese olor en un paciente; afortunadamente, ninguno lo tiene. Cariño, perderás el tiempo si sospechas que un paciente aquí es el culpable. He capitaneado esta nave durante tres años, pero conozco a estos pacientes desde hace más de diez, cuando dirigía los refugios para personas sin hogar en el distrito. Conozco a estas personas y puedo asegurarte: nadie aquí haría daño a la señorita Melissa."

"No hay nadie aquí hoy," comentó, recorriendo con el pulgar la sala de espera vacía.

"Por el clima, se mantienen alejados. La casa está llena bajo un cielo completamente soleado

."

Él asintió con sencillez. "Aprecio su tiempo."

Al volverse para salir, la Señorita Kay dijo: "¿Alguien te ha dicho que te pareces a ese hermoso jugador de fútbol con todos esos tatuajes? Oh, maldita sea, ¿cómo se llama? ¿Está casado con una de las Spice Girls?"

"Beckham," aportó Joseph. "David Beckham."

—Eso es —dijo ella, chasqueando los dedos. —¿Así que te lo han dicho? —Un par de veces.

La Señorita Kay alzó una ceja. —Un par de veces, mi amplio baúl —Su rostro se tornó serio. Se inclinó hacia adelante, con los codos sobre el escritorio, las manos entrelazadas. —Espero, por el bien de Melissa, que tenga más éxito que la policía en su búsqueda, señor Beckham.

Afuera de la clínica, Joseph caminó hacia la Primera Avenida y luego giró a la derecha, mientras el ominoso sentimiento de ser seguido regresaba. Su breve tiempo en la clínica coincidió con un nuevo y repentino cambio del clima. Un poderoso viento del East River azotaba la lluvia. El viento racheado hacía que la caminata se sintiera como una batalla. El sentido común aconsejaba tomar un taxi, pero Joseph estaba decidido a continuar, sin importar las dificultades y la lluvia. Levantó el cuello del abrigo, encorvó los hombros, bajó la cabeza para proteger su rostro del furioso clima, y caminó seis cuadras hasta su próximo destino. Él halló refugio temporal bajo los toldos de las tiendas, sacudiendo la lluvia de su cuerpo y rostro. Durante todo el tiempo, mantuvo la mirada fija en su entorno.

Frente al Bar Mark's End, a una cuadra del apartamento de Melissa Cartwright, vio a ese perseguidor oculto cerca de una tienda tapiada, dos edificios más allá, fingiendo mirar su teléfono bajo el toldo de una bodega mexicana. Reconoció ese rostro familiar desde lejos, pero para su decepción, no era alguien en busca de venganza. Eso habría sido mucho más fácil de manejar. Entonces la vio: aquella mujer que había observado la noche anterior salir del bar. Al cerrar el bar, él pasó deliberadamente junto a ella mientras operaba la puerta eléctrica de seguridad y hablaba con los últimos parroquianos ebrios, escuchando que hacía un turno doble.

La chica, protegida por un paraguas y de espaldas al cortante viento del este, estaba de pie, fumando. Él cruzó la calle, se acercó a ella y sus miradas se cruzaron mientras ella exhalaba una bocanada de humo. Con ojos preocupados, ella apagó su cigarrillo y dio un paso apresurado hacia la entrada del bar.

Joseph se detuvo en la acera, lanzando un ultimátum: "Háblame, o enfréntate a la policía."

La chica se detuvo, se volvió para mirarlo, con una expresión dura en el rostro. "Sí, ¿y cómo sé que no eres un cerdo?" dijo, su inglés impregnado de un acento dominicano.

"No lo sabes."

Ella hizo una pausa, dudosa. Miró alrededor con aprensión antes de acercarse a él. "¿Qué quieres?"

"Información." Él identificó a la chica como una mujer de unos veinte años, atractiva, con largo cabello negro peinado hacia atrás en un moño apretado. Su apariencia incluía un abrigo negro ajustado, jeans ceñidos y botas negras de tacón alto, grandes aros, uñas pintadas de un rosa intenso y pestañas postizas. Ni siquiera el grueso maquillaje podía ocultar los moretones amarillo-verdosos bajo su ojo.

"¿Qué clase de información?" preguntó ella, mirando alrededor nuevamente. —¿Quién maneja el juego aquí? —preguntó Él, ladeando el mentón hacia la barra. Ella inclinó la cabeza hacia un lado. —¿Quieres atraparlo?

—No.

Ella suspiró, dejó caer los hombros y rodó los ojos. —Mierda —dijo en voz baja—. Zagarus, Zeke Zagarus.

—¿Cuál es su movida?

—Snow, crank, fentanilo y éxtasis (MDMA) —respondió ella en jerga callejera para cocaína, metanfetamina cristalina y éxtasis.

En lo más alto de su lista de intolerancias, junto con pedófilos y hombres que maltrataban a mujeres y niños, estaban los traficantes de drogas; el futuro de Zagarus requería una planificación cuidadosa. Él sacó la bolsa Ziplock, retiró la tarjeta impregnada con fragancia y se la entregó.

—¿Reconoces el olor de alguien en el bar o de los clientes de Zagarus?

La solicitud provocó una expresión interrogante antes de que ella oliera la tarjeta. "Maldita sea, contengo la respiración cada vez que el viene", dijo ella, frunciendo la nariz mientras le entregaba la tarjeta.

"Descríbelo."

Ella se encogió de hombros. "Blanco, veintitantos tal vez, alto y extremadamente delgado." "¿Algo más?"

Ella dio otro encogimiento de hombros. "No lo sé, no es que esté muy cerca o íntima con él. Siempre lleva una sudadera con capucha, al estilo pandillero, ocultando su rostro. Entra, hace sus negocios con Zeke y se va. Nunca se queda." Luego, como un pensamiento al pasar, dijo: "Pero el tipo anda cargado de billetes. Por la cantidad de dulces que compra, no hay duda de que viene de una buena familia."

"¿Es un cliente regular?"

Ella asintió. "El tipo aparece los viernes como reloj, pero últimamente no. Quizá cada pocas semanas ahora."

"¿Cuándo fue la última vez que estuvo allí?"

Ella pensó por un momento. "Hace unas dos o tres semanas. Recuerdo que tenía un resfriado, pero Zeke no me dio el día libre y, la verdad, me alegré de no poder respirar, así no tenía que soportar ese maldito hedor asqueroso."

"¿Zeke no te dio el día libre?" repitió para aclarar. "Zeke es el dueño del lugar," dijo ella. "Maldita sea, él manda en el barrio." Giró la cabeza hacia el bar. "¿Está Zeke adentro ahora?"

Ella negó con la cabeza. "No volverá sino hasta mañana." "¿A qué hora mañana?"

Ella lo estudió. "¿Seguro que no buscas atraparlo?" "Solo quiero hablar con él."

"Alrededor de las dos." "¿Cómo te llamas?" "Tina."

Él señaló su rostro. "¿Así te golpea Zagarus?"

Ella bajó la mirada, tocando tímidamente los moretones cerca de su eye.

La culpa de Zagarus se delataba en su silencio, dándole a Joseph otra cuenta pendiente que ajustar.

Después de interrogar a Tina sobre Zagarus y obtener la información, partió y buscó refugio del viento del este en la calle 73. Se metió en un callejón entre dos edificios, presionando su espalda contra la pared de concreto de uno de ellos. En segundos, su perseguidor apareció doblando la esquina. Él sostuvo al intruso contra la pared, con una ligera presión de su antebrazo sobre la garganta, y fijó su mirada en esos ojos familiares.

"Veo que no has perdido tu toque, Simone," dijo la agente del FBI Donna Williams.

CAPÍTULO 14

Joseph se alejó del agente en silencio, dirigiéndose de regreso al Bar Mark's End, cruzando la calle hacia una pastelería llamada Batter Up Pastry. Dentro, luces brillantes iluminaban paredes de madera oscura, mientras aromas de canela, vainilla y café impregnaban el aire. Un largo escaparate de vidrio que mostraba una variedad de pasteles, galletas y croissants estaba junto a la caja registradora. Varios clientes ocupaban sillas de plástico alrededor de mesas de metal. Él pidió un café y se sentó en el extremo más alejado del mostrador, cerca de la ventana, vigilando la entrada de la tienda mientras observaba el bar. Aunque Zagarus no aparecería hasta mañana, Joseph priorizaba reunir toda la inteligencia disponible. La observación minuciosa del entorno le daba una ventaja — una de sus armas más confiables. Un grupo de cuatro hombres negros de unos veinte años se reunió afuera, cubiertos bajo paraguas. Vestían idénticamente, con jeans de tiro bajo y sudaderas con capucha sobre sus gorras de béisbol. Uno de ellos sacó un encendedor de su bolsillo, encendió lo que a Joseph le pareció un porro de marihuana, dio una calada y se lo ofreció a otro.

Oyó el timbre de la puerta al abrirse. Como esperaba, vio de reojo entrar a la Agente Williams — pequeña, con cabello rizado castaño hasta los hombros. Vestía pantalones oscuros, una blusa blanca debajo de un blazer oscuro y botas negras de tacón hasta el tobillo. Él tomó un sorbo de café mientras ella se acercaba y tomaba asiento junto a él, negando con la cabeza.

"Sabía que algo estaba pasando," dijo sin preámbulos. "Cuando anoche no pude comunicarme con Cartwright, algo fuera de lo común, me preocupé y llamé a Jane. Ella dijo que todo estaba bien y que Ed estaba ocupado. No lo creí y me incomodó la extrañeza en la voz de Jane. Conduje hasta su casa y estaba a punto de subir los escalones del porche cuando escuché la voz de Ed afuera, detrás de la casa. Pensé que podría estar en una llamada privada, así que me disponía a buscar a Jane cuando escuché una segunda voz. "Miro," agitó los brazos, "y voilà, ahí estás."

Joseph no dijo nada. Él observó cómo dos chicas blancas con jeans ajustados se unieron al grupo de hombres junto a la barra. El tipo sacó otro porro, lo encendió y se lo ofreció a una de ellas. Ella inhaló, y luego su novia dio una calada.

"Mi reacción inmediata," dijo Williams, "fue pensar que, si Simone está aquí, debe significar que puede vivir su enfermiza y despreciable vida sin consecuencias. Y sé que, en ese mundo de inodoros llenos de porquería de donde vienes; solo puede ocurrir mediante un intercambio. ¿A quién mataste esta vez, Simone, para ganar tu libertad?"

El único encuentro de Joseph con la Agente Donna Williams fue fugaz, en medio del caos del tiroteo en los Everglades de Florida que involucró a Víctor Simone. Su conocimiento sobre ella provenía de los comentarios de Cartwright. Casada con su esposa y madre de dos hijos, Williams ya llevaba tres años en la Oficina cuando fue ascendida al equipo de Cartwright. Durante su primer año trabajando con Cartwright, dos sicarios de una familia criminal de Chicago —que habían asesinado a un juez de Nueva York y a su esposa— la mantuvieron como rehén. Durante setenta y dos horas, los hombres la golpearon brutalmente, con la intención de matarla, hasta que ella encontró, bajo todo el dolor y el horror, la fuerza para seducir a uno de ellos en un acto de placer, solo para arrebatarle el arma de fuego que llevaba en la cintura y matarlo primero, y luego al otro. La esposa de Cartwright, Jane, dirigía un centro de crisis y de inmediato se involucró, acompañando la recuperación de Williams, tanto física como mentalmente. Abrumado por la culpa debido a la violencia contra su compañero, Cartwright se comprometió particularmente con su bienestar, forjando un vínculo estrecho que la hizo sentir como un miembro de la familia para él y para Jane.

Sin apartar la vista de la ventana, dijo: "¿Hay alguna razón para esta conversación?"

Williams hizo una pausa y negó con la cabeza. "Por más que me dan ganas de vomitar y va contra lo más profundo de mi ser, quiero participar. Al igual que la policía, no he conseguido avances en mi investigación para dar con el responsable de Melissa. Nadie habla." Giró la cabeza hacia la ventana. "Pero tú apareces con tus malditas habilidades de siempre y consigues una pista en horas. Así que, a falta de mejores palabras, quiero que trabajemos juntos."

Joseph ni siquiera consideró la solicitud. Él trabajaba solo—y siempre lo haría. Él la miró. "No, gracias." No tenía intención de cambiar su modo de operar.

Williams se sentó en silencio. "No viste a Ed después del ataque," finalmente dijo ella. "Su incapacidad para reconocer a su hija en el hospital lo destrozó. Sentía que había fallado por no haberla protegido. La ira y la culpa lo atormentaban. Se deterioró cuando la Oficina lo obligó a tomar un año sabático. Su objetivo era rastrear a la persona que le hizo esto a Melissa. En cambio, su ira se intensificó, llevándolo a caer aún más en la oscuridad." Jane y yo estábamos en constante conflicto con él. Temíamos que regresara a sus viejos hábitos, preocupadas de encontrar botellas vacías de licor. Está mejor, pero aún no es el hombre que era antes del ataque." Ella se detuvo, parpadeando para contener las lágrimas que brotaban de sus ojos. "Necesito hacer algo. Necesito encontrar justicia para Melissa, para mi familia."

Aunque comprendía el fuerte deseo de justicia de la agente, su idea de justicia difería de lo que el hombre recibiría. ¿Interferiría ella con su plan? Aunque la idea le inquietaba, decidió continuar.

"Melissa dijo que el hombre usaba una colonia llamada Entice," afirmó, y explicó la información que había recopilado en la tienda departamental, seguida de su visita a la Clínica de Salud Mental Darvere, concluyendo: "Según la cantinera de Mark's End, el dueño y ejecutor del barrio es un pandillero y traficante de drogas llamado Zagarus, quien realiza su negocio ilegal desde dentro del bar. Tiene un cliente que usa la colonia."

"¿Dónde está Zagarus en este momento?"

"Recogiendo un envío. Se espera que regrese al bar mañana a las dos en punto."

"¿Y el hombre que usa la colonia?"

"Alto, delgado, de veintitantos años. Siempre lleva una sudadera azul oscuro de Nike con la capucha puesta."

Williams se reclinó y cruzó los brazos. "El estatus de Zagarus explica el silencio de la gente."

"Que tenga policías en su nómina explica la falta de una investigación adecuada. De lo contrario, habría comprometido la empresa de Zagarus."

"¿La cantinera te lo cuenta?" Sus miradas se cruzaron.

"Correcto. Tu despreciable profesión y actividades te otorgan ese conocimiento, ella dijo."

El sentido común se lo indicaba. Terminado con el agente, él se puso de pie.

—Ven aquí mañana a las once —dijo, atravesando junto a ella y saliendo por la puerta.

CAPÍTULO 15

Trent Designory, una escuela de maquillaje artístico, ocupaba el piso dieciséis del edificio American Express, un monumento histórico en el Distrito Financiero, cerca de Wall Street, los restaurantes de Stone Street y el paseo marítimo de Battery Park. Ross y Mueller redujeron la marcha al cruzar las puertas giratorias, contemplando el memorial a la izquierda. Un guía brindaba una charla a los turistas congregados alrededor de la pieza central. Tras el ataque al World Trade Center en Ciudad de Nueva York, colocaron un cristal de cuarzo especialmente diseñado con once lados en el vestíbulo para conmemorar a los once empleados de American Express que fallecieron. Un cristal colgaba de finos hilos sobre una piscina de granito negro con once lados. Cada sección de la piscina mostraba el nombre de una persona desaparecida y una inscripción familiar, mientras desde el techo una lágrima simbólica caía continuamente, posándose en una sección diferente cada segundo.

En silencioso recuerdo del 11 de septiembre, Ross y Mueller subieron por la escalera mecánica y luego esperaron brevemente en el nicho del ascensor. Aunque Ross consideraba el memorial un tributo notable, la idea de cruzarlo cada día en su trayecto le parecía un recordatorio doloroso. La puerta del ascensor se abrió y se apiñaron dentro de la caja metálica junto con siete personas más: hombres con trajes y maletines; mujeres vestidas con faldas y zapatos de tacón alto, cargando bolsos sobrecargados. Después de cinco paradas, llegaron al piso dieciséis y entraron en una deslumbrante área de recepción. Ross entrecerró los ojos. La intensa iluminación fluorescente y las paredes desnudas de un blanco hiriente le resultaban desorientadoras, como mirar directamente al resplandor del sol. El moderno decorado del vestíbulo, con piezas provenientes de tiendas como Design Within Reach y Room y Board, incluía asientos que parecían notablemente incómodos. Incluso mirar las elegantes sillas de malla inclinada hacía que a Ross le doliera la espalda. Una pared exhibía grandes fotos brillantes que ilustraban el trabajo de los estudiantes de Trent: diseños coloridos, espectaculares, pero sangrientos, perturbadores y espantosos de monstruos y criaturas. A Ross le llegó la revelación de lo que realmente significaban las prótesis almacenadas en el clóset de Barnes. La última fila de imágenes mostraba extremidades horriblemente destrozadas, con huesos y músculos expuestos a través de la carne profundamente desgarrada. Ross habría pensado que las heridas grotescas eran reales si no supiera mejor.

Mueller examinó una foto, luego retrocedió, señalando. “Esto se parece a tu novia,” comentó, señalando a la mujer con aspecto cadavérico y rasgos grotescos: un rostro distorsionado, cuencas oculares vacías y piel en descomposición alrededor de sus dientes irregulares.

Ross le lanzó una mirada sarcástica, implicando que

su broma no tenía gracia. Sin embargo, Ross sintió que Mueller no estaba bromeando. El golpe de Mueller, impregnado de un sutil tono de desprecio hacia Olivia Amato, tenía un impacto aún mayor.

Sentada detrás de un escritorio circular de cristal, una joven de largo cabello rojo, piel pálida y elegantes gafas cuadradas color amarillo canario ofrecía una sonrisa ensayada de bienvenida. Mueller tomó la iniciativa, se identificó y pidió hablar con alguien respecto a Ellie Barnes. La recepcionista tecleó en el teclado.

El ascensor sonó, atrayendo la atención de Ross. Un grupo de jóvenes estudiantes emergió, cada uno cargando una mochila o una bolsa de gran tamaño y con un vaso de Starbucks en la mano. Entre la multitud, un hombre de cabello oscuro con una mecha en el mentón dijo: "Buenos días, Natalie." La recepcionista levantó la vista y sonrió. "Buenos días, Mitch," respondió ella, batiendo sus largas pestañas, con un tono cargado de un insinuante coqueteo.

Cuando el grupo desapareció tras una puerta, Natalie volvió a la computadora. "Lo siento," dijo, mirando a Mueller. "Ellie Barnes no es una estudiante activa aquí."

"Lo entendemos," dijo Mueller. "Estamos aquí, como dijimos, para entrevistar a quienes interactuaron con ella: instructores y estudiantes de sus clases."

"No puedo acceder a esa información."

"¿Quién puede acceder a la información?", preguntó Mueller, perdiendo la paciencia con la joven.

Ella miró de Mueller a Ross y luego de vuelta, como si su pregunta le pareciera increíblemente ingenua. "El departamento de archivos," respondió, como si fuera algo evidente.

"¿El departamento de archivos?", repitió Mueller. "¿Y dónde podemos encontrar el departamento de archivos, Natalie?"

"Esa puerta," señaló con una uña larga y reluciente hacia su derecha, "al final del pasillo, a la izquierda. Pero hoy no hay nadie en la oficina."

"Necesitamos la información hoy, es decir, ahora. ¿Está usted diciendo que ni usted ni nadie más puede acceder a los archivos de la señorita Barnes?"

Con tono preciso, Natalie le dijo al detective: "Solo podemos acceder a los archivos estudiantiles mientras los estudiantes estén inscritos. Los registros estudiantiles se archivan después de que finaliza el programa o tras seis meses de inactividad."

De nuevo, la campanilla del ascensor sonó detrás. Ross se giró. Una mujer baja y robusta, con cabello corto y canoso y anteojos de armazón metálica, le sonrió. Él parpadeó dos veces, devolviéndole la sonrisa. Le sorprendió el parecido con Kathy Bates. Era poco habitual que Ross se quedara mirando fijamente. Estaba acostumbrado a ver celebridades, después de todo estaba en la Ciudad de Nueva York. No era gran cosa. La presencia de uno de sus actores favoritos lo dejó sin palabras; lo observó con intensidad e inquebrantable fijación, como un fanático devoto y obsesivo.

Aunque la mujer no era Kathy Bates, siguió mirando, mientras la película Misery llenaba su mente. La paciencia menguante de Mueller con la recepcionista lo sacó de su trance.

"¿Al menos, su sofisticada computadora puede mostrar la fecha de finalización del programa de Ellie Barnes?"

Antes de que la respuesta de Natalie pudiera desconcertar a Mueller, una voz detrás de ellos dijo: "Ella no completó el programa."

Juntos, Ross y Mueller se volvieron hacia ella. Kathy Bates. "Soy instructora aquí," dijo la mujer. Ella miró por encima de sus gafas, con la cabeza baja. "Puedo reconocer un escudo a una milla de distancia."

Ross sonrió, tomó su placa mientras Mueller, también notando al doble de Kathy Bates, le dio un codazo. Ross asumió que la sonrisa de Kathy Bates hacia Mueller ante ese gesto evidente era cosa frecuente. Él se identificó con su placa durante las presentaciones.

"Soy Kathy—" comenzó la mujer, con una sonrisa en el rostro.

Los ojos de Ross y Mueller se abrieron.

La mujer soltó una leve risa. "No pude resistirme." Después, su rostro se tornó serio. "Mi nombre es Peggy Cullen. Ellie dejó el programa hace un tiempo."

"¿Tienes alguna idea de por qué renunció?" preguntó Ross.

"Sabes la situación de su familia, ¿verdad?"

"Sí, estamos al tanto," respondió Ross.

"Ven conmigo," dijo Cullen. Ella los condujo por el pasillo principal de la escuela, hablando mientras caminaban. "Enseño a los estudiantes nuevos en sus clases introductorias," explicó Cullen, "por eso no he tenido a Ellie como alumna durante dos años, y solo asistió a mis clases por tres meses. Normalmente, se requieren clases fundamentales previas antes de que los estudiantes puedan cursar niveles intermedios y avanzados. Sin embargo, la escuela hizo una excepción para Ellie. Eso sucede cuando observamos un potencial considerable. Las habilidades de Ellie superaban ampliamente los niveles introductorios e incluso los avanzados. La ascendimos a los cursos magistrales impartidos por Cat Brown. Existe la posibilidad de que ella pueda ayudarte. Te mostraré su aula."

Ross y Mueller siguieron al instructor a lo largo del largo pasillo, donde los olores a arcilla, yeso, pintura y productos químicos se intensificaban con cada aula que cruzaban. Varias clases estaban en sesión, con estudiantes en sus puestos de trabajo, esculpiendo, moldeando, tallando—lo que parecía ser arcilla—para crear sus obras maestras. Algunas aulas estaban vacías, mientras que un pequeño número contenía estudiantes solitarios absortos en sus proyectos. Avanzaron por dos pasillos más, ambos lados llenos de aulas y oficinas cerradas. En una sola habitación, tres estudiantes practicaban con individuos reales.

"Apuesto a que tienen disfraces de Halloween

impresionantes," dijo Mueller.

"Oh," dijo Cullen con voz lánguida, "siempre están en personaje, Halloween o no. Se transforman cualquier día de la semana solo para asustar a morir a familiares y amigos, prácticamente a cualquiera. Los estudiantes suelen grabar en video las reacciones de las personas, que a menudo son ridículamente divertidas." Entraron a un salón a la derecha. "Parece que la señorita Brown aún no ha llegado. Tiene una clase pronto, así que no debería tardar mucho."

"Lo agradezco," dijo Ross.

"Vaya," dijo Mueller, abriéndose paso frente a Ross para observar las esculturas exhibidas en una mesa al fondo del aula.

"Los estudiantes deben reproducir creaciones existentes para sus tareas," explicó Cullen. "Antes de trabajar en un cuerpo vivo, practican habilidades y técnicas. Para su proyecto final, deben crear un objeto de aspecto realista, moldeando y construyendo antes de trabajar sobre un cuerpo vivo."

—Muy bien —dijo Mueller, observando el trabajo de los estudiantes.

"Informaré a los estudiantes que su trabajo deslumbró a los profesionales más destacados de Nueva York," dijo Cullen. Luego: "Espero que Ellie esté bien, pero, lamentablemente, tu presencia indica lo contrario."

"Descubrimos su cuerpo," dijo Ross.

Con rostro estoico, Cullen asintió con lentos

movimientos. "Dadas las profundas raíces de mi familia en las fuerzas del orden—cuatro generaciones y una hermana casada con un fiscal asistente de Brooklyn—y la constante exposición a la jerga legal, sería prudente abstenerme de hacer preguntas sobre las recientes noticias en el Parque Fort Tryon."

Mueller se apartó de la mesa. "Una familia Regan de la vida real."

"Excepto por las cenas civiles de los domingos. Nuestra mesa irlandesa es un campo de batalla servido con jamón y papas."

Mueller sonrió. "Pero bastante entretenido, apuesto." "En efecto, detective. Nunca hay un momento aburrido."

Perdido en la conversación, Ross levantó una ceja.

Mueller simuló un suspiro. "Ah, hola, Blue Bloods? Tom Selleck como el PC."

Ross se encogió de hombros y negó con la cabeza.

"Un caso perdido, este," dijo Mueller a Cullen, señalando a Ross.

Cullen sonrió y se dirigió hacia la puerta. "Tengo una clase que también debo impartir." Ella hizo una pausa, luego se giró. "Que encuentren lo que buscan, detectives." Los detectives le agradecieron mientras salía por la puerta.

Los ojos de Ross recorrieron la habitación. Al igual que las otras habitaciones, tenía paredes blancas y brillantes, iluminación intensa y era bastante amplia. El centro del cuarto albergaba doce estaciones de trabajo con tapas de metal y taburetes, con una colección de herramientas de escultura en latas en el corazón de la mesa. Una pared estaba compuesta por ventanales de piso a techo, que ofrecían la vista común de un edificio de oficinas en un piso alto. Materiales y equipo de escultura estaban en estantes y repisas a la izquierda y al fondo del aula, donde Mueller evaluaba el trabajo de los estudiantes.

"Esto es increíble," dijo Mueller mientras caminaba junto a la mesa. Él hizo un gesto hacia las figuras esculpidas que conocía. "Tío Frank de Hellraiser, el joven Jason Voorhees, Davy Jones en Pirates of the Caribbean, ah, el infame señor Grinch."

Ross cruzó la habitación y examinó las réplicas perfectas, familiarizado con la mayoría. "¿Quién es este?" preguntó, señalando la escultura; tenía una cabeza calva cómicamente grande y un rostro juvenil pero distorsionado y grotesco. El ojo derecho y la comisura de la boca caían notablemente, como si fueran arrastrados por un cable de demolición. Su ojo izquierdo sobresalía grotescamente, con la piel circundante ausente.

La expresión de Mueller se volvió severa, como si hubieran insultado a su madre. "¿Estás bromeando?"

Ross arqueó una b ceja.

Mueller negó con la cabeza en una falsa muestra de frustración. "Eres un hombre triste, muy triste. Jason Voorhees — como Jason del icónico y clásico filme de terror y sus secuelas, Friday the 13th."

—Claro —dijo con un chasquido de dedos. Él nunca veía películas, pero confesar eso a Mueller, un entusiasta del cine, desataba burlas interminables.

Mueller abrió los brazos para llamar la atención sobre la escultura. —Por eso Jason usa la máscara de hockey.

Un fuerte golpe los sobresaltó a ambos, y se volvieron para ver a una mujer cargada de carpetas y bolsas que se apresuraba hacia una mesa de metal, donde dejó caer todo. Ross y Mueller pasaron desapercibidos mientras ella suspiraba profundamente, desandaba sus pasos y recogía la carpeta caída.

Ross carraspeó mientras extendía la mano para alcanzar su placa.

La mujer saltó sorprendida. —Jesús de Nazaret —jadeó, mientras su mano libre se llevaba al pecho.

Ross y Mueller cruzaron la habitación; Ross mostró su placa. —Disculpe, señora. No queríamos asustarla.

Ella examinó a los detectives mientras recuperaba el aliento. —No sabía que tenía visitas. —Le pido disculpas nuevamente. La señorita Cullen nos indicó su salón de clases.

Tras la presentación de Ross, la mujer pronunció su nombre. “Catalina Brown, pero todos me llaman Cat.”

Brown era una mujer alta y delgada, vestida con una falda estampada hasta la rodilla y una blusa marfil metida por dentro—de unos cincuenta años, cautivadora, con piel color moca y ojos oscuros, profundos y hundidos. Sus largas rastas canosas estaban recogidas en una suelta cola de caballo. Sus ojos alternaron entre Ross y Mueller, para luego fijarse nuevamente en Ross. "¿De qué se trata esto, detective?"

"Queremos hacer algunas preguntas sobre una exalumna, Ellie Barnes."

Un ceño fruncido surcó el rostro de Brown. "¿Ellie?" Una ligera vacilación tiñó su voz. "¿Está todo bien con ella?"

"Hemos encontrado su cuerpo," repitió Ross.

Brown se acomodó en un taburete, inclinándose hacia adelante con las manos entrelazadas sobre la mesa. Levantó la mirada, mostrando una tristeza apenas perceptible en sus ojos. "¿Sabe usted de la terrible tragedia que sufrió su familia?"

"Sí, lo hacemos", respondió Ross.

Transcurrió un largo momento antes de que Brown hablara. Había una suavidad en su voz cuando habló. "Ellie y su familia eran excepcionalmente unidas. Ella adoraba a sus padres y valoraba su papel como hermana mayor de los gemelos de diez años, Dylan y Amanda. Ellie explicó que la gran diferencia de edad entre ella y sus hermanos se debía a la incapacidad — o la aparente incapacidad — de su madre para tener más hijos tras las complicaciones durante el nacimiento de Ellie. Ellie siempre había deseado tener un hermano, dijo. Y luego dos a la vez. Eso significaba el mundo para ella.

"Paul y Nancy, sus padres, eran maravillosos y amorosos. Los sueños y aspiraciones de Ellie recibían de ellos un apoyo inquebrantable y un orgullo sincero. Durante sus visitas, Ellie mostraba orgullosa a su familia sus últimos proyectos, ansiosa por compartir sus avances. Amanda y Dylan, los niños más curiosos y valientes que he conocido, estaban completamenteentusiasmados con las imágenes más sangrientas. Cuanto más aterrador era el aspecto, más les gustabaeso. Al escoger de los proyectos de sus compañeros, ordenaban: 'Hazme así, El', y Ellie mágicamente transformaba a su hermano y a su hermana." Hizo una pausa. "Ellie era tan vibrante, determinada, resuelta y dedicada a su arte; verdaderamente inspiradora. Ella era a quien el mundo había estado esperando: su talento, algo que no había visto en años. Un don natural. Trent imparte clases de maquillaje en diversas especializaciones. Desde la moda y pasarela hasta cine, televisión y multimedia. Mi enfoque está en el maquillaje de efectos especiales, o SFX. Ellie aspiraba a seguir los pasos de Rick Baker, el maquillista líder de nuestra época. La calidad de su trabajo es inconfundible. American Werewolf in London, Planet of the Apes, Men in Black, transformando a Robert Downey Jr. en un hombre negro, y Thriller de Michael Jackson. Sentí que Ellie estaba en camino de convertirse en una maquilladora destacada. Ella poseía una cualidad que la distinguía de la mayoría en su campo. Su espíritu artístico único insuflaba vida a lo increíble, creando arte tan real que parecía cobrar vida.

Cuando regresó a la escuela tras el funeral de su familia y un descanso, Ellie era diferente. Se movía por la vida mecánicamente, como si estuviera en trance. La contacté varias veces, pero siempre decía que estaba bien.

Sin embargo, su angustia era evidente para mí. Había días en que llegaba a la escuela desarreglada, con la misma ropa del día anterior, como si acabara de despertarse. Aunque completaba sus asignaciones, su creatividad, pasión y chispa se habían extinguido, dejando su trabajo sin vida y opaco. Imaginé que su labor creativa le ofrecería consuelo y facilitaría su recuperación. Pero permaneció retraída, perdida en su dolor. En un principio, supuse que se debía al consumo de drogas, pero su comportamiento parecía genuino. Entonces, una tarde, durante la clase, ella se fue y nunca regresó. A pesar de mis llamadas y mensajes, ella nunca respondió. No he tenido contacto con ella en casi un año.

Mueller preguntó: "¿El talento de Ellie despertaba envidia entre sus compañeros?"

"Estoy seguro de que sí," dijo Brown. "Incluso yo sentía celos de su talento innato; sin embargo, Ellie no ocultaba sus habilidades. Compartía sus métodos y procesos con los demás. Ellie era querida por todos."

Mueller volvió a preguntar. "¿Había algún estudiante con quien pasara mucho tiempo, o alguna vez habló de un novio?"

"Sheila Foster, una exalumna de esta escuela, es la compañera de cuarto de Ellie. No estoy seguro si aún viven juntas. Sheila se graduó y obtuvo un certificado en arte cinematográfico y televisivo. Sheila trabajó, y quizá aún lo haga, en Broadway, en el musical Wicked. Ella ayudó a Ellie a conseguir un empleo en The Lion King. Y si Ellie tenía novio, no estoy al tanto." Hizo una pausa; una mirada interrogante en su rostro. "¿Ellie se lastimó a sí misma?"

Ross, sorprendido por la pregunta, esperaba que ella sospechara, como Cullen a partir del reporte noticioso, que el cuerpo descubierto era el de Barnes. "¿Qué te lleva a pensar que podría haberse hecho daño a sí misma?"

Brown tragó saliva. "Aunque no soy experta, parecía que su depresión se estaba agravando, quizás de manera clínicamente significativa."

Ross y Mueller expresaron su agradecimiento a la señora Brown antes de partir, dejando a la instructora sumida en sus pensamientos. Se reunieron con el director de la escuela, quien les proporcionó la información de contacto de Sheila Foster. Cuando el ascensor llegó al piso de planta baja, Ross contactó a la señora Foster, dejando un mensaje.

Ya fuera del edificio, Mueller dijo: "Si tan solo fuera solo un suicidio." "Sí," murmuró Ross. "Si tan solo."

CAPÍTULO 16

Ross y Mueller habían investigado previamente la muerte de un actor masculino de Broadway. Un actor masculino, obsesionado con el papel protagónico en Jersey Boys, asesinó a su competencia, una estrella emergente de veinticuatro años. Su investigación proporcionó un beneficio: conocimiento sobre las exigencias de las presentaciones nocturnas en vivo. También descubrieron que las puertas cerradas del teatro ocultaban bulliciosos ensayos generales matutinos del elenco y el equipo antes de cada función nocturna.

La ruta de Ross lo llevó directamente por la Décima Avenida, luego a la Calle 46 y finalmente a Broadway. Tomó dos giros a la derecha más — primero en Broadway y después en la Calle 45 — estacionándose en doble fila frente al Minskoff Theatre, sede de El Rey León. Ross se identificó, y el empleado de la taquilla le permitió el ingreso por una puerta lateral. Su visita duró apenas treinta minutos, proporcionando información adicional mínima. Sus entrevistas con actores, dos maquillistas y un encargado de escenario revelaron declaraciones consistentes. Ellie Barnes era una colega talentosa y admirable, y su partida repentina de la producción fue desconcertante. Antes de que Barnes renunciara, dos maquilladoras reportaron que parecía distraída y retraída, cometiendo errores simples y frecuentes que normalmente habría evitado.

Ross y Mueller visitaron el Teatro Gershwin, en Paramount Plaza, en la calle 51, para confirmar el empleo de Sheila Foster en la producción de Wicked. Aunque Foster seguía empleada, resultó que estaba de vacaciones y regresaría a trabajar el jueves. Ross esperaba que ella devolviera su llamada antes de su reincorporación.

Media hora después, Ross y Mueller entraron al precinto, solo para escuchar una voz profunda llamar a Ross desde detrás del mostrador elevado. Harriet Burg, oficial civil de servicio comunitario, atendía el área de recepción del precinto. Burg, de cincuenta y nueve años, tenía el apodo de "Big Bird" debido a su imponente estatura, enorme corpulencia y prominente nariz. Burg hizo un gesto con el teléfono, indicándole que se acercara, mientras Mueller se dirigía a la sala de guerra.

—¿Qué pasa, Big Bird? —dijo, apoyado en el mostrador.

Big Bird levantó el teléfono con su mano gruesa. —Es la segunda llamada de la mujer. Ella dice que es la tía de tu víctima fallecida.

Una opresión se apoderó del pecho de Ross. Él consideraba que la angustia de la familia era la parte más desafiante de su trabajo. Los gritos y súplicas por justicia erosionaban su armadura emocional. —Dame un minuto y luego comunícamela.

Se detuvo en su escritorio para revisar sus mensajes, repasando los papeles rosados. Tres concernían su caso abierto anterior, mientras que otros provenían de reporteros—entre ellos su novia, Olivia Amato, y una mujer llamada Charlotte Landon, quien preguntaba sobre la identidad de los restos humanos. Desechó los mensajes de los reporteros, incluidos los de Amato, y archivó el resto en el cajón de su escritorio.

Se detuvo al entrar a la sala de guerra; el hedor nauseabundo le golpeó como un camión Mac. El hedor superaba incluso al del área de autopsias. Ross había planeado saltarse el almuerzo para regresar al precinto, procesar sus nuevos hallazgos y enfrentarse al papeleo, pero al final terminaron pidiendo comida a domicilio. Él pidió pastrami en pan centeno de Caesar's Deli, mientras que Mueller, deseando algo picante y diferente, eligió de la vasta variedad de restaurantes étnicos de la ciudad, como era su costumbre. Ross aprendió, después del comentario de Mueller sobre la lengua de vaca, a evitar preguntar sobre la comida de su compañero. Sus gustos culinarios inusuales generaban olores terribles que le provocaban arcadas. Hoy, el almuerzo de Mueller tenía, con mucho, el peor olor.

Sentada frente a Mueller, la detective Chen tecleaba en una computadora portátil, con carpetas manila y una ensalada comprada en una deli, aparentemente intactas a su lado. "Él está comiendo culo de rata otra vez," le dijo a Ross. "Ahora no puedo soportar mi almuerzo."

"Vamos," dijo Mueller con la boca llena, "no huele tan mal."

El teléfono sobre la gran mesa rectangular sonó antes de que Ross pudiera decir algo. Cuando Chen se dispuso a contestar, dijo: "Lo tengo." Apartó su almuerzo empacado sobre la mesa, se inclinó hacia adelante y acercó el teléfono. "El familiar más cercano de Barnes."

Chen asintió.

Cuando el teléfono sonó por segunda vez, Ross activó el altavoz. "Habla el detective Ross."

"Sí, me llamo Vicki Clarkston," dijo la mujer con calma, con un tono monótono. "Ellie Barnes es mi sobrina."

Ross dedujo que la mujer contenía las lágrimas por la frialdad en su voz. "Gracias por devolver la llamada. Está usted en altavoz conmigo, el detective Mueller, con quien habló antes, y con el detective Chen. Lamentamos su pérdida."

"¿Saben quién hizo esto?" fue lo primero que preguntó Clarkston.

"Estamos en las primeras etapas de la investigación, señora," dijo Ross. "Estamos investigando y siguiendo todas las pistas disponibles."

"¿Cuánto tiempo ha estado muerta?"

"La autopsia aún está siendo realizada por el forense."

Silencio.

"Señorita Clarkston," Ross finalmente dijo, "¿cuándo fue la última vez que habló con su sobrina?"

Clarkston dudó. "Mi familia y la familia de Ellie estaban en el Del Concordia, el crucero que se hundió frente a la costa de Grecia hace dos años. De los sesenta y cuatro fallecidos, mi hermana Nancy, la madre de Ellie; su padre, hermano y hermana, murieron."

"Sí, señora," afirmó Ross, "sabemos lo que ocurrió. Nuestras más profundas condolencias."

"Ellie se suponía que iba a ir, ya sabe," dijo Clarkston. "La familia tenía planificadas las vacaciones desde hacía meses. Ellie había estado en Nueva York por un año, y hacía tiempo que no regresaba a casa. Programaron el viaje durante sus vacaciones escolares. Su plan era regresar a casa, pasar un par de días aquí antes de que su familia volara al aeropuerto LAX. Ellie consiguió un trabajo en Broadway un mes antes del viaje, lo que la hizo titubear al pedir permiso. Su familia estaba decepcionada, especialmente Dylan y Amanda, quienes extrañaban a su hermana mayor. Los padres de Ellie, sin embargo, sabían lo importante que era su trabajo. " Ella hizo una pausa. "Ellie y yo no hemos hablado desde el accidente, y eso es culpa mía."

Vicki Clarkston, distanciada de su sobrina, reflexionó Ross, no habría sabido del horrible destino de su sobrina si no hubieran identificado el cuerpo. Clarkston creería que su sobrina estaba viva en Ciudad de Nueva York, persiguiendo sus sueños.

"Antes del accidente," continuó Clarkston, "Ellie y yo éramos extremadamente cercanas. Solo nos separaban siete años. Nancy y Paul se enamoraron en la secundaria, se casaron una semana después de graduarse y tuvieron a Ellie un año después. Yo era más como una hermana mayor para ella que una tía. De todos modos, después del funeral pensé que Ellie tomaría una licencia prolongada de la escuela y el trabajo, y se quedaría en casa un tiempo; ya sabes, quería estar cerca de ellos, ayudar con las decisiones pendientes: la venta de la casa y la marina, qué conservar, cosas por el estilo. Su plan era quedarse en casa solo una semana. Ella dijo que no quería faltar más días a la escuela ni al trabajo. Tras los funerales, Ellie empacó y se fue al día siguiente. Partió sin despedirse. En su habitación dejó una nota expresando el dolor que le causaba estar en casa, su necesidad de estar sola y cómo enfocarse en la escuela y el trabajo le ayudaría. La llamé después de leerla, pero solo llegué al buzón de voz. ¿Y sabes qué maldito mensaje dejé? ¿Qué dije, maldita sea? Cuídate, El, eso fue todo lo que dije. Nada de te quiero, ni de no estás sola, Ellie. Nos tenemos la una a la otra. Lo superaremos juntos. ¡Nada! Permití que la ira y el dolor me consumieran, que ignorara a mi sobrina. Yo era su única familia.

Los tres detectives se miraron entre sí tras su estallido.

—Disculpen —dijo Clarkston, como si pudiera percibir sus sentimientos a través del teléfono.

—Lo entendemos —dijo Ross, y prosiguió. —Mencionó la venta de la casa de sus padres y una marina. ¿Así fue como Ellie pudo vivir en Nueva York?

—Nancy y Paul eran dueños de una casa impresionante y una marina en el Lago Minnetonka. Ambas se vendieron al mejor precio. Además, Ellie recibió un acuerdo indemnizatorio de la línea de cruceros.

Ross consideró que era una suma significativa para una joven de veintitrés años en Ciudad de Nueva York. Con base en su comprensión actual de Barnes, la veía como sensata y responsable, no despreocupada e inmadura con su dinero. Le lanzó una mirada a Chen. Ella asintió, indicando que ya investigaba las finanzas de Barnes.

"¿Hablaste con Shiela Foster, la compañera de cuarto de Ellie?" preguntó Clarkston. "Probablemente ella pueda ayudar." "Ella está más familiarizada con su vida, amistades y relaciones amorosas que yo."

La pregunta tomó a Ross por sorpresa. "Entonces, ¿conoces a la Sra. Foster?"

"Sí, y los padres de Ellie también la conocían, y les agradó que Shiela se mudara. Nancy y Paul encontraron alivio al saber que Ellie no estaba sola en la ciudad. Lo que más les gustaba era la experiencia de Shiela como neoyorquina nativa. Ella enseñó a Ellie a desenvolverse en la vida citadina—cómo mantenerse alerta, ser vigilante y prepararse tanto para la emoción como para los peligros. Shiela proviene de una familia reconocida y adinerada del Upper West Side."

"Hemos contactado a la Sra. Foster y esperamos que ella devuelva la llamada."

Una sonrisa triste pareció teñir la voz de Clarkston mientras hablaba. "Desde pequeña, la magia y la ilusión del cine cautivaron a Ellie. En su habitación, dedicó su juventud a perfeccionar el maquillaje, dando vida a todo tipo de personajes extraños y maravillosos." La pasión de Ellie era evidente para Paul y Nancy, quienes inmediatamente apoyaron sus proyectos creativos. Paul convirtió una sección de su sótano en el taller de Ellie. Sus muñecas Barbie y bebés fueron sus sujetos de práctica antes de aprender a moldear, y luego en sí misma. Siempre dudábamos de su apariencia cuando salía de su taller. Increíble. Luego empezó a practicar con sus padres y conmigo. Era hipnótico ver a Ellie crear, aunque a veces le llevara horas. ¿Cuándo liberarán el cuerpo de Ellie? Quiero asegurarme de que regrese con su familia.

"Necesitará hacer los arreglos con la oficina del forense."

"¿Cuándo puedo ir a empacar sus pertenencias del apartamento?"

"Nos comunicaremos con usted una vez que hayamos recopilado toda la evidencia."

Hubo un silencio antes de que Clarkston dijera: "Si no hay más preguntas…."

Ross no tenía más preguntas, pero buscaba algo que decir. No tenía nada para ella. "Gracias por su tiempo, señorita Clarkston."

"Por favor, descubran quién le hizo esto a Ellie, detectives," dijo Clarkson, antes de que la línea se cortara.

Ross miró la foto de Ellie Barnes en el tablero de casos. En Barnes vio un reflejo, comprendiendo su descenso hacia la irrealidad. La muerte de su familia la había cambiado. El asesinato de su padre lo había transformado a él. Se convirtió en prisionero de su propia indignación, incapaz de ver más allá de la venganza que lo alimentaba. Pasaron meses sin arresto por el asesinato de su padre, y Ross, consumido por la venganza, descendió aún más en la oscuridad, decidido a buscar justicia por sus propios medios. Pero Joseph Simone lo había noqueado antes de que pudiera disparar el arma. Esa noche, después de casi asesinar a Joseph Simone, Ross revisó a su hermano menor. Al observar a Andrew dormir, vio su propia decadencia moral, reflejando al mismo criminal que había intentado eliminar. La visión de su hermano dormido trajo vergüenza y miedo, un recordatorio de lo cerca que estuvo de perderlo todo. Esa noche, por el bien de su familia, Ross enterró sus demonios y juró que jamás volvería a dejarse guiar por ellos. Ross creía que Ellie habría encontrado el camino de regreso, tal como él lo hizo, si se le hubiera dado tiempo. Pero el mal la encontró primero, privándola de otra oportunidad de paz y felicidad.

Él se volvió hacia el equipo, a punto de iniciar el siguiente punto de la agenda, cuando su teléfono vibró sobre la mesa. Lo tomó y miró la pantalla. Hablando del diablo—su hermano nunca cejó, llamando y enviando mensajes sin parar hasta que Ross respondió. Salió de la habitación y entró al pasillo, yendo en dirección opuesta al Teniente que se acercaba, para terminar la llamada cuanto antes.

"Oye imbécil," dijo como saludo. "¿Julia recuperó el juicio?"

"Otro día ocupado, baboso," respondió Andrew en su intercambio de bromas. "Mierda, cuando mencioné los bailes sensuales, ella me dio su propia función y me dejó seco en la sala de estar. Dios bendiga a Las Vegas."

Ross se rió. Su viaje a Las Vegas fue distinto a lo esperado. Esperando cuidar a su hermano durante su salvaje despedida de soltero en Las Vegas, se imaginaba a su hermano actuando como un adolescente inmaduro y hormonal. Contrario a las expectativas, Andrew, conocido por su personalidad vibrante, estaba inusualmente callado y aburrido en la ciudad de neón, lo que inicialmente hizo que Ross sospechara problemas en su relación. Sin embargo, al observar a su hermano en medio de la deslumbrante vida nocturna de Las Vegas, pronto entendió el dichoso amor de su hermano. Aunque Andrew sonreía mientras miraba los bailes sensuales en los clubes nocturnos, Ross podía notar que sus pensamientos estaban en otra parte, en su prometida. No hay duda de que su hermano se enamoró y encontró a su pareja perfecta en Julia Stein. Dos años antes, Andrew —un conductor terrible en opinión de Ross— había chocado su nuevo Mercedes contra la SUV de Julia en un estacionamiento de Manhattan. Andrew se enamoró instantáneamente de ella en cuanto la vio. Declaró con toda seguridad por teléfono: "Jonah, ella es la indicada." Ross, cínico en asuntos del corazón, encontró increíble la afirmación de su hermano sobre casarse con una chica en tan poco tiempo, desestimando las nociones de almas gemelas y destino. Sin embargo, dado lo que cree su hermano menor, ¿cómo podría desanimarlo?

Ross, en cierta medida, envidiaba a su hermano. Esa profundidad y pasión del amor desafiaban toda explicación. Un sentimiento que Ross nunca llegaría a experimentar. Su corazón—frío y fracturado—estaba más allá de toda reparación, lo sabía. El asesinato de su padre ocurrió cuando Andrew tenía ocho años. Aunque era lo suficientemente grande para verse afectado, Ross protegió a Andrew, impidiéndole volverse amargado y cínico como él mismo.

En el pasillo, Ross se apoyó contra una fila de archiveros. ¿Qué pasa? —preguntó, aunque tenía la corazonada de que ya lo sabía.

Sabes qué pasa —dijo Andrew.

Su corazonada resultó ser correcta. Joey no perdió tiempo, ¿verdad? Joey, como el Oficial Joey Kemp, el primer respondiente en la escena y mejor amigo de Andrew.

Las noticias también te cubrieron a ti, idiota, en la escena. —¿Cómo me vi?

"Viejo."

"Ay."

"La verdad duele, hermano," respondió Andrew. "En serio, though."

"Estoy bien." Ross comprendió la preocupación de su hermano. Aunque intentaba ocultar su furia, Andrew había sido testigo de sus arrebatos alcohólicos demasiadas veces. Su ira contenida estallaba, desatando un brote destructivo en el que gritaba y se enfurecía por el asesino de su padre.

Andrew guardó silencio por un instante, la incredulidad persistía en su voz. "Solo no quiero que este caso te afecte, ¿sabes?"

Andrew no había presenciado un colapso suyo en años. En su último episodio, Andrew lo vio completamente perdido en la ebriedad, consumido por el odio y la rabia, destrozando su apartamento. Con todo roto, vio la expresión aterrorizada de Andrew, lo que lo sobrió al instante. Ross hizo un voto solemne esa noche: Andrew nunca más presenciaría su violencia. "Todo está bien; no hay motivo para preocuparse." Quería que sus palabras fuesen ciertas.

Andrew guardó silencio por un momento, su preocupación resonando en el oído de Ross. "Está bien entonces," dijo, "nos vemos mañana por la noche."

"Mañana por la noche," dijo Ross, confundido.

"Cena en casa de mamá."

Mierda. Había olvidado los planes para la cena. "Sí, tendré que improvisar."

"Perfecto. Serán dos semanas consecutivas que seré su hijo favorito."

"Podrías serlo."

"¿Ya dejó con el chantaje emocional yodavía?"

"¿Qué opinas?" La mujer es implacable." Por una noche larga con Amato la semana pasada, Ross se perdió el brunch dominical de su madre por quedarse dormido.

Andrew se rió. "Sí, pero efectivo."

"Cierto," asintió Ross. Mueller le hizo señas para que entrara, llamándolo desde la puerta de la sala de guerra para que se apurara. Ross asintió. "Tengo que irme."

"Igual aquí. Luego, imbécil."

Ross infló las mejillas. Él preferiría una pelea callejera antes que perder otra comida con Marian Ross. La amorosa y fuerte mujer comprendía las demandas de vida y carrera de ambos hijos. Pero Marian anteponía a la familia por encima de todo; no aceptaba excusas por el tiempo familiar perdido — la muerte era la única excepción. Ross creía que el comportamiento de su madre, en parte, era un intento calculado de mantener la unidad familiar. Tenía toda la intención de presentarse a la cena mañana por la noche — aunque tuviera que arrastrarse para llegar.

CAPÍTULO 17

De regreso en la sala de guerra, la detective Chen le daba al Teniente un resumen de la llamada con Vicki Clarkston. Sentada en la cabecera de la mesa, el Teniente escuchaba con su característico ceño fruncido, piernas cruzadas y brazos cruzados. En la esquina, Mueller hablaba por su teléfono celular mientras tomaba notas en un bloc de notas. Steve Green, un veterano detective del precinto 34 en Washington Heights, con barba canosa y corte al rape, se unió al grupo. La Unidad de Homicidios de Manhattan colaboró con detectives locales en los asesinatos de su zona. Ross supuso que el olor persistente del almuerzo horrible de Mueller podría explicar la expresión permanentemente ácida de Green. Ross se sentó y notó su sándwich intacto. No tenía hambre, pero la idea de desperdiciar el sándwich tallado a mano por Caesar le parecía un pecado. Planeaba comerlo una vez concluido el informe.

La detective Chen terminó su reporte cuando entró el detective Nick Torres. Torres, un hombre de poco más de treinta años con el cabello oscuro peinado hacia atrás, barba de candado y piel morena oscura, vestido con jeans desteñidos y camiseta negra, le ofreció un choque de manos a Ross antes de sentarse junto a él y al detective Green. Mueller terminó su llamada, y al unirse a la mesa, el Teniente dijo: «Ahora que todos están presentes, comencemos con Barnes.»

Ross y Mueller pasaron los siguientes diez minutos intercambiando información sobre su mañana en Trent Designory y su hallazgo temprano en el 44 de Waldon.

—Acabo de hablar con un doctor Levine —dijo Mueller. "Las botellas de antidepresivos y Xanax que encontramos tenían su nombre." Aunque le informé sobre la muerte del paciente, el doctor, como era de esperarse, usó la excusa habitual de la confidencialidad para no darme ningún detalle. Sin una orden judicial, bla, bla, bla." Mueller puso los ojos en blanco y luego miró sus notas. "La Dra. Levine trabaja como psiquiatra en Darvere Care Solutions, en la Calle 75 y Primera Avenida. Aunque Barnes no era paciente de la Dra. Levine, estaba bajo el cuidado de la Dra. Melissa Cartwright, una psicóloga. Dado que los psicólogos no pueden recetar medicamentos, colaboran con psiquiatras para proporcionar a los pacientes las recetas necesarias. La Dra. Cartwright ejerce en la clínica de salud mental sin fines de lucro de Darvere."

"Conozco Darvere," dijo el detective Green. "Hubo un caso denunciado de violación que involucraba a un doctor. Resultó que la supuesta víctima femenina inventó la historia para vengarse de sus padres por obligarla a hacer terapia. De todos modos, el edificio Darvere de veinte pisos ofrece servicios de orientación para casi cualquier problema. Y son costosos, desde cuatrocientos cincuenta por hora en adelante. La clínica de salud mental para la población mayoritariamente sin hogar y con enfermedades mentales está en el edificio contiguo.

"Según la tía, Barnes tenía recursos financieros para costear la terapia," dijo Mueller. "Quizá Darvere Solutions era demasiado caro para su presupuesto; entonces, ¿por qué no buscar una alternativa más económica en vez de una clínica para personas sin hogar?"

Ross estuvo de acuerdo: Mueller había planteado un buen punto. Algo en la discrepancia entre los medios financieros de Barnes y su elección de clínica no cuadraba. Las atmósferas caóticas, impredecibles y aterradoras han marcado sus experiencias en clínicas de salud mental dedicadas a personas sin hogar. ¿Qué llevó a Barnes a elegir esa clínica?

Ross y Mueller continuaron discutiendo sobre el portero, el Sr. Álvarez, el excompañero de cuarto de Barnes, y los intentos de Barnes por introducir a un hombre en su apartamento sin ser vista por las cámaras del edificio. Ross explicó luego su hallazgo de la foto de Barnes sobre la cama, notando el mismo edredón en el que estaba envuelta, y concluyó mencionando el diario oculto y su contenido.

El Teniente acarició la nuca de ella. "Los medallones vinculan a Barnes con los restos, y esta frase la conecta con Belle McBain," dijo, como si pensara en voz alta.

"El edredón," dijo Ross. "Ese detalle plantea una pregunta importante: ¿cómo y cuándo llegó el edredón al lugar del entierro de Barnes?" Dos cosas se desprenden de la teoría de que ella no fue asesinada en su apartamento. O

Barnes llevó el edredón consigo, o el asesino regresó al apartamento para recuperarlo, lo que sugiere que Barnes conocía a su asesino. Además, si el apartamento es la escena del crimen, físicamente sería difícil para una mujer bajar un cadáver por dos pisos y sacarlo del edificio."

"Más bien imposible," dijo Chen.

"Correcto," estuvo de acuerdo Ross. "Eso sugeriría que la mujer tuvo ayuda." "Un compañero masculino con fuerza en la parte superior del cuerpo," dijo Mueller.

Ross asintió. "Pero no creo que el asesinato de Barnes haya ocurrido en su apartamento."

"Si la asesinaron en el apartamento, la habrían dejado allí," dijo Green. "Demasiado arriesgado mover el cadáver."

Ross asintió una vez más.

"¿Y qué hay del metraje del edificio?" preguntó el Teniente.

"Es lo siguiente en la lista de pendientes," respondió Mueller. "Además, Premier, la empresa administradora del edificio, nos facilitó una lista de empleados e inquilinos."

"Esa frase que vincula a Barnes y McBain," dijo Chen mientras tecleaba, "proviene del Salmo 116. Existen versos paralelos, pero la frase con la que trabajamos viene de la Biblia Douay-Rheims, una traducción de la Biblia desde la Vulgata Latina al inglés, para el servicio de la iglesia católica. La frase es un versículo de una escritura ancestral recitado durante el entierro." Señaló las fotografías de los medallones en el tablero de casos. "Quizás los medallones sean simbólicos—empleados en entierros religiosos o para señalar terrenos sagrados."

Ross sintió que la atmósfera de la habitación se volvía opresiva. Compartiendo su sospecha, ahora veían con claridad la posibilidad de haber descubierto el sitio de entierro de un asesino, temiendo lo que la excavación pudiera revelar.

"Sigan cavando," le ordenó el Teniente. "¿Los registros financieros de Barnes?"

"Estoy trabajando en ellos ahora," respondió Chen. "Ross tendrá pronto los registros telefónicos de Barnes, ¿no es así, Ross?"

Él esbozó una sutil sonrisa hacia ella, indicándole que contactara a su fuente en la compañía telefónica, eludiendo la larga espera. "Claro," afirmó.

El Teniente lo observó. "Averigua qué tan pronto pueden obtener el diario del laboratorio." Luego dirigió la mirada al Detective Torres. "¿Algún dato en las grabaciones de vigilancia del museo?"

Torres negó con firmeza. "El museo cuenta con múltiples cámaras dentro y fuera, pero no hay imágenes de Barnes en el museo el día de su asesinato. También revisé las grabaciones del restaurante Green Tree, y Barnes no apareció en ninguno de esos cuadros tampoco."

El Teniente asintió. "De acuerdo, pasemos a McBain."

Green habló primero. "Los empleados del restaurante Green Tree informan no haber visto a una mujer que coincidiera con la descripción de la víctima cerca del restaurante antes de que ocurriera el ataque. Durante el interrogatorio, entrevistamos a un hombre mayor del lugar. Mientras paseaba a su perro, vio a una mujer salir del bosque cercano al sitio del ataque. Desde la distancia, solo pudo describirla con ropa deportiva, una gorra de béisbol y lápiz labial brillante, señalando que la había reconocido en el parque en varias ocasiones."

"¿Para visitar a sus víctimas?" La sugerencia de Mueller provocó miradas inquisitivas alrededor del cuarto.

"Puede que tenga algo," dijo Torres, levantándose y mostrando dos imágenes impresas de la carpeta con las grabaciones de las cámaras. En el tablero de casos, colocó las imágenes usando imanes. "Las grabaciones del museo muestran a McBain, pero no imágenes de la sospechosa femenina antes ni durante su visita. Las cámaras en la entrada exterior del restaurante tampoco mostraron nada. Noté su presencia—" él indicó hacia las dos fotografías, "—destacada en numerosos fotogramas de vigilancia. Revisé cinco semanas de grabaciones de cámaras, cruzando las marcas de tiempo y los días. Durante un periodo de cinco semanas, él acudía al museo todos los domingos, miércoles y viernes, de 11 a. m. a 1 p. m. Visitó el museo el miércoles, viernes y domingo pasado, cuando McBain estaba ahí.

—¿Quién va a un museo con tanta frecuencia? —se burló Green. —Una visita mensual para revisar nuevas exhibiciones es posible, pero una semanal para ver lo mismo... —Movió la cabeza negativamente. —Hay algo extraño en eso.

—Además —dijo Torres—, el tipo parece tener una exhibición favorita. Pasa todo su tiempo en la Sala del Tesoro, que exhibe obras medievales de oro, plata y marfil, junto a colecciones de libros iluminados. Cada imagen muestra al hombre de pie ante una exhibición dentro de una vitrina de cristal. No podemos saber por las grabaciones qué está mirando Él. Llamé al museo. Está cerrado al público hasta que la excavación y la investigación estén completas, pero los empleados siguen registrando su entrada. Cuando terminemos, Chen y yo nos reuniremos con el jefe de seguridad del museo para ver la Sala del Tesoro. Como el hombre visita el museo con tanta frecuencia, podría ser miembro; podemos encontrar su nombre.

Ross se acercó al tablero de casos, entrecerrando los ojos ante las fotos granuladas. Delgado y de estatura promedio, el hombre llevaba un blazer, camisa con cuello, sombrero fedora y gafas de montura delgada, con una mochila abultada atada a su espalda. Su cabello oscuro, peinado hacia atrás, dejaba ver sus orejas bastante grandes. Aunque las imágenes dificultaban determinar la edad del hombre, Ross supuso que no pasaba de los treinta y tantos.

Alguien tocó y la puerta se abrió. Big Bird asomó la cabeza. "El alcalde está en línea," le dijo al Teniente y cerró la puerta.

Winter soltó un suspiro, su rostro reflejando desagrado. "¿Algo más, equipo?" dijo ella, levantándose.

Una serie de lentos movimientos de cabeza.

Winter asintió con firmeza. "Muy bien, es hora de volver al trabajo." Se detuvo en la puerta y señaló a Mueller. "Deja de apestar en mi departamento; de lo contrario, terminarás conduciendo el escritorio."

La puerta se cerró, y luego Ross y sus compañeros detectives soltaron una risa.

Mueller sonrió. "No creí que ella se hubiera dado cuenta."

"En serio," dijo Green. "El olor es casi tan desagradable como el de un cadáver." Olfateó su camisa. "Hasta mi ropa apesta."

Mueller inclinó la cabeza y arqueó una ceja. "¿No les parece dramático?"

"Para nada," respondió Green. "¿Qué demonios fue lo que tú—?"

"Jesús, ni preguntes," dijo Ross. Él lanzó una mirada rápida a Mueller. "Ni se te ocurra arruinarme el almuerzo," advirtió, señalando su sándwich, "o estarás conduciendo por una semana." Mueller preferiría caminar bajo la lluvia con sus caros mocasines europeos antes que manejar una cuadra en la ciudad.

Mueller negó con la cabeza mientras deslizaba la computadora portátil sobre la mesa frente a él. "No sabes lo que estás perdiendo."

"Oh," dijo Chen, prolongando la palabra, "Sí sabemos."

El detective Green se puso de pie. "Es hora de respirar aire fresco," dijo y se dirigió hacia la puerta.

Ross miró rápidamente el tablero de casos. Había movimiento en todas direcciones. Aunque no lo percibía, en algún lugar existía una conexión. Pensaba mejor y con mayor productividad cuando estaba solo, releía el caso y reconstruía mentalmente el crimen. El tiempo a solas tendría que posponerse por ahora.

"Me considero un experto en computadoras," comentó Chen, mientras empujaba hacia él una carpeta manila. Mientras Chen hablaba, él abrió el expediente de Osmond Banks. "Parezco inexperto comparado con Osmond Banks. Tras graduarse como valedictorian en el MIT, pasó varios años en Palo Alto desarrollando sofisticado software de seguridad, que luego vendió a una gran corporación, lo que le otorgó una considerable fortuna. Él regresó a Nueva Jersey, estableciéndose a escasa distancia de McBain y su familia. El padre de Banks, Tom Banks, es un jefe de policía retirado de Jersey City.

Ross disimuló su sorpresa ante el significado del nombre, finalmente comprendiendo. Tom Banks era el jefe de policía cuando mataron a su padre.

—De todos modos —dijo Chen—, las habilidades informáticas de Banks son extensas. Y me refiero a que son extensivas. Revistas han publicado artículos que detallan las habilidades y el talento de Banks. Después de leer eso, ese tipo me da miedo. Reveló su don para penetrar imperceptiblemente en cualquier base de datos mundial. Sus habilidades con el teclado son tan formidables que agencias de inteligencia intentaron reclutarlo, pero Banks se negó.

Con voz cantarina, Mueller dijo: "Alguien está celoso."

—Prefiero el término envidia —replicó Chen. —Como se dijo antes, su sistema doméstico es increíble.

—Podría hackear nuestro sistema —intervino Torres— y no nos daríamos cuenta.

—Sí —dijo Chen—. Es así de jodidamente bueno. Así de peligroso.

Ross creía por fin entender el críptico comentario de Simone: el arma secreta de McBain no era física en absoluto. Era Osmond Banks. Sus capacidades cibernéticas podían lograr en segundos lo que los investigadores ni siquiera podían tocar. Y nadie jamás lo sabría.

El detective Torres miró su reloj. "Es hora de subir a los Claustros," dijo a Chen.

El teléfono de Mueller sonó. Él leyó el mensaje y se levantó. "Nos vamos también," dijo a Ross. "El Dr. Shelby ya nos espera. Buen momento también para revisar la clínica de Darvere luego."

CAPÍTULO 18

El campus NYU Langone albergaba la Oficina del Forense Jefe, frente a la cual se encontraba el Centro Principal de Patología Forense de Manhattan. Tres Centros de Patología Forense conforman las instalaciones de autopsias y mortuorios de la OCME. Ross y Mueller tomaron el ascensor hacia el nivel inferior. Al abrirse las puertas, el olor a químicos y a descomposición, una señal inequívoca del piso de autopsias, invadió el aire. Con las salas de autopsias alineadas a lo largo del amplio pasillo, Mueller se pellizcó la nariz mientras avanzaban. Ross permanecía impasible, respirando como si aquellos aromas fueran agradables y vigorizantes. El Dr. Shelby, a través de la ventana de la puerta de la Suite E, estaba sentado en un escritorio, con el rostro muy cerca de la pantalla de la computadora.

Mueller golpeó el vidrio de la puerta y luego la abrió. "¿Qué sabes, doctor?", dijo mientras él y Ross entraban en la fría sala, deteniéndose junto a la mesa de acero inoxidable donde yacía el cuerpo de Ellie Barnes.

"Que necesito una prescripción más fuerte para mis lentes," dijo el Dr. Shelby, caminando hacia la mesa. "Las alegrías del envejecimiento." Esbozó una sonrisa cansada y se hizo a un lado, dejando el cuerpo al descubierto. El cuerpo de Barnes reposaba sobre una plancha de plástico color crema, ubicada sobre la mesa de acero inoxidable.

Un delgado paño de papel cubría su cuerpo, dejando descubierto solo el rostro, los brazos y los pies. Una luz fluorescente intensa iluminaba la mesa desde arriba.

Mientras Ross se acercaba para examinar el cuerpo de Barnes, una expresión de calma pareció asentarse en su rostro pálido, como si estuviera dirigida únicamente a él, como un mensaje que solo él podía comprender. Los vellos de su nuca se erizaron. Le parecía increíble la idea de que los muertos pudieran hablar; sin embargo, sentía que Barnes le hablaba. Sintió vibrar su teléfono en el bolsillo. Al ver que era Amato, guardó el teléfono.

"He hablado con el Dr. Logan," dijo el Dr. Shelby antes de presentar los resultados de la autopsia. "Sus resultados preliminares estarán disponibles para usted mañana." Esbozó una sonrisa radiante. "Es un médico realmente brillante."

Mueller guiñó un ojo y dijo: "Alguien tiene un crush."

El doctor soltó una risita. "La inteligencia del cerebro humano es algo que encuentro impresionante."

Ross continuó. "Cuéntenos sobre el cuerpo."

"Sí, por supuesto." El Dr. Shelby se colocó guantes de látex y, desde la mesa de trabajo de acero inoxidable, tomó una bolsa plástica de evidencia. "Como saben, sus registros dentales nos permitieron confirmar la identidad de la fallecida. Clear Correct fabrica este retenedor, convenientemente etiquetado con el nombre del paciente. La víctima visitó a un dentista de la ciudad, el doctor Howe, quien proporcionó los registros dentales y radiografías para la identificación, seguida de la identificación realizada esta mañana por la familia."

"¿Hora de la muerte?" preguntó Ross.

"La muerte estimada ocurrió hace de tres a cuatro semanas. No hay evidencia de asalto sexual. No hay trauma ni lesiones internas o externas, ni heridas defensivas. La víctima era una mujer sana de veintitrés años."

"Entonces, ¿qué la mató?" preguntó Mueller.

Dr. Shelby dejó la bolsa de evidencia sobre la mesa y luego levantó una sección de la sábana para exponer el lado derecho del abdomen. "Aunque invisible al ojo desnudo, esta área—" señaló con su dedo enguantado de látex un círculo rojo en la piel, "—revela una herida punzante. Los análisis de sangre mostraron que ella tenía una dosis letal de insulina Humulin R en su sistema. El medicamento es de acción corta, con un inicio de efecto de treinta a sesenta minutos. Una dosis mayor acelerará el inicio."

"Una diabética," dijo Ross. Él entendía la diabetes. Su madre es diabética tipo 1. Los padres de Ross enseñaron a él y a su hermano sobre la diabetes, incluyendo las inyecciones de insulina, los signos de glucosa alta y baja, y cómo reaccionar ante cada situación durante su infancia.

Mueller frunció el ceño. "En su apartamento no se encontraron frascos de insulina ni jeringas."

Dr. Shelby se ajustó las gafas sobre la nariz. "Como debería ser. Los resultados de los análisis de tejido y sangre mostraron que la víctima no era diabética."

Ross nunca se había enfrentado a un asesinato provocado por una sobredosis de insulina. "Entonces tal vez estamos buscando a una diabética. .. o alguien que supiera cómo conseguir insulina," dijo Ross, mirando a Mueller.

"No necesariamente," dijo el Dr. Shelby, negando con la cabeza. "Humulin R y otras insulinas más antiguas están disponibles sin receta médica." El alto costo de la insulina obliga al 15 % de los diabéticos sin seguro a buscar opciones alternativas. La inyección descontrolada de este fármaco, sin una receta que regule la dosis, representa un riesgo serio y peligroso. La tasa actual de accidentes no fatales por insulina es preocupante; sin embargo, el acceso sin receta podría aumentar sustancialmente las sobredosis fatales. Debido a que no requiere receta, cualquiera puede comprar el medicamento, incluso si no tiene diabetes."

Aunque los hallazgos brindaron respuestas, los hombros de Ross se desplomaron porque también complicaban el caso, alejándolo más de la respuesta crucial. ¿Quién asesinó a Barnes?

"Además," dijo el Dr. Shelby, "los niveles de TCA en la víctima eran terapéuticos, lo que sugiere un uso consistente de antidepresivos."

Mueller asintió. "Encontramos frascos de Zoloft y Xanax."

"El análisis del folículo piloso no reveló la presencia de benzodiacepinas." Los doctores suelen recetar Xanax según sea necesario, y quizás el Zoloft por sí solo resultó efectivo para ella."

Un pensamiento inquietante cruzó la mente de Ross, profundizando su estado de ánimo sombrío. "Mueller, ¿ves lo que yo veo?" dijo, señalando el cuerpo.

"Sé que no lo dices de manera literal," dijo, mirándolo. Regresó al cuerpo. Tras un instante, dijo: "Cambio en el método del asesino."

Ross asintió. "Si la mujer con lápiz labial rojo asesinó a Barnes, ¿por qué no usó el mismo método para matar a McBain? ¿Por qué pasó de una simple inyección al brutal acto de intentar estrangular a alguien?"

La falta de lógica era evidente en el movimiento de cabeza de Mueller, inseguro—como Ross—si acaso buscaban a un solo asesino.

"¿Momento de oportunidad?" dijo el Dr. Shelby.

Si Ross aceptaba las palabras de Joseph Simone, el comentario del Dr. Shelby implicaría que McBain no fue el objetivo. Aunque le repugnaba, sus instintos prevalecieron sobre su odio, obligándolo a creerle al asesino. Sin embargo, el número de asesinos buscados permanecía sin respuesta.

Los detectives agradecieron al doctor, y luego Ross llamó al laboratorio y habló con la cribriminóloga jefe, Joanie Mitchell, antes de tomar el ascensor. Sus intentos de halago y una comida gratis no lograron acelerar su cooperación respecto al diario y otros hallazgos. En el mejor de los casos, ella podría tener algo para él mañana.

Veinticinco minutos más tarde, Ross estacionó el Caprice en Primera Avenida, entre la Calle 75 y la Calle 76, frente al edificio Darvere Care Solution de veinte pisos. Salió del auto, con el cuello de la chaqueta levantado, luchando contra la fuerza del fuerte viento. Ross, con Mueller maldiciendo a la Madre Naturaleza detrás de él, se volvió hacia el norte, protegiendo su rostro de la lluvia. Una pausa en el tráfico permitió a él y a Mueller cruzar en diagonal hacia la Calle 75. Él miró por encima del hombro, observando el edificio Darvere contemporáneo de vidrio ahumado y acero. Rodeado de edificios de piedra centenarios, negocios abandonados y bares de mala muerte, su diseño moderno lo hacía sumamente llamativo. Darvere creía que la elección de la ubicación respondía a un precio inmobiliario atractivo.

En la Calle 75, Ross no esperaba que la calle estuviera casi desierta y oliera únicamente a lluvia. Él se había formado la imagen de un área inundada de personas sin hogar y saturada por un olor a putrefacción, pero esa imagen estaba totalmente alejada de la realidad. Tres hombres permanecían a un lado, bajo el toldo azul de la entrada principal de la clínica, con aspecto desmejorado y fumando cigarrillos. Cuando los detectives pasaron junto al trío, un hombre extendió una mano temblorosa y le pidió a Ross unas monedas. Como si respondiera a una señal, la puerta de vidrio de la clínica se abrió de par en par y salió un enorme hombre calvo y negro, vestido con camisa negra y pantalones caqui. Al pasar, el hombre saludó con un gesto firme y una leve sonrisa a Ross y Mueller, y luego, con voz calmada y barítono, se dirigió a cada uno por su nombre, claramente familiarizado con ellos, indicándoles que siguieran su camino. Los hombres asintieron, lanzando algunas bromas amistosas, antes de tambalearse y retirarse.

Al entrar, Ross esperaba una sala de espera concurrida y olorosa, pero encontró un área de recepción agradablemente perfumada y vacía, decorada con altos árboles artificiales y hermosas obras paisajísticas en paredes de un acogedor verde oliva. Una mujer negra de complexión robusta estaba sentada tras una mampara de vidrio en el mostrador de recepción, tecleando en una computadora. Ross tocó la mampara con su placa.

La confidencialidad médico-paciente hacía que Ross dudara de obtener algo útil, especialmente sin una orden judicial. Los doctores, atados por sus juramentos, no hablarían. Y con el Dr. Cartwright probablemente ausente, sus probabilidades de conseguir algo útil disminuían aún más.

Los ojos de la mujer se posaron en la placa, luego en los detectives; una sonrisa radiante se dibujó en su rostro. Ella deslizó la mampara de vidrio para abrirla.

"Hoy llueven hombres bien parecidos," dijo. Luego: "¿En qué puedo ayudarles, guapos detectives?"

Ross sonrió y guardó su placa en el bolsillo. "Soy el detective Ross," dijo, señalando con el pulgar a su compañero, "este es el detective Mueller."

Mueller se señaló a sí mismo. "El más atractivo."

El comentario provocó una ligera sonrisa en la mujer.

Ross prosiguió. "Nos gustaría hacerle unas preguntas sobre Ellie Barnes."

Una expresión de preocupación reemplazó la sonrisa de la mujer. "Me rompió el corazón escuchar eso en las noticias esta mañana."

Ross observó la placa dorada prendida en la blusa amarilla de la mujer. "La señorita Kay, mi compañera, me dijo que la Dra. Levine, de Darvere Care Solutions, informó que la señorita Barnes era paciente de la Dra. Melissa Cartwright—
"

"La señorita Melissa no está aquí," interrumpió la señorita Kay. "Regresará el lunes." Su dedo grueso tocó la placa con su nombre. "Por la seguridad y privacidad de los empleados, usamos solo los nombres de pila. Los pacientes son buenas personas, pero muchos son impredecibles y tienen perspectivas diferentes a las nuestras."

Ross asintió con comprensión. El personal no quería que los pacientes aparecieran sin invitación en sus casas. "Espero que usted, o alguien más, pueda responder algunas preguntas, entonces."

La Señorita Kay se recostó, con los brazos cruzados sobre su amplio busto, con una expresión severa en el rostro. "Cariño, por muy bien parecidos que ustedes dos sean para mis ojos de chocolate, esa piedra no va a rodar conmigo. Pobres, personas sin hogar, o malditos por el diablo con una enfermedad mental, estas personas aún tienen derechos. Y, a menos que tenga una orden judicial, estos"—con ambas manos señaló sus labios carnosos y brillantes—"bebés no aletean."

Él admiraba su enfoque severo y honesto, y sospechaba que la sala de espera calmada y ordenada de la clínica se debía más a ella que al imponente y robusto guardia de seguridad. Una mujer cuyo lado malo él no quería ver.

"No le estoy pidiendo que divulgue información doctor/paciente. Solo algunas preguntas básicas que puedan ayudar con la investigación y lograr justicia para la Señorita Barnes."

Solo tras una larga mirada la Señorita Kay bajó la guardia. Apoyó los codos sobre el mostrador y se inclinó hacia adelante. "Ellie fue paciente de la señorita Melissa por más de un año. Venía todas las semanas y nunca faltaba a ninguna cita. Cuando la señorita Melissa—" Su mirada se apagó.

La recuperación de la Señorita Kay fue rápida. Se aclaró la garganta con la compostura completamente restaurada. "Cuando la señorita Melissa tomó una licencia, Ellie dejó de venir. Llamé para informarle que la señorita Melissa se ausentaría y que debía reprogramar con otro doctor; ella dijo que llamaría después de pensarlo. Pero no lo hizo. Dejé varios mensajes, pero ella nunca respondió."

Ross se preguntó si la expresión sombría estaba dirigida a Ellie o a la doctora.

"¿Todo bien, Señorita Kay?" dijo una voz profunda que se acercaba detrás de ellos.

"Estos apuestos detectives están aquí por Ellie, Sr. Joe," dijo la Señorita Kay.

"Qué lamentable lo que sucedió," dijo el Sr. Joe, parado junto a Ross. El hombre le sobrepasaba en estatura, con brazos largos como postes de bandera, su constitución gruesa y sólida como el concreto. "Casi pierdo el almuerzo cuando lo escuché." Señaló detrás de ellos.

Ross se volvió, siguiendo con la mirada el gesto del Sr. Joe hacia el televisor montado en la pared, que transmitía un canal de noticias local. "¿Su seguridad?" preguntó al Sr. Joe.

Con un asentimiento, el Sr. Joe cruzó los brazos sobre su amplio pecho. "Sí, sir."

Ross inclinó la cabeza en dirección al área de espera vacía. "¿Día lento?"

"El clima los mantiene alejados," respondió el Sr. Joe.

"Señorita Kay," dijo Mueller, "¿cuándo, exactamente, dejó de venir la Señorita Barnes a la clínica?"

La Señorita Kay intercambió una breve mirada con su colega antes de tocar el teclado.

Ross percibió que algo más sucedía—algo que no tenía que ver con Ellie Barnes—mientras observaba su intercambio.

"La última visita de Ellie fue el miércoles 26 de febrero," declaró la Señorita Kay, con la mirada fija en la pantalla de su computadora.

Mueller anotó la fecha en un bloc de notas que sostenía en la mano. "¿Ellie tuvo algún problema con otros pacientes?"

La Señorita Kay negó con la cabeza. "No vi nada, ni ella se quejó."

"Yo tampoco noté nada," dijo el Sr. Joe.

"¿Tiene un paciente llamado Christopher?" preguntó Mueller.

"¿Qué?" se burló el Sr. Joe. "¿Cree que Christopher mató a Ellie?" Él negó con rapidez con la cabeza. "Absolutamente no."

La adrenalina recorrió a Ross. "No es eso lo que decimos," dijo. "Estamos entrevistando a todos los que conocieron a Ellie. ¿Cuál es el apellido de Christopher?"

La Señorita Kay habló. "No puedo dárselo, aunque lo supiera. No conocemos los apellidos de muchos pacientes, especialmente de las personas sin hogar. Son paranoicos, temen ser encerrados en instituciones mentales. Es difícil obtener información de contexto de ellos.

"¿Christopher es una persona sin hogar?" preguntó Ross.

"No tenemos dirección registrada para él y, a juzgar por su apariencia, no creo que sea una persona sin hogar."

"¿Qué te lleva a pensar eso?"

"La vida en las calles transforma a las personas, comprendes. Desarrollan un exterior duro y una coraza como mecanismo de defensa—para sobrevivir en la calle. Christopher no tiene experiencia callejera. Es delicado y tímido. En la naturaleza, no sobreviviría."

Sr. Joe añadió, "Y Christopher siempre se ve aseado, vestido con ropa y tenis de marca. A menudo usa audífonos Bose. El chico definitivamente tiene un hogar."

Ross reflexionó por un momento. "¿La clínica ofrece servicio gratuito a personas que, de otro modo, podrían pagar?"

"No rechazamos a nadie," afirmó la Señorita Kay. "La enfermedad mental afecta a personas con dinero igual que a cualquiera. La clínica no rechaza a nadie por su capacidad de pago. Quienes pagan lo hacen según una escala móvil basada en sus ingresos individuales. Algunos no pagan nada, algunos pagan cinco dólares, y algunos pagan más.

Ross se preguntaba por Ellie, su dinero, la clínica que eligió y por qué no fue a la de al lado—preguntas que podía hacer, pero que no tendrían respuesta. "¿Cuánto tiempo ha sido Christopher paciente?"

La Señorita Kay volvió al teclado. "Seis meses."

Ross recordó la entrada inicial del diario de Ellie—su primer encuentro con Christopher—sin especificar el lugar. "¿Se conocieron Ellie y Christopher aquí, en la clínica?"

"Ellie llegó un día con Christopher, lo presentó como su amigo."

"¿Sabes dónde se conocieron, cuánto tiempo han sido amigos?"

La Señorita Kay negó con la cabeza.

"¿Tuvieron una relación física?"

"No puedo afirmarlo con certeza, pero lo dudo."

"¿Por qué?"

"Simplemente no percibí esa vibra entre ellos. La forma en que actuaban juntos era más como si Ellie fuera su hermana mayor."

"¿Christopher, consumidor de drogas?"

"No, alabado sea el Señor," dijo la Señorita Kay, y luego señaló entre ella y el Sr. Joe. "Sabemos quién está metido en la droga."

Ross pasó a una página en blanco en su bloc de notas. "Describe a Christopher." Cuando la Señorita Kay y el Sr. Joe terminaron de turnarse para dar una descripción, él hizo la siguiente pregunta, seguro de que ya sabía la respuesta. "¿Quién es el doctor de Christopher?"

"La Señorita Melissa," respondió la Señorita Kay.

Tal como sospechaba. "¿Ha visto a otro doctor en su ausencia?"

"No. "Cuando la señorita Melissa tomó licencia, Ellie y Christopher dejaron de venir."

"¿Es común que los pacientes se nieguen a ver a otro doctor?"

"No es raro," dijo la Señorita Kay. "Estos pacientes en particular les cuesta confiar, y cuando conectan y confían en un doctor, a menudo solo se abren, escuchan y siguen el régimen de medicación con ese doctor."

En el bolsillo de Ross, su teléfono vibró. Lo ignoró. "Entonces, la última visita de Christopher fue hace ocho meses."

La señorita Kay asintió. "Hasta ay ayer."

Un goteo de adrenalina recorrió las venas de Ross de nuevo. "¿Fue a ver al doctor?"

"No," respondió la señorita Kay. "Él entró y se sentó en la sala de espera. Le pedí al Sr. Joe que le trajera después de que había estado sentado allí por más de una hora. Cuando le pregunté si quería ver al Señor Dave, se negó. Entonces sugerí una cita para el lunes con la señorita Melissa, pero de nuevo dijo que no. Mencionó que estaba esperando a que pasara el mal tiempo aquí adentro."

"¿Y entonces qué hizo?" preguntó Mueller.

"Bueno, se quedó parado justo donde tú estás por unos segundos, mirando el televisor. Atendí una llamada y, después, intenté llamar su atención, pero parecía distraído. Luego salió."

"Más bien salió disparado de aquí," dijo el Sr. Joe. "Corrió pasando, casi al borde de las lágrimas, murmurando para sí mismo," añadió, señalando de nuevo hacia la puerta. "Nunca había visto al niño actuar así antes."

Ross se volteó y fijó la mirada en la pantalla del televisor, con sus pensamientos regresando a los acontecimientos de ayer. "¿A qué hora estuvo Christopher aquí ayer?"

"A eso del mediodía, supongo," dijo la Señorita Kay.

Ross inclinó el mentón hacia el televisor. "¿Estaba el canal en las noticias cuando Christopher estuvo aquí?"

La Señorita Kay asintió. "Siempre está en las noticias."

"¿Recuerdas qué reportaban las noticias?"

"No. Como dije, tuve que contestar el teléfono."

"Sí, lo recuerdo," dijo el Sr. Joe. "El televisor tenía la noticia de última hora sobre Fort Tyron Parque."

Una mirada compartida entre Ross y Mueller transmitió un entendimiento mutuo. Ellie Barnes seguía sin ser identificada al momento de la transmisión de noticias de ayer. Sin embargo, Christopher sabía que el cuerpo descubierto en una tumba era el de Ellie, ¿no es así?

Mueller preguntó, "¿Dónde están ubicadas las cámaras de seguridad?"

"Justo en la entrada principal", dijo el Sr. Joe. "Pero no te servirá de nada." El sistema se cayó el martes pasado y aún sigue fuera de servicio. Un técnico de la empresa explicó que toda la lluvia causó un corto en el cableado. "La nueva instalación no estará lista hasta la próxima semana."

"¿Qué hay de las cintas anteriores?"

"No hay ninguna. El sistema sobrescribe las grabaciones anteriores cada doce horas."

No sería sencillo encontrar a Christopher, pero tampoco imposible, pensó Ross, sacando su teléfono mientras él y Mueller salían de la clínica. Él se mantenía sin desanimarse. Tenía una pista, y buena. Sus llamadas a la clínica provenían de Olivia Amato. Seguro de sus intenciones respecto a su investigación, las borró sin escucharlas.

CAPÍTULO 19

Desde sus ojos cerrados, Belle escuchó un "Toc, toc." Sus ojos se abrieron cuando Os entró en la habitación en silla de ruedas. —Finalmente —dijo ella con un tono áspero y decidido, aunque Os le había llamado antes a su habitación y mencionado que pasaría más tarde después de investigar algunas cosas.

Os, acostumbrado a sus cambios de ánimo, sonrió mientras aparcaba su Cadillac junto a la cama. —Veo que sigues molesta por los paparazzi.

Belle le lanzó una mirada desconcertada, sin entender a qué se refería. —Tu enfermera, Amanda, me lo contó antes de que entrara.

—Sí, sigo enfadada y me estoy volviendo loca del aburrimiento.

—No es una combinación muy agradable para ti. Sacó algo del compartimento de la silla de ruedas. —Esto debería ayudarte. Le entregó una fría botella de Mountain Dew.

Ella esbozó una sonrisa. —Dios mío, sí. Gracias. Destapó la botella, tomó una pajilla del dispensador y bebió un largo sorbo y bebió un largo sorbo, sin sentir la típica quemazón efervescente en la garganta. Cuando ella terminó, preguntó: "¿Dónde está EJ?"

Después De Que Ella Desapareció

"Todavía le resulta difícil," dijo Os con un tono sombrío.

Belle asintió con comprensión. La madre de EJ, Katelynn Harding, había estado involucrada en el caso de Víctor Simone y perdió la vida por ello. Anthony Carzossa, el hombre de confianza de Víctor Simone, tendió una trampa a Katelynn, lo que llevó a su arresto en Florida. Mientras estaba bajo custodia policial, su nivel de azúcar en sangre cayó críticamente, provocando que se desmayara y que su cabeza golpeara con fuerza el suelo de concreto de la sala de interrogatorios. Nunca recuperó la conciencia. Junto a su madre, EJ le sostuvo la mano mientras los doctores la desconectaban del respirador. Belle nunca tuvo la oportunidad de conocer a Katelynn, la mujer que puso en marcha la verdad sobre el pasado y le proporcionó una familia que jamás supo que existía.

"¿Ha tenido noticias de Joseph?"

Os se encogió de hombros. "Si lo ha hecho, no lo mencionó."

Belle asintió con firmeza. Supo que las instrucciones del agente Cartwright a Joseph eran vitales, dado el distanciamiento de él hacia ella, especialmente ahora. No pudo negar una punzada de dolor por la falta de preocupación de su hermano.

"Félix llamó."

Félix Carter trabajaba como asistente en la oficina de ella y Os. "¿Cómo reaccionó cuando le dijiste eso?"

"Como el típico y exagerado dramático que es," dijo Os, rodando los ojos. "Sospechaba que algo andaba mal desde que no respondías sus mensajes de texto. Su vuelo aterriza tarde mañana por la noche y estará en la Victoriana el miércoles por la mañana." Levantó ambas manos y fingió un "¡Yay!"

Ella rió entre dientes. Le gustaba tener a Félix cerca, y pese a las objeciones juguetonas de Os, a él también.

"Coreen también llamó. Planeaba verte, pero le pedí que esperara hasta que estuvieras en casa y te sintieras mejor. Le hice saber que llamarías. Ella te manda saludos.

Ella sonrió, pensando en Coreen. La madre de Os había desempeñado un papel casi maternal en su vida. La mujer enérgica y jovial era alguien a quien ella valoraba profundamente. La naturaleza de Os era claramente heredada de su madre.

Os alcanzó detrás de la silla de ruedas, sacó su mochila de cuero y le entregó una carpeta manila. "EJ ató cabos anoche."

Belle abrió la carpeta y vio una foto de una ilustración medieval que mostraba una fosa abierta con dos cadáveres consumidos. Huesos y herramientas del sepulturero yacían esparcidos a lo largo del borde frontal. Losas elevadas de tumbas y cruces estaban colocadas a lo largo del fondo. Detrás de la tumba, dos monjes leían grandes códices, uno de rodillas y el otro sentado en una de las losas tipo banco. Un tercer hombre miraba desde detrás de una cruz conmemorativa. Él parecía señalar ya fuera la tablilla en blanco o la fosa abierta mientras sostenía la otra mano cerca de su boca.

La foto mostraba una leyenda en latín debajo. Belle transcribió las palabras en silencio. He amado porque el Señor escuchará la voz de mi oración. Porque él ha inclinado su oído hacia mí; y en mis días lo invocaré. Los dolores de la muerte me han rodeado, y los peligros del infierno me han encontrado. He enfrentado la aflicción y la tristeza, y he invocado el nombre de nuestro Señor. Oh Señor, libra mi alma.

Las palabras le produjeron escalofríos en los brazos, pequeñas ronchas brotando. "¿De dónde es esto?" —"De una exhibición medieval llamada Las Bellas Horas."

"El libro de horas", tradujo al inglés. Os asintió. "Adivina dónde encontró EJ el libro."

Ella exhaló un suspiro de molestia. "¿Parezco tener ganas de adivinar?"

Él la miró juguetonamente de pies a cabeza. "No, no las tienes." Luego añadió: "Las Bellas Horas es una exhibición en el Museo de los Claustros."

Las cosas se estaban volviendo cada vez más extrañas, pensó Belle, contemplando la puerta abierta, apenas consciente del flujo constante de personal médico y los ruidos de los equipos. "¿EJ encontró esto?"

"Sí. Él estaba en la oficina jugando en la PlayStation y notó el volante de The Met Cloisters sobre el escritorio que habíamos recibido por correo. Curioso por lo que había en los Claustros, navegó por el sitio web del museo y encontró Las Bellas Horas en exhibición en un área llamada Sala del

Tesoro." Señaló la carpeta en su regazo. "Un estuche de vidrio muestra el libro, abierto en esa página." Como comentario adicional, dijo: "¿Sabías que el chico habla italiano con fluidez? No es una sorpresa, supongo. De todos modos, para traducir la leyenda, usó la aplicación de traducción en su teléfono. Le mencioné la frase anoche, y esta mañana me mostró las palabras en el libro."

Su sobrino continuaba sorprendiéndola. "¿Qué más sabemos sobre Las Bellas Horas?"

"El versículo que pronunció la mujer pertenece al Salmo 116. Existen libros con múltiples traducciones del Salmo 116, pero el versículo que ella te recitó está únicamente en Las Bellas Horas. Tuve una conversación con una mujer en el museo. El lugar continúa bajo investigación y permanece cerrado al público. Descubrí que la directora del museo se llama Noelle Simpson. Conseguí su número y accedió a reunirse conmigo mañana. Mi revisión de las cámaras de seguridad, tanto interiores como exteriores, del museo y del restaurante Green Tree no mostró indicio alguno de la atacante durante nuestro tiempo allí."

El acceso de Os a las grabaciones fue una ventaja de tener una hacker como mejor amiga. "Bien. El doctor analizará los resultados de mi tomografía computarizada y luego me darán de alta a tiempo para acompañarte mañana."

"¿A casa a recuperarme, quieres decir?"

Ella frunció el ceño. "¿Y dejarte toda la diversión? Ni pensarlo."

Os negó con la cabeza y prosiguió. "El informe de autopsia del forense sobre la víctima, Ellie Barnes, establece que su hora de muerte fue entre tres y cuatro semanas atrás, y que falleció por una dosis letal de insulina, el medicamento para la diabetes, no por estrangulamiento. Barnes, de veintitrés años, se mudó aquí hace cuatro años para estudiar arte de efectos especiales en Trent Designory. Alquiló un apartamento en Hell's Kitchen. ¿Recuerda la línea de cruceros que se hundió frente a la costa de Grecia hace un par de años?"

Belle asintió. "El barco chocó contra una roca submarina. Descubrieron que el capitán estaba ebrio."

Os devolvió un gesto con la cabeza. "Los padres de Barnes, junto con un hermano y una hermana menores, estaban entre los estadounidenses que perecieron en el naufragio."

"Dios, eso es terrible."

"Muy trágico," coincidió Os. "Luego, la base de datos del OCME no reveló información sobre los restos humanos; sin embargo, el informe del forense muestra que el Dr. Spider Logan de la Universidad de Columbia está realizando el examen. Daré seguimiento más tarde hoy. El informe detallaba un collar con un medallón, encontrado junto a Barnes y los restos humanos.

"Conectando los asuntos de los asesinatos."

"La policía probablemente lo esté considerando. Los patólogos aún no han enviado nada a la base de datos del OCME."

Belle meditó por un momento. El lugar en el parque donde ocurrió el ataque regresó a su memoria, acompañado de una poderosa sensación visceral. "Os, no es coincidencia que me atacaran y arrastraran hacia esas tumbas. Mis instintos me dicen que la mujer, conociendo esas tumbas, quería matarme y enterrarme en el Parque Fort Tryon. Está claro que yo era su objetivo. Dios sabe desde hace cuánto tiempo ha estado siguiendo mis movimientos. No sé, tal vez sus intenciones ese día eran solo seguirme. Pero mi proximidad a su cementerio personal le dio la oportunidad que necesitaba, y atacó, sin preparación, estrangulándome en lugar de clavarme una aguja. Pero, ¿cuál es mi conexión con la asesina y las víctimas?"

"Eso es precisamente lo que queremos averiguar, muchacha. Además, la elección del Parque Fort Tryon para el entierro por parte de la mujer resulta interesante. La falta de privacidad aumenta el riesgo de ser descubierto, haciéndolo peligroso si tu intención es evitar la detección, especialmente si planeas añadir futuros cuerpos."

"Quizás el Parque Fort Tryon tenga algún significado para ella." "O el The Met Cloisters."

"Disculpen la intromisión," dijo la enfermera Amanda, al entrar en la habitación. "Traigo un poco de medicina para usted," añadió, mirando a Os con ojos sonrientes. "Las horas de visita terminaron, pero te daré un poco más de tiempo."

"Eres la mejor, Amanda," dijo Os con una sonrisa suave, correspondiendo al coqueteo de la enfermera.

Cuando la enfermera dio la espalda, Belle tocó la cama para llamar la atención de Os. "Eres patético," articuló silenciosamente con los labios.

Os, a su vez, respondió con los labios, "Lo sé."

Belle tomó su Tylenol con Mountain Dew mientras Amanda inyectaba medicamento en el puerto del suero. La enfermera terminó de registrar datos en la computadora de la habitación y, antes de irse, le dirigió a Os otra sonrisa sugestiva.

"Realmente eres patético," dijo Belle.

Os extendió las manos. "Culpa al Cadillac, chiquilla. Es un imán de estilo."

"Sí, eso es," se burló ella, con tono ligero. Las mujeres acudían a Os como abejas a la miel, despreocupadas —o inconscientes— de su paraplejía. "Te conseguiré su número."

Os soltó una risa baja. "No, no lo harás. Encontrarás varios de sus defectos, y eso acabará con cualquier posibilidad de casarte con ella."

Siempre es Os quien inventa excusas para terminar, pensó Belle, recordando su historial de desaparecer antes de que las cosas se pusieran serias. Su relación más larga duró apenas un año. El trabajo de la mujer como asistente de vuelo internacional, que exige viajes constantes, es la razón por la que siquiera duró tanto. Ella no lograba comprender por qué él siempre terminaba las cosas antes de que siquiera comenzaran. Ella odiaba la idea de compartir a su mejor amiga con otra mujer, pero sabía que con el tiempo lo aceptaría.

"Esto te evitará un divorcio desagradable en el futuro." "Gracias de antemano, entonces."

"De nada."

Compartieron una risa antes de que el rostro de Belle se tornara sombrío. "¿Qué pasa, niña?"

"Creo que si pudiera recordar completamente el Parque Fort Tryon, encontraríamos a esa persona más pronto. Siempre veo el rostro de la mujer distorsionado en mi imagen. Por más que intento, no logro enfocarlo."

"No puedes culparte, y si es importante, ese cerebro quebrado y esa mente torcida tuya lo recordarán."

Belle lo miró. "Lo considero un cumplido, ¿sabes?"

Os se rió. «Antes de que se me olvide», dijo, presentándole el último modelo de teléfono de Apple y unos audífonos. «No sabemos cuándo la policía te devolverá el tuyo, y has querido uno nuevo. Descargué toda tu música.»

Belle sostuvo el teléfono, sintiendo su poderosa fuerza. Su recuperación del trauma de su secuestro y de las acciones de su padre —ya fueran autoinfligidas o provocadas por otros— no se debió a la terapia ni a las reuniones, sino a la música descargada en su teléfono. Ella atribuía la música a haberle salvado la vida. Incapaz de creer en Dios, encontró consuelo y fortaleza en la música, cuyas letras tenían más impacto que su medalla de sobriedad. Había una variada gama de artistas: Melissa Etheridge, Eminem, Pink, Andrea Bocelli. .. Se conectaba con el dolor y la esperanza de sus canciones, la valentía y la resolución, sintiendo una resonancia personal que alimentaba su crecimiento en tiempos difíciles. Las barreras internas se desmoronaron a través de la música, empoderándola para abrazar sentimientos que antes había negado. La intensidad de esas emociones alimentó su aceptación de sí misma, de sus defectos y de la realidad de su familia. En lugar de huir de las dificultades de la vida, las enfrentaba de frente, sin importar cuán terribles fueran. Le parecía una locura depender de la música para mantenerse limpia, sobria y para lidiar con su pasado. Sin embargo, por razones desconocidas, la música la salvó de volver a descender al abismo desolado.

Aunque llevaba seis años sobria, la silenciosa preocupación de Os por una posible recaída la inquietaba, incluso cuando entendía su falta de confianza. Ella había causado un sufrimiento inmenso a Os y había roto sus promesas una y otra vez. La posibilidad existía, lo sabía, pero su pasado la había fortalecido contra futuros intentos de destruirla. La revelación sobre su padre y Víctor Simone no había quebrantado su determinación; no permitiría que nadie. .. nada, ni siquiera su propio autodesprecio, volviera a dominarla.

"Gracias, Os," dijo tiernamente.

Os miró su reloj. —Está bien, niña, voy a revisar la escuela de Barnes —dijo. Dio la vuelta al Cadillac, avanzó hacia la puerta y se detuvo. —Annabelle —dijo por encima del hombro—. Nunca puedo perderte.

Las palabras la envolvieron como una cálida manta, anclándola. Sus palabras al partir la reconfortaron, y ella las acogió con una sonrisa cálida.

—Os, estás atrapado conmigo —susurró, colocándose los auriculares—. Para siempre.

CAPÍTULO 20

Cerca de la Calle 60, con un firme agarre en su paraguas contra un fuerte viento del oeste, Christopher caminaba hacia la entrada de Central Park. Solo unos pocos visitantes resistentes, indiferentes al clima, permanecían en el área habitual llena de turistas. La quietud cerca de la tienda Apple, en la Plaza Grand Army, y en la casi desierta Quinta Avenida, lo deprimía. Sin sus bulliciosas multitudes, la ciudad parecía extrañamente incompleta. Ni un solo vendedor ambulante se atrevió a desafiar el clima lúgubre.

El olor a estiércol pendía densamente en el aire cuando Christopher entró en la entrada del parque y se dirigió hacia un grupo de bancas. Le resultó extraño no ver caballos tirando carruajes por las calles del parque ni cocheros ofreciendo paseos, pero se alegraba de que los animales estuvieran a salvo del clima adverso. Compadecía a los caballos, convencido de que merecían un destino más benigno que ser usados para lucro.

Anoche, llegó a un apartamento vacío, aliviado porque el hombre malvado estaba ausente y no había regresado en toda la noche. Para evitar al hombre malvado, Christopher salió temprano del apartamento en la mañana. Pasó tiempo en dos cafeterías hasta que abrió el Regal de la calle 42 en la calle 42. Había muy poca gente en el cine, por lo que tuvo el lugar para él solo. Se sentó en un asiento lateral, cerca de la parte trasera del teatro, absorto en sus pensamientos mientras la película se proyectaba. Al final de la película, compró un boleto para otra función, se sentó y lloró hasta quedarse dormido. Su pérdida atormentaba sus sueños, despertándolo entre lágrimas con un anhelo profundo de regresar al Parque Central.

Se dirigió a un banco de madera en particular bajo los grandes olmos, mirándolo con una sonrisa, perdido en recuerdos de ella.

—Christopher —dijo un hombre en voz baja a su lado, bajo un paraguas.

Por un largo momento, Christopher no dijo nada. —Todo está perdido, Nathan. Nunca podré estar con ella de nuevo.

—Lo siento, Christopher —dijo Nathan. Vestía pantalones caqui y un saco marrón sobre una camisa de cuello blanco. Un fedora de tweed a cuadros descansaba sobre su cabello castaño rojizo, crecido y desordenado, y sus ojos azules brillantes asomaban tras unos lentes de montura delgada que reposaban sobre una nariz larga y se curvaban alrededor de orejas grandes.

—Maggie destruyó todo —dijo Christopher, con los ojos llorosos, fijando la mirada en el banco. "Odio a Maggie y a esa mujer. Esto nunca habría ocurrido sin esa McBain."

"Sí, hemos sufrido por la Srta. McBain. No lo niego. Admito que verla en el museo me perturbó más de lo que esperaba. Sin embargo, Christopher, tu sentimiento hacia Maggie no es odio."

Después De Que Ella Desapareció

Christopher se secó las lágrimas de la mejilla. No, pensó; no odiaba a Maggie, pero cómo deseaba hacerlo. Se sentía agradecido con Maggie. Ella se apresuró a salvarlo a él y a Nathan, protegiéndolos del hombre que odiaban y temían, absorbía su abuso. No podía odiar a Maggie, pero su ira hacia ella era clara. Señaló hacia el banco solitario. "Aquí fue donde conocí a Ellie, ¿sabes?"

"Sí, lo sé," dijo Nathan. Aunque había escuchado la historia muchas veces, permitió que Christopher encontrara consuelo al volver a contarla.

"Siempre que la veía en este parque," dijo Christopher, "ella siempre se sentaba en ese banco, mirando fijamente sin parpadear, como si estuviera bajo un hechizo. Un día, cuando el único lugar disponible era junto a ella, no sé por qué, pero sentí nervios al estar cerca de ella." Él se encogió de hombros. "Fue extraño. Sentí su tristeza en el instante en que me senté." Hizo una pausa. "Nos sentamos en silencio por un largo tiempo, cada uno perdido en sus pensamientos, hasta que finalmente ella habló. Yo, Nathan. Ella me habló a mí. Siempre estoy solo y nadie jamás me habla."

Nathan permaneció en silencio, esperando a que Christopher continuara.

"Estar triste duele," dijo Christopher. "Ella me dijo eso. Entendía que yo era como ella." A distancia, turistas con emblemáticas bolsas en forma de corazón I LOVE NY le lanzaban miradas curiosas al pasar. Él ignoró las miradas curiosas al pasar. Él las ignoró. "Ellie era mi amiga. Mi única amiga. Es mi culpa que él la haya matado.

Christopher, ya hemos hablado de esto antes. Sí, no debiste contarle nuestro secreto, pero no eres responsable de su maldad.

Christopher bajó la cabeza. Ella solo estaba tratando de ayudarme. Ayudarnos.

Eso es precisamente lo que él intentaba impedir —dijo Nathan. Esperó un momento antes de hablar de nuevo. Christopher, no deberías haber ido a la clínica ayer. Podría llamar la atención sobre nosotros.

Compartir su secreto con Ellie liberó en él una parte de la vergüenza, el miedo y una pesada carga, permitiéndole abrirse sin temor al juicio o al rechazo. Ellie juró mantenerse como su amiga, en lugar de abandonarlo. Aunque confiaba en que ella guardaría silencio, Christopher sabía que su secreto molestaba a Ellie, quien a menudo mencionaba la idea de una vida mejor. Su negativa a hablar con la terapeuta de ella provenía del miedo a ser internado cuando ella sugirió una sesión. Ellie le aseguró que no necesitaba revelar su secreto y que podía compartir tanto o tan poco como quisiera; él estuvo de acuerdo. Christopher se sentía cómodo con la terapeuta, la señorita Melissa. Incluso aguardaba con ansias sus sesiones. Él nunca habría acudido a la clínica si hubiera sabido que eso le costaría la vida a Ellie.

"Lo siento. Entré en pánico."

Permanecieron en silencio un instante. Los neumáticos mojados salpicaban sobre el pavimento mientras los autos pasaban, y las hojas crujían arriba con el viento.

Nathan inhaló profundamente. "Christopher, Maggie nos ha causado problemas mucho más graves que antes. El hombre ahora sabe lo que le hicimos a Ellie — y está seguro de que solo hemos fingido no recordar, mintiéndole en la cara todo este tiempo."

Christopher ya no podía soportar el dolor causado por las golpizas. Deseaba que todo terminara. Si tan solo le dijera la verdad al hombre malvado, las brutales palizas cesarían. Estaba a punto de revelar la verdad cuando Maggie lo detuvo y enfrentó el abuso en su lugar. "Él puede hacer conmigo lo que quiera. Nunca se lo contaré. ¿Tú crees, Nathan, verdad?"

"Sé que no lo harás," aseguró Nathan. "Este secreto, Christopher, morirá con los tres, y eso me da cierta tranquilidad." Su teléfono sonó en un bolsillo. Él lo sacó y miró la pantalla. Christopher observó la expresión tensa de Nathan y supo que el hombre malvado los estaba llamando a casa. Nathan guardó el teléfono en su bolsillo. "Tenemos que ir."

Asintió con vacilación. Sabía que el castigo que les esperaba era inevitable. Su ansiedad creció y exhaló un suspiro tembloroso. "Nathan, no entiendo," dijo mientras caminaban hacia el norte por la Quinta Avenida.

"¿Qué dijiste, Christopher?"

"¿Por qué Maggie intentó matar a la señora McBain si no es ella quien debe morir?"

CAPÍTULO 21

Ross y Mueller llegaron al precinto pasadas las seis y se unieron a Torres y Chen en la sala de guerra. La mayoría del departamento ya se había retirado, ansiosa por terminar su jornada y prepararse para otro día exigente. Ross se sentó, miró hacia la ventana y espió a través de las persianas la oficina vacía de la teniente. Dada la hora, supuso que ella se había ido a casa para estar con su hija pequeña. Ross y Mueller relataron su visita al Dr. Shelby y a la Clínica de Salud Mental Darvere. Luego, Ross pidió a Chen que obtuviera la información de contacto de Melissa Cartwright.

"En eso", dijo Chen, inclinándose hacia la mesa, los dedos tecleando.

Torres dijo: "Hablamos con Jim Harris, el jefe de seguridad, en The Met Cloisters." Señaló la foto del hombre con sombrero fedora exhibida en el tablero de casos frente a la vitrina. "Harris identificó al hombre como Nathan. Se desconoce su apellido." Echó un vistazo a su bloc de notas sobre la mesa. Lo describe como de estatura media y complexión delgada. Cabello color avellana, despeinado y peinado hacia atrás, y gafas de montura delgada posadas sobre una nariz larga, siempre lleva una mochila repleta. Harris piensa que Nathan tiene entre finales de los veinte y principios de los treinta, pero actúa y se viste como un profesor viejo, con palabras sofisticadas y articuladas.

Pantalones caqui, camisas abotonadas y chalecos de suéter, chaquetas de tweed y fedoras. Harris tiene cincuenta y ocho años y dijo que Nathan actúa como si fuera mayor que él.

Ross miró la foto granulada de Nathan en el tablero de casos. ¿Un disfraz para ocultar su apariencia?

"Tal vez," dijo Torres. "Cuando el Sr. Harris comenzó a trabajar hace un año, el anterior jefe de seguridad le advirtió sobre las visitas semanales de Nathan al museo. Él escuchó que Nathan tiene un interés inusual—obsesionado con una exhibición específica, aunque inofensivo. Harris dijo que Nathan explora el museo, pero pasa la mayor parte del tiempo frente a esa exhibición. Harris, por mera curiosidad, le había preguntado a Nathan cuál era su fascinación por la exposición. Nathan le respondió que le recordaba a un tiempo muy lejano.

Chen dejó de teclear, acercó una carpeta hacia ella y la abrió. «La exposición se llama Las Bellas Horas», dijo. «Harris, con información limitada sobre el artefacto y sin empleados disponibles para brindarnos ayuda, nos indicó la tienda de regalos del museo para obtener esto.» Sobre la mesa, mostró un libro grande de tapa dura, leyendo el título. «Los hermanos Limbourg y Las Bellas Horas de Jean de France, Duque de Berry.»

Chen dejó el libro sobre la mesa y pasó a una página específica. «El libro está escrito por Timothy Hubbard, un experto y curador del Departamento de Arte Medieval y The Cloisters (Los Claustros). Él explica la importancia e historia del artefacto, que era un elaborado libro de oraciones de aquel periodo.» Luego leyó en voz alta el fragmento de la página. «Las Bellas Horas de Jean de Berry es uno de los manuscritos más bellos y ricamente decorados del mundo.» Ilustra espléndidamente códices de la Edad Media, siendo el único manuscrito con miniaturas ejecutadas enteramente por los célebres hermanos Limbourg. Jean de France seleccionó a los hermanos Limbourg para crear el Libro de Horas, otorgando a los jóvenes—quienes tenían apenas sus primeros años de adolescencia durante todo el proyecto—una rara libertad para diseñar creativamente la obra.

Chen pasó a otra página del libro. "Hubbard escribe que, como en un Libro de horas estándar, en Las Bellas Horas aparece lo que se llama el Oficio de Difuntos. Para simplificar la explicación de Hubbard, la Oficina de los Muertos es el servicio funerario que dura tres horas, comenzando con lecturas de Salmos específicos. En el sentido tradicional del Libro de Horas, la Oficina de los Muertos es el único texto tomado directamente del breviario con pocos o ningún cambio, lo que significa que lo que el clero leía era esencialmente el mismo a lo largo de la historia. En esos Libros de Horas, las ilustraciones comunes de la Oficina de los Muertos muestran generalmente el servicio funerario con dolientes en la iglesia rodeando el féretro (el ataúd o el cuerpo) sobre un catafalcomientras recitan la Oficina de los Muertos. Otros aspectos del entierro, como la absolución, el cortejo fúnebre o el entierro, también se representan. La obra de arte también representaba a la Muerte, el Purgatorio y los Tormentos del Infierno, aunque de una manera menos sombría y más moralizante. Pero en Las Bellas Horas, la ilustración de la muerte es una escena en un cementerio, bastante sombría. Normalmente, los difuntos recibirían una bendición final antes de ser colocados en la tumba, pero en Las Bellas Horas, dos cadáveres consumidos yacen en una fosa común mientras dos monjes leen tomos pesados.

Chen deslizó el libro por la mesa hacia Ross. 'Observa la imagen y lo que he resaltado. '

Ross observó detenidamente la miniatura de Las Bellas Horas. La imagen mostraba una fosa abierta con dos cadáveres consumidos. Dos monjes leían de libros, y detrás de la tumba, un tercer hombre observa desde una cruz conmemorativa blanca. Aunque no era una coincidencia perfecta, la imagen guardaba similitudes con su escena del crimen. Luego, Ross leyó la sección resaltada. Cuando él terminó, su pecho palpitaba con adrenalina mientras miraba a Chen y Torres, quienes asintieron.

"Parece que Nathan está familiarizado con la frase pronunciada a McBain y encontrada en el diario de Barnes," dijo Torres.

Con un chasquido de dedos, Mueller indicó que deseaba echar un vistazo. Ross deslizó el libro sobre la mesa hacia él. Mueller examinó la ilustración colorida con su texto devocional en latín y la traducción al inglés.

"Los dolores de la muerte me han cercado," leyó en voz alta, "y los peligros del infierno me han encontrado. He enfrentado la tribulación y el pesar, y clamé al nombre de nuestro Señor. Oh Señor, libra mi alma."

"Si los asesinatos son una recreación de ceremonias medievales," dijo Chen, "no encuentro mención alguna de medallones en el Libro de Horas estándar ni en Las Bellas Horas."

"Su firma podrían ser esos medallones," dijo Mueller.

De regreso en el tablero de casos, Ross repasó la información disponible junto con las nuevas pistas, sin lograr conectar las piezas móviles de la investigación. Si el asesino escenificó un funeral de estilo medieval, ¿qué papel juegan los medallones? ¿O son ellos, como sugirió Mueller, la tarjeta de presentación del asesino? ¿Un funeral medieval? ¿Por qué? ¿Cómo se vincula el artefacto medieval, Las Bellas Horas, con el asesino? ¿Acaso hubo un cadáver bajo la cruz blanca clavada en algún momento? ¿Cómo se relacionan el asesino y sus víctimas?

El teléfono fijo sobre la mesa sonó, interrumpiendo su concentración. Mueller se inclinó hacia adelante y contestó el teléfono.

—Detective Mueller —dijo, y escuchó por un momento. —Estaremos allí —dijo, colocando el teléfono en su base—. Tenemos una cita con el doctor de los huesos mañana a las ocho.

Ross asintió.

Chen exhaló suavemente, trayéndolos de vuelta al presente. —Bien... —murmuró. Repasemos los registros telefónicos de Barnes. Estoy casi terminando con ellos, pero puedo ponerte al tanto de lo que tenemos hasta ahora. Como Barnes no se conectó a una línea fija, los registros telefónicos de su teléfono celular son los únicos disponibles de los últimos seis meses, y no había realizado muchas llamadas.

Aparte de las numerosas llamadas de solicitación, la lista muestra una constancia en números conocidos. Las últimas llamadas salientes fueron el 15 de septiembre a un banco en Minnesota y a un Citibank local.

Mueller, al revisar los registros financieros de Barnes, negó con la cabeza. No hubo retiros grandes ni transferencias de dinero en ninguna de las dos cuentas en esa fecha. El último retiro en cajero automático fue hace seis semanas por cuatrocientos dólares. Su tarjeta de crédito se usó por última vez hace cuatro semanas en el supermercado—Food Emporium—por treinta y seis dólares, y en un restaurante chino por catorce dólares y algo, a una cuadra de su apartamento.

"El dinero no parece ser el motivo," dijo Chen. "Los dos últimos números entrantes fueron el 23 de septiembre. Uno es de la amiga y excompañera de cuarto de Barnes, Sheila Foster. La llamada duró menos de treinta segundos, lo que sugiere que Foster dejó un mensaje. Aquí es donde se pone interesante. El otro número llamó a Barnes a las 4: 15 p. m. y duró seis minutos. El número aparece varias veces en el registro de llamadas entrantes, pero nunca en el registro de llamadas salientes."

"Barnes esperó a que la persona que llamaba la contactara," dijo Ross.

"Parece que sí. Contacté a tu amiga en la compañía telefónica, le dije que trabajamos juntos y le pedí que investigara el número. A cambio, tú le comprarás un colorido ramo para que lo presuma con sus colegas en el trabajo. Acepté en tu nombre."

Sonriendo, Ross puso los ojos en blanco. Por su experiencia, las compañías telefónicas locales respondían lo más lento del mundo al proporcionar registros telefónicos a las fuerzas del orden. Y, al contrario de lo que muestran las películas, reunir información sobre un número telefónico y su usuario resultaba bastante sencillo. Conseguir un trabajo urgente con los registros telefónicos para Ross implicaba depender de su contacto, Mavis, una mujer de sesenta años, descaradamente coqueta, empleada en la compañía telefónica. Sus sugerencias directas y de tono sexual lo hacían sonrojar, a veces dejándolo sin palabras mientras hablaban por teléfono, lo que a Mavis le parecía divertido. Ross consideraba inofensiva e incluso cómica la risa de la anciana a su costa.

"El número," dijo Chen, "es de una línea prepago y ya no está activado." La mujer identificó a Cell Mobile como la compañía del número y contactó a su enlace. No hay información personal disponible sobre el usuario del teléfono, como era de esperarse, ya que los proveedores prepago no la recopilan. El usuario suministra un nombre falso o ninguno en absoluto. No se requieren tarjetas de débito ni de crédito. Los minutos pagados en efectivo se cargaron mediante una Tarjeta de Recarga. La última actividad del teléfono fue el 23 de septiembre, el mismo día en que el número llamó por última vez a Barnes. Los teléfonos prepago no cuentan con GPS y, dado que está inactivo, es imposible rastrear su ubicación usando las torres celulares."

"¿Qué hay de los mensajes de texto?" preguntó Ross.

"En los últimos seis meses, ella solo recibió mensajes de dos números. Sheila Foster envió múltiples mensajes a Barnes, preguntando por su bienestar y extendiendo invitaciones para cenar o ir al cine, instando a que llamara. Barnes respondió, rechazando cada invitación. Luego, Barnes dejó de responder a Foster hace tres meses. El número prepago no identificado fue la fuente de sus otros mensajes. Al igual que con las llamadas telefónicas, el número siempre iniciaba el contacto; los textos eran breves y ambiguos. ¿Estás libre? ¿Nos encontramos en el mismo lugar? ¿A la misma hora? El número y Barnes no tenían un intercambio diario de mensajes, y la hora de los textos era inconsistente."

"Parece que está involucrada con un hombre casado, por todo el secreto," dijo Torres.

"O quizá con su amigo Christopher," dijo Mueller. "Christopher le confió un secreto a Barnes, lo que provocó que ocultaran su relación por su seguridad."

Ross analizó los patrones de los mensajes y, aunque una aventura era posible, reconoció que la comunicación era sospechosamente privada. ¿Una aventura que podría perjudicar profesional y personalmente al pretendiente de Barnes? Ross encontró poco convincente la teoría de la aventura, considerando el estado emocional de Barnes al momento de su asesinato. Pero quienquiera que interactuara con Barnes intentaba ocultar su relación. La sugerencia de Mueller resonó en Ross, quien, al considerar el diario oculto de Barnes sobre Christopher, creyó que esa amistad debía mantenerse en secreto y ocultarse a alguien. Desde la mesa, sonó su teléfono. Leyó el mensaje del criminólogo Joanie Mitchell. Trabajé rápido y furioso para ti, detective. Mi laboratorio mañana a las 9 en punto. Me debes ese almuerzo. Mitchell

Después de que Ross dejó el teléfono, golpearon la ventana de la habitación. Todos miraron al Teniente mientras ella hacía señas para que Ross la acompañara a su oficina. Ella no se había ido a casa como él creía. Al salir de la sala de guerra, él sabía que la citación a la oficina del Teniente rara vez era positiva.

"Cierra la puerta," dijo el Teniente con los brazos cruzados, apoyándose en su escritorio al entrar por la puerta.

Él hizo lo que le indicaron y se situó a un metro de ella. El estrés y el cansancio marcaban su rostro pálido, y sus ojos caían con pesadez, como si el día le hubiera agotado toda su energía. "¿Qué sucede, Teniente?"

Ella lo observó con atención. "¿Cómo estás, Jonah?"

Por sus ojos inquisitivos, él entendió el tema de la conversación. "Estoy bien, Teniente."

Ella arqueó una ceja. "¿Seguro? La implicación personal en este caso podría evocar emociones poderosas en cualquiera. No eres una excepción."

"No estoy personalmente involucrado," dijo con un tono áspero.

"Semántica. El Jefe Murray teme que tu implicación en los casos pueda afectar negativamente la percepción pública, atrayendo la atención indeseada hacia el departamento—un riesgo que no podemos permitir. En el estado actual carecemos de la confianza pública.

Brian Murray ocupaba el cargo de Jefe de Detectives. Murray, a diferencia de los otros altos mandos, no participaba en el juego político. Su trabajo anterior como detective lo impulsaba a respaldar a su fuerza policial al máximo, evitando cuidadosamente cualquier acción que pudiera costarle el puesto por parte del alcalde. Murray, un jefe experimentado y veterano del sistema, comprendía la dinámica del sistema, siempre priorizando a la policía, la comunidad y la seguridad en las calles.

Los eventos recientes evidenciaron las dificultades de su departamento con la desigualdad racial y la brutalidad policial durante los arrestos de afroamericanos. La baja confianza de la gente en la policía disminuiría aún más si pensaran que un detective había comprometido un caso. Él entendía la posición del Jefe, pero aun así le irritaba. Su castigo era inmerecido, derivado de un incidente pasado en el que él no tenía culpa. Aun así, no podía evitar sentirse resentido por el escrutinio. Respiró hondo. —¿Entonces estás del lado del Jefe?

—Hasta cierto punto, sí. Los medios de comunicación crearán un escrutinio mediático una vez que descubran tu conexión, y surgirán dudas sobre nuestras responsabilidades.

Ross se echó los hombros hacia atrás. "¿Qué conexión? Ni siquiera conozco a la Srta. McBain. El hecho de que una de nuestras víctimas sea la Srta. McBain—alguien a quien ni siquiera conozco—es irrelevante. ¿Qué diferencia hace si ella es la hermana de un antiguo amigo que es un asesino? ¿Cómo es eso relevante para mi trabajo o mi función?"

"Esto te concierne a ti y a tu puesto, Jonah, sin importar cómo te sientas. Los medios, sesgados por hechos pasados, difundirán información errónea y escribirán lo que les plazca. Noticias como esta—dramáticas y memorables—son muy comerciales y permanecen en la mente de la gente. Priorizarán la negatividad por encima de la verdad. Te criticarán a ti y al departamento sin tomar en cuenta los hechos. Eso es algo que ambos sabemos."

Ross no dijo nada. No había razón para ello. Lo pondrán en trabajo de escritorio.

"El Jefe, sin embargo, tras una reflexión detenida y mi persuasión, decidió continuar la investigación como estaba planeado, esperando un arresto antes de que saliera a la luz alguna noticia sobre tu pasado."

En silencio, Ross soltó el aliento. "Gracias, Teniente."

El Teniente se apartó del escritorio y se colocó justo frente a él. "No me hagas arrepentirme de esto, Jonah."

CAPÍTULO 22

El último golpe violento la hizo caer hacia atrás, estrellándose contra el sofá. A lo largo de años de abuso, Maggie desarrolló una resistencia silenciosa ante sus feroces golpes, negándose a llorar o acobardarse. Durante los asaltos, sus pensamientos la transportaban a un campo de flores silvestres, donde imaginaba bañarse en la calidez del sol y respirar su dulce aroma. Esta vez, la paliza fue más brutal. Maggie contuvo los gritos de dolor mientras su contundente golpe de revés le impactaba el rostro, llevándose toda su fuerza. Sus dedos anillados conectaron con su mandíbula. El estruendoso impacto retumbó en sus oídos mientras el dolor la dominaba, dejándola sin aliento, desorientada y viendo manchas blancas.

Maggie se sentó en el sofá, encorvada hacia un lado, apoyándose en los codos, tratando de recuperar el aliento y evitar desmayarse. A lo lejos, escuchó la voz de Nathan consolando a un Christopher que lloraba. Cuando el mareo cedió y pudo respirar de nuevo, bajó la cabeza, ocultando su rostro tras el cabello y tocó su mejilla. Sus dedos, pegajosos por la sangre de una herida, rozaron la piel irritada. Él ya no se preocupaba por las marcas que dejaba atrás — lo que alguna vez prohibió y protegió ahora estaba expuesto para ser blanco.

Se asomó tras el cabello despeinado y lo miró de reojo al otro lado de la sala de estar. Él permaneció con las piernas separadas, las manos en la cintura, frente a la ventana del decimocuarto piso, contemplando las luces centelleantes de Midtown al sur y la apacible vegetación del Parque Central abajo. La camisa blanca, impecable pero empapada en sudor y sin estar metida, se ceñía a su cuerpo. Sintiendo su intensa mirada, se volvió para enfrentarla, con sus ojos encontrándose en un intercambio ardiente. Sangre y lápiz labial, un torbellino rojo, manchaban la parte delantera de su camisa. Cada golpe no alteraba su expresión; parecía no costarle esfuerzo golpearla. No mostraba signos de dificultad para respirar, fatiga por las repetidas agresiones ni sudor mientras la arrastraba del cabello sobre el suelo de madera. Su ahora desaliñada y lamentable apariencia, semejante a la de alguien golpeado en una trifulca de bar, le indicó a Maggie que lo había llevado más allá de su autodisciplina, haciéndolo ignorar sus propias reglas.

El hombre dio un par de pasos. —¡Jesucristo, moviste el maldito cuerpo! —se detuvo, con el rostro transformado en una máscara de furia—. ¿Por qué carajo?

Anticipando sus preguntas, ella elaboró respuestas que iban desde un atisbo de verdad hasta mentiras descaradas. Con lentitud deliberada, Maggie incorporó su cuerpo adolorido y herido, apartándose el cabello del rostro. —Lo hice por Christopher —murmuró, su lengua hinchada arrastrando las palabras. Christopher fue quien movió el cuerpo. Ella necesitaba protegerlo. «Creía que tenerla cerca disminuiría su tristeza.»

—¡Idiota de mierda! —el hombre se pasó una mano por el rostro. —No solo moviste el cadáver, sino que también seguiste a esa mujer, McBain, hasta el cadáver, nada menos. ¿Qué carajos te pasa? ¿Estás tratando de sabotear mi objetivo?

"No," dijo ella entre dientes.

"¿Por qué entonces," dijo él con los dientes apretados, "desobedeciste el plan, sabiendo que McBain debía vivir?"

Sin órdenes para seguir a McBain ese domingo, Maggie visitó las tumbas en el Parque Fort Tryon. De camino al bosque, vio algo increíble. Esa mujer terrible estaba en su teléfono, a solo unos metros de las tumbas. Algo dentro de ella se quebró, y un ataque de ira incontrolable la dominó. Cuando le ordenaron seguir a McBain, Maggie mantuvo la calma, mientras su resentimiento latente hacia McBain crecía día a día. Por culpa de McBain, ella vivía en el infierno.

Maggie respiró lentamente, reuniendo sus palabras elaboradas y engañosas. "Me equivoqué al mover el cuerpo. Lo siento." Bajó la cabeza. "Nunca esperé ver a McBain durante mi salida a correr, pero su presencia me recordó tus palabras. Sentí tu enojo hacia ella y reaccioné, aunque no sé por qué.

Con los ojos llameantes, el hombre apretó los puños a los costados. Los músculos de Maggie se tensaron, anticipando otro asalto. Sin embargo, el hombre no se acercó a ella. Permaneció inmóvil, con los ojos como hielo. El tiempo se volvió lento mientras tomaba una profunda bocanada de aire, pasaba la mano por su cabello oscuro y peinado, y comenzaba a caminar de nuevo.

Maggie, aliviada de que no se lanzara sobre ella, relajó los hombros, aunque su contención le parecía extraña. Un pesado silencio colgaba en el lujoso apartamento. La casa, que ocupaba todo el piso, ostentaba un diseño de preguerra, destacando por sus techos altos, grandes ventanas, pisos de roble y molduras a medida. Con frecuencia le recordaba a Maggie lo afortunada que era de vivir entre la riqueza y el prestigio. Pero para Maggie no era más que una jaula dorada.

Él dejó de caminar y se acomodó en un sillón de cuero de respaldo alto frente a ella. Se sentó con las piernas cruzadas, los codos en los descansabrazos y las manos juntas en forma de capilla. "Lidiar contigo y tu desastre tendrá que esperar. Tu estupidez ha creado una ventana estrecha, y el plan debe ejecutarse antes de lo previsto. ¿Lo entiendes?"

Ella asintió.

El hombre la estudió. "¿El otro cuerpo que la policía encontró?" —"No maté a nadie."

"Lo sé, idiota. Los reportes noticiosos indicaban que el cuerpo tenía décadas de antigüedad."

Mientras Maggie recuperaba su mochila oculta y trataba de huir del parque antes de que llegara la policía, se dio cuenta de su error — elegir el Parque Fort Tryon había sido un paso en falso peligroso.

"¿Dónde descubriste ese cuerpo?" preguntó el hombre. "Los huesos estaban ahí, en el bosque."

"¿Cuándo descubriste los huesos?"

"Cuando moví a Ellie." Ella mintió.

El hombre inclinó la cabeza. "¿Tengo curiosidad por saber qué te hizo elegir el Parque Fort Tryon para enterrar a esa chica, para enterrar a esa chica —el cuerpo de Barnes?"

La pregunta definitiva. "Pensé que si visitaba la tumba, me ayudaría a recordar." Ella creía que él caería en su mentira.

El hombre permaneció en silencio. Él la observó fijamente por un largo momento. Finalmente, se inclinó hacia adelante, apoyando los codos sobre las rodillas y entrelazó las manos. "Maggie, querida," dijo, "¿acaso no siempre he tratado a Christopher, Nathan y a ti como a mis hijos? ¿No he actuado como un padre, abriendo mi hogar, proveyendo para ustedes y manteniéndolos a salvo?"

Maggie, con la cabeza baja y la mirada fija en el piso de madera, asintió.

El hombre se recostó en la silla y exhaló una profunda bocanada de aire. "Tus acciones recientes me han hecho darme cuenta de que me has estado engañando todo este tiempo."

"Lo juro, no puedo recordar," dijo ella. El día nunca llegaría para decirlela verdad.

El hombre se levantó y se paró frente a ella. Inclinado a la altura de la cintura, tomó sumano dura por la cara y dijo: "Recuerdas, perra mentirosa." Él apretó con más fuerza su mandíbula. "Me lo vas a decir."

Al soltarla, ella inhaló una bocanada rápida y serena, negándose a permitir que él viera su angustia abrumadora. En medio de su sufrimiento, ella sonrió para sí —divertida por la desesperación de él de escuchar las palabras que ella jamás revelaría.

Un teléfono sonó desde el bolsillo del pantalón del hombre. Él lo sacó y observó la pantalla. "Maldita sea." De espaldas a ella, tomó la llamada y habló con voz calma y profesional, como si la última hora jamás hubiera ocurrido. Terminó la llamada y guardó su teléfono. Tomó su saco de traje y dijo: "Debo limpiarme y salir, pero volveré pronto. Tenemos trabajo que hacer cuando regrese." Sacó una pequeña bolsa azul del bolsillo de su saco y se la arrojó. "No la mereces," dijo, saliendo de la habitación. "Pero ¿qué demonios se supone que debo hacer con esto?"

La puerta del baño se cerró; ella entonces tomó el lápiz labial del sofá, inspeccionando la etiqueta en la tapa: Rojo Manzana Dulce. Con la tapa retirada, giró el lápiz labial y lo aplicó sobre sus labios agrietados e hinchados, sonriendo mientras la vida de aquel despreciable hombre se acercaba a su fin.

CAPÍTULO 23

El hombre, vestido con pantalones Armani color beige y una camisa Burberry lavanda, con su cabello oscuro, teñido y perfectamente peinado, salió del edificio del apartamento sin mostrar señal alguna de los eventos que habían ocurrido. Él cerró de golpe la puerta trasera de un GMC negro de Uber que esperaba detrás de él. El movimiento brusco del vehículo disgustó al conductor, quien giró la cabeza, pero el hombre, indiferente, simplemente le devolvió la mirada. Con la mandíbula apretada, el conductor puso el auto en marcha y se incorporó lentamente al tráfico en la Quinta Avenida.

El hombre contempló a través de la ventana polarizada el desolado y empapado Central Park que transcurría ante él, masajeándose las manos doloridas tras el asalto a Maggie, mientras meditaba sobre su complicada situación. Sabía que la especulación en los informes noticiosos sobre un asesino en serie intensificaría la investigación policial, dejándole poco tiempo. Esa perra de mente obtusa, Maggie. No había planeado ejecutar su plan hasta dentro de dos semanas. Había organizado todo para su escapada europea: pasajes aéreos, alojamiento y permiso en su prestigioso y exigente trabajo. Al ver la noticia en el Parque Fort Tryon, reaccionó de inmediato, adelantando su viaje, aunque obtener un permiso tan repentino de su exigente empleo resultó ser lo más difícil. Él se encargaría del asunto hoy mismo. No permitiría que la estupidez de Maggie arruinara todo. Había esperado y preparado durante demasiado tiempo. El secuestro de Belle McBain, hace dos años, destacado en las noticias, encendió su furia y puso su plan en marcha. Alguien tenía que pagar. Belle McBain también era culpable, tanto como el agresor. Ella enfrentaba el mismo sufrimiento prolongado que él había conocido. La alegría de que ella hubiera sobrevivido al secuestro solo servía para actuar según su deseo de sumirla en una desesperación inimaginable. Aunque se enorgullecía de su trabajo, desafortunadamente esto retrasó su oportunidad de terminar lo que había comenzado. A pesar de su satisfacción laboral, la constante presión de estar entre los mejores significaba menos tiempo para su vida personal.

Maggie y el grupo no significaban nada para él. Nunca lo habían hecho. Mantuvo una falsa fachada, participando en su mundo con promesas vacías para mantener el control en su beneficio personal. Su intención original era obtener información específica, pero a pesar de sus esfuerzos, se negaron sistemáticamente a recordarla durante años. Creyó en Maggie y en el grupo al principio, pero una conversación entre Christopher y Nathan demostró su deshonestidad. Las mentiras lo enfurecieron. Christopher, el eslabón más débil, era a quien pensaba manipular para hacerle confesar. Pero él permaneció en silencio. Incluso golpear a Christopher fue inútil, pues Maggie, la más fuerte y líder del grupo, soportó el castigo por él. Planeó su desaparición; sin embargo, la aparición de McBain en la televisión inspiró un nuevo plan que requería su asistencia.

Aunque las acciones de Maggie complicaron las cosas, su decisión de trasladar el cuerpo de Barnes al Parque Fort Tryon confirmó que sabía más de lo que decía. Él mató a la chica por ellos. ¿De verdad creían que no descubriría a la chica y su interferencia? Christopher cometió un error al aceptar ir a la clínica. Él le indicó a Maggie que condujera a Barnes a un lugar apartado en el norte del estado de Nueva York; él ya estaba allí, esperándolos. En el instante en que Barnes salió del vehículo, él se acercó, y mientras Maggie sujetaba a la chica, le inyectó una aguja en el abdomen.

Su plan, igual que con Barnes, sería rápido y sin esfuerzo. No podía permitirse preocuparse ni temer que el gravísimo error de Maggie pusiera todo en riesgo. A pesar del apretado cronograma, todo seguiría según lo planeado. Tenía que ser así.

El vehículo giró a la derecha en Park Avenue, a unas cuantas cuadras de su oficina. Se tomó un momento para centrarse; su mente escapaba en pensamientos hacia su único amor verdadero. Sus labios se curvaron en una sonrisa al contemplar su hermoso rostro. Tú debías ser mío, amor mío. Esto lo hago por ti.

CAPÍTULO 24

Ross, agotado tras una noche sin dormir, inició el día siguiente, dispuesto a enfrentar lo que viniera. Él y Mueller se quedaron hasta tarde en la oficina. Después de dejar un mensaje para Melissa Cartwright, revisó todo el material, anotando cualquier nueva observación, mientras Mueller se concentraba en revisar las grabaciones de las cámaras del apartamento de Barnes. Aunque dejó a Mueller en la sala de guerra después de la medianoche, no pudo dormir al llegar a casa. Su ansia por el día siguiente era un estimulante poderoso. Se comunicó con Mueller y descubrió que las grabaciones de las cámaras no aportaban información útil. Durante la noche, se quedó dormido en el sofá y lo despertó un mensaje de la teniente Winter que vibraba que traía la noticia. Los investigadores excavarían las escenas del crimen esa mañana.

A las ocho en punto, Ross y Mueller llegaron al OCME para reunirse con el Dr. Logan, antropólogo forense de la Universidad de Columbia que colaboraba con la ciudad. Aunque Ross nunca había conocido al doctor, escuchaba cosas sorprendentes sobre él. Consultó su reloj. Habían transcurrido veinte minutos desde la hora acordada. En el vestíbulo, caminaba inquieto de un lado a otro, impaciente por el avance del día. Sintió el teléfono sonar dentro del bolsillo de su abrigo de cuero.

—Detective Ross —respondió.

—Soy Sheila Foster, devolviendo su llamada.

La llamada animó el ánimo de Ross. —Agradezco su llamada, señora Foster.

—Su mensaje mencionaba preguntas sobre Ellie —dijo Foster.

Detectó tristeza en su tono. —Así es. Mi compañero y yo quisiéramos visitarle y hablar con usted hoy —dijo, mirando a Mueller con el pulgar levantado.

Después de que Ross obtuvo la dirección de Foster y terminó la llamada, un recepcionista, detrás de una mampara de vidrio, les hizo un gesto hacia la puerta y les abrió con el timbre. —El cuarto piso, sala B —dijo. —Gire a la izquierda; es la tercera puerta a la derecha.

Mientras las puertas del ascensor se deslizaban abiertas en el cuarto piso, el mismo hedor inconfundible a químicos y descomposición llenaba el aire. Avanzaron por el pasillo y entraron en la habitación B mediante sus puertas dobles. Un hombre, vestido con uniforme negro y un gorro oscuro, lucía un gran tatuaje de tela de araña negra en el lado izquierdo del cuello. El Dr. Logan, un hombre entrado en sus cincuenta con una coleta gris y barba desaliñada, no le pareció a Ross, de entrada, uno de los mejores antropólogos forenses de la Costa Este; parecía más bien un exconvicto endurecido.

—Disculpa la demora —dijo el doctor sin preámbulos. —La excavación tuvo un inicio frenético esta mañana.

—¿Cuerpos? —preguntó Ross, esperando una respuesta negativa.

—No, nada por el estilo —respondió el doctor. —El reto radica en maximizar la búsqueda en la zona antes de la próxima lluvia. No sabemos cuándo será la próxima oportunidad.

Tras las presentaciones correspondientes, el doctor dijo: —Me llaman Dr. Araña —o "Hombre Araña"— a mis espaldas.

Mueller señaló el cuello del doctor. "Te deben fascinar las arañas."

"Es mi nombre de nacimiento," dijo el Dr. Spider. "El tatuaje es un tema de conversación." "Ah, disculpa," dijo Mueller, apenado.

El Dr. Spider lo desestimó con un gesto. "No te preocupes. Estoy acostumbrado. Mis padres son de la generación de los '60s." ¿Necesito decir más?" Tocó su cuello. "Esta tinta es un recuerdo de mis días locos en la universidad. De nuevo, ¿necesito decir más?"

Ross conocía personas llamadas Sunshine, Cloud, Liberty, Moon y America — hijos de la generación del 'haz el amor, no la guerra'. Los nombres inspirados en la naturaleza eran comunes entre la multitud rebelde de los '60s, pero Spider aún no encajaba del todo.

Dr. Spider condujo a Ross y Mueller hasta la mesa de autopsias en el centro de la sala. Sobre la superficie de acero inoxidable yacían los huesos exhumados. "Un esqueleto casi completo es una ventaja para nosotros," dijo el Dr. Spider.

Un escalofrío recorrió a Ross mientras sus ojos recorrían toda la mesa. Se preguntaba cómo habría sido la vida de aquella persona. ¿Qué podría haber sido para ella? Aunque Ross había visto restos antes, nunca había visto un esqueleto tan cerca de estar completo. Veía a una persona viva dentro del esqueleto.

"Los huesos revelan la vida y la muerte de una persona," afirmó el Dr. Spider. "Comenzaré la fase preliminar describiendo las características." Señaló con un dedo cubierto por un guante de látex al cráneo. "Este cráneo es grande y robusto, carece de crestas y bordes prominentes. Esto de aquí, la rama posterior de la mandíbula, tiene una ligera curvatura en los hombres y es recto en las mujeres. Como puede notar, esta mandíbula es recta."

"Víctima femenina," dijo Ross. "Lo dedujimos por el vestido encontrado con ella."

"Si la muerte de la víctima ocurrió en los últimos diez años, nunca se puede estar completamente seguro de su género," comentó el Dr. Spider, con una ceja alzada.

Ross asentó con la cabeza ante el comentario del doctor. La comunidad transgénero era cada vez más visible.

"Además," dijo el Dr. Spider, "este hueso aquí determina el sexo. La pelvis femenina es más ancha que la masculina por la razón obvia del parto. La amplia escotadura ciática indica además un esqueleto femenino."

"Entendido," dijo Ross.

"Ahora bien, estoy seguro de que ustedes, detectives, tienen una vasta experiencia con restos óseos y que lo que digo seguramente ya lo han escuchado; no pretendo insultar su inteligencia."

"No nos sentimos ofendidos," dijo Mueller.

El Dr. Spider sonrió. "Los criterios que se usan para estimar la edad al momento de la muerte dependen de si el individuo es infante, subadulto o adulto. Sabemos de inmediato que estamos tratando con los dos últimos. En la adultez avanzada, los cambios en la sínfisis púbica—" señaló un hueso, "—se emplean como indicador de la edad al momento de la muerte. En los adultos mayores, se observan cambios degenerativos en la columna vertebral y las articulaciones asociados al proceso de envejecimiento. Estos huesos no presentan ninguno de los cambios relacionados con la edad que acabo de describir. Para acotar aún más la edad al momento de la muerte, se realiza un examen de huesos largos, como el fémur y la tibia de la pierna. Para permitir el crecimiento, los extremos y las diáfisis de estos huesos están separados por placas de cartílago—epífisis. Las placas de cartílago desaparecen, y las extremidades de los distintos huesos largos se fusionan a edades diferentes. Procesos similares ocurren en otros huesos, como la clavícula y la pelvis. El grado de fusión del primer y segundo cuerpo sacro, así como de la epífisis medial de la clavícula—

" El Dr. Spider señaló los huesos específicos—, "estima una edad al momento de la muerte entre veinte y veinticinco años."

Demasiado joven, pensó Ross, otra vida que se pierde. Él tomó su bloc de notas y bolígrafo y anotó los hallazgos.

—¿Preguntas hasta ahora? —preguntó el Dr. Spider, desviando la mirada de Ross hacia Mueller. Ross y Mueller se intercambiaron una mirada de satisfacción.

—Estamos bien —respondió Ross.

—Muy bien entonces —dijo el Dr. Spider. —Para determinar la ascendencia, examiné la morfología, es decir, la forma del cráneo, y tomé mediciones de la bóveda craneal —la cavidad— y de la región facial, como la forma de la zona nasal, la forma de las órbitas, el grado de protusión y el contorno de la línea mandibular, además de ciertas características dentales, por mencionar algunas. La bóveda craneal, compuesta principalmente por huesos planos, es el espacio craneal aquí —" delineó el cráneo con un dedo — "que encierra y protege el cerebro, junto con la base del cráneo, el condrocráneo. Al comparar estos resultados craneales y faciales con datos de poblaciones a nivel mundial, puedo evaluar la relación del individuo con un grupo global.

—¿Cuál es ese grupo? —preguntó Mueller. —La víctima es una mujer negra.

Ross sintió vibrar el teléfono celular en el bolsillo de su chaqueta. Una expresión de preocupación surcó su rostro al leer el mensaje de Joanie Mitchell.

Mueller, al notar su semblante sombrío, preguntó: "¿Hay algún problema?"

Señaló hacia el techo con el pulgar. "Lo habrá," dijo y envió una respuesta rápida. Observó, al guardar el teléfono en el bolsillo, la expresión confundida en el rostro del doctor. "Llegamos tarde al sexto piso."

"Vaya," dijo el Dr. Spider, fingiendo una expresión seria. "La Dra. Mitchell es bastante estricta con la puntualidad."

"Eso es quedarse corto," murmuró Mueller.

Una suave risa escapó del Dr. Spider. "Será mejor que me apure, entonces. El tiempo transcurrido desde la muerte puede ser más difícil de determinar. Para comprender el contexto y las condiciones que alteran los restos humanos, es necesario analizar todos los procesos biológicos y no biológicos. Los resultados brindan información sobre la descomposición, esqueletización y los cambios deposicionales de los restos. Como mencioné, este es un informe preliminar. Los resultados de laboratorio aún están pendientes y ayudarán a determinar si el cuerpo fue movido o asesinado en el lugar. Sin embargo, ya existe una discrepancia en los hallazgos. Los huesos muestran signos evidentes de intemperismo: superficies abrasadas, grietas y desprendimientos, lo que indica años de exposición a los elementos. Hay evidencia de roeduras por roedores en los huesos, y las extremidades faltantes sugieren depredación por carnívoros. La cantidad de abrasión estima que el cuerpo ha estado expuesto por más de veinte años. Utilizamos el proceso tafonómico que acabo de explicar para estimar el tiempo del entierro. El examen estima que el entierro ocurrió hace diez a doce años."

El rostro de Mueller se contorsionó en una expresión. ¿El asesino regresa para envolver sus huesos en una manta y luego enterrarlos?" Él negó con la cabeza. "Se está volviendo cada vez más extraño."

"Causa de muerte," dijo Ross.

Dr. Spider, señalando el hueso, dijo: "Fractura del hueso hioides." "Estrangulamiento," añadió Mueller.

El doctor Spider asintió. "No hay indicios de lesiones o traumas adicionales. La mujer presentaba un estado saludable antes de morir. A nuestro favor, los dientes presentaban trabajos dentales. Y hay una descomposición antemortem mínima o nula, lo cual es un indicador valioso de que ella tenía chequeos dentales rutinarios, situándola en una clase social alta. Extraje ADN de los huesos y dientes desmineralizados."

Ross, con creciente inquietud, meditaba sobre los tres casos. El uso de estrangulamiento, sobredosis de insulina y luego estrangulamiento no demostraba un patrón coherente. Miró a Mueller. "¿Estás poniendo en duda que estén relacionados?"

Mueller suspiró. "¿Que el asesinato de esta víctima esté relacionado con Barnes y McBain?" "Sí."

—Eso es todo por ahora —dijo el Dr. Spider, quitándose los guantes de látex. —Te llamaré cuando reciba los resultados de laboratorio. Ahora, ustedes dos tienen una cita en el sexto piso.

CAPÍTULO 25

Los detectives entraron apresuradamente al laboratorio forense, encontrando a la Dra. Joanie Mitchell, la criminóloga jefe y directora del laboratorio, en su escritorio, tecleando. Con treinta minutos de retraso, Ross tomó una profunda bocanada de aire, preparándose para el embate.

—¿No saben ustedes, muchachos, leer la hora? —dijo Mitchell con brusquedad, con la mirada fija en la pantalla de su computadora mientras ellos se acercaban.

Ross percibió que su posición privilegiada ante la doctora se había convertido en una fuente de sufrimiento. —Nos retrasaron en el piso de abajo.

Mitchell desvió la vista de su pantalla hacia Ross. Un leve brillo reemplazó el descontento en sus serios ojos. Mitchell, que tenía sesenta y tantos años, proyectaba una imagen severa, pero en el fondo era una mujer tierna. Su fuerte exterior ocultaba una naturaleza cálida y afectuosa que le recordaba a Ross a su maestro favorito de la escuela primaria. Ross observó la admiración del viudo por el médico británico y la expresión relajada de Mitchell, concluyendo que su tardanza se debía al Dr. Shelby; Él usaría esto a su favor. No mencionaría al antropólogo como motivo del retraso, deseando mantenerse en su favor para futuros casos.

Mitchell consultó su reloj. "Tengo una reunión del cuerpo docente pronto; a diferencia de ustedes dos, planeo llegar a tiempo, así que procedamos. Síganme." Mitchell medía un metro sesenta y cinco, tenía complexión robusta y piel pálida. Llevaba un uniforme quirúrgico azul, cubierto por una bata blanca apenas ajustada.

Ella los guió a través del bullicioso laboratorio hasta una gran sala climatizada donde ropa y evidencias materiales estaban desplegadas sobre mesas de acero inoxidable.

"¿Qué usaremos hoy, Kurt?" preguntó Mitchell por encima del hombro mientras los escoltaba hacia el extremo opuesto de la sala.

Mueller miró a Ross y le guiñó un ojo, anticipando la respuesta de Mitchell a su contestación. Ross le mostró el dedo. "El atuendo completo es Ralph Lauren," dijo Mueller a la espalda de Mitchell. Una chaqueta negra tipo racer, chinos gris oscuro y un suéter de algodón marfil con cuello redondo componían su conjunto.

"¿Y el calzado?" preguntó Mitchell.

"También, RL," dijo Mueller, con sus Oxford Asher Wingtip negros.

Mitchell miró a Ross, advirtiendo su atuendo: Levi's negros, un suéter a juego y una chaqueta de cuero. "Veo que sigues negándote a aceptar consejos de moda de tu compañero."

La risa contenida de Mueller, cubriéndose la boca con la mano, le valió un golpe en el brazo de Ross.

Mitchell los hizo reunir alrededor de una mesa que exhibía objetos de la escena del crimen en fundas plásticas individuales. "Voy a empezar con el delito más reciente y avanzar hacia atrás," dijo Mitchell. Ella señaló los objetos sobre la mesa. "Los forenses no encontraron huellas útiles en el teléfono ni en el bolso de la víctima, salvo las propias de ella. Sin embargo, hallé múltiples mechones de cabello en la ropa de la víctima; la mayoría eran de la víctima, pero dos de la bufanda no coincidían. Todavía estamos analizando para determinar si hay un folículo capilar presente. Si las raíces están adheridas, obtendremos ADN."

Ross y Mueller asintieron juntos.

Mitchell señaló el siguiente grupo de objetos. "Estos pertenecen a la víctima, Ellie Barnes." En las fundas plásticas transparentes estaban las prendas de Barnes: jeans, una camisa blanca de manga larga, un polar rojo intenso, ropa interior rosa, calcetas y botines color beige. "La parte frontal y las mangas de la camisa mostraban rastros de silicona y látex. Las sustancias que encontré coincidían con las contenidas en los envases del banco de trabajo de la víctima, en el apartamento."

"Barnes orientó sus estudios hacia convertirse en artista de maquillaje de efectos especiales," Mueller dijo.

"Ella podría haber participado en un proyecto antes de morir," dijo Mitchell.

La inspección del apartamento de Ross evocó un recuerdo del banco de trabajo de Barnes. El área limpia no mostraba indicios del proyecto reciente de Barnes. ¿O acaso el apartamento fue limpiado por el asesino tras la muerte de Barnes? Ross aún consideraba improbable ese método. La invisible extracción de un cuerpo de un edificio de apartamentos parecía más un recurso cinematográfico que algo basado en la realidad. Sin embargo, sin una explicación teórica, la limpieza de su apartamento permanecía sin justificación, y Ross no pensaba si Barnes, en su estado, podría haberlo limpiado. "Quizás llevaba la ropa que había usado anteriormente."

"Por supuesto," dijo Mitchell. "La lavadora disolvería la silicona y el látex del tejido." Puso su mano sobre una bolsa de exhibición más grande que contenía el edredón utilizado en la cama de Barnes y en su entierro. "Aquí es donde esto se torna interesante. Este edredón no es manufacturado. Su patrón consta de seis filas de 8 x 8 cuadros cada una. La secuencia comienza en la esquina superior derecha con un cuadro rosa que dice esperanza, seguido por azul alegría, amarillo bendecido, verde claro inspiración, rojo coraje y púrpura creer. La fila siguiente alterna, comenzando con alegría y terminando con esperanza, y continúa de esta manera. Luego, la secuencia de filas vuelve a comenzar desde el principio, con esperanza. El edredón parece sentimental.

"Algo que haría una madre o una abuela," dijo Mueller.

"Estoy de acuerdo," dijo Mitchell. "El ADN encontrado pertenece a la víctima. Las muestras de suelo del exterior del edredón coinciden con el suelo circundante donde fue enterrado; sin embargo, el suelo dentro del edredón muestra trazas distintas y diferentes."

Ross tragó el nudo en la garganta. —Enterrado dos veces —dijo con incredulidad.

"Así parece," dijo Mitchell. "Localicé la ubicación del suelo que no coincide. Está en una zona rural del norte del estado de Nueva York. Sin embargo, ese tipo de suelo está presente en la mayoría de esos condados. También incrustados en la tela del edredón, bajo la víctima, había algunas astillas y virutas de madera de pino bastante recientes.

"El asesino debió haber construido algún tipo de caja mortal y colocarla dentro primero," teorizó Ross.

"Es una suposición adecuada." Las partículas de madera se adherían a su camisa mientras movía el cuerpo, trasladándose después al edredón. La ausencia de tierra rural en el edredón sugiere que no cubrieron a la víctima de inmediato."

Ross tomó un momento para reflexionar. "El asesino sabía lo importante que era el edredón para Barnes y la habría enterrado con él si lo hubiera tenido durante el asesinato. Regresó al apartamento de Barnes para recogerlo."

"El asesino la conocía bien," dijo Mueller.

Por un momento, Ross guardó silencio, intuyendo familiaridad con la lógica del asesino para mover el cuerpo de Barnes. "Tenía que estar cerca de ella."

"Esto hace más conveniente visitarla," dijo Mueller. "Los cambios en su plan inicial le dificultaron visitarla."

"¿Y qué hay de la manta con los restos óseos?" preguntó Ross a Mitchell.

Mitchell negó con la cabeza lentamente. "No hay partículas de madera de pino," dijo, desgarrando su esperanza. "La tierra de la escena del crimen y la tierra de la manta coinciden. La manta aún conservaba su etiqueta de fabricación. Con ayuda de una lupa, pude identificar al fabricante como Colbert. Target y Walmart están entre las cadenas nacionales que comercializan productos de esta corporación. Colbert empezó a vender la manta en marzo de 2010, pero la dejó de fabricar en 2012."

Ross anotó las fechas en su bloc de notas, con una creciente inquietud al notar la ausencia de residuos de Pinewood en la manta hallada junto a los restos. Esto sugería dos métodos de operación distintos, reforzando su sospecha de dos asesinatos no relacionados. Su sospecha persistía, aunque los medallones la contradecían. Después de dos días invertidos en los casos, algunas pistas eran útiles, pero otras resultaban confusas, frustrando su progreso.

Mitchell condujo a Ross y Mueller por el laboratorio central hasta una sala de vidrio, donde una cerradura de combinación aseguraba la puerta que ella abrió. Dos filas de escritorios ocupados llenaban el laboratorio de documentos.

En cada espacio había una caja de luz horizontal y una lupa montada en un pivote. Mitchell sacó una bolsa plástica de evidencia del último escritorio en la fila del frente. Abrió la cremallera, revelando dos portaobjetos plásticos con los medallones. Sostenía uno en cada mano, inspeccionándolos con una lupa. "Este medallón estaba dentro de un bolsillo del vestido en los restos óseos," dijo, con la mano derecha levantada. "No había huellas dactilares, solo suciedad consistente con el sitio del hallazgo. El medallón tiene un tamaño estándar de 33 mm. Similar en tamaño a una ficha de póker. Es una aleación metálica blanca, delgada y liviana, que muestra señales de desgaste como mordeduras, rayaduras, corrosión y picaduras por haber estado enterrado." Levantó la mano izquierda. "Esto es de nuestra víctima más reciente. De nuevo, no hay huellas con tierra coherente con el lugar del hallazgo."

"Similar a la colocación del edredón," dijo Ross. "El asesino colocó el medallón con Barnes durante su segundo entierro."

Mitchell inclinó la cabeza. "Observe las variaciones en tamaño y material; bronce y 2 mm más grande, lo que le da peso. El corto tiempo que el material estuvo bajo tierra resultó en una corrosión mínima y condiciones mejores de lo esperado. La antigüedad del medallón es desconocida: podría haber sido una compra reciente antes del entierro o algo guardado durante mucho tiempo en un cajón por alguien que lo valoraba. Sin embargo, los medallones comparten una similitud. Cada uno tiene una marca grabada.

Las imágenes, aunque variadas, representan un sujeto uniforme."

Mitchell colocó el medallón junto con el otro bajo la lupa, dando a los detectives la oportunidad de examinarlos. Luego volteó ambas monedas. "Hay un mensaje grabado en el reverso."

Los ojos de Ross se desplazaban de medallón en medallón, estudiando las inscripciones. Los textos diferían, pero ambos compartían un tema bíblico común. Él volteó las monedas para examinar las imágenes. La corrosión de la moneda antigua difuminaba la imagen; sin embargo, Ross pudo distinguir una escena que mostraba a tres hombres observando a un hombre levantarse del suelo. La imagen representada en el medallón que sostenía Barnes era más sencilla de reconocer. Un hombre momificado permanecía erguido en un ataúd abierto, rodeado por una multitud. Para leer la inscripción que detallaba el diámetro del medallón, Ross inclinó la cabeza. "La resurrección de Lázaro por Cristo", dijo.

Una expresión de curiosidad cruzó el rostro de Mitchell al dirigirse a los detectives. "¿Conocen ustedes las Escrituras?"

Un encogimiento de hombros vacilante de Ross y una mirada a Mueller, quien respondió con una sonrisa tonta y movimientos de cabeza. Criado como católico y ex monaguillo, Mueller asistía fielmente a misa dominical con su madre.

"Capítulo 11 del Evangelio de Juan," dijo Mueller, ganándose la aprobación del criminólogo.

"Además de apuesto, es un estudioso." Ella miró a Ross. "Aquí tienes tu lección para hoy." Lázaro, hermano de María y Marta, provenía de un pequeño pueblo llamado Betania. Lamentablemente, una enfermedad repentina atacó a Lázaro. María y Marta se angustiaron. Su pacífico hogar se tornó en tristeza. La única esperanza de las hermanas residía en el poder sanador de su amado amigo, Jesús. Con un atisbo de esperanza, María y Marta enviaron un mensaje a Jesús. Cuando Jesús recibió la noticia, no se apresuró al lado de su amigo moribundo. Cuatro días después de su muerte y entierro, Jesús visitó a Lázaro y lo resucitó, señal del poder de Cristo y su señorío sobre la muerte, dándonos una esperanza confiable de vida más allá de la tumba."

"Mientras que el evangelio de la Resurrección de Lázaro muestra el poder de Jesús sobre la muerte física," dijo Mueller, "también señala el poder de Jesús sobre la muerte espiritual." Muchos consideraron la Resurrección de Lázaro como un símbolo del sacramento de la Penitencia. Así como las vendas funerarias ataban a Lázaro, los pecados atan a los seres humanos. Jesús instruyó a la gente para que desataran las vendas funerarias de Lázaro cuando salió del sepulcro. A través de sus sacerdotes, el Señor libera a los pecadores de la cadena del pecado, permitiéndonos experimentar una nueva vida y un segundo Bautismo mediante este sacramento de la misericordia divina."

Mitchell le dirigió una sonrisa a Mueller. "¿Escuelas católicas?"

"Academia John Ireland de kínder a octavo grado, y Escuela Loyola de noveno a duodécimo," respondió Mueller.

"¿Y tú?"

"Santa Anne's en Long Island directo," dijo Mitchell. "La ciudad demolió la

escuela hace años para dar paso a bienes raíces comerciales."

La escasa fe y conocimiento bíblico de Ross lo dejaron avergonzado en su presencia. Él reprimió sus emociones y desvió su atención. "Creemos que el asesino enterró a las víctimas utilizando ritos funerarios medievales." Él describió el verso del Salmo del Libro de horas en Las Bellas Horas.

"No conozco las Bellas Horas," dijo Mitchell. "Sin embargo, estoy familiarizado con el texto de la Oficina de los Muertos." Por lo que explicaste, parece que el asesino es un creyente y, aunque suene retorcido, siente remordimiento. Las razones detrás de los funerales, como sabemos, son llorar a los muertos, celebrar sus vidas y consolar a los afligidos. Los funerales, especialmente aquellos con componentes religiosos, buscan asistir al alma del difunto en su transición al más allá, la resurrección o la reencarnación. El acto del asesino de proporcionar una misa de entierro adecuada para sus víctimas sugiere remordimiento y un deseo por la salvación de sus almas. El asesino pudo haber usado los medallones para representar su fe en la resurrección divina de sus víctimas. El edredón y la manta descubiertos con los fallecidos pueden simbolizar las vestiduras funerarias de Lázaro. Al levantar a las víctimas, el Señor las liberará de las ataduras del pecado, simbolizando el Sacramento de la Penitencia."

Ross observó los medallones, repasando en su mente las palabras de Mitchell. ¿Murieron las víctimas como castigo por sus pecados? ¿Creía el asesino que Dios los resucitaría, puros y sin pecado? ¿Mata para darle a sus víctimas una segunda oportunidad de vivir? Aunque Ross encontró la idea inquietante, ya había enfrentado situaciones mucho más extrañas. Sabía que el motivo del asesinato solo necesitaba ser lógico para el asesino, no para él.

"¿Sabes dónde están los medallones?" preguntó Ross.

"Un experto en numismática del departamento de arqueología de la Universidad de Columbia los evaluó para mí. Estos medallones no son caros ni valiosos. Los precios oscilan entre diez y cien dólares, dependiendo del vendedor. Sitios fraudulentos como Craigslist o eBay podrían sobrecobrar, mientras que una tienda de recuerdos los vendería a precio de ganga."

"¿Cien dólares?" dijo Ross. "¿Crees que eso es barato?" "Le tengo lástima a tu novia," dijo Mitchell.

—No lo estés —murmuró Mueller.

Él desestimó el comentario de su compañero y dijo: "Los medallones son imposibles de rastrear y podrían haber procedido de cualquier lugar."

Mitchell asintió. —Locales de Tombuctú —dijo ella. —Tiendas en línea, boutiques de regalos únicos, retiros espirituales, eventos religiosos o quizá... —Su voz se apagó.

Una mirada se cruzó entre Ross y Mueller cuando la insinuación de Mitchell encajó. —Museos —dijeron los detectives al unísono.

—Por un segundo, ustedes dos me dieron un buen susto —Mitchell les hizo un gesto con el dedo. —Mantengan bien esos buenos rostros. Podría resultar útil si su trabajo policial falla."

Ross sonrió y dijo: "Revisaremos la tienda de regalos de los Claustros."

Mitchell recogió la última funda plástica del mostrador y se la entregó a Ross. "Las únicas huellas encontradas pertenecen a la víctima." Empujó un archivador abierto en una página que tenía un bolígrafo encima hacia él. Ross firmó el registro de evidencias y luego examinó el diario de Barnes, ansioso por leerlo.

"Leí superficialmente parte de ello," dijo Mitchell, tocando su tableta digital de notas. "Un aura de misterio y depresión impregna las entradas sobre Christopher." Luego leyó desde su dispositivo. "El apartamento de la víctima reveló huellas dactilares que identifican a Sheila Foster."

"¿Foster está registrada en el sistema?" preguntó Ross.

"Los cargos son por conducta ebria y desordenada."

"Ella era la compañera de apartamento de la víctima," dijo Mueller. "Se mudó hace aproximadamente un año." "Pero estuvo ahí recientemente. Un solo vaso en el lavavajillas mostraba sus huellas dactilares."

Tenía sentido, pensó Ross, recordando la declaración del superintendente de 44 Waldon, que Foster había estado en el edificio recientemente.

Mitchell deslizó hacia otra pantalla en su tableta de notas. "La cruz blanca no mostró rastro alguno. Si existiera evidencia, la lluvia la habría borrado. La cruz es artesanal. Dos piezas de madera de pino 2x4, unidas con clavos. La madera está vieja y desgastada. Expuesto a los elementos durante años, ahora está deformado, seco y astillado. La pintura blanca de la cruz, marchita y agrietada, no era nada fuera de lo común. Es pintura blanca común para exteriores; se puede encontrar en cualquier tienda de pinturas o ferretería.

Ross percibió que la cruz tenía un significado para alguien, pero su conexión con los casos seguía siendo incierta.

—Eso es todo por ahora —dijo Mitchell. —Te llamaré cuando tenga más —dijo. Consultó su reloj de pulsera. —Es hora de que me vaya. —De su bata de laboratorio sacó un bolígrafo y un papel, desplegándolo. Con su tableta como superficie, revisó su escrito. Le entregó el papel a Ross y se dirigió hacia la puerta.

Ross leyó la orden de almuerzo revisada de Mitchell: el hoagie de pavo y rosbif había sido reemplazado por dos platos principales de Russo's, el restaurante italiano familiar que él adoraba pero en el que rara vez se permitía un lujo. Un pequeño restaurante familiar en la Calle 76 Este era una joya oculta entre los locales por su excelente comida italiana en la ciudad. A Ross le encantaba el increíble Osso Buco de Russo, pero era demasiado caro para que comiera allí con frecuencia, aunque era de lo mejor que había probado en su vida.

"Es un pedido grande para el almuerzo," dijo Ross, levantando el papel.

"Me estás comprando el almuerzo y la cena, detective," dijo Mitchell, abriendo la puerta. "Te enseñaré a ser puntual la próxima vez."

CAPÍTULO 26

Frente al ascensor del laboratorio forense, Ross dijo: "Vamos a asegurarnos de que tengo esto claro. El verso medieval del entierro y la recreación ilustran la creencia de que el alma del difunto estará con Dios en el cielo. Y los medallones de La Resurrección de Lázaro representan la creencia en el poder de Dios para resucitar a los muertos."

Con un encogimiento de hombros, Mueller asintió. "En resumen, sí." "Presentan dos creencias diferentes."

Mueller hizo otro encogimiento de hombros. "Tal vez la creencia del asesino cambie con el tiempo. Quizás eso explique por qué él trasladó a Barnes al sitio del entierro y más cerca de él para envolverla y colocar el medallón.

Ross no estaba convencido. "Si una persona quería estar cerca de las víctimas, ¿por qué arriesgarse a trasladar a Barnes a un parque de la ciudad donde el descubrimiento sería más probable? Los huesos serían más fáciles de mover."

"Considerando la ubicación de Las Bellas Horas, tal vez The Met Cloisters o el Parque Fort Tryon sean significativos para el asesino."

""Eso es lo que me pregunto", dijo Ross, con el corazón acelerado ante la nueva pista. Sus ojos escudriñaron el monitor digital del ascensor sobre las puertas de metal.

Parecía como si la caja se detuviera en cada piso antes de llegar al cuarto. Dos mujeres con batas blancas de laboratorio pasaron cerca. Para Ross, parecían recién graduadas universitarias con ojos brillantes y ansiosos — en contraste con los veteranos experimentados del OCME, cuyos ojos permanecían imperturbables tras años de presenciar las atrocidades de la humanidad. Ross pensó que sus sonrisas dirigidas a los detectives contenían un significado más profundo que una simple amabilidad mientras ellos caminaban.

Mientras se dirigían a la entrada principal en el primer piso, Mueller dijo con un filo en la voz: "¿Te puso un maldito dispositivo de rastreo?"

Los ojos de Ross siguieron la intensa mirada de Mueller hacia las puertas de cristal del vestíbulo del OCME. Aunque la lluvia había cesado, la desolación matutina y una ligera neblina presagiaban un aguacero inminente que pronto volvería a empapar la ciudad. Su mente corría hacia la excavación; la ausencia de una llamada del Teniente significaba que todo estaba bien, pensó. No se descubrieron cadáveres. Al menos, no todavía. Olivia Amato, la reportera con jeans, un suéter de cuello alto y una gabardina negra, se apoyaba en el edificio, resguardada de la lluvia bajo un paraguas.

Mueller, primero en irrumpir por las puertas, se desvió a la izquierda, abriendo su paraguas mientras se acercaba a Amato. "Oh, qué encantador," se burló, cargado de sarcasmo. "El comienzo de un día maravilloso."

Una sonrisa arrogante se dibujó en el rostro de Olivia Amato. "Detective Mueller, el policía más impecablemente vestido y recto. Siempre es un placer verlo."

Una sonrisa jugó en los labios de Mueller mientras parpadeaba. "¿Está seguro de eso?" dijo, frunciendo los labios con un guiño. Se volvió hacia Ross. "Oye, guapo, te estaré esperando en el auto," dijo, acariciando tranquilizadoramente el brazo de Ross. Mueller, con la mano en la cadera, desfiló como Naomi Campbell sobre una pasarela.

Ross reprimió una sonrisa burlona, impresionado por la pronta reacción de su compañero. En lugar de enojarse por ser estereotipado como gay debido a su estilo, Mueller convirtió el chisme en un juego, dejando a todos intrigados.

Amato observó la continua actuación de Mueller hasta que llegó al Caprice. "Él saca lo peor de mí," dijo, apartando con un gesto largos mechones de su cabello negro al viento.

"Diría que el sentimiento es mutuo," dijo Ross.

Mueller no señaló a ningún medio de comunicación en particular para expresar su desprecio. Él odiaba a todos los periodistas por igual, excepto a Amato. Ahora que Ross estaba en territorio enemigo, el odio de Mueller hacia ella se intensificaba. A Ross tampoco le agradaban los reporteros, y entendía perfectamente de dónde provenía el odio de Mueller. Tres años antes, el amigo cercano de Mueller, el profesor de teología de la Universidad Fordham, Dan Riley, enfrentaba acusaciones de violar a su asistente de cátedra de veinticuatro años, Lyndsey Stern. Tarde en la noche del viernes, mientras Riley preparaba su conferencia del lunes, Lyndsey Stern se sentaba en el santuario externo de su oficina, recopilando la investigación que él le había solicitado. Riley dijo que el trabajo podía esperar hasta el lunes, y que ella debía irse a casa y disfrutar el fin de semana. Stern se ofreció a quedarse hasta tarde; su noche ya estaba libre. Stern terminó con el profesor alrededor de las ocho y se despidió. Antes de salir del edificio, usó el baño del personal, ubicado al final del pasillo, cerca de la oficina de Riley y otros profesores. Cuando ella empujó la puerta, la mano de un hombre le cubrió la boca mientras su cuerpo poderoso la empujaba hacia el baño, donde la violó.

Convencidos de la culpabilidad de Riley en la violación, la policía inició una investigación rigurosa. Aquella noche, a esa hora, solo cinco personas estaban en el edificio universitario—Riley y cuatro mujeres—pero no había pruebas suficientes para acusarlo y arrestarlo. La víctima no pudo identificar a su agresor. Él la tomó del cabello, le sostuvo la cabeza hacia abajo e impidió que lo viera mientras la inclinaba sobre el lavabo. El violador permaneció en silencio durante todo el tiempo.

Mueller se negó a creer en la culpabilidad de su amigo al enterarse del atroz crimen y se comprometió a demostrar la inocencia de Riley. La investigación personal de Mueller se topó repetidamente con callejones sin salida, que se extendieron de días a meses. Volvió a interrogar a la víctima, Lyndsey Stern, con la esperanza de que el tiempo le hubiera ayudado a recordar detalles sobre su violador. La segunda entrevista a Stern arrojó resultados idénticos a la primera. Ella no podía recordar ningún detalle específico del atacante y permanecía convencida de que Riley no había sido quien la agredió.

Dan Riley había perdido su empleo, su reputación, su identidad. Los medios de comunicación criticaron duramente a Riley, cuestionando si el profesor había evadido la justicia. Él abandonó la ciudad, recluyéndose en su cabaña en Carolina del Norte. La policía encontró el cuerpo de Riley ocho meses después. Había consumido una botella de pastillas para dormir junto con whisky. En la mesa de café, cerca de su cuerpo, yacían dos botellas vacías de whisky y el frasco de pastillas, al lado de una pila de artículos periodísticos perturbadores e inexactos sobre la violación. Mueller veía la implicación de los medios como un factor determinante en el suicidio de su amigo.

«Sea lo que sea, Amato, no hay comentarios», dijo Ross. «Has perdido el tiempo buscándome.» No preguntó cómo ella lo había encontrado; seguro de que ya lo sabía. Los reporteros consideraban sus fuentes como su activo más valioso, y Amato tenía informantes en todos los rincones de la ciudad, probablemente incluso algunos en el OCME.

"No estaría aquí si hubieras devuelto mis llamadas", dijo Amato, apartándose del edificio de concreto.

"He estado ocupado, y sabes cómo es con un caso."

"Sí," dijo Amato, hurgando en el gran bolso colgado de su hombro. "Nos mantenemos tú y yo en bajo perfil." Sacó una carpeta y se la entregó.

"¿Qué es esto?" preguntó él después de tomar el expediente.

Amato inclinó la barbilla hacia la carpeta, señalándole que la abriera.

Dentro de la carpeta, Ross encontró recortes impresos de periódicos. Miró el título del primer artículo.

Hija del corrupto y asesinado abogado defensor de Nueva Jersey sobrevive al secuestro por parte del cliente previo de su padre,

el notorio asesino a sueldo, Víctor Simone

Ross se tensó, consciente de los eventos que estaban a punto de desarrollarse. Se volteó hacia el siguiente artículo.

Funcionario de la Comisión de Bolsa y Valores, William Ross, hallado asesinado en su casa, un presunto golpe por contrato a cargo de.

Infame jefe de una organización de asesinos, Víctor Simone

Una opresión constriñó el pecho de Ross. Su dolor y rabia enterrados resurgieron, crudos e inmediatos, como si la muerte de su padre hubiera ocurrido apenas ayer. Ross cerró el archivo antes de que los artículos evocaran las perturbadoras imágenes que atormentaban su sueño, concentrándose en cambio en las intenciones de Amato respecto a la información. Amato lo interrumpió antes de que pudiera decir cualquier cosa.

"¿De verdad pensaste que no me iba a enterar, Jonah? Joseph Simone, el hijo de Víctor, no es solo un asesino a sueldo; también se sospecha que mató a tu padre, quien era hermano de McBain y conocido por el detective jefe en su caso."

Él le entregó el archivo. "No necesito un paseo por el camino de los recuerdos," dijo, con la voz tensa. A pesar de sus esfuerzos por suprimirlo, el dolor del asesinato de su padre aún se aferraba a él — algo que había intentado enterrar durante mucho tiempo pero que nunca había dejado ir por completo. Amato había saboteado su propio éxito. Simone volvió, penetrando en su esencia.

"Ese es mi punto. Los medios de comunicación sensacionalizarán la tragedia de tu familia, levantando dudas sobre tu conflicto de intereses en la investigación y la capacidad del detective jefe para mantener la objetividad debido a sus lazos emocionales con el caso."

"No existe vínculo emocional," dijo él, elevando la voz. "El asesinato de mi padre no tiene relación con la Srta. McBain, a pesar de su linaje."

Amato lo observó, dudando de sus palabras. "Lo último que supe es que tú eres parte de los medios de comunicación," dijo.

Amato frunció el ceño. "Jesús, Jonah, dame algo de crédito. Estoy aquí para advertirte."

Ross conocía a Olivia Amato incluso antes de que se involucraran. Mientras muchos reporteros aspiraban a cubrir la política local y estatal, Amato tomó un camino diferente. Ella adquirió experiencia en las ligas menores del periodismo y luego se unió a The New York Times como reportera de las fuerzas del orden, cubriendo el crimen y la actividad policial en Nueva York. Otros podrían haberlo visto como un punto de partida, pero para Amato era el destino deseado. Aunque su belleza le concedía acceso a muchos policías, seguía siendo una molestia constante para otros, incluido Ross. Amato, para su crédito, demostró ser razonable, precisa y justa. Su estilo agresivo provocaba a Ross, quien buscaba refugio constantemente cada vez que ella avanzaba con ímpetu. Tras un asesinato, la respuesta inmediata de Amato fue acosar y presionar por información, persiguiendo cada pista. A diferencia de otros reporteros que se habrían retirado, Amato persistió. Su naturaleza implacable lo irritaba. Ross encontraba su tenacidad inquietante, cultivando una profunda animosidad profesional y personal hacia ella, distinta a sus sentimientos por otros reporteros. Con una belleza deslumbrante y una personalidad audaz, ella construyó una red poderosa para conseguir lo que deseaba.

En un momento de pobre juicio, Ross se quedó en el bar esa noche cuando Amato lo sorprendió deslizándose en el taburete a su lado. Su intuición le decía que se fuera, pero permaneció. Los tragos de tequila y sus brillantes ojos azul océano lo tenían hechizado. Amato afirmó que su única razón para estar en Bottom Up era ahogar sus penas después de un día difícil. Fue, dijo, una mera coincidencia que él también estuviera allí. Aunque dudaba de esa explicación, Ross no pudo obligarse a alejarse. Bebieron, se embriagaron y compartieron su desilusión frente a las crueldades del mundo, mientras la tensión sexual entre ellos se intensificaba de manera constante. Con un deseo mutuo hirviendo, Amato sugirió un hotel a sólo dos cuadras del bar.

Ross rió sin gracia. —Entonces, ¿vas a simplemente darte la vuelta y alejarte de esto, y del crédito de los periodistas por haber destapado la historia? —Él negó con la cabeza. —No sin recibir algo a cambio. —¿Qué quieres, Olivia?

—Una exclusiva.

Ahí está. La verdadera razón tras las acciones de Amato. Ella quería obtener en sus manos una historia destacada. A Ross le desagradaba la idea de ser fuente para cualquier reportero. Entendía que Amato utilizaba su interés en él para conseguir acceso a información privilegiada sobre investigaciones de asesinatos. Él la manipuló, así como ella a él. Aunque Ella informaba con precisión y justicia, Él se aseguraba de que su reporte se mantuviera imparcial y factual. Durante sus relatos, Él ofrecía el poco sustento que podía. Él no tenía razón para dudar de Ella. A regañadientes dijo: "Tendrás tu exclusiva."

Amato sonrió ante el acuerdo. "¿Qué tal si das algo ahora?" Su cabeza se inclinó hacia el edificio del OCME.

Ross le lanzó una mirada dura. "Sin comentarios." Se volvió para irse. "Entonces, fuera de registro."

Él siguió caminando. "Sin comentarios." "Jonah," Amato le llamó.

Él se detuvo y se volvió hacia Ella. "¿Sí?"

"Lamento lo de tu padre," dijo y se giró en la dirección opuesta.

Mientras esperaba a que el tráfico despejara, apartó el expediente de Amato y los pensamientos sobre su padre y Joseph Simone. Ya contra el reloj para resolver los casos, ahora debía enfrentar a la prensa y la decisión del Jefe Murray de sacarlo del caso. La investigación tenía que acelerarse, y rápido.

CAPÍTULO 27

Liberada del hospital, Belle permaneció rígida en la silla de ruedas, con el ceño fruncido marcado en su rostro; una bolsa plástica llena de suministros para la herida en la cabeza, instrucciones para el antibiótico y detalles de la cita con el Dra. Blaine en mano. Su respiración se entrecortó y el corazón le latía con fuerza mientras el camillero la empujaba por el vestíbulo—hacia el caos que se desplegaba justo más allá de la entrada principal del hospital. Gracias a que Os le había llevado antes el gorro, ocultó su cabeza calva y las vendas bajo el gorro de punto, ajustó la bufanda alrededor del cuello antes de ponerse las gafas de sol.

Más allá de las puertas automáticas, vio a Os rodeado por dos guardias de seguridad y una multitud expectante de reporteros. Tras días de aire estéril hospitalario y olor a enfermedad, Belle recibía con alivio el cielo gris de la ciudad y los olores del pavimento mojado, la basura desbordada y los escapes del metro. Os se abría paso entre la multitud, respondiendo "Sin comentarios" a la prensa mientras los guardias contenían a la gente, y el transportista la llevaba hacia la Dodge Caravan blanca de Os. Aunque al principio se irritó por la prensa que la rodeaba, olvidó su molestia al ver a su sobrino actuando como su guardaespaldas, manteniendo a los medios a raya.

Salió apresuradamente de su asiento y casi tropezó mientras subía por la rampa accesible de la caravana. Se sentó en la parte trasera, arrepintiéndose al instante de sus movimientos precipitados. La náusea la abrumó mientras el mareo y punzadas agudas en las sienes palpitaban. Con las gafas puestas y los ojos cerrados, ignoró las preguntas invasivas de los reporteros desde afuera del vehículo, decidida a mantener la compostura en medio de su sufrimiento.

Cuando el episodio terminó, se dio cuenta de que la caravana estaba en movimiento. Al abrir los ojos, vio junto a ella a EJ, cuyos ojos reflejaban preocupación. Abrumada por la alegría, desestimó su expresión sombría, y el frenesí mediático se desvaneció hasta volverse insignificante. Con una amplia sonrisa, se quitó las gafas de sol y abrió los brazos.

"¿Dónde está el amor, chico?" le dijo, desviando cualquier motivo de preocupación. Una sonrisa reemplazó el ceño fruncido de EJ mientras se abrazaban con suavidad.

"No lograrás quebrarme."

Su sobrino rió entre dientes mientras apretaba su agarre. Ella se apartó de sus brazos, apretando sus bíceps.

"Maldita sea, chico, estás fibrado."

En los dos años desde la última vez que vio a su sobrino, él era un hombre cambiado. Delgado y musculoso, se movía con una confianza absoluta. Observadores, decididos y sin miedo eran sus ojos. Ojos de su padre. Pero al contemplar su propio reflejo—rostro lacerado, cabello desigual, cabeza herida y ojos enrojecidos—se vio a sí misma como una mujer maltrecha, exhausta y derrotada.

"Antes de bombardear al pobre chico con preguntas," dijo Os mientras conducía rumbo al norte desde el hospital hacia Haven Avenue, "sugiero que lo dejemos para casa, con una pizza enfrente, y empecemos con lo importante."

Os contó con su aprobación. Ella estaba ansiosa por investigar, a pesar de querer pasar tiempo con su sobrino.

—Está bien, hasta luego —le dijo a EJ. Luego, a Os: —¿Qué información nueva tenemos?

Ella recibió una actualización de Os anoche sobre la escuela de Ellie Barnes—Barnes se había ido meses atrás—y los registros telefónicos de las víctimas. De interés eran tres números telefónicos: uno a una Sheila Barnes, otro a la Clínica de Salud Mental Darvere y un número no identificado.

Os desaceleró para el semáforo en la calle West 165th, señalando un giro a la derecha. —Descubrieron medallones bíblicos con el cuerpo de Barnes y los restos humanos —dijo ella. El semáforo cambió a verde. Él giró hacia Riverside Drive, con el museo a unas millas adelante.

—Sugiriendo otra conexión entre los asesinatos y el sitio de entierro —dijo ella.

dijo.

—Sí —respondió Os.

Mientras él explicaba el resto de los hallazgos de los patólogos relacionados con las víctimas,

un dolor sordo le cruzó los omóplatos a Belle —su respuesta a algo perturbador. No podía explicar por qué, pero algo relacionado con la antigüedad de los restos humanos, su causa de muerte y el tiempo estimado de entierro la inquietaba profundamente.

Os dijo: "Encontraron una cruz blanca plantada cerca de las tumbas, que mantuvieron en secreto para el público. Probablemente la policía no quiso generar más pánico debido a un posible asesino en serie. En resumen, la cruz no proporcionó ninguna evidencia."

"Los informes noticiosos dicen que la excavación comenzó esta mañana," dijo EJ. "Esperemos que su búsqueda no encuentre ningún cuerpo," dijo Belle.

"Encontraron dos mechones de cabello en tu bufanda," dijo Os. "Los resultados están pendientes."

La sutil descarga de adrenalina provocó una sensación de cosquilleo en el cuerpo de Belle. Ella esperaba que los cabellos pertenecieran a la mujer del lápiz labial. Sabía que las raíces del folículo piloso podían proporcionar ADN.

Os continuó: "Aquí es donde se pone más interesante. Desde el apartamento de Barnes, descubrieron un diario. Escrito en inglés en una página del diario estaba Me rodearon los dolores de la muerte y el resto de su párrafo." Él siguió Riverside Drive hasta unirse con Henry Hudson Parkway. Pisó el acelerador, incorporando la caravana al flujo vehicular por una milla, luego tomó la salida Margaret Corbin Drive.

Un pensamiento inmediato cruzó la mente de Belle. "Barnes no fue una víctima al azar. Ella conocía a su asesino, lo que sugería que conocía a la mujer que intentó matarme."

"Parece que sí," dijo Os.

Ella se recostó y soltó un suspiro tenso. Sospechar una conexión había sido perturbador, pero confirmarla convirtió toda la situación en algo mucho más inquietante y preocupante. ¿Qué habían hecho las otras dos víctimas y ella para que el asesino buscara venganza?

Os subió la colina serpenteante que conducía a The Met Cloisters. Los cielos grisáceos y los enormes robles centenarios sombreaban un camino pavimentado y agrietado a ambos lados, creando una atmósfera oscura y ominosa ante el monasterio gótico. Los árboles imponentes, que parecían raspar el cielo, trajeron a Belle el recuerdo de cuando estuvo apuntada con un arma de fuego por los hombres de Víctor Simone mientras atravesaban los amenazantes Everglades de Florida. Ella apartó la atención de ese pensamiento inquietante y volvió a centrarse en la tarea presente.

En lo alto de la colina, el casi desierto estacionamiento para empleados—más allá de las zonas para autobuses turísticos y visitantes—ofrecía las únicas señales de vida cerca del museo. Os estacionó en un lugar para discapacitados, apagó el motor y presionó un botón en el volante. El panel lateral se abrió; luego, el ascensor automático descendió.

Se acercaron a la entrada principal del museo, y, esperando su llegada, las puertas delanteras se abrieron y salió un guardia de seguridad. Tras una breve presentación, el Sr. Harris, jefe de seguridad, los condujo a los ascensores, desde donde los llevaría a la Sala del Tesoro.

"Están investigando los asesinatos en el Parque Fort Tryon, ¿verdad?" preguntó el Sr. Harris, sosteniendo la puerta del ascensor.

"Así es," respondió Os, siguiendo a Belle y EJ hacia el ascensor.

"Les expliqué a la policía sobre un visitante que viene al museo semanalmente. Eso despertó su interés, y se llevaron una copia de nuestra grabación de las cámaras," dijo Harris, encogiéndose de hombros. "Nathan parece inofensivo, pero uno nunca sabe hoy en día."

¿Por qué estarían los policías tan interesados en este tipo? se preguntó Belle. "¿Qué les dijiste a los policías acerca de este Nathan?"

"Ese Nathan viene aquí todas las semanas por unas horas y le gusta una exhibición en particular." Harris frunció el ceño. "Dado nuestro destino, habría pensado que lo sabrías." Es el Belles Heures." El pecho de Belle se agitó mientras ella, Os y EJ intercambiaban una mirada.

"¿Podemos obtener una copia del metraje?" ella pidió.

"Claro." Mientras más profesionales busquen al asesino, mejor."

Salieron del ascensor y, mientras caminaban por los oscuros pasillos del museo, un escalofrío recorrió la columna vertebral de Belle. El lugar se sentía embrujado: los únicos sonidos eran sus pasos golpeando el mármol y el motor de la silla de ruedas de Os, como si el mal aguardara cerca.

"Este es un lugar genial," dijo EJ, observando los artefactos que pasaban.

"Claustros", dijo Belle, "significa un lugar de reclusión religiosa, y estas paredes son una réplica de un monasterio medieval, usando partes de claustros románicos y góticos reales de cinco monasterios europeos."

—Adelante, presume —dijo Os, rodando detrás de ella.

—Ayuda escuchar las guías de audio —dijo ella, rezumando sarcasmo. —Oye, yo tenía uno roto.

Ella se volvió hacia él. —Y demasiado perezoso para ir a la recepción y cambiarlo —dijo, y Os sacó la lengua en un gesto juguetón.

Guiados por el guardia de seguridad, recorrieron tres largos pasillos, diseñados al estilo medieval para exhibir los logros artísticos de la época. Pasaron frente a una serie de exhibiciones que Belle recordaba haber visto en su visita del domingo. Las colecciones, principalmente de Europa Occidental, contenían esculturas, vitrales, tapices, pinturas y trabajos en metal. Al llegar a un tramo de escaleras angostas,

Os se dirigió hacia el ascensor que usó el domingo y desapareció.

Os los esperaba en el descansillo de las escaleras, y entraron en la Capilla Gótica. Figuras talladas de los nobles sepulcros de Francia y España yacían bajo los vitrales austríacos del siglo XIV. Guiados desde la capilla, avanzaron por la Galería de Cristal, donde ventanas decorativas con vitrales de plata realzaban las pequeñas obras de arte hechas a mano, muchas laicas, con temas vivos y a veces mundanos. Belle, recordando su recorrido dominical, sentía que veía la galería por primera vez, sin prisa y con ojos renovados, libre de las habituales multitudes turísticas.

Más allá de la Galería de Cristal se encontraba la Sala del Tesoro, que exponía manuscritos iluminados y valiosos objetos de oro, plata, marfil y seda que reflejaban la riqueza medieval de la iglesia. Noelle Simpson, directora del museo, los recibió a su llegada. Un traje ejecutivo azul marino y tacones de tres pulgadas realzaban su figura alta y esbelta. Su largo cabello rubio caía sobre un hombro, resaltando su profundo lápiz labial color burdeos. Irradiaba clase y sofisticación.

Con las presentaciones terminadas, el Sr. Harris se retiró para buscar las grabaciones en video, mientras la Sra. Simpson, tras confirmar su interés en las Belles Heures, los condujo hacia una pared de vitrinas. Ella señaló hacia una exhibición específica y dijo, "Belles Heures."

Para una vista más clara, Belle dio un paso adelante. El rico texto litúrgico ilustrado del manuscrito, exhibido en la página indicada en el expediente de Os, se mostraba aún más lujoso de cerca. Extraño que ella y Os hubieran pasado por alto la colección excepcional el domingo.

"Jean de France, Duque de Berry, encargó alrededor de 1409 las Belles Heures," dijo Simpson y pasó los siguientes minutos detallando la historia de la exhibición. Intrigada por el relato, Belle quedó aún más impresionada por el conocimiento íntimo de la oradora, como si hubiera vivido en esa época y conocido al Duque.

"Berry conservó el manuscrito hasta su muerte en 1416," concluyó la Sra. Simpson. "La Reina de Sicilia y la Duquesa de Anjou adquirieron luego el manuscrito. En 1954, J. D. Rockefeller Jr. compró el manuscrito al barón Maurice Rothschild, con la intención de donarlo al Museo Metropolitano de Arte en Nueva York."

Junto al manuscrito en la vitrina de vidrio, Belle señaló una tarjeta laminada que exhibía un texto devocional en latín y su traducción al español. Ella leyó en voz alta: "Los dolores de la muerte me han rodeado, y los peligros del infierno me han encontrado. He enfrentado la aflicción y el pesar, y clamo el nombre de nuestro Señor. Oh Señor, libera mi alma." Estudió la iluminación a su lado por un momento, absorbiendo su tono sombrío. Luego se volvió hacia la directora. "¿Esta imagen muestra un servicio fúnebre y de entierro, implicando el viaje del alma perdida hacia el cielo?"

"Podría ser una interpretación," dijo Simpson. "Existen muchas teorías, pues varios detalles en esta iluminación han desafiado una explicación convincente, y como los aspectos más sombríos de la muerte eran comprensiblemente menos populares, la elección de este tema en las Belles Heures —la escena curiosa y enigmática en un cementerio— sorprende a los expertos en la materia. En nuestra tienda de regalos, El Arte de la Iluminación, podría interesarle. Timothy Hubbard, el curador del museo y experto en las Belles Heures, escribió esta publicación que examina detenidamente las imágenes y destaca detalles hasta ahora inadvertidos. Quizás las páginas contengan lo que buscas."

Belle encontró cautivadora la historia de Las Bellas Horas, sin embargo, no los acercaba a descubrir por qué el asesino eligió ese manuscrito medieval específico y recreó su ritual de entierro. Estaba segura de que el manuscrito era importante para el asesino. ¿Por qué? ¿Cuál era su significado?

Con el libro y la copia de las grabaciones del museo, salieron del museo. A petición de Belle, Os condujo la caravana media milla por el empinado y serpenteante camino. Pasaron por el estacionamiento trasero inferior y vacío del restaurante Green Tree y bordeando el acantilado. Al entrar al estacionamiento frontal y apagar el motor, Belle sintió que el cambio en la atmósfera se asentaba sobre ella. Estaban de regreso cerca del lugar donde todo sucedió.

Nubes de lluvia gris fría corrían apresuradas por el cielo, oscureciéndolo. Belle, ignorando el asalto de un intenso dolor de cabeza y un agotamiento abrumador, siguió el camino pavimentado hasta donde se cometió el crimen. A pesar de la excavación, ella esperaba que regresar cerca del lugar pudiera despertar la imagen enterrada en lo más profundo y fragmentado de su memoria.

Su avance se detuvo poco después de comenzar, al encontrar una cinta policial amarilla que acordonaba el camino y el área circundante. Más allá de la cinta policial, los curiosos se reunían en un campo de hierba, observando la excavación a la distancia. Lo único que Belle lograba distinguir entre la maleza eran los investigadores de la escena del crimen con trajes plásticos blancos moviéndose alrededor, y mientras los miraba, repetía en su mente el ataque del domingo. Las imágenes se mostraban claras y nítidas—hasta que llegaba al rostro de la mujer. Por más que intentaba enfocar la memoria, esta permanecía enloquecedoramente vacía, una mancha de algo justo fuera de su alcance.

Un profundo suspiro escapó de su nariz mientras lanzaba una mirada distraída hacia el campo de hierba y la lejana línea de árboles. Junto a un tronco, un hombre con una chaqueta acolchada y una sudadera con capucha estaba solo. Ella lo observó fijamente, y un escalofrío le recorrió la columna vertebral—la perturbadora certeza de que él la miraba de vuelta.

El repentino ladrido de un perro sobresaltó a Belle, desencadenando un recuerdo perturbador.

"Puede que haya descubierto por qué sigo viva. Recuerdo un perro ladrando. Sonaba cerca porque era fuerte."

"Él asustó a la mujer para que se fuera," dijo Os. Belle asintió. "Tal vez le deba la vida a ese perro." "Gracias a Dios por ese K-9," dijo EJ.

El peso del recuerdo silenció a los tres por un momento; entonces Os dijo: "Bueno, eso es suficiente por hoy, niña. Hora de llevarte a casa y descansar."

Belle no puso objeción. Se sentía exhausta, tanto mental como físicamente. Se dirigieron hacia la caravana cuando ella tuvo un pensamiento.

"Quizá deberíamos pensar en conseguir un perro."

Os, amante de los perros, sonrió y asintió en señal de acuerdo. Entonces EJ dijo: "Genial."

CAPÍTULO 28

En una elegante casa de piedra rojiza (brownstone) rojiza en el Upper West Side, Ross y Mueller se sentaron en un sofá mullido frente a Sheila Foster. Ross no había esperado que la apariencia de Foster fuera tan diferente de la de Ellie Barnes. Con su conjunto deportivo negro de algodón y botas con cuña, cabello punk de colores brillantes, tatuajes y piercings, Foster parecía pertenecer a una banda de rock exclusivamente femenina. Detrás de su rostro sombrío había una joven hermosa con ojos del verde más vívido que Ross había visto jamás.

"Lamentamos su pérdida, señorita Foster," dijo Ross.

Los ojos de Foster se dirigieron hacia el suelo. "Aún no puedo creer que esté muerta. Asesinada. Anoche regresé a casa desde París con mi madre y nos dieron la noticia."

Sin saber qué decir, Ross insistió. "¿Cuándo fue la última vez que la vio o habló con

Ellie?"

Foster levantó la mirada hacia ellos. "No puedo asegurarlo, pero ha pasado tiempo. Hace meses

que dejó de responder a mis llamadas y mensajes." Como sabía que estaba sufriendo, no me dejé afectar." Ella negó con la cabeza. "Lamento no haberla buscado más a menudo; el trabajo y un novio maldito e inútil me mantenían ocupada."

Ross supuso que el novio ya no estaba en la escena. Detrás de él, el ruido de la cocina resonaba por el pasillo, y la fragancia de rollos de canela frescos llenaba la habitación. El hambre lo embargó cuando el estómago le gruñó.

—¿Con 'herir' se refiere a la trágica pérdida de su familia? —preguntó Mueller.

Foster asintió. —Ellie era vibrante, positiva y optimista antes de que su familia falleciera. Siempre encontraba lo bueno en las personas. Todos la querían. Los chicos querían salir con ella. Sin embargo, su mayor defecto era su naturaleza confiada. Nacida y criada aquí, tuve que instruirla sobre la vida en la ciudad, ¿sabe?

Un asentimiento de Ross y Mueller delató su evidente conocimiento de la maldad en la ciudad.

Foster describió cómo ella y Ellie se conocieron en Trent Designory, su visión artística compartida y su trabajo en Broadway. —La ambición de Ellie era ser la mejor, y se enfocaba en llegar a la pantalla grande algún día. La pérdida de su familia hizo que Ellie se perdiera a sí misma. Abrumada por la tristeza, Ellie cayó en una profunda depresión, perdiendo toda motivación. Ya no reconocía a mi amiga. Me preocupé aún más cuando ella abandonó la escuela poco antes de que yo me mudara. Ella necesitaba ayuda profesional. Yo asistí previamente a terapia por depresión, y le recomendé a Ellie a mi terapeuta. No sé si alguna vez llegó a ir.

"Ella tenía citas con la señorita Melissa en la Clínica de Salud Mental Darvere," dijo Ross.

dijo.

"Recomendé a la doctora Sharon Tate del Grupo Darvere. No estoy familiarizado con su clínica."

La mente de Ross regresó a la pregunta. Sabiendo la recomendación de Foster, ¿qué llevó a Barnes a elegir la alternativa menos deseable? "¿Por qué te mudaste?"

Foster puso los ojos en blanco. "Porque pensé que estaba enamorada y me mudé con mi novio. No quería dejar a Ellie en ese estado, pero ese imbécil de Ryan me agotó con sus quejas constantes." Sacudió la cabeza rápidamente. "Fui una idiota estúpida. Lo dejé y volví a vivir con mis padres. Pero creo que a Ellie le pudo haber gustado que me mudara para estar sola."

"¿Y qué hay de los hombres en la vida de Ellie?"

"Ella tuvo algunas citas, pero ninguna derivó en una relación seria. Ellie no estaba interesada en una relación. No quería que interfiriera con su arte, ni que ocupara demasiado tiempo."

Ross ya conocía la respuesta—dada la fecha de la primera entrada en el diario de Ellie y el hecho de que Foster no le había hablado en meses—pero preguntó de todas formas. "¿Ellie mencionó alguna vez a un hombre, Christopher?"

"No. ¿Quién es él?"

"Estamos tratando de determinar eso."

Sintió la vibración de su teléfono en el bolsillo. Leyó el mensaje de Joanie Mitchell. Los mechones de cabello son sintéticos. Una peluca, pensó. Otra conversación con Belle McBain significaba enfrentarse a su temperamento volátil. Se estremeció ante la idea.

Mueller dijo, "Sr. Raymond, el superintendente de 44 Waldon, dijo que estuvo en el apartamento de Ellie hace un rato."

—Sí. Fue justo antes de que me fuera a París —dijo ella encogiéndose de hombros. —Acababa de dejar a Ryan, me sentía terrible y decidí de improviso visitar a Ellie. Pensé que podría estar en casa, pero ella no quiso abrir la puerta. Todavía tenía una llave, así que entré por mi cuenta —hizo una pausa, con lágrimas acumulándose en sus ojos. —Resultó que no estaba en casa. Alguien ya la había asesinado —se secó una lágrima que cayó por su mejilla. —Esperé un poco para ver si regresaba. Había platos sucios en el fregadero, comida podrida en el refrigerador, y ropa y toallas esparcidas por el baño y el dormitorio. Limpié mientras esperaba. Dos horas después, me fui.

Eso explicaba el apartamento en orden, pensó Ross, descartando la idea de que el asesino hubiera limpiado tras de sí. —¿Ellie se quejaba o tuvo problemas con alguno de los inquilinos del 44 Waldon?

"Ella nunca lo dijo, y sinceramente lo dudo. Entre la escuela y el trabajo, casi nunca estábamos y no llegamos a conocer a la mayoría de los otros inquilinos. ¿Conociste a Álvarez, el portero?"

"Sí, lo hicimos."

Una expresión desagradable torció el rostro de Foster. "El hombre es un maldito pervertido," dijo ella. "La forma en que miraba a Ellie insinuaba que fantaseaba con tener sexo con ella. Le advertí a Ellie que se mantuviera alejada de él. Ella pensó que estaba exagerando, pero reconozco a una comadreja cuando veo una. Un día, cuando entré, el super estaba en el escritorio, lo cual generalmente significaba que Álvarez no estaba disponible. Dado el momento, sabía que Ellie probablemente estaba en la terraza del tercer piso del edificio haciendo yoga. Encontré a Álvarez mirándola a través de la ventana, y juro que se estaba tocando por encima de sus pantalones. Le dije que era un enfermo y amenacé con cortarle el pene y quejarme a la empresa administradora si alguna vez lo veía mirar a Ellie de otra manera que no fuera profesional."

La perspicacia de Foster aclaró por qué Ross se sentía inquieto cuando Álvarez hablaba de Ellie. Él respetaba la actitud intrépida de Sheila Foster; su manejo audaz de Álvarez era impresionante. Él pasó a su siguiente pregunta. "¿Alguien hizo el edredón en la cama de Ellie para ella?"

"Durante su infancia, Ellie tuvo una relación estrecha con su nanna Beatrice, la madre de su padre. Tras el diagnóstico de cáncer de nanna, ella se mudó con Ellie y su familia. Nanna Beatrice disfrutaba tejer, hacer punto de cruz, crochet y más. Cuando Ellie tenía diez años, ella y su nanna comenzaron el edredón juntas; el tiempo que pasó haciendo el edredón con su nanna es uno de los recuerdos más felices de Ellie, había dicho. A medida que la enfermedad de nanna empeoraba, Ellie se unía a ella en la cama, haciendo el edredón mientras escuchaba sus historias o la veía dormir. Ellie estaba decidida a terminar el edredón para su nanna antes de que ella muriera, pero desafortunadamente, su nanna falleció primero. Ellie dijo que su único deseo al morir era ser enterrada con el edredón.

El asesino conocía el único deseo de Ellie, pensó Ross. ¿Cómo llegó a poseer el edredón? Las grabaciones de las cámaras del edificio no mostraron actividad sospechosa alguna. Si Christopher no era el asesino, ¿cómo pudo este saber dónde estaban todas las cámaras del edificio? Una posibilidad aún más inquietante se insinuó en la mente de Ross: ¿y si el edredón ni siquiera había estado en el apartamento antes de que Ellie muriera?

"¿Usaba Ellie una tintorería?"

Foster asintió. "Usábamos Orion Cleaners. La tienda está debajo del edificio de apartamentos."

La entrevista concluyó con un agradecimiento a Foster. Aunque proporcionó menos información de lo que Ross esperaba, valoró las percepciones sobre la vida de Barnes. Un entendimiento más profundo de ella avivó su búsqueda por encontrar al responsable de su muerte.

CAPÍTULO 29

En el mismo asiento de la pastelería que ayer, Joseph miraba por la ventana hacia el Bar Mark's End. Una pausa en la lluvia atrajo a multitudes de peatones a las aceras y congestionó las calles con tráfico. La ciudad en su estado habitual. La tienda llena, con cada mesa y silla ocupada, demostraba el fuerte deseo de los clientes por los dulces. La agente Williams se sentó a su lado, disfrutando del último bocado de su dona rellena de chocolate. Zagarus no debía llegar sino hasta las dos —todavía faltaba una hora— pero Joseph recibiría con agrado su llegada anticipada.

Los momentos de tranquilidad que Joseph disfrutaba terminaron cuando la agente terminó su dulce desayuno.

—¿Has conocido a Melissa? —preguntó Williams, limpiándose las manos con una servilleta. —No he tenido el gusto —dijo Joseph, con la mirada aún fija en la ventana.

Williams miró por la ventana, al otro lado de la calle. —Ella heredó el sigilo y la compasión de su madre, y la inteligencia y la determinación de su padre. Tiene los genes adecuados para ser una gran agente del FBI. Le pregunté a Melissa si alguna vez pensó en seguir los pasos de su padre. Dijo que no quería perderse en una carrera que, sin ella, te deja sin sentido de propósito en la vida —se encogió de hombros. —No puedo negar que hay algo de verdad en eso. Melissa lo ve de primera mano con su padre, y tal vez yo también soy culpable de ello. Estoy seguro de que mi esposa lo diría.

Joseph creía comprender cómo pensaba Melissa. Su esposa, sus hijos y su maravillosa familia no constituían el eje central de la existencia de su padre. La labor de capturar criminales como Joseph era el motor que impulsaba a su padre.

—Esperemos que llegue temprano y que sea nuestro tipo —dijo Williams mientras una enorme y ostentosa GMC negra, repleta de cromo, rines giratorios y vidrios polarizados, frenaba bruscamente frente al bar.

Joseph observó cómo un hombre mexicano corpulento salió del asiento del conductor y rodeó el vehículo para abrir la puerta trasera del lado del pasajero. Una persona emergió del asiento trasero, pero Joseph no pudo distinguirla con claridad desde donde estaba sentado. Pero entonces una columna de humo se elevó sobre el vehículo, revelando a un hombre negro de la estatura de Kevin Hart. Con un cigarro en la mano, hablaba por su teléfono mientras se apoyaba en la parte trasera del automóvil mientras su chofer y guardaespaldas permanecía atento cerca, como si custodiara a un jefe de Estado. El hombre pequeño llevaba largas rastas recogidas bajo una gorra negra, cadenas de oro colgando alrededor de su cuello, y sus bóxers estaban a la vista mientras sus jeans se deslizaban bajos sobre sus caderas. A Joseph no le agradaba el estilo hip-hop — se alegraba de que EJ no hubiera adoptado esa apariencia. Era claro que el hombre en cuestión era Zeke Zagarus.

Desde su taburete, Joseph se levantó. "Quédate ahí."

La agente Williams le dio una respuesta seca y sin emoción. "No lo creo." Sus miradas se encontraron, igual de intensas.

La agente Williams se mantuvo firme. "Sé que no necesitas refuerzos," dijo ella. "Sin embargo, voy a entrar."

Su mirada se demoró en ella un instante más. "Ve primero y siéntate en la barra," dijo con un tono que no admitía discusión.

La agente Williams, claramente molesta por sus órdenes, vaciló, mientras sus mandíbulas se tensaban. Ella se deslizó fuera del banquillo y se volvió para irse.

El Bar Mark's End, un típico antro, ofrecía las comodidades usuales: billar, dardos, bebidas baratas y una luz tenue. Los clientes ocupaban buena parte de la barra, las mesas y las casetas del fondo. Al entrar, Joseph notó de inmediato a tres hombres — dos afroamericanos y uno blanco — sentados en una mesa cerca de la puerta. Los hombres de Zagarus. Cada uno le lanzó una mirada larga y evaluadora, y Joseph estaba listo para su movimiento. Sin embargo, los hombres permanecieron sentados. Veían a un cliente común, ajeno al problema inminente que representaba.

Tina trabajaba detrás de la barra, en la caja registradora. Su mirada se posó en él entre otros dos clientes en la barra, pero no respondió. Ella fingió ser su habitual yo encantadora.

—No leo la mente, señor —dijo, con la mano en la cadera. Él respondió: —Agua con gas.

Tina echó un vistazo a la mujer a su derecha, luego volvió a él. —Otra agua con gas —dijo, implicando que la mujer en la barra estaba con él. Antes de traer su bebida, inclinó sutilmente la cabeza, señalando que Zagarus estaba en una caseta al fondo. Él dejó un billete de veinte en la barra y se dirigió a conocer al traficante de drogas.

La conversación previa de Tina reveló cómo la participación comunitaria de Zeke Zagarus silenciaba a la gente sobre su empresa criminal. Zagarus, nativo del vecindario, financiaba generosamente sus iglesias, escuelas, parques y edificios. Sus fondos revitalizaban la zona, apoyando negocios y ganándose la gratitud de la gente. Pero sus supuestas buenas obras no opacaban su crueldad y brutalidad. Cualquiera que se atreviera a enfrentarlo o a entregarlo a la policía recibía una golpiza casi mortal con un bate de béisbol, resultando en coma, desfiguración, daño cognitivo o parálisis de por vida. Su método preferido de castigo enviaba el mensaje de que vivirías arrepentido de abrir la boca.

En la caseta, el fornido mexicano y el musculoso negro flanqueaban a Zagarus, tomando cervezas mientras escuchaban a su jefe hablar. Zagarus se detuvo en medio de la frase cuando Joseph apareció ante el grupo. Los dos enormes matones se levantaron rápidamente— listos para actuar— pero no permanecieron de pie por mucho tiempo.

Con el movimiento más rápido, Joseph asestó un fuerte golpe en el rostro de uno de los matones, derribándolo al suelo. Él giró y repitió el puño contra el rostro del otro, pero con mayor fuerza, haciendo que el hombre cayera de espaldas sobre una mesa antes de desplomarse en el suelo.

Mientras Zagarus buscaba el arma de fuego escondida en su cinturón, Joseph sacó su arma de la parte baja de la espalda y la apuntó hacia él. "No es una buena idea", advirtió.

El pandillero se paralizó, luego extendió sus manos frente a sí.

Joseph inclinó la cabeza hacia los tres hombres que se abalanzaban sobre ellos, armas en mano. "Ordena a tus hombres que se detengan."

Zagarus lo fulminó con la mirada. Amartilló la Beretta. "Última oportunidad." Aunque dudoso, Zagarus accedió.

"Levántate, haz que tus hombres dejen sus armas sobre la mesa," ordenó, señalando la mesa vacía a pocos metros de él. "Luego siéntense en la caseta y asegúrense de que sus manos permanezcan a la vista sobre la mesa."

"¿Qué diablos?" dijo Zagarus con ira. "¿Sabes quién diablos soy, hombre?" Joseph no dijo nada mientras apuntaba con el arma de fuego a la cabeza de Zagarus.

"Está bien, está bien," dijo Zagarus, saliendo de la caseta e instruyendo a sus hombres. Excepto el matón que yacía inconsciente, sus soldados obedecieron, desarmándose y sentándose, con los brazos extendidos sobre la mesa.

La escena hizo que los clientes aterrorizados huyeran del bar, mientras algunos jóvenes pendencieros permanecían, observando los hechos con una mirada desapegada, casi admirativa. Joseph, a solo dos pies de Zagarus, inhaló profundamente. El repentino silencio en el bar agudizó su conciencia: podía sentir el miedo de los hombres, un temor palpable que se filtraba de ellos como sangre de una arteria femoral cortada. Jóvenes intentando mostrarse duros y peligrosos en un mundo de hombres.

"¿Y de qué diablos va esto?" dijo Zagarus. "¿Y quién diablos eres tú?"

El impulso de silenciar la profanidad de Zagarus metiéndole el arma de fuego en la boca casi venció a Joseph, pero se detuvo. Su objetivo era obtener información con rapidez, minimizando el tiempo que pasaba con individuos indeseables.

«Necesito información sobre el asalto y el intento de violación de una mujer cerca de la iglesia de San Lucas.»

Una expresión de asombro apareció en el rostro de Zagarus. «¿Me estás jodiendo, hombre?» Esto—" hizo un amplio gesto con las manos, "—¿es por eso? " Se detuvo, estudió a Joseph. «No eres ningún policía, eso seguro.»

Cuatro cerdos hacen lo que les hiciste a mis chicos. Entonces, ¿quién eres?»

Joseph avanzó y presionó el cañón del arma contra el pecho de Zagarus.

«Oye, cálmate,» dijo Zagarus, levantando las manos en señal de rendición. «Escucha, la persona que arruinó al doctor no es de por aquí.» Confía en mí, sabría si él fuera."

Joseph estuvo de acuerdo. Ese pandillero tenía un conocimiento enciclopédico de su propio territorio. Con las extensas conexiones de Zagarus, él sabría si el agresor de Melissa provenía de su zona. Él retiró el arma de fuego del pecho de Zagarus, luego sacó de su bolsillo del abrigo una pequeña bolsa plástica que contenía una tarjeta con muestra de colonia y se la entregó.

"Ábrela y huele la tarjeta. Dime si reconoces el aroma de alguno de tus clientes," dijo.

Si admitía conocer a un cliente, significaba que alguien había hablado—y eso podría ser un problema para Tina.

Zagarus negó con la cabeza mientras abría la bolsa. "Una maldita petición loca." Acercó la bolsa a su nariz, luego se la devolvió. "Sí, hombre. Tengo a un drogadicto que usa esa porquería. Aguanto la respiración cada vez que viene a comprar."

"¿Cuál es su interés?"

Zagarus se rió entre dientes. "Lo que sea. Ese cabrón es un jugador importante." "¿Su nombre?"

Zagarus alzó una ceja. ¿Entiendes el negocio que manejo, verdad, hombre? Los nombres que dan no son para nada reales.

¿¿El nombre que usa?

Zagarus negó con la cabeza. No acostumbro a entregar a mis clientes. Malo para el negocio.

Él presionó el arma de fuego contra el pecho de Zagarus nuevamente. Es difícil hacer negocios si estás muerto.

Zagarus lo miró con una rabia intensa. Saúl —dijo al fin. Llámalo Saul el Apestoso. Llámalo ahora.

Zagarus soltó una carcajada cargada de puro desprecio. ¿Sí? ¿Y qué dices, hombre? Lo que sea necesario para traerlo aquí.

Los ojos de Zagarus ardían con furia, la mandíbula tensa. Un momento después, chasqueó los dedos, señalando a los hombres en su caseta. La mirada de uno de los hombres se desplazó de su jefe hacia Joseph.

Un rápido asentimiento de Joseph impulsó al hombre a sacar un teléfono del bolsillo de su abrigo y entregárselo a Zagarus. Una veloz revisión en la lista de contactos del teléfono desechable llevó a Zagarus a marcar un número. "Yo, amigo. Descuentos del Black Friday." Devolvió el teléfono a su matón.

Aunque sin conocer la jerga de los traficantes, Joseph comprendió que Zagarus le había informado a Saúl sobre un nuevo cargamento. De su bolsillo, sacó una tarjeta de presentación que sólo mostraba un número telefónico. "Avísame cuando él aparezca."

Zagarus aceptó la tarjeta en contra de su voluntad.

En un movimiento fluido, Joseph arrebató el arma de fuego del pecho del traficante y luego apuntó el arma contra la tripulación de Zagarus. Con su brazo izquierdo, lanzó un poderoso puñetazo directo al rostro de Zagarus. Sujetó al hombre del cuello, lo obligó a retroceder y lo estampó contra la pared.

"Otra mano sobre una mujer, y yo iré por ti. ¿Está claro?"

Zagarus, pálido y sin aliento, luchaba contra el fuerte agarre de Joseph alrededor del cuello, pero sus esfuerzos resultaron vanos.

"No te escucho," dijo Joseph.

"Sí," logró decir Zagarus.

Joseph aflojó su agarre y guardó el arma de fuego, dejando al traficante de drogas doblado, asfixiándose y jadeando por aire. Al pasar junto a la barra, miró a Tina—y aunque su rostro permanecía impasible, sus ojos delataban una sonrisa dirigida a él.

"Si no me disgustaras," dijo la agente Williams una vez que estuvieron afuera, "me habría impresionado."

CAPÍTULO 30

Antes de llegar a Nueva Jersey, Ross y Mueller hicieron algunas paradas tras salir de la casa de Sheila Foster. Primero, atravesaron el tráfico transversal de la ciudad, con la esperanza de encontrar a Melissa Cartwright en casa para entrevistarse y obtener información. Los detectives sabían que era una posibilidad remota, pero tenían que agotar todas las opciones. Su siguiente parada fue la Tintorería Orion en la Décima Avenida, bajo el edificio 44 Waldon. Los recibos registrados mostraban que Ellie Barnes dejó el edredón tres días antes de su muerte y, como se sospechaba, alguien lo recogió cuatro días después. La emoción de los detectives por el hallazgo fue efímera. El cliente pagó en efectivo, y las cámaras de seguridad de la tienda solo grababan durante veinticuatro horas. Mueller había llamado al Hospital Presbiteriano y se enteró de que habían dado de alta a McBain esa misma mañana. Luego contactó a Chen y solicitó que la foto de Nathan, obtenida del metraje del Museo de los Claustros, fuera enviada a su teléfono.

Ross y Mueller ahora aguardaban en el Caprice, a dos casas de distancia de la residencia victoriana de Belle McBain, un Mini Cooper JCW blanco de cuatro puertas estacionado en la entrada. La casa de tres pisos — azul grisáceo con revestimiento de madera y molduras metálicas decorativas — se alzaba con una forma asimétrica e imponente. Tenía un techo empinado y multifacético, y un pórtico de un solo nivel. La rampa discreta, junto a la entrada y en el costado norte del porche, se integraba perfectamente al diseño general.

Varios reporteros, equipados con impermeables y paraguas, aguardaban en la calle frente a la casa de McBain, esperando entrevistarla a su llegada. Ross consultó el reloj digital del tablero. Él dedujo que, dada la condición de McBain, estaría ya camino a casa tras recibir el alta. Llamaron al timbre, evidenciando que su deducción era equivocada cuando llegaron. Había transcurrido más de una hora mientras esperaban.

Una Dodge Caravan emergió de detrás del Caprice y entró en la entrada de McBain. Ross distinguió a Osmond Banks al volante. Ross y Mueller descendieron del vehículo; Mueller se preparó, llevando un paraguas. Con la espalda contra el viento del Río Hudson, Ross observaba a reporteros y camarógrafos apresurándose a prepararse en la calle frente a la casa victoriana, mientras otros corrían desde las camionetas de noticias.

Los detectives se acercaron a la casa y caminaron por el camino empedrado hasta los escalones de madera del porche. Belle McBain y Osmond Banks surgieron desde la rampa accesible hacia el porche justo cuando Ross alcanzaba la plataforma. Un joven salió de detrás de Banks, con una caja de pizza en la mano. Ross permaneció allí, atónito, con la garganta repentinamente oprimida. El parecido del joven era asombroso—tan evidente que parecía estar mirando a su mejor amigo de la infancia. Por un largo instante, Ross quedó paralizado. Luego, una oleada de recuerdos de aquella época lo inundó.

Belle lo sacó de su ensimismamiento al pasar apresuradamente junto a él hacia la puerta principal. —¿Hay avances en el caso, detectives? —preguntó, tocando un panel de seguridad junto al timbre.

Ross asintió lentamente, dándose tiempo para asimilar el impacto. —¿Podemos entrar? —preguntó finalmente, con sus ojos reflejando las cámaras intermitentes y los reporteros que gritaban al pie de su jardín.

Los detectives la siguieron hacia la casa victoriana; ella les señaló la habitación a la derecha. Los ojos de Ross se movían rápidamente mientras seguía las instrucciones, absorbiendo cada detalle de su entorno. Una magnífica escalera se desplegaba justo frente a él, con la pared interior equipada con un salvaescaleras automático. Habitaciones se alineaban a lo largo de un extenso pasillo que se extendía hasta la parte trasera de la casa. Él observó a su izquierda, a través de las puertas francesas abiertas, lo que parecía ser la oficina de Investigaciones McBain & Banks. El detective Chen no logró captar en su totalidad la complejidad del sistema informático de Banks. Cuatro monitores HD de 40" estaban montados en la pared del fondo, sobre una larga mesa rectangular que sostenía varios teclados; una mesa redonda de madera de cerezo, rodeada por seis sillas de cuero, se encontraba cerca. En otra mesa descansaban varias cámaras con lentes largos junto a más equipo de alta tecnología. Sobre un escritorio, una pila organizada de carpetas manila, un teléfono fijo y una solitaria computadora Microsoft Surface; y sobre la superficie de un escritorio de caoba más grande, se dispersaban papeles junto a tres computadoras portátiles decoradas con notas adhesivas amarillas en los bordes de sus pantallas.

Los detectives entraron en la sala familiar. La habitación era espaciosa, con techos de tres metros y pisos de madera. Una gran alfombra mosaico color canela y cereza centraba un sofá seccional blanco y dos sillas antiguas. El centro de la habitación era una mesa de café de vidrio que exhibía un jarrón con flores de seda variadas. Estanterías empotradas que contenían libros y fotografías cubrían la pared trasera, con una chimenea situada contra la pared lateral. Un piano de cola Steinway pequeño se encontraba en una esquina lejana. Las cortinas blancas, corridas hacia los lados, vestían las ventanas frontales que daban al acantilado de Jersey y al Río Hudson. A cien metros de los acantilados, en la zona residencial exclusiva, se encontraban la casa victoriana y otras casas cercanas. El condado convirtió un terraplén junto a los acantilados en un parque relajante de cinco millas con sendero para caminatas. La ventana frontal ofrecía una vista panorámica impresionante del skyline de Manhattan.

Con un gesto de McBain, los detectives se sentaron, y ella se unió a ellos en el sofá mientras su sobrino y Banks desaparecían por el pasillo. —¿Qué has encontrado? —preguntó ella sin preámbulos, con la voz tensa y fatigada.

Ross percibió su agotamiento —en sus párpados caídos y rostro demacrado— y se preguntó si procedía sólo de sus heridas o si algo más profundo la oprimía. No dudó que conocía la respuesta.

Os entró rodando en la habitación y se detuvo junto al sofá. —Hora de la medicina —dijo, dándole agua a Belle, un antibiótico y dos ibuprofenos. Ella se metió las tres pastillas en la boca; tras un trago de agua y una mueca, las tragó.

—Necesito cafeína —dijo a Os.

Os negó con la cabeza. Señaló hacia los detectives y dijo: —Cuando se vayan, descansarás, niña.

El sobrino de Belle entró, se sentó a su lado, y los ojos de Ross lo siguieron. Era la copia perfecta de Joseph Simone, tanto en apariencia como en gestos. Una peculiar oleada de envidia lo invadió inesperadamente. A diferencia de Simone, un asesino letal que tenía un hijo, él no poseía más que una modesta casa de piedra rojiza (brownstone) marrón.

"No nos hemos presentado adecuadamente," dijo Mueller a EJ. "Soy el detective Mueller." Intercambiaron un apretón de manos.

Ross captó la señal. "Detective Ross," dijo con un asentimiento. EJ devolvió el gesto.

Mueller tomó la iniciativa. "Encontraron mechones de cabello rubio en tu bufanda. Los resultados de laboratorio confirman que los mechones son sintéticos. ¿Recuerdas si tu agresor llevaba una peluca?"

Belle se encogió de hombros, negando lentamente con la cabeza. "Su cabello parecía real, hasta donde pude ver."

"Pero tienes dudas," dijo Mueller.

"Sí. Como mencioné antes, ella llevaba una gorra de béisbol y se recogía el cabello." "¿Tienes una peluca rubia?"

Otra lenta negación con la cabeza.

"Pero Félix sí," dijo Os. "Tiene más pelucas que Dolly Parton." "¿Quién es Félix?" preguntó Mueller.

"Es nuestro asistente de oficina," respondió Belle.

Ross, para aclarar su comprensión, dijo: "¿Félix es un hombre que usa pelucas de cabello largo?" Belle asintió. "Él se presenta en drag."

"Como RuPaul," dijo Mueller. Belle volvió a asentir.

Un confundido Ross desvió su mirada hacia su pareja.

"Una reina drag se viste con atuendos y maquillajes extravagantes," explicó Mueller, "y imita y exagera el género femenino para entretener. RuPaul es una celebridad drag y tiene un programa, Drag Race, en horario estelar."

Ross simplemente asintió. Había oído hablar de hombres en drag, pero no conocía a esa celebridad. Le dijo a Belle: "Necesitaremos la información de contacto de Félix para conseguir muestras de pelucas y descartarlas."

"La información está en mi teléfono," dijo Os, retrocediendo el Cadillac. "Está en la oficina, cargándose."

Mueller, usando su teléfono, mostró una foto en la pantalla y le entregó el teléfono a Belle. "¿Le resulta familiar este hombre?"

Belle examinó la imagen. "No, no es así. ¿Quién es?" Devolvió el teléfono al detective.

"Él estuvo en el museo cuando usted estuvo allí el domingo," dijo Mueller. "¿Se llama Nathan?" preguntó ella.

Una expresión de sospecha cruzó el rostro de Ross mientras se preguntaba si la pregunta había sido provocada por las habilidades de hackeo de Banks.

"Acabamos de venir de The Met Cloisters," dijo Belle, como si leyera su mente. "Hablamos con el Sr. Harris, el guardia de seguridad. Él mencionó que había hablado de este tipo, Nathan, a la policía."

—¡Todos aquí! —gritó Os desde la oficina.

Aunque exhausta y herida, Belle McBain fue la primera en levantarse de un salto, empujando a Ross mientras los demás salían en fila.

Con todos en la oficina, Os, junto al escritorio más pequeño con un teléfono inalámbrico Panasonic en la mano, dijo: "Noté que teníamos un mensaje." Activó el altavoz del teléfono; La grabación llenó instantáneamente la habitación.

"Te vi en el parque hoy," dijo la voz de un joven airado. "¡Mira lo que has hecho, maldita estúpida! Lo arruinaste todo. Por tu culpa, me quitaron a Ellie y a la Sra. Landon. Si tan solo ella hubiera matado—" Estática, voces apagadas. Luego: una voz femenina al fondo siseó, "¡Maldito seas,

Christopher!" El silencio se llenó con más estática. Después, la llamada se desconectó.

Ross y Mueller intercambiaron una mirada; sus sospechas compartidas ahora eran indudables.

McBain tenía un vínculo con los asesinatos — y claramente, ella no era la única que estaba siendo blamada.

Ross ordenó a Mueller involucrar al detective Chen en el asunto. Su compañero se alejó antes de bajar la voz para hablar por teléfono.

Un escalofrío recorrió todo el cuerpo de Ross. Su instinto había sido certero. La llamada telefónica confirmó la implicación de Christopher en el asesinato de Ellie Barnes e involucró al agresor de Belle en esos asesinatos.

Mueller terminó su conversación con Chen. "Ella está contactando a la unidad tecnológica para triangular el número de teléfono y organizando vigilancia en el parque por si Christopher o la mujer regresan."

Una sensación de hormigueo recorrió todo el cuerpo de Ross. Los casos habían avanzado rápidamente, acelerándose hacia un arresto. Él quería que las cosas continuaran así.

Mientras tanto, en el escritorio más grande, Os y EJ encendieron las computadoras, activando los cuatro monitores montados en la pared, cada uno mostrando una Tortuga Ninja con bufanda de un color diferente. Con pulsaciones rápidas y precisas, Os hizo desaparecer a una Tortuga Ninja, revelando en su lugar un mapa intrincado de

Manhattan. Frente a EJ, accedió a una base de datos en la computadora. —Busca a todas las mujeres con el apellido Landon, refinando la búsqueda —le indicó Os.

Belle miró el teléfono Panasonic después de tomarlo del escritorio. —Lo vi allí —murmuró.

Ross, sin estar seguro de si había entendido, preguntó, "¿Viste a Christopher en el parque?"

"Él estaba a varios metros, al otro lado del césped abierto, bajo los árboles." Ella corrió hacia una silla de cuero junto a la mesa de conferencias, se sentó y ajustó su gorro de punto. "Sentí que me observaba."

"¿Por qué no dijiste nada, niña?" preguntó Os.

Ella se encogió de hombros. "No le di mucha importancia. Además, lo olvidé cuando recordé al perro." "¿Qué perro?" preguntó Mueller.

"Un perro ladró, y creo que eso ahuyentó a la mujer, salvándome."

"El perro pudo haberlo hecho," dijo Mueller. "Un hombre llamó para reportar que vio a una mujer salir del bosque donde fuiste asaltada mientras estaba afuera con su perro."

Ross, observando el monitor en la pared con el mapa de Manhattan, sintió una inquietud creciente. "Señor Banks, ¿es eso lo que creo que es?"

Mueller se acercó al escritorio y miró el monitor sobre Os. "Creo que es él.

Él está usando triangulación para localizar la llamada.

—No estoy triangulando la llamada —dijo Os, con la mirada fija al frente, escribiendo rápidamente. Con un número de teléfono celular, puedo determinar el estado del GPS y rastrear al usuario si está activo. Si no, recurriré a trabajar desde las antenas de telefonía móvil. También estoy rastreando el número.

Ross y Mueller intercambiaron una mirada, ambos seguros de que Banks estaba hackeando una base de datos para obtener la información.

—Miren —dijo Belle con brusquedad, notando el intercambio que Ross captó. Os puede tener respuestas mucho más rápido que su gente de tecnología. Si tienen problemas con nuestra búsqueda para encontrar a este Christopher y a la mujer, entonces les sugiero que se retiren.

—Tengo la ubicación —dijo Os. El número es de un teléfono desechable. Sin nombre, sin tarjeta de crédito. Pagado en efectivo.

—¿Qué les dije? —dijo Belle, haciendo un amplio gesto para enfatizar su punto a los detectives.

Ross miró a Mueller, quien se encogió de hombros y dijo: "Estoy bien."

Ross no se veía a sí mismo como un oficial de policía tradicional que sigue las reglas. A menudo tenía que ser audaz para cerrar los casos, y nunca se arrepentía. Sin embargo, una sensación desagradable persistía, probablemente por el vínculo de McBain con un asesino contratado.

"¿Cuál es la ubicación?" La pregunta de Ross sirvió como su asentimiento para avanzar adelante.

Os tecleó en el teclado, ampliando el mapa de Manhattan en la pantalla mientras todos observaban el punto azul moverse en el centro, mostrando la ubicación GPS del teléfono. "El teléfono se está moviendo hacia el este por la Calle 75," dijo, observando la pantalla de la computadora portátil.

Ross, familiarizado con la zona, tenía una idea bastante clara de dónde podía estar Christopher. "La Clínica de Salud Mental Darvere en la Calle 75 con Primera Avenida," dijo.

"¿Y qué hay de ella?" preguntó Os.

Ross, con la vista fija en el punto azul, explicó la conexión de Barnes y Christopher con la clínica. "Ambos eran pacientes de la Dra. Melissa Cartwright."

Belle lanzó una rápida mirada a Os y EJ.

Desde su visión periférica, Ross notó el intercambio entre los tres.

Él se volvió hacia Belle y preguntó, "¿Conoces a la doctora?" "No."

Ross la estudió, sin estar seguro de si creía en ella. Se volvió hacia el monitor justo cuando el punto azul intermitente desaparecía de la pantalla. "Mierda. Apagaron el teléfono."

"Y ahora lo abandonaron," dijo Mueller.

En un abrir y cerrar de ojos, un monitor grande mostró la vista en vivo de una cámara web de edificios en la 75ª con la Primera Avenida. Ross, algo impresionado por las rápidas habilidades informáticas de Banks, permaneció en silencio sobre el hackeo de la cámara en la calle. Con todos observando, Os usó su computadora portátil para acercar la imagen de la Primera Avenida en el monitor, explorando hacia el sur. Las escasas multitudes bajo el mal clima hacían que cualquier actividad sospechosa destacara, alimentando la esperanza de Ross.

Mientras Ross veía las imágenes, su mirada seguía desviándose hacia EJ, quien permanecía en silencio e inmóvil en medio del caos. Por un instante fugaz, Ross contempló los pensamientos del hijo del asesino. Como su padre, ¿sería el núcleo interno del niño también una copia?

A medida que los minutos avanzaban sin que sucediera nada, Ross sintió cómo su esperanza se desvanecía con la oportunidad perdida. —Los perdimos —dijo, desanimado.

—Aguanta —dijo Os, con los dedos volando sobre el teclado. El video del tráfico en vivo se minimizó en la parte superior derecha, reemplazado por una vista frontal a pantalla completa de la Clínica de Salud Mental Darvere.

Ross, señalando la pantalla, dijo: "Las cámaras de la calle captaron imágenes," y una renovada esperanza lo invadió.

EJ se puso de pie, tomó el teléfono Panasonic y lo manipuló hasta encontrar lo que buscaba. —La llamada fue a la 1: 40 p. m. de hoy. Justo minutos antes de que llegáramos a casa.

Con un rápido retroceso, Os localizó la marca de tiempo específica dentro del metraje. —Retrocedí hasta la una en punto —dijo. —Algo pudo haber sucedido antes de que él hiciera la llamada.

La tarde se deslizaba lentamente en la Clínica de Salud Mental Darvere. Pasaron varios minutos sin que ningún paciente entrara o saliera. El Sr. Joe, el guardia de seguridad de la clínica, era visible para Ross en algunos cuadros, evitando que algunas personas sin hogar se demoraran frente a las puertas principales. Transcurrieron unos minutos más sin que hubiera un alma a la vista. Un joven de estatura y complexión promedio, vestido con jeans y un abrigo grueso con capucha que le ocultaba el rostro, apareció caminando inquieto en la pantalla, cerca de la entrada de la clínica.

Al acercarse Ross al monitor, sintió una oleada de adrenalina recorrerle el cuerpo. Sus ojos se desplazaron hacia la marca de tiempo en la esquina inferior derecha de la pantalla. Tres minutos antes de que llegara la llamada. El hombre ahora caminaba con rapidez, con las manos apretadas y sacudiendo la cabeza de manera acelerada, mostrando una creciente agitación y enojo para Ross.

El hombre se detuvo y sacó un pequeño papel de su bolsillo del pantalón. Observó el papel durante largo rato, luego lo arrugó y lo volvió a guardar en el bolsillo. Él entonces metió la mano en un bolsillo lateral de su abrigo; un teléfono apareció en su mano, mientras sus dedos pulsaban con prisa, marcando un número memorizado de un papel.

"Esa marca temporal señala la llamada," dijo EJ, señalando con el dedo la esquina de la pantalla.

El hombre retomó su deambular, con la cabeza baja, mientras hablaba por teléfono. Luego, como sorprendido, se detuvo bruscamente, alzando la cabeza de un salto mientras observaba la acera hacia el este. Una mano sujetaba el teléfono, la otra se extendía en un gesto defensivo, como para repeler a una persona que se acercaba. Segundos después, salió disparado, apresurándose hacia el sur por la Calle 75 antes de desviarse entre los edificios.

"¿Puedes conseguir otro ángulo?" preguntó Ross con voz ansiosa.

Os ahora tenía una línea de visión despejada hacia los edificios de donde el hombre desapareció en la pantalla. Una estructura, tapiada y cubierta de grafitis, contrastaba con la otra, de la que surgieron varios hombres. Os hizo zoom en la entrada principal del establecimiento, Cocina Comunitaria Este, anunciada en letras mayúsculas y negritas. Un callejón estrecho separaba ambos edificios, extendiéndose hasta la Calle 76, donde grupos de personas sin hogar se congregaban, fumaban y compartían bolsas de papel kraft. La imagen mostraba al hombre, con su teléfono al lado, acercándose y uniéndose a un grupo de personas sin hogar.

El grupo que rodeaba al hombre obstruía la vista, asemejándose a la audiencia de una pelea callejera. El hombre emergió del grupo segundos después y salió a toda prisa del callejón hacia la Calle 76, como si huyera de una explosión.

La habitación quedó en silencio mientras todos fijaban la mirada en el monitor, esperando que Os hiciera su magia. La imagen se materializó en cuestión de segundos. El hombre salió corriendo del callejón, esquivando peatones mientras corría hacia el oeste por la Calle 76 y luego hacia el sur por la Primera Avenida. Se detuvo de repente en la intersección de la Calle 70 con la Primera Avenida, sacó su teléfono por un momento, luego apresuró el paso dos cuadras y descendió por la entrada del metro en la Calle 68.

"Estoy intentando acceder a las cámaras del metro," explicó Os, "pero no están funcionando en ese lugar."

"Fue entonces cuando perdimos el GPS del teléfono," dijo Belle, enfatizando el hecho evidente. Su mano se abrió. "¿Pero dónde diablos está la mujer? Todos escuchamos la voz en el teléfono y estamos seguros de que es—" ella señaló hacia la pantalla, "—Christopher quien hizo la llamada."

Ross compartía esa misma opinión. Banks, como si leyera sus pensamientos, mostró imágenes del grupo de personas sin hogar saliendo del callejón poco después que Christopher. El grupo de nueve personas ingresó a la Calle 76, siguió hasta la Primera Avenida y descendió las escaleras del metro.

"Esas cámaras del metro tampoco están funcionando," dijo Os. Él hizo una pausa y pulsó el teclado. "Sí, la encontré," dijo, mirando la pantalla de la computadora portátil. "Las cámaras en todas las entradas del metro de la Primera Avenida están inactivas debido a una falla del sistema a nivel de toda la ciudad."

"Si ella formaba parte del grupo," dijo Belle, siguiendo la línea de pensamiento de Ross, "el momento no tiene mucho sentido." Christopher no estaba hablando por teléfono durante ese tiempo."

Mueller dijo: "Cuando él estaba al teléfono, ella tampoco estaba con él." Una mueca de frustración frunció el ceño de Ross ante lo inexplicable.

"Dependiendo de su ubicación y de dónde se encontraba," dijo Os, "las cámaras podrían no haberla detectado. No estamos lidiando con software y cámaras de nivel Homeland Security."

El teléfono de Mueller sonó. Después de escuchar brevemente, terminó la llamada. "Nuestros técnicos tienen la ubicación del teléfono," murmuró a Ross.

Belle levantó la ceja. "¿Cuánto tiempo les tomó esto?"

Ross no dijo nada. Las habilidades informáticas de primer nivel de Banks no solo ahorraron tiempo durante la investigación, sino que también permitieron descubrir nuevas pistas más rápido de lo esperado. No podía decidir si despreciaba o admiraba las habilidades de Banks. Una probable combinación de ambos.

—Ah, chicos —dijo EJ, con la mirada fija en la computadora frente a él.

Todos dirigieron su atención hacia él mientras Os observaba la pantalla de la computadora de EJ. —Landon es un nombre bastante común —afirmó EJ. —Limité mi búsqueda a Nueva York y más precisamente a Manhattan. Crucé el nombre Landon con el The Met Cloisters y el Parque Fort Tryon." Con un toque en las teclas, un segundo monitor mostró un recorte periodístico de una persona desaparecida con la foto de una mujer. —Su nombre es Laurel Landon. Ella desapareció en 2004. Fue vista por última vez saliendo de The Met Cloisters."

Un extraño silencio llenó la habitación mientras una sensación inquietante envolvía a todos.

Ross estimó que la mujer en la foto tenía finales de sus veinte años, notando sus rasgos llamativos y sofisticados. Ojos radiantes y almendrados, pómulos altos, labios llenos, mandíbula fuerte y un cabello castaño largo y brillante. Al mirar la foto, sus ojos se abrieron con asombro al recordar algo. "Ayer recibí un mensaje telefónico de una mujer llamada Charlotte Landon."

"Esto se vuelve más extraño con cada segundo que pasa," dijo Mueller.

"Nunca devolví la llamada, pero aún conservo el papel rosa con su número."

"Creo que es momento de que expliques la evidencia que tienes que conecta los crímenes," dijo Belle a los detectives con mirada imperturbable.

Ross la estudió mientras procesaba la pregunta, comprendiendo que McBain y Banks conocían la evidencia que habían descubierto. Banks hackeó la base de datos del OCME. Aunque las acciones de Banks deberían haberlo enfurecido, su calma al respecto le resultaba aún más perturbadora. Recibió una señal de asentimiento de Mueller para compartir la información y, durante la siguiente hora, el grupo intercambió datos, teorías y decidió su siguiente curso de acción.

Ross y Mueller, armados con copias en video e impresiones del metraje de Darvere y el callejón 75, además de los datos de contacto de Félix, partieron hacia Ciudad de Nueva York. El silencio llenó el coche mientras los detectives reconocían su incomodidad mutua, ambos sintiéndose un poco sucios por los métodos que tuvieron que emplear.

CAPÍTULO 31

A pesar de los avances cruciales del día, Ross seguía insatisfecho con el progreso de la investigación. La repentina aparición de una mujer desaparecida hace diecinueve años complicó la investigación, generando aún más preguntas. Su exclusión del caso avivó aún más su ansiedad. El impulso de su equipo necesitaba un aumento considerable. Mientras Mueller recopilaba información sobre la mujer desaparecida, Landon, Chen y Torres reexaminaban las grabaciones de Osmond Banks en busca de cualquier detalle pasado por alto y contactaban a Félix Carter. Chen también llamó a The Met Cloisters y descubrió que su tienda de regalos no vendía medallones ni colgantes. Ross devolvió la llamada a Charlotte Landon. Ella mencionó que su esposo, un cirujano plástico, estaría en una convención médica en Boston hasta el viernes, pero accedió a manejar desde el norte del estado de Nueva York hasta la ciudad para reunirse con ellos mañana. Luego recogió su abrigo y el diario de Ellie Barnes y salió del precinto.

En una cafetería a una cuadra del precinto, Ross se sentó en una mesa, completamente absorto en el diario. Débilmente iluminado y sombrío, el local de ladrillo rojo y el persistente aroma a pizza y salsas delataban su antigua vida como pizzería italiana. Con apenas dos mesas, el espacio estrecho no podía albergar a más de diez personas. La razón por la que Ross frecuentaba Java Hut era su servicio veloz; era perfecto para alguien que necesitaba un impulso de cafeína para llevar, a diferencia del ambiente más relajado de Starbucks. Además, el café era económico y sabroso. Siempre parecía tener la mesa para él solo: el espacio que empleaba para la contemplación silenciosa requerida por su trabajo.

La pulcritud y legibilidad de la letra de Barnes facilitaban que Ross revisara las entradas. Hasta ese punto de su lectura, el diario mencionaba sólo a un individuo: Christopher. Barnes parecía haber iniciado el diario documentando sus observaciones diarias sobre él en el Parque Central. Mientras leía, no comprendía por qué Barnes escribía acerca de un desconocido, pero pronto resolvería el misterio. Mientras ella escribía, vio reflejado en la tristeza de Christopher su propio dolor profundo; se formó un vínculo, dejándola cuestionarse sobre la tristeza compartida en sus vidas. Cuanto más leía, más se alineaba con la Dra. Joanie Mitchell. La naturaleza deprimente del texto lo dejó exhausto. Para despejar su mente y recargar energías, tomaba pausas en la lectura de vez en cuando. La primera sección del cuaderno contenía entradas anteriores a que Barnes encontrara a Christopher. Con el rabillo del ojo, ella lo observaba, notando detalles específicos que despertaban su curiosidad más que el miedo, permitiéndole dejar de lado por un momento su propio dolor. Ross volvió a preguntarse qué quería decir Barnes: sus palabras seguían siendo vagas y misteriosas. Él continuó leyendo; otra hora transcurrió inadvertida. Se sentó derecho, estirando la rigidez en la parte baja de la espalda. Antes de leer la siguiente entrada del diario, necesitaba más café. A medio levantar de la silla, la primera frase de la entrada lo detuvo. Se recostó nuevamente en la silla.

Él se sentó a mi lado en el banco hoy. Pude notar que estaba nervioso. Se detuvo y revisó los otros bancos en busca de un asiento libre, pero todos estaban ocupados. Sospecho que estaba nervioso porque sabía que yo sabía que me había estado observando. Tras meses fingiendo no vernos, de repente estábamos muy cerca. En medio de mi soledad, ahora podía sentir el peso de su tristeza que llevaba semanas presenciando. Perdidos en nuestra propia miseria, nos sentamos a mirar a la animada multitud del parque sin ver más que nuestro propio sufrimiento. Le hablé después de un rato. Su respuesta no fue inmediata. Me miró fijamente, con los ojos abiertos en shock y confusión. Bajó la cabeza y susurró: "Nadie jamás me habla." Le regalé una sonrisa cómplice. En nuestro silencio compartido, llegó un destello de consuelo; nos sentimos menos solos.

Ross se frotó los ojos cansados y agotados, pero, como una buena novela de suspenso, no podía despegarse de las páginas. Aunque la búsqueda de respuestas era lo primordial, el impacto emocional de las entradas en el diario le hizo querer conocer los pensamientos y las experiencias finales de Barnes. Ross pasó la siguiente hora leyendo sobre la amistad entre Barnes y Christopher: paseos, películas, música, comida callejera, que ofrecían distracciones efímeras a su sufrimiento silencioso. Su lugar habitual parecía ser el Este del Parque Central en la Calle 60, donde se conocieron por primera vez. Al llegar a la mitad del diario, las entradas cambiaron drásticamente. Un día, Christopher no la encontró en el parque como habían planeado. Ella tuvo la sensación de que algo no estaba bien. Cada día esperaba en el banco, pero él nunca apareció. Barnes no había sabido nada de Christopher por lo que parecían dos semanas antes de finalmente verlo en el parque.

Mi preocupación por Christopher, deseando cada día que estuviera en nuestro banco, me hizo dudar de mis ojos cuando lo vi. Me detuve, mirando fijamente para confirmar que mis ojos y mente no me engañaban. Realmente era él. Corrí hacia él, pero al acercarme disminuí la velocidad. Christopher lucía débil y enfermo, como si alguien lo hubiera mantenido en la oscuridad durante mucho tiempo. Él me ignoró cuando me senté a su lado. Permaneció inmóvil, como en trance. Sin embargo, tuve la impresión de que sabía que yo estaba allí con él. Esperé. Pasó mucho tiempo antes de que finalmente me revelara su secreto, con lágrimas surcando su rostro. El secreto no fue sorprendente ni aterrador, tal como había sospechado durante meses, y nuestro tiempo juntos me confirmó que estaba en lo cierto. Su terrible historia de vida me conmovió hasta las lágrimas; el miedo y la tristeza me consumían mientras hablaba. Me siento inútil por lamentar mi pérdida, considerando lo que Christopher ha vivido y continúa experimentando. No debería compadecerme de mí mismo cuando otros sufren un abuso mental y físico tan profundo. Estoy aterrorizado ahora. No es por mí, es por Christopher. Él ve mi miedo y me obliga a prometerle mantener el secreto. Le doy mi palabra. Debo ayudarlo de algún modo, lo tengo que hacer. Pero, ¿cómo? Necesito resolver algo antes de que sea demasiado tarde.

Página tras página, Ross leía, con la esperanza de descubrir el secreto de Christopher. Barnes nunca lo dijo directamente. Solo mencionaba "el secreto", cumpliendo su promesa, incluso por escrito. Frustrado por la falta de fechas específicas—solo días laborables—en las entradas, Ross no podía determinar la proximidad de los eventos a la muerte de Barnes. Aunque carecía de pruebas concretas, algo en el diario convenció a Ross de que el asesinato de Barnes surgió de su amistad con Christopher. Hasta entonces, las anotaciones se centraban exclusivamente en Christopher. Cuando Ross leyó sobre otras dos personas en la página siguiente, una descarga de adrenalina lo recorrió.

Christopher trajo consigo a Maggie y a Nathan hoy. Sentí que los conocía, por las numerosas conversaciones que Christopher había tenido sobre ellos. El saludo de Nathan fue cordial, pero sus ojos desconfiados delataban una actitud cautelosa. Pareció entrar en confianza conmigo conforme hablábamos; Sentí que había conquistado su confianza. Maggie no se contuvo; de inmediato, manifestó su descontento por encontrarme y su enojo hacia Christopher por involucrarme en su secreto. Su actitud audaz e imponente y sus preguntas directas eran, comprendí, su manera de protegerlos. Sentí una punzada de tristeza al verlos partir tan pronto. Sentí una extraña conexión y la esperanza de que nos volvamos a encontrar pronto.

Su mente corría a toda prisa. ¿Es posible que Nathan del diario sea el mismo Nathan que aparece en las grabaciones de seguridad del museo? ¿Fue Maggie la mujer que atacó a Belle McBain? Mientras consideraba la idea, un terrible pensamiento invadió su mente. ¿Participó Barnes en la conspiración para asesinar a McBain, suponiendo que el secreto estuviera relacionado con los restos óseos femeninos y su muerte? El pensamiento revolvió el estómago de Ross; rechazó la idea de la complicidad de Barnes en el intento de asesinato. En su creencia, el secreto contenía las respuestas y era lo que condujo a la muerte de Barnes. Aún así, no apareció rastro alguno del secreto; la frustración de Ross aumentaba con cada página. Las anotaciones evidenciaban la conexión cada vez más profunda entre Barnes, Christopher y su círculo de amigos. Otra idea lo atormentaba. Barnes ocultaba la identidad de Christopher a las cámaras de vigilancia en su apartamento. ¿Con qué propósito? ¿Acaso estaba protegiéndolo porque sabía que él era un asesino? Barnes nunca mencionó que Maggie ni Nathan visitaran su apartamento en sus escritos. Solo a Christopher. ¿Acaso eso tenía alguna importancia? La página siguiente contenía la anotación inicial sobre la Dra.

Melissa Cartwright.

Christopher ha estado actuando de manera extraña durante días, pero se niega a explicar. Estoy viendo un lado nuevo de él debido a lo que lo atormenta. Está irritable, malhumorado y sólo quiere holgazanear en mi apartamento. Le estoy dando el espacio y el tiempo que necesita; Confío en que eventualmente me contará qué lo aqueja. Por lo general lo hace, pero esta vez no. Él responde "nada" cuando vuelvo a preguntar qué le preocupa. No obstante, sus ojos inquietos cuentan otra historia. Como amigo, me siento perdido e inútil. He considerado preguntarle a Christopher si estaría dispuesto a reunirse con la señorita Melissa, mi psicóloga. Temo que Maggie pueda malinterpretar mi ayuda como una artimaña manipuladora. Sé que ella se enfadaría y evitaría que Christopher pase tiempo conmigo. Sin embargo, al ver a Christopher hoy tal como estaba, decidí tomar ese riesgo. Al principio no estaba seguro, pero luego aceptó. La Señorita Melissa me ha ayudado. Podrá ayudar a Christopher y a ellos.

No encontró nada más relevante en el diario después de eso. Las páginas seguían con el relato de Barnes sobre su tiempo con Christopher y sus amigos, aportando pocos detalles adicionales. Se dio cuenta de que la escritura autorreferencial de Barnes transmitía menos tristeza. Su preocupación por Christopher persistía, pero se notaba un cambio: un ánimo más luminoso que emergía. Ross se preguntaba si aquel cambio provenía de la influencia de la Dra. Cartwright o de haber encontrado un propósito en su vínculo con Christopher, un propósito perdido tras la muerte de su familia. Quizá un poco de ambos. Su decepción se sentía como llegar al capítulo final de un misterio apasionante—solo para descubrir que la última página estaba ausente. Ya habiendo leído la última entrada cuando encontró el diario por primera vez, lo leyó de todos modos.

Cerró el cuaderno y exhaló un pesado suspiro, sintiéndose emocionalmente agotado. Sintió una necesidad súbita de un trago fuerte. Su teléfono sonó sobre la mesa mientras se levantaba para marcharse. Un mensaje de texto de su hermano. Butthead u best b on the way. Ross miró su reloj. La hora tardía lo sorprendió. "Ya voy, idiota", respondió por mensaje. Los avances del día y el tiempo dedicado a habitar la mente de su víctima le hicieron valorar el tiempo en familia y una comida cocinada en casa. Se dirigió de nuevo al precinto para informar a sus colegas antes de conducir de nuevo a Nueva Jersey.

CAPÍTULO 32

An Journal Square, Jersey City, la casa de los padres de Ross, situada frente al hermoso Lincoln Park, era, en un principio, una casa unifamiliar independiente. William y Marian Ross no tenían intención de compartir el espacio cuando compraron la propiedad. La casa soñada de la pareja surgió al convertir una vivienda de dos pisos y siete dormitorios, conservando la arquitectura de la década de 1880, con una amplia puerta del salón, altas puertas corredizas y molduras de cornisa, y incorporando un diseño moderno para crear el hogar ideal donde criar a sus dos hijos.

Ross se relajaba en la sala de estar, conversando con Andy y Julia, la prometida de Andy, mientras su madre preparaba un asado en la cocina. Él tenía que admitir que se sentía bien estar allí, entre familiares, personas que te aman sin reservas. Pero una parte de él temía estar allí. Desde el momento en que pisaba la casa, su mente retrocedía automáticamente a aquel horrible día, reproduciéndolo por completo. A diferencia de su madre, él no creía que los buenos recuerdos de toda la vida opacaran los malos. Después de la muerte de su padre, le suplicó a su madre que se mudara, pero ella se negó. Ella no permitiría que años de recuerdos entrañables construidos dentro de las cuatro paredes murieran con su esposo.

—Solo nos quedan un par de detalles menores por resolver antes de la boda, luego estaremos listos —dijo Julia, una joven menuda de veintiocho años con cabello rubio hasta los hombros, piel clara y una sonrisa perfecta, recostada en el sofá con las piernas sobre el regazo de Andy.

Ross, señalando a su hermano con la bebida, dijo: —No puedo creer que te vayas a casar con esta nerd.

Andy, un hombre imponente de aproximadamente un metro setenta y cinco con cabello castaño claro y ondulado, mandíbula marcada y ojos color avellana oscuros y pensativos, se señaló a sí mismo y dijo: —Creo que quisiste decir que ella ganó a lo grande, idiota.

Ross puso los ojos en blanco, riendo.

—Bueno, esta nerd es mía —dijo Julia, su pie acariciando la pierna de Andy.

Marian Ross llamó a su familia para la cena. Para lavarse primero, Ross fue por el pasillo hacia el baño. Al llegar al umbral del baño, se detuvo. Con aprensión, miró por el pasillo hacia la puerta cerrada del estudio. No había reconocido esa habitación en años, como si no existiera. Pero entendía la razón por la que el recuerdo más allá de la puerta cerrada lo atraía. Como si temiera despertar a un bebé dormido, se acercó sigilosamente a la puerta, se detuvo con la mano en el pomo, inhaló profundamente y la abrió lentamente. Lo que vio lo sorprendió. Parecía que el tiempo se había detenido. El estudio/oficina de su padre permanecía intacto, desde el arreglo del mobiliario y las estanterías rebosantes de libros hasta las fotos familiares y las plantas vivas. Un pensamiento súbito y preocupante sobre su madre lo invadió: estaba bastante seguro de que un libro de texto mencionaba que las manifestaciones atemporales no eran saludables.

Caminó a través de la habitación hacia el escritorio. La silla de respaldo alto de cuero—donde había descubierto a su padre, con la cabeza inclinada hacia atrás, una bala en el cráneo—hacía tiempo que había desaparecido, lo sabía, y se preguntaba cuándo su madre la había reemplazado. Rozó el borde del escritorio, con el corazón latiendo con fuerza en el pecho. Él se preguntaba, como solía hacerlo, cómo sería su vida si su padre no hubiera muerto. Sumido en sus pensamientos, el sonido de la voz de su madre detrás de él lo hizo sobresaltarse.

—Me preguntaba si regresarías —dijo Marian Ross, pasando a su hijo para ponerse junto a la ventana que daba al amplio patio trasero cercado. Su madre, de sesenta años, llevaba su largo cabello gris recogido en un moño sobre la cabeza. Su carácter franco, sus apasionadas discusiones y su figura baja y curvilínea a menudo hacían que la gente pensara que era italiana o siciliana. —Sé lo que estás pensando, Jonah —dijo, de espaldas a él—, pero detente.

Tengo la cabeza bien puesta —afirmó, al volverse para mirarlo—. Mi última conversación con tu padre tuvo lugar en esta misma habitación la mañana de su muerte. Ese recuerdo precioso es mi fortaleza, y me niego a permitir que la tragedia de su muerte lo opaque.

Ross no lo sabía. Ella siempre había prohibido las discusiones sobre la muerte de su padre en casa, insistiendo en evitar el dolor de vivir anclados en el pasado. Ella centraba sus pensamientos en sus recuerdos alegres y en su carácter extraordinario.

Su madre continuó: "Ese recuerdo es algo que visito todos los días." Se acercó al escritorio y al Ficus en maceta que estaba en la esquina. Mientras hablaba, examinaba distraídamente las hojas de la planta. "En lugar de ver a mi esposo muerto, lo imagino sosteniéndome, susurrándome su amor por mí y por la familia—la última vez que entró en esta habitación." El trabajo de tu padre en la SEC (Comisión de Bolsa y Valores de EE. UU.) durante los últimos meses había sido estresante, haciéndolo despertar tenso y preocupado cada día. Sin embargo, esa mañana estaba tranquilo y alegre. Pregunté si había tomado cócteles en el desayuno. Él se rió y reveló que estaba contemplando renunciar a su empleo; la sola idea lo emocionaba. Naturalmente, yo apoyaba esa idea. El miedo a que sufriera un ataque al corazón por el estrés diario desaparecería. Antes de renunciar, dijo que necesitaba terminar una última tarea. Nos abrazamos, nos besamos y bailamos despacio mientras él tarareaba una melodía suave. Ese es mi recuerdo de tu padre."

Ross permaneció en silencio, observando a su madre contemplar la planta, perdida en el recuerdo de ese último instante con su esposo.

Un momento después, su madre lo miró. "Me rompe el corazón que hayas sido tú quien encontró a tu padre. Ningún niño debería tener que soportar eso. Pero tú lo hiciste, y las imágenes que viste te han dominado desde entonces." Hizo una pausa. "Es hora, Jonah, de que veas a tu padre diferente, o esta lucha interna te destruirá, y no soporto la idea de presenciar eso. Ni siquiera pienses en mentirme diciendo que estás bien. Yo sé mejor." Me destroza el alma ver a mi dulce niño volverse distante y duro, con un resentimiento que crece cada vez más, una corriente densa, casi sanguinolenta, de culpa que lo consume. No pudiste evitar lo que pasó."

—Tonterías —dijo él, más fuerte de lo que había esperado. —Podría haber salvado a mi padre si me hubieran advertido sobre el golpe.

—No, Jonah —dijo su madre. —Joseph Simone no podría haberte advertido.

El filo en su voz le provocó una oleada de inquietud que lo sacudió. —¿Qué quieres decir?

Después De Que Ella Desapareció

Una vez más, su madre se acercó a la ventana y contempló en silencio el exterior húmedo y frío por un instante. —El día después de que tu padre murió —dijo finalmente—, visité a los Simone.

Sus ojos se abrieron incrédulos. —¿Por qué?

—Tenía que asegurarme de que la muerte de tu padre no estuviera relacionada con ninguna vinculación. —

¿Pensaste que papá era corrupto?

—No sabía qué pensar, Jonah —dijo ella, con la voz alzándose. Se tomó un momento para calmarse antes de continuar. —Los rumores sobre el padre de Joseph y quién era realmente no surgieron sino hasta mucho después de que terminara tu amistad. Honestamente no recuerdo con exactitud cuándo.

Ross reflexionó sobre la amistad que tenía con Joseph. Se conocieron en la secundaria. Un proyecto de ciencias los unió, revelando pasiones compartidas por el fútbol, el skateboarding, la actividad física y las chicas. A pesar de sus diferencias—Joseph era callado, serio y estudioso, mientras que Ross era extrovertido, jovial y un estudiante promedio—se volvieron inseparables. Cuando se graduaron de la preparatoria, la relación cambió. Joseph fue retirándose lentamente de su vida, y antes de que Ross se diera cuenta, toda comunicación entre ellos había cesado. No lo entendía. Un momento eran mejores amigos; al siguiente, ni siquiera se hablaban. Negar su rabia y su dolor sería mentir.

"No eran rumores," dijo Marian. "Víctor Simone no era alguien con quien se pudiera jugar. Tu padre y yo—y muchos otros en el pueblo—elegimos ignorarlo, paralizados por el miedo a la represalia de Víctor. La forma en que tu padre murió confirmó la culpa de Víctor; Tuve que asegurarme de que mi esposo siguiera siendo el hombre que yo creía que era.

Ross contuvo su ira con un esfuerzo de voluntad. La sospecha de su madre de que su padre estaba vinculado con Víctor Simone lo enfurecía. ¿Cómo podía ella?

"Cuando llegué a la casa de Simone," continuó su madre, "Joseph, al verme llegar, salió de inmediato. Solo esperó a que yo hablara." Negó con la cabeza. "Me quedé paralizada, lo miré fijamente y lloré. Reconoció la razón de mi visita y dijo: "Tu esposo era un buen hombre." Cuando me di la vuelta para irme, agregó: "No lo sabía, señora Ross." Nos quedamos allí un momento largo, y leí el mensaje en sus ojos. Por tu antigua amistad con Joseph, Víctor nunca le contó a su hijo sobre ello, asegurándose de que Joseph no detuviera los asesinatos. Le pregunté a Joseph si sabía por qué habían asesinado a mi esposo, y él dijo que no lo sabía."

Ross se quedó paralizado, atónito. "Desde el principio sabías eso—"

"Sí, que Joseph no mató a tu padre."

Él negó con la cabeza, completamente incrédulo. "¿Por qué diablos no me lo dijiste?" gritó.

"Te estaba protegiendo. Habrías estado empecinado, sin detenerte ante nada para encontrar al asesino. Temía que te mataras, y no podía perder también a mi hijo."

"En cambio, me hiciste creer una mentira."

Marian desvió la mirada. "Nunca pensé que guardarías ese dolor y resentimiento durante todos estos años," dijo, mirándolo a los ojos. "Tenía fe en que superarías la muerte de tu padre a manos de Joseph. Cometí un error terrible. Debí haberte dicho la verdad, pero no lo hice. En cambio, dejé que la ira de mi hijo se pudriera y lo corroiera desde dentro. Esperaba que la confesión de Anthony Carzossa, de haber matado a tu padre hace dos años, aliviara tu enojo. Esperaba que tu vacío interior sanara y que comenzaras a vivir de verdad." Ella negó con la cabeza. "Pero no fue así. Tu furia se intensificó porque creías que tu viejo amigo sabía del asesinato y no había intervenido." Ella bajó la cabeza. "Y, sin embargo, seguí guardando silencio."

La confesión de su madre hizo que su rostro se ruborizara y que sus orejas ardieran. Caminaba de un lado a otro, tratando de controlar su ira. Se volvió hacia ella y preguntó, "¿Por qué diablos me lo dices hasta ahora?"

Creo que sabes la respuesta, Jonah —es la misma razón que te hizo volver al despacho de tu padre después de tantos años.

La incredulidad, el enojo y el dolor de su madre nublaron la mente de Ross, dejándolo sin palabras. Sintió que la vida lo aplastaba de nuevo.

Marian fue al escritorio, abrió un cajón y sacó un sobre. "Recibí esto por correo dos meses después de que tu padre murió," dijo, entregándole el sobre.

El tiempo había dejado su huella en el sobre sin abrir, con pliegues y decoloración. Desde el interior, Ross sacó y desplegó el papel para leer las palabras *manuscritas*.

Ross descubrió que un colega de la SEC estaba proporcionando
informes trimestrales fraudulentos a la comisión para la firma de inversiones de Malcolm Weiner (esquema Ponzi)
Ross tiene programada una reunión con los federales

Las lágrimas asomaron en los ojos de Ross, pero las contuvo. Temía morir sin conocer la razón detrás del asesinato de su padre. El conocimiento súbito le trajo una abrumadora sensación de paz, levantando un pesado peso de sus hombros. ¿Era la reunión con los federales la última tarea de su padre antes de renunciar? Él miró a su madre, levantando el sobre. "¿Joseph?"

Su madre asintió. Ella se acercó a su hijo. "Tu ira hacia mí es válida, pero es tiempo de perdonar y dejar que las heridas sanen." Le posó una mano en la mejilla. "Jonah, eres un buen hombre, igual que tu padre. Un hijo maravilloso. Tu padre estaría orgulloso de ti, pero también estaría decepcionado de que estés desperdiciando tu vida por él."

Sus palabras lo golpearon con fuerza; su enojo hacia su madre se desvaneció mientras sus ojos se llenaban de lágrimas.

—¿Está todo bien? —preguntó Andy, apoyado en la puerta del estudio.

Jonah, ocultando su angustia a su hermano, se volvió y aclaró la garganta.

—Andy, la cena se está enfriando —dijo su madre mientras cruzaba la habitación—. Tu hermano llegará en breve.

Después de que su madre cerró la puerta, Jonah secó sus lágrimas, se acercó al escritorio y fijó la mirada durante largo rato en la silla de cuero, intentando concentrarse en cualquier cosa menos en la cabeza inerte de su padre, inclinada hacia atrás. Tuvo un recuerdo fugaz de sí mismo de niño, sentado en el regazo de su padre, coloreando en el escritorio mientras él hablaba por teléfono. Su mano descansaba ligeramente sobre la silla mientras susurraba: "Te extraño, papá."

CAPÍTULO 33

En el metro, rumbo al norte, Maggie estaba sentada con los ojos cerrados; el estridente chirrido del tren hacía poco para calmar la tormenta interior. Ni un mendigo agresivo, borracho y empapado en orina que zigzagueaba entre la multitud lograba distraerla. Christopher la empujaba al límite. Él había ignorado su instrucción directa de mantenerse alejado de las tumbas—y ahora estaba esa llamada imprudente y dañina a esa perra, McBain. Ella exhaló con fuerza, obligándose a mantener la compostura. El intento de Christopher de mezclarse con las personas sin hogar no había servido para ocultarlo. Le repugnaban—pero tuvo que enfrentarse a esas personas solo para impedir que cavara el hoyo aún más profundo —y para quitarle el teléfono.

El tren se detuvo, y los pasajeros se derramaron, empujándose contra la marea de viajeros que llegaban. A Maggie no le importaba hacia dónde se dirigiera el tren. Cuando volvió a avanzar de repente, ella permaneció en su asiento, viajando sin rumbo para matar el tiempo y pensar. Pero en la oscuridad retumbante del túnel, emergió una verdad dolorosa: fue su propia pérdida de control en los sitios de entierro la que provocó la respuesta imprudente de

Christopher. Él no actuaba en el vacío—estaba reaccionando a ella.

Ella abrió los ojos y miró al otro lado del pasillo, más allá de los cuerpos entre ella y la ventana, observando cómo las paredes del túnel se difuminaban y destellaban. No había más margen de error. Ya no se podía confiar en Christopher.

Ella metió la mano en el bolsillo de su abrigo y sacó un tubo de lápiz labial. Quitó la tapa y lo llevó a sus labios. Para cuando terminó, el tren había llegado a la siguiente estación—y su decisión estaba tomada. La acción drástica era el único camino a seguir. Ella se encargaría de Christopher.

Y de paso—para asegurarse—también se encargaría de Nathan.

CAPÍTULO 34

Después de que los detectives se fueron, la casa de Belle hizo una pausa en la investigación para un almuerzo tardío de pizza recalentada, durante el cual Belle le preguntó a EJ sobre su tiempo fuera. Belle supo que, contrariamente a lo que había imaginado, su sobrino había vivido una vida sorprendentemente normal mientras estaba oculto. Su conversación se centró principalmente en Elba, una pequeña isla italiana donde pasó la mayor parte del tiempo. Tenía una exnovia y pasaba tiempo con sus amigos en el cine y en fiestas. Él aprendió a bucear y a hacer windsurf, y trabajó en un mercado de pescado. EJ amaba tanto Italia que esperaba vivir allí algún día. Aunque tentada, Belle resistió la tentación de hacerle preguntas directas a EJ. Su espera continuó hasta que vio a Joseph.

Os, actuando como un sargento de instrucción, le había ordenado subir a descansar—y por una vez, ella no tenía energía para discutir. Ella tomó el grueso libro de la tienda de regalos de The Met Cloisters del vestíbulo, planeando leerlo después de una siesta, y luego se dirigió al tercer piso. Sonrió, apreciando las paredes color canario de su habitación, feliz de no pasar otra noche entre las paredes blancas y desoladas de una habitación de hospital. Al ver su cama tamaño queen y su fiel ayuda para dormir, un ventilador de pie, se desinfló como un neumático perdiendo aire. Tiró el libro sobre la cama y encendió el ventilador a toda potencia—su zumbido fuerte y constante sirviendo como nana. Con las botas quitadas, ella se acurrucó bajo las cobijas, apoyando cuidadosamente la cabeza sobre la almohada antes de quedarse dormida rápidamente.

Una hora después, despertó cansada, pero sin poder volver a dormir. Eran más de las seis. No tenía apetito para la cena. Se duchó, se puso un pijama de seda y aplicó un nuevo vendaje y una gasa en la herida de la cabeza, luego volvió a meterse en la cama. Tras acomodar las almohadas y ponerse lo más cómoda posible, abrió el libro del museo. Pasaron unas horas mientras hojeaba el libro y leía, recibiendo consultas periódicas de Os y EJ desde que trabajaban en la oficina.

Durante otra hora, releyó la sección llamada "Oficina de los Muertos", o, como Las Bellas Horas la denominan, "Velas de los Muertos", estudiando las ilustraciones de los dos cadáveres en sus tumbas y su descripción, pero permanecía sin pistas. Pasó la página y leyó los cinco Salmos que inician una misa funeraria medieval. En el primer salmo, repasó las palabras que la mujer había pronunciado —del segundo versículo— durante el asalto. Al ocurrírsele un pensamiento, el rostro de Belle se frunció en ceño. Con la página anterior frente a ella, recitó en silencio el versículo mientras miraba las lápidas.

El fuerte ruido del ventilador impidió que Belle escuchara a Os entrar al dormitorio. Él dijo, deteniéndose junto a su cama: "Esperaba que estuvieras dormida."

—Aunque ella me asesinara —respondió—, me pregunto si tenía la intención de enterrarme en el Parque Fort Tryon.

Os arqueó una ceja. "No te estoy siguiendo."

El Salmo describe la invocación al Señor para el perdón de los pecados y para permitir que el alma entre al cielo. Sin embargo, ella solo recitó un versículo del Salmo, no todo entero, y creo que ese versículo estaba destinado a mí, no a ella. Sus palabras indicaban que yo estaba rodeado por las tristezas de la muerte.

"Ella te culpa por la muerte de alguien, y en lugar de que el Señor te perdone, quiere que seas castigado."

Ella asintió. "Después de leer esto," dijo, tocando el libro, "no creo que hayamos acertado sobre cómo murieron esas dos víctimas." Quiero decir, si la venganza y la retribución eran sus motivos para matar, ¿por qué entonces fingir un entierro temeroso, implicando un deseo por el perdón y el descanso eterno de las víctimas?"

Os tomó un momento. "Alguien más los mató."

Ella asintió de nuevo. "Pero ella está consciente del

sitio del entierro. Si Christopher es su cómplice, entonces podría ser el asesino; sin embargo, no sabemos con certeza si está involucrado en lo absoluto. Pero está Nathan."

"Aunque ella no mató a las dos víctimas, ¿tenía la intención de matarte a ti?"

Ella recostó la cabeza contra el cabecero y suspiró. "Sí, lo sé. No puedo explicar esa parte. Sin embargo, tengo una sensación persistente de que ella considera mi muerte merecida, a diferencia de las otras." Se incorporó y cerró el libro. —Suficiente por esta noche—. Entregó el libro a Os, quien lo colocó sobre la cómoda a su lado. Acomodó las almohadas antes de recostarse. —Mañana a primera hora creo que deberíamos hablar con Melissa Cartwright.

—Ya tengo su información de contacto.

—No espero que ella sea especialmente abierta con la información. Más allá de la confidencialidad médico-paciente, vale la pena intentarlo—. Nunca había conocido a Melissa Cartwright, pero sabía que era hija del Agente Especial del FBI Ed Cartwright. Al principio detestaba al agente, pero con el tiempo llegó a respetar su dedicación de largo plazo para atrapar a Víctor Simone y proteger a su padre bajo protección de testigos. Aunque había pasado tiempo desde la última vez que habló con el agente, recordaba conversaciones pasadas en las que hablaba de su esposa, Jane, y sus hijas Melissa y Katie, atribuyendo a su familia el mérito de su sobriedad.

Belle estuvo tentada a pedirle a Os que buscara los expedientes de paciente de Melissa Cartwright sobre Ellie Barnes y Christopher en la Clínica de Salud Mental Darvere, pero se contuvo. Os se negaba a traspasar los límites en ciertos aspectos de la vida personal de las personas. Él no hackearía los archivos médicos o psicológicos de nadie; se negaba a violar la privacidad de las personas.

"¿Hay algo más sobre Laurel Landon?"

"No ha habido avances en el caso frío desde el año en que desapareció. Su hijo, de cinco años, estaba con ella cuando desapareció. Lo encontraron ileso. El conserje del museo se convirtió en sospechoso. Había sido acusado de asalto y intento de violación un año antes de que Landon desapareciera, pero nunca enfrentó una condena. No había suficientes pruebas en el caso de Landon para acusar al hombre."

"Qué terrible para el niño."

"Se vuelve aún más triste. Antes de que Landon desapareciera, su esposo Eric, piloto de Norwegian Airlines, murió en un accidente de esquí en Colorado un año antes. Matthew Landon, su hijo, se mudó al norte del estado de Nueva York para vivir con su tía y su tío—Dr. Wade Landon y su esposa, Charlotte. Hace dos años encontraron a Matthew Landon, de veinticuatro años, muerto en su dormitorio. Él se había suicidado por ahorcamiento.

Los ojos de Belle se posaron en los pies de la cama,

contemplando la desaparición de la mujer. Su mente armaba la información como un rompecabezas, pero sin resultado. Las palabras de su padre resonaban en su mente. Si estás perdido y no puedes percibir el presente, comienza de nuevo. Un momento después, esas palabras despertaron un pensamiento. Ella miró a Os. "¿Cuál es el denominador común entre yo, las dos víctimas y Landon?"

"Parque Fort Tryon," contestó él al instante.

"Correcto. "¿Podría la desaparición de Laurel Landon en el Parque Fort Tryon ser el punto de partida de nuestra investigación?"

Los ojos de Os se agrandaron mientras asentía con la cabeza. "Puede que estés en algo, chica."

"La entrevista de los detectives con Charlotte Landon no garantiza transparencia, así que hablaremos con ella nosotros mismos."

"Conseguiré un número para ella."

Belle se llevó la mano a la boca, cubriendo un profundo bostezo. A medida que el sueño se acercaba, su cuerpo se relajaba y sus ojos se entrecerraban. Se desplazó hacia el lado derecho de la cama, luego palmeó el espacio a su izquierda. "Quédate hasta que me quede dormida."

Os maniobró la silla de ruedas Cadillac más cerca de la cama, luego usó un botón para elevar su asiento al nivel del colchón. Con el reposabrazos levantado, se alzó con fuerza sobre la cama. Movió ligeramente el Cadillac hacia adelante con el control manual, lo suficiente para izar sus piernas sobre la cama. Se acercó con cuidado a ella, estiró las piernas y se acomodó.

Belle tomó su mano y entrelazó sus dedos con los de él, una sensación de paz la invadió, silenciando sus pensamientos inquietos. "¿Recuerdas cuando hicimos un maratón de El Padrino aquí?"

Una sonrisa y un asentimiento vinieron de Os. "Te castigaron por darle una nariz sangrante a Ricky Corben."

"Acosar a Sarah Wallace con fotos de cerdos pegadas por toda la escuela debido a su peso estaba mal, y ese idiota se lo merecía."

"Nos atiborramos de comida chatarra en la cama todo el sábado, viendo la trilogía de El Padrino.

Teníamos tanta comida que no podíamos ver la maldita cama." "¿De cuántos lugares pedimos?"

"Pizza, cheesesteaks de Filadelfia y hamburguesas," dijo Os, contando en sus dedos.

"No te olvides de la comida china. Además, saqueamos el refrigerador."

"Juré nunca volver a comer un rollito de primavera. Toda la comida que consumimos me enferma solo de pensarlo."

Ella bostezó y dijo: "Creo que estuve en coma

alimenticio por una semana." Os la miró. "Vete a dormir," susurró.

El sueño la venció mientras apretaba tiernamente su mano. "Te amo, Osito oso."

***

Os la observaba dormir, su respiración marcando un ritmo contra el telón de fondo de la vida que compartían, grabado en su memoria. Los recuerdos se desvanecieron, dejándolo consumido por la culpa. Tanto su miedo a revelar la verdad como el miedo a ocultarla lo mantenían prisionero.

¿Podrías perdonarme, Annabelle?

CAPÍTULO 35

Belle despertó renovada tras una noche de sueño profundo y sin sueños, su primer descanso verdadero desde el ataque. Después de ducharse, se puso unos jeans, un suéter negro de punto y botas, y luego cubrió su cabeza con un gorro de punto negro, ocultando la fresca almohadilla no adhesiva envuelta en gasa. Incluso después de la larga y caliente ducha, su cuero cabelludo le picaba terriblemente; sentía como si innumerables insectos se arrastraran bajo sus vendajes y en su cabello. Sacó la medalla de sobriedad del tocador, la guardó en el bolsillo de sus jeans y se miró en el espejo. Los moretones color berenjena se habían tornado en un verde amarillento. Las heridas habían formado costras y picaban intensamente, al igual que su cráneo. Encantador. Aplicar maquillaje sería inútil. Ninguna base podría ocultar su rostro marcado. Ella soltó un suspiro, aceptando su aspecto tal como era. Sacó una bufanda gris de lana del cajón superior de su cómoda, se la puso y salió del dormitorio.

El aroma del tocino de pavo frito la recibió al bajar por la escalera con pasamanos de roble, mientras sus botas resonaban en el suelo de madera. Un estómago rugiente le recordó que no había comido desde la pizza recalentada de ayer. Al llegar al pie de la escalera, los sonidos de risas y voces, junto con las bromas juguetonas de Os, resonaban desde la cocina, provocándole una sonrisa. Solo una persona podía despertar su vena combativa.

Ella entró en la cocina. —Buenos días —dijo, con la voz menos ronca que antes.

Tres cabezas se volvieron.

Félix chilló sorprendido mientras cocinaba en la estufa de gas. Él lanzó la espátula y corrió hacia ella con un dramatismo exagerado; con los brazos abiertos en un gesto teatral. "He estado hecho un desastre por ti." Él la abrazó y la apretó con suavidad. Félix Carter, de seis pies, con la cabeza calva y oscura, vestía una camisa de manga larga color clavel y pantalones caqui.

"Bienvenido de nuevo, Félix," dijo ella con una sonrisa mientras lo abrazaba. En el rincón del desayuno, vio a Os haciendo un gesto de corte de garganta; al otro lado, EJ estaba sentado, con una sonrisa apenas disimulada tras dedos entrelazados. Ella giró los ojos, conteniendo la risa ante sus travesuras. En la reunión de Narcóticos Anónimos, Félix se presentó y, con el tiempo, se convirtió en su padrino y amigo. Con diez años de sobriedad, superó una historia de abuso de drogas, discriminación social por ser gay y el tormento de los matones. Un día, durante el almuerzo en la ciudad con Félix, mencionó su plan de expandir el negocio y posiblemente contratar un office assistant. Diseñador gráfico independiente y artista drag queen, Félix ayudó hasta que obtuvieron un puesto permanente. Había pasado ya más de un año desde entonces.

—Estaba en plena forma cuando Alex y yo oímos lo que sucedió —dijo Félix mientras la liberaba—. ¿Cómo podría disfrutar Jamaica, sabiendo que mi chica me necesitaba?

—Lo que sea —murmuró Os.

—Cálmate, geek de la computadora —dijo Félix por encima del hombro. Le dijo a Belle: «Además, dos semanas con los suegros son más que suficientes para mí». El apuesto Tyson, esposo de Félix desde hacía cuatro años y arquitecto exitoso, visitaba frecuentemente a su familia jamaicana, manteniendo sólidos lazos con su herencia. Félix dio un paso atrás, puso una mano en la cadera, la otra en los labios y la examinó detenidamente. Negó con la cabeza, chasqueó la lengua y señaló su cráneo. —Estoy al borde de las lágrimas.

Belle tocó el gorro tejido. «No es tan grave como parece. No siento tanto dolor»

ahora."

Félix chasqueó la lengua una vez más. "Mi querida, hablo de tu divina melena." Él miró bajo la gorra tejida hacia su cuero cabelludo áspero y luego agitó una mano frente a su rostro. "Ay, creo que las lágrimas están a punto de brotar."

Ella rió entre dientes. La naturaleza cómica de Félix siempre alivianaba las situaciones desagradables con risas, confortándola.

Félix la hizo señas para que se acercara al rincón del desayuno. "Te traeré un café." Detrás de la isla de la cocina, mientras insertaba una cápsula Keurig en la cafetera, dijo: "Tu sobrino aquí presente es una delicia, sin mencionar que es muy atractivo a la vista."

EJ respondió con un doble pulgar hacia arriba ante el cumplido, mientras Os puso los ojos en blanco y negó con la cabeza.

Con una amplia sonrisa, Belle le dio una palmada en el hombro a Os. "Es maravilloso tenerlo de vuelta, ¿no crees?" dijo, luego se deslizó en la caseta frente a EJ.

"Su ausencia hizo que esas dos semanas fueran maravillosas," dijo Os con énfasis a Félix, guiñando el ojo a un EJ que esbozaba una sonrisa de suficiencia.

"¿Qué dijiste, chico enamorado?" inquirió Félix, cruzando la habitación. "¿Quieres un abrazo?" Él colocó la taza de café sobre la mesa. Belle apretó entre sus manos la taza caliente, inhalando el rico y oscuro aroma del café antes de prepararse para probarlo. La cafeína la recorrió, borrando al instante sus dolores y molestias. Junto a la silla de ruedas, Félix se inclinó y rodeó con sus brazos los hombros de Os en un abrazo. "Yo también te extrañé," le susurró al oído Os. Erguido, giró la cadera y se pavoneó hacia la isla donde el tocino de pavo chisporroteaba.

Ella y EJ rieron; Os esbozó una pequeña sonrisa. Las disputas juguetonas e inocentes entre Os y Félix eran cosa común en la Victoriana, algo que para ella resultaba alentador. Para ellos, Félix se convirtió en más que un empleado y amigo; él era familia.

La ligereza de la mañana se desvaneció cuando los cuatro, reunidos en el rincón con omelets de espinaca y tocino de pavo, comenzaron a hablar sobre la investigación y la agenda del día de Belle y Os, poniendo a Félix al tanto. Los días de terribles comidas hospitalarias hicieron que Os y EJ llevaran la mayor parte de la conversación, mientras ella disfrutaba el sabroso desayuno de Félix, dejando de lado cualquier leve molestia al tragar. Al igual que Os, Félix era un cocinero excelente, el responsable de haberla persuadido para que tomara clases de cocina con él. El desayuno reveló dos detalles adicionales: Félix confirmó una visita matutina de la policía, que resultó en la incautación de sus cincuenta y seis pelucas; Os también contactó a Charlotte Landon, quien accedió a una reunión más tarde esa mañana.

Una hora después, ella y Os se encontraban en la caravana. Ella se agachó en su asiento para evitar las cámaras destellantes mientras Os salía de la entrada y bajaba por la calle. La fuerte tormenta había cesado temprano en la mañana, dejando tras de sí nubes grises y amenazantes y un aire fresco y cortante. A pesar del tráfico lento pero constante sobre el Puente Washington, Os y ella avanzaron bien hacia Ciudad de Nueva York. Sin embargo, su ritmo seguro se detuvo al llegar a la isla: Manhattan estaba de nuevo completamente congestionado. Las aceras estaban abarrotadas de peatones, y el tráfico, coche a coche, atascaba las calles mientras la gente disfrutaba del clima mejorado. Cuarenta minutos de tráfico cruzando la ciudad, Os condujo por las calles menos congestionadas del East Side, llegando al edificio de la Dra. Melissa Cartwright diez minutos después.

La ubicación del edificio, así como el edificio mismo, fue inesperada para Belle. Considerando la profesión del padre de Melissa Cartwright, Belle dedujo que la doctora vivía en un lujoso rascacielos del Upper East Side. En cambio, estaba frente a un edificio de apartamentos de cinco pisos, sin ascensor y de preguerra. Estiró el cuello, observando los edificios idénticos del vecindario en decadencia. Viejos y deteriorados. Altas pilas de bolsas de basura se amontonaban en la acera. Más adelante, un anciano desaliñado rebuscaba en un montón, tomando los objetos que encontraba.

¿Está segura de que esta es la dirección correcta? ", preguntó Belle, mirando nuevamente el edificio de Cartwright.

No, pero es la última dirección conocida que tengo de ella.

Belle asintió rápidamente. "Solo hay una manera de saberlo con certeza." Extendió la mano hacia la manija de la puerta. "Parece que tendré que ir sola."

Os hizo un puchero en broma, acostumbrado a edificios inaccesibles. "Odio que tú te diviertas y yo no."

Del piso, sacó su bolso mensajero antes de salir de la caravana. La entrada del edificio contaba con un sistema de intercomunicador de voz visible. Escaneó la lista de inquilinos y sus apartamentos, pero no encontró a la doctora. Cuatro espacios carecían de nombre, número o letra de apartamento. Melissa Cartwright, según la dirección que Os obtuvo, vivía en el tercer piso, apartamento 3D. Consideró la cantidad de apartamentos en cada piso. Presionó al azar el botón del penúltimo inquilino desconocido.

Sin respuesta.

Belle presionó otro botón.

Esta vez hubo una respuesta inmediata. —¿Sí? —preguntó una voz femenina—. Estoy buscando a la Dra. Melissa Cartwright.

Una pausa. "¿Quién está preguntando?"

Bingo. "Mi nombre es Belle McBain. Soy investigadora privada. Me gustaría hacerle algunas preguntas sobre su paciente, Ellie Barnes," dijo. Esperaba que su nombre le abriera la puerta.

El timbre del intercomunicador sonó y la puerta se

abrió con un clic; ella entró al estrecho vestíbulo del edificio. Un tablero de anuncios repleto de avisos, boletines y artículos en venta de los inquilinos (sofá, televisor, lámpara de piso) colgaba en la pared blanca a la izquierda, junto a una fila de buzones. Una puerta de madera con la palabra "Mantenimiento" pintada en blanco estaba ubicada a la derecha, justo antes de la escalera. Belle subió apresurada las escaleras de concreto, aferrándose a la barandilla de metal, y lamentó su prisa en el tercer piso. Sin aliento, se detuvo para recuperarse. La escalera la inquietó, haciéndola sentir vieja. Cuatro días sin hacer ejercicio explicaban la rebelión de su cuerpo, se dijo a sí misma: el envejecimiento no tenía nada que ver.

Ella recorrió el único pasillo, con la mirada escaneando los números de las puertas del apartamento hasta que encontró el 3D. Ella tocó la puerta y esperó. La falta de ruido proveniente de los apartamentos de la doctora y otros inquilinos daba la impresión de que todo el piso estaba desierto. El pasillo estaba impecable, con un aire denso impregnado de un fresco aroma floral. Belle se reprochó por juzgar el edificio por su exterior, dándose cuenta de que el interior era mucho más refinado de lo que había esperado.

Escuchó el cerrojo deslizarse y hacer clic, y luego la puerta se abrió. En contraste con su padre, la Dra. Melissa Cartwright tenía una estatura menuda, apenas un metro sesenta y cinco. Una blusa holgada color sangría y jeans oscuros, remangados en los tobillos, colgaban de su esbelta figura: una silueta que parecía intacta ante las hamburguesas con queso y la pizza. Su cabello suelto, de un cálido y claro tono castaño, caía sobre su cuello enmarcando su rostro. Su estatura podía diferir de la de su padre, pero su rostro era su reflejo exacto: una forma ovalada con pómulos altos y ojos serios, agudos y cautelosos. Una mujer hermosa.

"Le agradezco que me reciba, doctora Cartwright," dijo ella.

"Melissa, por favor," dijo la doctora, fijando su mirada en ella durante un largo momento. Belle, cohibida por su aspecto y voz, tocó su gorro de punto, insegura si la mirada intensa era porque la doctora la recordaba de noticias recientes, de hace dos años, o por una combinación de factores.

"Mis disculpas," dijo Cartwright, indicándole que entrara. "Conocerla me toma por sorpresa. He escuchado tanto de usted por parte de mi padre."

"Espero que todo sea bueno."

Cartwright sonrió, dijo "Todo bien," y la condujo a la sala de estar. El apartamento tenía un diseño acogedor y minimalista, con colores y texturas suaves. Belle encontró el lugar cálido y acogedor, gracias a su decoración moderna y elegante y a los muebles simples y funcionales. El uso ingenioso que la doctora hacía del pasillo, las paredes y las encimeras lograba que la cocina, la sala de estar y el comedor, aunque unidos, se sintieran como espacios distintos.

Cartwright señaló el sofá color carbón junto a las ventanas que daban al edificio vecino, luego fue a buscar una elegante silla negra a la izquierda y la colocó frente al sofá, con una mesa de centro entre ellos. La doctora, sentada con postura perfecta y las manos ordenadamente plegadas, dijo: "Cuando supe que alguien te había asaltado, pensé—

"Soy la persona más desafortunada," bromeó Belle.

Sin mostrar ningún atisbo de diversión, Cartwright se sentó con expresión pétrea ante el comentario. "Que ya has pasado por más que suficiente."

Belle esbozó una débil sonrisa, incapaz de refutar la verdad. Un pensamiento surgió —uno que, sorprendentemente, no le había cruzado la mente hasta ahora—: no había tenido noticias del agente Cartwright desde el asalto. La falta de llamada de seguimiento por parte del agente, de entre todos, la sorprendió. La decepción la invadió.

Cartwright la señaló. "Espero que se vea peor de lo que se siente."

Ella asintió, luego tocó el gorro de punto una vez más. "Mi orgullo, por otro lado. . . "

Cartwright esbozó una leve sonrisa de comprensión.

"No estoy segura de poder ser de ayuda," dijo ella. "Incluso después de la muerte, se requiere una orden judicial para vulnerar la confidencialidad cliente/paciente." Se recostó en la silla. "La muerte de Ellie fue una noticia desgarradora. Su vida se estaba acomodando poco a poco y luego ocurrió esto. ¿Estás al tanto de lo que le sucedió a la familia de Ellie?"

Ella asintió con firmeza. "¿Buscó ayuda por esa traición?"

Cartwright permaneció en silencio un instante, observándola con ojos inquisitivos. "Lo único que diré sobre Ellie es esto. La pérdida de un familiar es dolorosa, pero perder a toda una familia es increíblemente difícil. La desesperación se vuelve asfixiante, especialmente para Ellie, quien estaba sumamente unida a su familia. La escuela y el trabajo impidieron que Ellie viajara, y la culpa aplastante de seguir con vida la consumía. La creciente desolación de Ellie marcó su descenso hacia la desesperanza, apagando finalmente su ambición, esperanza y fe en un futuro feliz y normal. Ella abandonó la escuela y su empleo, volviéndose completamente retraída. Pasaba sus días principalmente aislada en su apartamento o vagando por las calles sin propósito.

Su profunda depresión alarmaba a su compañera de cuarto, que temía un suicidio. La compañera sugirió que acudiera a terapia en el Grupo Darvere. Ellie no estaba segura de querer o merecer ayuda, pero terminó frente al edificio Darvere. Ese día, yo salía del edificio y la vi parada ahí con la cabeza baja, lágrimas surcándole el rostro. Me presenté y tras un momento, aceptó conversar conmigo en ese instante. Fuimos a mi oficina en la Clínica de Salud Mental Darvere para nuestra primera sesión, y desde entonces nos reunimos semanalmente.

Belle iba a probar suerte y lanzar una red. "¿Alguna vez mencionó o aludió a un sitio de entierro aterrador, un libro llamado Belles Heures, el nombre Laurel Landon o temores por su vida?"

Cartwright le lanzó una mirada severa.

"Correcto. Secreto profesional médico/paciente."

"Pero, si ella temiera a alguien, habría insistido rotundamente en que lo denunciara a la policía."

A partir de la declaración de Cartwright, Belle concluyó que Ellie no temía que alguien le hiciera daño. Redirigió la conversación hacia lo que realmente había venido a descubrir. "Su amigo, Christopher, también es su paciente, ¿correcto?"

Cartwright frunció el ceño. "La idea de que Christopher haya matado a Ellie me resulta inconcebible. Lo que puedo decir de Christopher es que adoraba a Ellie. Valoraba profundamente su amistad con ella. Ella era su única amiga y perder esa amistad lo destrozaría, lo cual estoy segura ya ha sucedido."

Por los detectives supo que Cartwright había tomado una licencia y que no veía a Christopher desde hacía meses. Se dio cuenta de que no obtendría respuestas a más preguntas; El compromiso de Cartwright con su juramento como médica era inquebrantable. No obstante, decidió hacer un último intento: —¿Tienes el apellido de Christopher?

Cartwright la observó, como sopesando si debía responder. La posibilidad de conseguir el apellido hizo latir con fuerza el corazón de Belle. Cartwright negó con la cabeza. —Ya conoces cuál sería mi respuesta si lo supiera, pero no sé el apellido de Christopher.

Decepcionada, Belle encorvó los hombros.

"La clínica," continuó Cartwright, "no siempre obtiene la información de contacto de todos los pacientes, especialmente de los enfermos mentales y las personas sin hogar. Algunos pacientes proporcionan la información con facilidad; otros temen que pueda usarse en su contra, obligándolos a ingresar en instituciones."

"¿Es Christopher una persona sin hogar?"

"Aunque se desconoce la residencia de Christopher, no creo que sea una persona sin hogar. Se ve aseado y puede permitirse artículos como ropa y tenis costosos, un iPhone y audífonos Bose."

Aunque sabía que obtener información útil del doctor era poco probable, Belle no se dejó desanimar. Se levantó.

"Le agradezco que haya hablado conmigo."

Cartwright se puso de pie. "Lamento no haber podido ser de ayuda."

Ella coincidía con ese sentimiento, pero también comprendía la posición del doctor.

"¿Le molestaría si le hago una pregunta?" Belle encogió ligeramente los hombros. "Claro."

"Las acciones y la naturaleza de Joseph Simone hacen comprensible que le sea difícil aceptar su relación con él."

El comentario directo e inesperado la sorprendió. "No estoy segura de entender," estaba dijo.

"La persecución de la organización de Víctor Simone destruyó a mi padre con los años. Él se preocupaba por todos los casos y víctimas, pero se obsesionó con encarcelar a Simone y sus asociados. Eso lo llevó a beber en exceso, casi arruinando el matrimonio de mis padres y nuestra familia. Un año después de la separación de mis padres, mi padre regresó a casa, limpio y sobrio, convirtiéndose en el padre que conocí. Mi hermana y yo estábamos tan felices de tener a nuestra familia de vuelta.

El comportamiento reservado de mi padre reapareció años después, haciéndome temer que hubiera vuelto a sus viejas costumbres. Comencé a escuchar en secreto sus conversaciones y reuniones en la oficina en casa.

Descubrí que mi padre mantenía una interacción secreta con el hijo de Víctor, Joseph. Estaba furioso con mi papá. ¿Cómo podía él, un agente del FBI de alto rango, asociarse con un asesino despiadado, uno de los mismos hombres a los que estaba decidido a arrestar y encarcelar? Creía que mi padre era un agente corrupto. Para evitar que lastimara a mamá de nuevo, se lo dije, pero ella ya lo sabía. Supe por mis padres que Joseph estaba ayudando a mi padre a capturar a Víctor Simone. La participación de mi madre fue toda una sorpresa, pero mis padres llegaron a un acuerdo. Para salvar su matrimonio, mi papá tuvo que contarle todo sobre el caso. Al principio me costó aceptar que mis padres fueran amigos de un asesino, pero ahora, a través de los relatos de mi padre sobre Joseph, lo veo como una persona, un hombre que busca justicia, un amigo de mis padres, no solo un criminal que mató gente. Me pregunto si has experimentado lo mismo. ¿Puedes ver más allá de los crímenes de Joseph?

El estómago de Belle se hundió al darse cuenta de que la familia del agente conocía a Joseph mucho antes que ella, dejándola intranquila por ser, una vez más, la última en enterarse. —Nunca lo había pensado —respondió con sinceridad. —Lo que importa es el hoy.

—Pero, ¿y si Joseph mata a alguien hoy? ¿Lo verías de manera diferente? ¿Seguirías aceptando tu relación con él?

Las preguntas de Cartwright, estaba segura, contenían un elemento misterioso que la hacía vacilar.

¿Joseph cometió un acto ilícito para el agente Cartwright y ella lo sabe? Imposible. El agente Cartwright no era un agente corrupto. La posibilidad de que Joseph recayera en el crimen resultaba profundamente perturbadora, y de inmediato la desterró de su mente. Quizás el doctor solo intentaba penetrar en su mente para psicoanalizarla. Ella pensaba distinto. Parecía como si fuese algo personal para el doctor.

"No sé las respuestas," dijo Belle. "Espero nunca conocerlas."

CAPÍTULO 36

Belle localizó la caravana de Os estacionada entre un Toyota negro y un Honda Civic rojo a poca distancia. Ella se acomodó en el asiento del pasajero y recordó su conversación poco productiva con Cartwright mientras Os se desviaba hacia la calle y giraba a la izquierda en la Primera Avenida desde la intersección, rumbo al sur para encontrarse con Charlotte Landon.

"Curiosamente," dijo Belle, "Cartwright luego cuestionó mi estado psicológico, citando mi relación con Joseph —como si ya creyera que él fuera capaz de asesinar."

"Dada su profesión, sólo está preocupada."

"No estoy segura. Parecía como si supiera el futuro cuando preguntó: «¿Cómo me sentiría si Joseph matara de nuevo?» Admito que la idea de que Joseph hiciera algo terrible para el agente Cartwright cruzó por mi mente."

"¿Quizás el agente Cartwright lo tiene haciendo algo atrevido y menos respetuoso de la ley, pero hasta el extremo de asesinar a alguien?"

"Sí, lo sé: fue un pensamiento estúpido."

Belle y Os entraron al restaurante Gabriel en el Hotel

Winstin, un establecimiento de la Avenida Park celebrado por su refinada cocina europea, su extensa bodega de vinos y su hospitalidad excepcional—uno de los lugares para comer más venerados de Nueva York. La anfitriona, con un vestido de cóctel de diseñador y zapatos de tacón, lanzó a Belle una mirada desdeñosa antes de escoltarlos con un andar igualmente pretencioso hacia la mesa. Una atmósfera bulliciosa llenaba el establecimiento; las mesas estaban ocupadas, el bar abarrotado de clientes elegantemente vestidos disfrutando de sus cócteles matutinos, irradiando riqueza y estatus social. Belle reprimió el impulso de poner los ojos en blanco.

La mujer, con las piernas cruzadas, terminaba su cóctel cuando ellos llegaron a la mesa. "Los investigadores, supongo," dijo Charlotte Landon como forma de saludo, haciendo un gesto con su vaso vacío.

"Hablamos por teléfono," dijo Os. "Osmond Banks, y esta es mi socia, Belle McBain. Gracias por reunirse con nosotros."

"Tu persistencia no me dejó otra opción," dijo Landon con una leve sonrisa. Miró a Belle. "Entiendo por qué necesitas encontrar a la persona responsable, dada tu situación." Hizo un gesto para que se sentaran. "¿Quieren que Monique les traiga algo de beber?"

Belle y Os rechazaron la oferta.

Belle observó a Landon mientras hacía una señal a la anfitriona para que le repusiera la bebida. Charlotte Landon, vestida con un elegante traje pantalón marrón rojizo y su cabello rubio tratado profesionalmente recogido en un moño desordenado, parecía disfrutar las ventajas de tener un cirujano plástico por esposo. Su rostro, impecablemente esculpido y terso, parecía veinte años más joven. Las delicadas arrugas en su cuello y las manchas oscuras en sus manos eran las únicas señales visibles de sus años avanzados. Belle notó que los ojos verdes de la mujer, suavemente sombreados y con rímel, brillaban con un fulgor vidrioso que la hizo preguntarse sobre los cócteles que habría tomado antes de llegar.

Una vez que la anfitriona se retiró, Landon le dijo: «Usted fue la mujer secuestrada por ese lunático hace años.»

—Sí —respondió ella.

—Y ahora esto —dijo Landon, señalando el rostro de Belle. —Lo siento mucho. —La disculpa le pareció insincera.
— —Gracias —respondió con esfuerzo.

—Como mencioné por teléfono —dijo Os—, quisiéramos hacerle algunas preguntas respecto a Laurel Landon y su desaparición.

—La noticia sobre huesos humanos encontrados en el Parque Fort Tryon me llevó a llamar a la policía, aferrándome a la esperanza contra toda esperanza de que fuera Laurel. Fue decepcionante descubrir que el cuerpo no era el de mi cuñada. Más tarde recibí una llamada de la policía sobre Laurel; su nombre surgió en su investigación sobre el asesinato de una joven. Tantos años sin nada. Puedes imaginar lo sorprendido que estaba.

El mesero, un latino de veinte años, colocó el cóctel solicitado sobre la mesa. Belle advirtió un intercambio sugerente de sonrisas entre Landon y él antes de que se marchara. La mujer, pensó con una risa contenida, era una cougar. Cada quien con lo suyo. Mientras Landon sorbía su martini, Belle preguntó: "¿Qué nos puede contar sobre el día en que Laurel desapareció?"

Landon se encogió de hombros con indiferencia. "Esta mañana me reuní con la policía y, como les dije, Laurel había llamado ese día para invitarme a The Met Cloisters con ella y Matthew, y después a cenar a Fresco's." Negó con la cabeza. "Insistía en contagiarme su pasión por la historia. Sin embargo, siempre encontraba una razón para rechazar cada invitación." Bajó la cabeza, mirando hacia el suelo. "Lamento profundamente no haber ido entonces."

Belle esperó un momento, luego preguntó: "¿Qué tan cercanos eran tú y Laurel?"

"Laurel fue una esposa y madre maravillosa, pero los eventos familiares constituían el alcance de nuestra vida social. Mis gustos se inclinaban hacia las cosas finas, a diferencia de Laurel, quien valoraba la sencillez. Para ella, una noche de viernes en casa con pizza y Netflix superaba cualquier salida elegante. Al principio, me resultaba desconcertante que Eric—mi cuñado—se sintiera atraído por ella. Laurel, aunque atractiva, era muy diferente de sus habituales citas superficiales y exigentes. Él era un piloto internacional y playboy, disfrutando la compañía de una mujer distinta en cada lugar que visitaba. A diferencia de mi esposo Wade, Eric no había heredado la buena apariencia de la familia. Quiero decir, Eric no era feo, simplemente promedio. Su personalidad aventurera, vibrante y su encanto cautivaban a las mujeres. Él disfrutaba de su libertad, vivía la vida al máximo y no tenía interés en establecerse. Hasta que conoció a Laurel. Una mujer inteligente, aunque sencilla, con una gran pasión por ampliar su conocimiento de la historia. Ella tenía una maestría en estudios medievales y, mientras trabajaba en su doctorado, se desempeñaba como archivera en la Universidad Fordham, su alma mater. Mi esposo y yo le dimos seis meses al matrimonio de Eric y Laurel antes de que Eric se inquietara, comprendiendo que el compromiso y una vida pausada no eran para él." Ella hizo una pausa, movió la cabeza y en sus labios se dibujó una sonrisa leve. "Eric se había transformado. Él estaba completamente enamorado. Nunca me pareció más feliz. Estaba perfectamente adaptado a la vida doméstica. Quizá toda su búsqueda había sido por eso. Después de muchos intentos, la confirmación del embarazo de Laurel colmó de felicidad a Eric. Nunca he visto a un padre más orgulloso que cuando nació Matthew. Para ser un padre presente, Eric comenzó a tomar vuelos domésticos para estar en casa cada noche. Sentía un amor profundo por su familia. Entonces ocurrió el accidente de esquí."

A pesar del peso emocional de la historia, Belle encontró que las divagaciones de Landon—probablemente impulsadas por el alcohol—no aportaban información útil. Ella siguió adelante. "¿Visitó Laurel los Claustros antes de su desaparición?"

Landon bebió una porción considerable de su cóctel. "El museo era como un segundo hogar para ella. Así como las personas disfrutaban de paseos tranquilos en los parques, Ella deambulaba por los Claustros y otros museos de la ciudad. Volvía una y otra vez a las mismas exposiciones, viviéndolas cada vez como si las viera por primera vez. Su palpable pasión por la historia contagiaba a todos a su alrededor. Eric, mi cuñado, amigos, extraños —cualquiera— escuchaba con gusto cómo Ella hablaba de la Edad Media durante horas. Su voz entusiasmada y sus ojos apasionados despertaban la curiosidad por el pasado." Terminó su bebida y ofreció una sutil señal al camarero al otro lado de la sala con un dedo apuntando y una leve sonrisa — una invitación que no pasó desapercibida.

"Incluso ahora," dijo, acomodándose en su asiento, "mi esposo piensa que la policía dejó escapar al asesino de Laurel."

"El conserje del museo," dijo Os.

Landon asintió con severidad. "La policía lo interrogó muchas veces. Sospechaban de su implicación en la desaparición de Laurel. La policía carecía de pruebas para acusarlo, a pesar de que él no tenía coartada." Un suspiro de impaciencia escapó de sus labios mientras exploraba la habitación en busca del mesero. Ella volvió su atención a la mesa. —Wade se había vuelto loco —dijo con brusquedad—, convencido de que la policía era incompetente por dejar libre al hombre que, según él, secuestró y asesinó a su amada Laurel.

Belle percibió el fastidio de la mujer por la demora en su bebida, oculto tras un sutil trasfondo de celos.

—Él presionó a la policía durante meses —dijo Landon—, haciendo todo lo posible para que mantuvieran la investigación. Pero un día se detuvo. No más llamadas a la policía, no más palabras sobre Laurel." Ella se encogió de hombros. —Creo que perdió la esperanza de descubrir qué sucedió con ella y de obtener la justicia que merecía.

El mesero latino reapareció, colocando el nuevo cóctel sobre la mesa. La sonrisa tímida de Landon borró su mal humor. —Gracias, Carlos —murmuró ella, tocando suavemente su brazo. Antes de marcharse, él esbozó una sonrisa seductora y le guiñó un ojo.

La observación de Belle sobre la última demostración de afecto de Landon la llevó a pensar que el matrimonio de Landon con el buen doctor no era tan dichoso. —Laurel estaba con su hijo, Matthew, el día de su desaparición —insistió.

Una expresión sombría cruzó el rostro de Landon: sus ojos se humedecieron mientras giraba el palillo de aceitunas en su bebida. Tomó valor con el trago y terminó la bebida de un solo trago. —Matthew era un niño normal, feliz y lleno de energía de cinco años, antes de que Laurel desapareciera —dijo finalmente. —Le encantaban los Legos, los carritos de colección, el béisbol. .. y construir aviones a escala con su padre. Incluso soñaba con pilotar aviones como su padre.

—Las visitas de Laurel y Matthew a los museos eran un momento especial para ellos. Ella lo convirtió en una aventura divertida, una búsqueda de tesoros ocultos que solo ellos podían descubrir. Matthew adoraba el juego y no podía esperar para relatar sus aventuras imaginarias junto a su madre, detallando los paisajes y descubrimientos.

"¿Recuerdas si Laurel mencionó alguna exposición favorita en el Museo de los Claustros?" preguntó Os. "¿Quizás alguna que compartiera con su hijo?"

"A Laurel le encantaba cada exhibición," dijo ella, girando la muñeca. "Hablaba con entusiasmo durante largo rato sobre cada exhibición."

"Estoy seguro de que la policía la interrogó sobre si escuchaste a Laurel o Matthew decir la frase en latín, Me rodearon los dolores de la muerte?"

Landon negó con la cabeza de inmediato y, con voz apresurada, dijo: "Informé a la policía que desconocía esas palabras."

La reacción de la mujer le pareció defensiva a Belle. El alcohol podría haber sido la causa. "Entre los amigos de Matthew, ¿había alguno llamado Ellie Barnes o Christopher?"

"Matthew nunca mencionó a una chica llamada Ellie Barnes ni a un hombre llamado Christopher."

Lamentablemente, no tenía muchos amigos.

Para Belle, tener pocos amigos no resultaba perturbador. Su círculo de amistades siempre había sido pequeño. Después estaba Os—una roca de apoyo, un amigo sincero, siempre presente para ella, un testimonio de lealtad verdadera. Ella se sentía mejor persona gracias a esa amistad y no podía concebir la vida sin él.

"Amábamos a Matthew, mi esposo y yo", dijo Landon. No tuvimos dudas en criarlo. Debo admitir que, al principio, fue duro. Matthew se volvió distante, hablaba poco y padecía pesadillas horrendas. Su habitación era el lugar donde pasaba la mayor parte del tiempo en soledad. Tras meses de terapia, Matthew nos aceptó, conversaba e interactuaba con mi esposo y conmigo. Con el tiempo, se adaptó a que éramos sus padres, y nos convertimos en una familia. Mi esposo y yo no pudimos tener hijos. Aunque Matthew era nuestro sobrino, lo criamos como propio, colmándolo de amor incondicional; Su suicidio fue devastador, dejando un vacío en nuestras vidas. A pesar de mis mejores esfuerzos, sigo buscando pistas que he pasado por alto. Mi fracaso como madre es evidente en no haber percibido el sufrimiento de Matthew.

Os ofreció sus condolencias. "Lamentamos su pérdida."

Belle, anticipando que la mujer haría una señal al camarero para que le sirviera más, permaneció inmóvil, con la mirada fija en el vacío de la mujer, cuya desesperación era claramente visible. "¿Recordaba Matthew haber presenciado los sucesos de ese día en el Parque Fort Tryon?" preguntó, sacando a la mujer de su ensimismamiento.

En cámara lenta, Landon negó con la cabeza. "Ese día entero era un vacío en la memoria de Matthew. El Dr. Jeffery Flynn, quien había sido psiquiatra de Matthew, explicó que, independientemente de si Matthew presenció el evento, el trauma de la desaparición de su madre a tan corta edad podía llevarlo a reprimir todos los recuerdos de ese día. A lo largo de los años, Wade preguntó a Matthew por ese día, pero Matthew seguía sin recordarlo. Una parte de mí se sintió aliviada de que no tuviera memoria alguna. No quería que reviviera ser un niño perdido, asustado y confundido de cinco años, completamente solo y sin poder encontrar a su madre." Hizo una pausa; Una lágrima solitaria cayó de sus ojos. "Cada día lo torturaba, recordando aquel día y su dolor insoportable." Ella ahogó la tristeza antes de susurrar: "Extraño tanto a Matthew."

"Una vez más, nuestro más sentido pésame," fue todo lo que Belle pudo decir, sintiendo el peso del dolor de aquella mujer.

"Quizá esto no sea útil," dijo, secándose el rostro con una servilleta, "pero no le dije a la policía que mi esposo le escribió mientras él estaba en la cárcel."

Belle y Os intercambiaron una mirada rápida, cuestionándose a quién se refería.

"Varios años después de que Laurel desapareciera," continuó Landon, "las noticias informaron que un jurado encontró culpable al conserje del museo y lo condenó a cadena perpetua por el asesinato de otra mujer en Ciudad de Nueva York. Mi esposo le escribió durante meses, exigiendo una confesión y la ubicación del cuerpo de Laurel. No podía entender por qué mi esposo creía que el hombre iba a confesar el asesinato."

"¿Recibió su esposo respuestas a sus cartas?" preguntó Os.

"Nada que yo sepa. Al igual que antes, la obsesión de

mi esposo con aquel hombre terminó sin aviso. Supongo que aceptó que el destino de Laurel permanecería desconocido y desistió de intentar resolverlo. Sospecho que tenía razón; la policía dejó que el asesino, Nick Cage, escapara del castigo por matar a Laurel."

Belle encontró el nombre extrañamente familiar. Ella reflexionó, esforzándose por recordar el nombre. Un momento después, su nombre la sacudió y la devolvió al presente. "Oh, disculpa, no lo capté," le dijo a Os.

"A menos que tengas algo, creo que estamos bien." "Sí, estamos bien."

Distraída, Belle siguió a Os a cierta distancia mientras se movían por el restaurante. En el pasillo, se detuvo, ajena al ruido del restaurante, con la mente buscando infructuosamente aquel nombre familiar. Entre la multitud, vio a Os esperando cerca de la entrada del restaurante. Se abrió paso entre la gente y llegó a su lado.

Al ver la expresión desconcertada en su rostro, Él preguntó, "¿Qué está mal?"

"He escuchado el nombre Nick Cage antes," dijo Ella en voz alta sobre el murmullo del salón. "Pero no logro saber de dónde."

Su mirada se desvió hacia la multitud de hombres de aspecto exitoso que entraban al restaurante exclusivo, cada uno portando un maletín reluciente y costoso. Pasaron dos hombres, su discusión bulliciosa salpicada de jerga legal. Abogados inflados de ego, pensó Belle. "Salgamos de aquí," dijo Ella, dándose la vuelta y abriéndose paso entre la multitud de abogados, un recuerdo súbito golpeándola mientras el nombre la impactaba con fuerza. Salió apresuradamente por la puerta giratoria, con el corazón latiendo con fuerza, y se encontró con Os saliendo por otra puerta y dijo, "Conocí a Nick Cage."

CAPÍTULO 37

Belle estaba sentada en el asiento del pasajero de la caravana estacionada a una cuadra del restaurante de Gabriel mientras Os subía por la rampa y se acomodaba detrás del volante. Ella permanecía incrédula, incluso después de haber conocido al cruel y espantoso hombre, Nick Cage. El día se repetía en su mente: su sonrisa obscena y sus ojos maliciosos, nítidos y penetrantes.

—Está bien, habla —dijo Os, observándola con interés.

—¿Sabes que cuando era pequeña me encantaba acompañar a mi papá a los tribunales y verlo trabajar, aunque la mayoría de las veces él se mostraba renuente a que yo lo hiciera?

—Claro.

—Su reticencia se debía al hecho de que muchos de sus clientes estaban acusados de delitos graves y no quería que me expusieran a los detalles de esos crímenes. Pero después de mi desastroso recital de piano—

—No fue un desastre —intervino él—. Solo presionaste las teclas equivocadas unas cuantas veces.

—Para una quinceañera en un escenario con el auditorio lleno, eso fue un fracaso total. De todos modos, para levantarme el ánimo, y como la escuela se había cancelado el lunes siguiente, mi papá me llevó a la corte ese día.

"Él representaba a Nick Cage," dijo, alcanzando detrás del asiento para sacar su computadora portátil de una mochila.

Ella asintió. "Era la primera semana del juicio. Ese lunes, mi padre logró que se desestimaran los cargos por un tecnicismo y por negligencia policial con la evidencia. Para evitar que sus clientes interactuaran con su hija, mi padre me hizo salir de la sala y esperar afuera justo antes de que el tribunal se levantara. Antes de irse, Cage me llamó desde la mesa de la defensa, y se presentó. Mi padre me apresuró a alejarme; luego tuvo un intercambio furioso con Cage."

"Según la hoja de arresto de Cage," dijo, sin apartar la vista de la pantalla, "el primer arresto de Cage, en 1995 cuando tenía veintinueve años, fue por intento de violación de una mujer de veinticinco años."

"Papá fue su abogado en ese caso."

Os asintió. "No tuvo arrestos previos hasta 2014, cuando la policía lo acusó de asesinar a Kimberly Hummel, de veintisiete años, del Upper East Side. Hallaron su cuerpo en el Parque Central Este. Un tribunal condenó a Cage dos años después; cumple cadena perpetua en Sing Sing."

"Cage debía de tener dinero. Mi papá no era tacaño — Ethan McBain era un abogado de altos honorarios—." era un abogado de altos honorarios que sólo los ricos podían contratar.

Los dedos de Os danzaban sobre el teclado. "Puede que haya descubierto el origen de los fondos de Cage para la representación legal de tu papá," dijo, señalando la pantalla de la computadora. "Mildred Cage, la abuela de Cage, recibió una indemnización por una demanda colectiva de 1990. Mildred, junto con veinticuatro residentes más de Manor Care en el Bronx, presentaron una demanda alegando cambios fraudulentos en la cobertura médica para aumentar los pagos de Medicare. La institución admitió que el personal alteraba rutinariamente las pólizas de los residentes sin su consentimiento — nunca explicando cómo esos cambios afectarían sus costos o cobertura. Manor Care acordó pagar 7, 5 millones. El tribunal concedió a Mildred Cage un millón de dólares. Ella murió en 2007 por causas naturales."

Ella se sentó a pensar. La sensación de hormigueo en la base de su cuello, señal de que las cosas se volvían aún más confusas cuanto más investigaban, le indicó que estaban cerrando el cerco sobre algo significativo. Aunque no estaba segura del motivo, un fuerte presentimiento la impulsó a investigar a Cage con mayor detenimiento. "Creo que deberíamos hacer un viaje por carretera."

Os dejó de teclear y la miró con una expresión interrogante. "¿A Sing Sing?"

Ella esperaba que sus próximas palabras no hicieran que Os se derrumbara. "Quizá podrías llamar al alcaide para eludir las regulaciones y concertar una visita con Cage," dijo, sabiendo que el alcaide de la prisión era un viejo amigo de Tom Banks, el padre de Os.

Por un momento, él la observó fijamente antes de exhalar y decir: "No puedo garantizar que funcione."

Ella le ofreció una amplia sonrisa. "No perdemos nada con intentarlo."

Él negó con la cabeza y luego consultó la página web de la prisión en su computadora para encontrar su número de teléfono.

Belle observó con esperanza cómo Os encontraba el número, hacía la llamada y presionaba algunos botones antes de conectar con alguien. Después de una breve introducción, alguien puso esta llamada en espera. "Su secretaria dijo que está al teléfono y estará con nosotros en unos minutos."

Su mente volvió a la conversación que tuvieron con Charlotte Landon. "Revisemos al terapeuta de Matthew, el Dr. Flynn, mientras esperamos."

Os apoyó el teléfono entre la mejilla y el hombro y presionó el teclado. "Dr. Jeffery Flynn cuenta con credenciales destacadas," dijo momentos después. "Certificado por Harvard en terapia de adicciones, avalado por la Academia Americana de Psiquiatría de las Adicciones, miembro del Consejo Americano de Psiquiatría y Neurología, y certificado en psiquiatría general y de adicciones." Desde 1998, Flynn se ha especializado en el tratamiento de adicciones y servicios de salud mental — TDAH, ansiedad, depresión, TOC, trastorno bipolar y trastornos alimenticios. También ofrece terapia verbal y manejo de medicamentos mediante videoconferencia en Nueva York, Princeton, Nueva Jersey y Miami, Florida. Su consultorio en Nueva York está en la Avenida Park, en el edificio MetLife."

"Tengo curiosidad por saber si él estaría más dispuesto a revelar información que Melissa Cartwright."

Os miró su reloj antes de despegar el teléfono del hombro y sostenerlo con una mano. "Si nos permiten acceso a Sing Sing, eso ocupará la mayor parte de nuestro día. Los detectives probablemente contactaron al doctor tras su conversación con Charlotte Landon. Podemos revisar qué información recibieron."

"Sin embargo, dudo de su transparencia."

"Si el alcaide no ayuda a agilizar nuestro acceso, hablamos hoy con Flynn y mañana salimos temprano para lidiar con la burocracia de la prisión."

"Supongo." Aunque ella prefería hablar con Cage hoy.

Os hizo señas señalando su teléfono. Alguien contestó la llamada. "Alcaide Peters," dijo. "¿Cómo se encuentra?"

Mientras Os le explicaba al alcaide nuestra situación, Belle revisó su teléfono, viendo un mensaje de texto de EJ que había pasado por alto mientras estaba con Charlotte Landon. ¿Algún avance? Tomando el auto de Félix para visitar a mi mamá y a mi abuela. Una ola repentina de culpa la abrumó. Hacía tiempo que no visitaba la tumba de Katelynn Harding, la madre de EJ. El lugar de entierro de Harding estaba junto al de María Simone, la madre de Joseph. Belle pensó en visitar cuando terminara la crisis actual—quizás ella y EJ podrían ir juntos. Un escalofrío le recorrió la espalda al pensar en visitar la tumba, un escalofriante recordatorio de lo cerca que estuvo de la muerte días atrás.

Os terminó la llamada y dijo: "Estamos todos listos. En opinión del alcaide, querer estar en una habitación con Cage es una locura. El hombre es tan cruel como cualquiera."

"No," dijo ella. "Víctor Simone y Anthony Carzossa son la encarnación del mal." Sintió un leve cosquilleo de inquietud ante la posibilidad de volver a encontrarse con Nick Cage.

CAPÍTULO 38

Ross y Mueller estaban en el decimoquinto piso del edificio MetLife, en la oficina del Dr. Jeffery Flynn, esperando a que el doctor terminara una sesión de terapia con un paciente.

A pesar de una serie de actualizaciones matutinas, el caso de los detectives permanecía estancado: cada informe ofrecía poco más que información reciclada. La buena noticia era que la exhaustiva búsqueda del martes en la cuadrícula y en el bosque no encontró restos adicionales. En la sala de guerra, los detectives miraban la transmisión en el teléfono de Mueller de la conferencia de prensa del Teniente Winter, que dominaba la cobertura noticiosa, y la especulación de los periodistas sobre la retención de información por parte de la policía, lo que irritaba a Ross. Sin embargo, la omisión del reportero sobre su conexión con Belle McBain, aunque elevaba su ánimo, servía como un recordatorio contundente de su precaria situación y de la urgente necesidad de resolver el caso.

La triangulación de la llamada de Belle McBain por parte de la unidad tecnológica y la revisión de las grabaciones de seguridad de la Clínica de Salud Mental

Darvere no revelaron nada que Ross y Mueller no supieran ya por Osmond Banks. La vigilancia del Detective Green y su compañero en el Parque Fort Tryon no arrojó resultados, y el Detective Torres tuvo aún menos éxito interrogando a las personas sin hogar cerca de la clínica de salud mental. El análisis de suelo realizado por la criminalista Joanie Mitchell no reveló evidencia factible de restos humanos enterrados bajo la cruz blanca; el análisis de las pelucas de Félix Carter está en curso. El detective Chen no encontró información sobre el punto de compra de los medallones. Los detectives obtuvieron poco de la entrevista matutina con Charlotte Landon: solo un relato trágico y el nombre del psiquiatra de Matthew Landon.

El Dr. Flynn tenía una oficina amplia con una hermosa vista de la ciudad, un escritorio de madera de cerezo que contenía únicamente una computadora portátil, una lámpara y archivos apilados con orden: el espacio de trabajo más organizado que Ross había visto en su vida. Una credenza de laca negra estaba apoyada contra una pared, coronada con dos orquídeas en macetas y fotografías cuidadosamente dispuestas; Encima, la pared beige exhibía numerosas credenciales enmarcados. La pared este tenía un archivador estándar y dos estanterías de roble de diez niveles, completamente llenas. Ross encontró la oficina demasiado simple y ordenada para un médico tan ocupado, preguntándose si el doctor Flynn ocultaba algún problema o si simplemente era excepcionalmente pulcro.

Con los brazos cruzados, Ross se encontraba junto a la ventana, contemplando los tejados de la ciudad bajo un cielo gris, preguntándose cuándo volvería a brillar el sol. Para evitar pensar en la revelación de la noche anterior que le hizo su madre, trató de concentrarse en cualquier otra cosa mientras esperaba. Revisó su reloj. La recepcionista, al llegar, les informó que el Dr. Flynn estaba con un paciente y les ofreció un asiento en la oficina del doctor. Habían pasado treinta minutos desde entonces.

—Existen algunos trastornos inusuales —dijo Mueller, mientras se encontraba frente a las estanterías y hojeaba un libro de texto sobre salud mental titulado Rare Neuropsychiatric y Psychiatric Syndromes. —Síndrome de Alicia en el País de las Maravillas; boantropía, donde los individuos creen que son vacas y actúan como tales; y el síndrome de Cotard, también llamado síndrome del cadáver andante, en el que las personas sienten que están muertas y que sus cuerpos se están descomponiendo, sin órganos internos ni sangre.

—¿Menciona algún trastorno relacionado con consumir alimentos repugnantes que huelen a excremento? —Mueller, dándole la espalda, le hizo un gesto obsceno.

En el bolsillo del abrigo de Ross, su teléfono vibró. Él frunció el ceño al mirar la pantalla, su cuerpo tensándose de terror. "Teniente," dijo, conteniendo la respiración.

El Teniente Winter dijo: "Acabo de terminar una

llamada con el FBI. Reggie Reese, encarcelado en la Penitenciaría Pollack en Louisiana desde hace quince años, cumpliendo cadena perpetua por cuatro asesinatos, confesó haber matado a la mujer cuyos restos óseos fueron encontrados."

Ross exhaló un suspiro de alivio. El caso aún estaba en sus manos.

"La confesión de Reese reveló información antes desconocida, incluida la identidad de la víctima. Las autoridades federales confirmaron que la mujer era Chantel Johnson, una joven de veintitrés años originaria de Washington Heights que desapareció en 1987. Johnson era estudiante universitaria y trabajaba medio tiempo como cantinera en un bar de Washington Heights. Reese solía frecuentar ese bar y se había familiarizado con Johnson. Un viernes, mientras Reese estaba en el bar, amigos y clientes habituales celebraron la graduación universitaria de Johnson comprándole tragos. Él le invitó a un trago. Ella estaba ebria para cuando cerró el bar. Reese esperó afuera, se ofreció a acompañarla a casa, pero en vez de eso la llevó al cercano Parque Fort Tryon y al bosque, donde la asaltó y estranguló.

Los detalles eran repugnantes, pero Ross, un policía veterano, se había insensibilizado ante la depravación de los criminales. Las imágenes ineludibles de las víctimas, inconscientes de su destino y creyendo en otro amanecer, lo atormentaban. "¿Qué hay del medallón encontrado en el cuerpo de Johnson?" preguntó, lo que captó la atención de Mueller.

"Reese niega haberlo dejado junto al cuerpo," afirmó Winter. "También niega haber enterrado el cuerpo de Johnson y plantar la cruz blanca descubierta en el suelo, o siquiera haberla notado durante su crimen. Según él, el Parque Fort Tryon, por estar cerca, oscuro y desierto, era el lugar perfecto para cometer el crimen y deshacerse del cuerpo."

"Entonces, ¿por qué la confesión en la cárcel?"

"Confesión en el lecho de muerte." El anciano está muriendo de cáncer de pulmón. Le quedan dos meses de vida. Él quiere que se reconozca su trabajo, no alguien más."

Ross sonrió, complacido de que el hombre sufriera una muerte dolorosa. El encarcelamiento del asesino descartó la teoría del asesino en serie, lo que los llevó a su hipótesis de que el asesino de Barnes encontró el cuerpo de Johnson, lo enterró y colocó el medallón junto a él. La puerta de la oficina se abrió, y Ross se volvió a ver al doctor entrar. —Debo irme, teniente —dijo, y colgó.

"Mis disculpas," dijo el Dr. Flynn con voz baja y profunda. Señaló los dos sillones de felpa junto al escritorio mientras cruzaba la habitación. "Por favor, tomen asiento."

Dr. Jeffery Flynn, un hombre alto y delgado con

cabello gris ondulado y ojos azul aqua, llevaba jeans de mezclilla oscuro y una camisa azul claro mientras se sentaba en su cómodo sillón de cuero. Él se reclinó, con una pierna cruzada sobre la otra, los codos apoyados en los descansabrazos, los dedos entrelazados sobre su regazo. "Mi secretaria mencionó que están aquí por Matthew Landon. Espero que no esté en problemas."

Una mirada se cruzó entre Ross y Mueller antes de que Ross dijera: "Matthew Landon está muerto. Se suicidó hace dos años. ¿No lo sabías?"

"No," respondió Flynn, sacudiendo la cabeza. "Lamento escuchar eso." Sus ojos recorrieron a los detectives. "¿De qué se trata esto?"

"La madre de Matthew, Laurel Landon, apareció en nuestra investigación y la estamos profundizando," explicó Ross.

Dr. Flynn asintió, como si la visita inesperada ahora le resultara clara. "Han pasado más de diez años desde que Matthew fue mi paciente. Durante siete años, fui su médico. Desde los cinco hasta los doce años, cuando dejó de asistir a nuestras sesiones."

"¿Sabes por qué Matthew dejó de venir?" Ross esperaba que le rechazaran con una explicación sobre la confidencialidad médico-paciente.

Eso es lo extraño. Matthew estaba progresando bien.

Él estaba superando el trauma. Un día llegó a su sesión visiblemente agitado y alterado, caminando nerviosamente por la habitación. Nunca antes lo había visto comportarse de esa forma. Su ira provenía de algo que había escuchado accidentalmente. Me lo dijo cuando lo interrogué. No estoy seguro de la fuente, pero lo que sea que descubrió claramente lo perturbó, sugiriendo una revelación impactante. Dos semanas después, el doctor Landon, tío de Matthew, llamó la mañana de la cita de Matthew conmigo. El doctor Landon se disculpó, explicando que Matthew se negó a continuar la terapia. Consciente de la importancia que tenía la terapia para Matthew, el doctor Landon intentó persuadirlo para que cambiara de opinión. Decir que me sorprendió sería poco; Matthew había estado prosperando: reía y se interesaba en actividades típicas de la infancia como los deportes, los libros y los aviones. A pesar de ello, todavía necesitaba orientación profesional. Lamentablemente, los Landon nunca volvieron a contactarme."

"Los Landon apoyaron el tratamiento de Matthew," confirmó Ross.

Flynn asintió. "Mi contacto con la Sra. Landon fue mínimo; sin embargo, hablé con el Dr. Landon sobre el tratamiento y progreso de Matthew. La prioridad del Dr. Landon era la felicidad de Matthew, y esperaba el día en que su hijo o sobrino encontrara la paz."

Mueller dijo, "La Sra. Landon informó que Matthew

no tenía memoria del día en que su madre desapareció."

"No puedo comentar sobre el período posterior a mi último encuentro con Matthew; sin embargo, durante el tiempo que estuvimos juntos, la respuesta es no. Él no recordaba ese día. Sin embargo, no recordarlo no significa que no haya presenciado los trágicos eventos relativos a su madre. Los sentimientos de abandono, ira, vergüenza y la creencia de que su madre lo dejó intencionalmente podrían haber reprimido su memoria de aquel día. Pero la mente joven y frágil de Matthew temía recordar, lo que obstaculizó nuestro progreso. Nuestro enfoque se centraba en la conciencia del momento presente, la autoaceptación y el valor propio. Como mencioné, Matthew estaba aprendiendo que era aceptable ser feliz.

—¿Podría haber estado mintiendo acerca de no recordar? —preguntó Mueller.

—Años de práctica me han enseñado a reconocer el engaño en los pacientes. Los pacientes pueden mentir como parte de su enfermedad mental, para evadir verdades difíciles, proyectar una imagen de fortaleza o inflar su autopercepción, por mencionar algunas razones. Matthew fue un niño todo el tiempo que lo traté —y dado que los niños suelen ser malos mentirosos, habría notado si me hubiera estado engañando —. Flynn miró su reloj. No quiero apresurarlos, pero si no hay nada más, tengo otra sesión para la que ya voy tarde.

Agradecieron al doctor y se retiraron. En el camino de regreso al precinto, llamó al detective Chen respecto a los registros de defunción de Matthew Landon. Él y Mueller llegaron a la sala de guerra cuarenta minutos después, encontrando a Torres comiendo papas fritas, mientras que el inquieto caminar de Chen y el constante masticar de chicle denotaban un descubrimiento importante.

"Fui al registro de estadísticas vitales de Manhattan y localicé el acta de defunción de Matthew Landon," dijo Chen, yendo directo al grano. Ross y Mueller se acercaron a la mesa y se sentaron. Chen tiró el chicle, se sentó junto a los demás y comenzó a escribir en su computadora portátil antes de continuar. "En mi pantalla aparece el acta de defunción. La información en sí es correcta, pero la disposición de los restos en el acta captó mi atención. Los Landon hicieron cremar el cuerpo de su sobrino de veinticuatro años."

"Está bien," dijo Ross, incierto sobre la dirección que tomaba la conversación.

Chen señaló la pantalla de la computadora. "Me comuniqué con el Dr. Gary Wise del Hospital Presbiteriano de Nueva York, el forense que examinó y proporcionó la información del acta. Según la Dra. Mallorie Fielder, su colega en el hospital, el Dr. Gary Wise, un patólogo, falleció el año pasado debido a complicaciones provocadas por un derrame cerebral que sufrió. Al hablar con la Dra. Fielder sobre un familiar fallecido, la familia firma una autorización para que el forense entregue el cuerpo a la funeraria o al servicio de cremación que hayan designado. La Dra. Fielder confirmó, a partir de los registros hospitalarios, que Cremación Brentwood y Servicios Funerarios recibieron el cuerpo de Matthew Landon conforme a las instrucciones de la familia Landon."

Ross, aún inseguro respecto a las implicaciones del hallazgo de Chen, percibió una vibra negativa, anticipando mayores complicaciones en su caso.

—Contacté a Cremación Brentwood —continuó Chen—, un negocio familiar, y hablé con Steve Brentwood, el propietario y director funerario. Los Landon inicialmente contrataron los servicios de Brentwood para la cremación, pagando por adelantado, pero luego cancelaron, recibiendo un reembolso tras la notificación del Dr. Wise a Brentwood. Todo habría estado bien si el Dr. Wise no hubiera cometido un error al corregir la ubicación de la cremación en el certificado de defunción. Volví a contactar a la Dra. Fielder y le pedí que verificara los registros del morgue. Los hospitales requieren un intercambio documentado al liberar un cuerpo a funerarias o crematorios. El forense y el receptor firman el formulario de liberación. Sin embargo, no hay registro de transferencia a Brentwood ni a otras instalaciones. Los registros hospitalarios, basados en el certificado de defunción de Landon, indican que Cremación Brentwood recibió el cuerpo. Contacté a Charlotte Landon para averiguar qué servicio de cremación se encargó de los arreglos de Matthew. Naturalmente, ella preguntó cuál era la razón de mi interés en la información y su relación con la desaparición de Laurel Landon. Al explicarle que se trataba de un procedimiento policial estándar, mencionó la Cremación Brentwood, recordando la amabilidad y la pericia del propietario al brindarle a Matthew un cuidado respetuoso. Sin embargo, una semana después, recibió las cenizas de Matthew por un servicio de mensajería, lo cual la enfureció; ella esperaba recoger la urna y llevar a Matthew casa, no recibirla como una compra en línea. No recuerda qué servicio de mensajería se utilizó, y opté por esperar para mencionarle el reembolso de la Cremación Brentwood.

"Dr. Wise informó a la Cremación Brentwood que los Landon habían cancelado su servicio; sin embargo, ellos no lo habían hecho. ¿Por qué? ", preguntó Muller. "¿Y de dónde proviene la urna?"

"Necesitamos confirmar que la urna contiene las cenizas de Matthew Landon y verificar Dr.

—Wise —dijo Ross.

Chen negó con la cabeza. —Sra. Landon dijo que esparcieron las cenizas de Matthew en el Océano Pacífico, cerca de la costa de California, donde a Matthew le encantaba navegar.

Ross se frotó la frente y exhaló su frustración. —¿Tenemos el informe policial del suicidio de Matthew

Landon?

Torres mostró una hoja de papel. —Once minutos después de la llamada al 9-1-1 del doctor Landon, los oficiales Tony Helms y John Cooper, del precinto 64, llegaron. Los oficiales encontraron a la víctima muerta en la cama. Botellas de alcohol y varios frascos de pastillas estaban sobre el buró. Los oficiales no encontraron ninguna nota de suicidio. Helms envió una solicitud para el forense, y el doctor Wise llegó poco después. Él mostró otra hoja de papel. —Según el informe del forense, no hubo señales de juego sucio. La muerte de Matthew Landon fue resultado de una sobredosis de drogas. Una mezcla letal de alcohol, pastillas para dormir y opioides.

Mueller dijo: "Considerando que Cremación Brentwood no recibió el cuerpo de Matthew Landon y no existe ningún otro registro al respecto, ¿qué ocurrió con el cuerpo bajo el cuidado del Dr. Wise?"

La idea de un hallazgo siniestro, que sumaba otra capa de dificultad a su ya arduo caso, tensó el cuerpo de Ross. La investigación, la ausencia de Laurel Landon y ahora las cenizas de su hijo sumían sus pensamientos en un caos que le impedía comprender la situación. Sin embargo, su intuición le decía que todo estaba conectado.

CAPÍTULO 39

La prisión correccional Sing Sing, una cárcel de máxima seguridad, se encontraba en Ossining, Nueva York, en la ribera este del Río Hudson, a cuarenta y tres millas al noroeste de Jersey City. En funcionamiento desde 1826, es una de las instituciones penales más antiguas de Estados Unidos. También es una de las más conocidas del país, especialmente notable por sus duras condiciones durante los siglos XIX y XX. La instalación inicial contaba con ochocientas celdas. La población carcelaria aumentó a mediados del siglo XIX, lo que impulsó la construcción de nuevas edificaciones. El complejo de cuatro pisos pronto se elevó a seis, y la prisión terminó albergando a más de mil seiscientos internos. Debido a que la mayoría de los primeros criminales condenados viajaban en barco hacia Sing Sing, la expresión 'cuesta arriba por el río' pasó a significar ir a prisión. La historia de Sing Sing, de casi doscientos años, le otorgó fama mundial como una prisión notoria; hoy, albergando a cerca de mil setecientos internos, se considera una institución correccional ejemplar gracias a sus innovadores programas de rehabilitación.

Con el clima mostrando clemencia, gruesas y oscuras nubes manteniéndose firmes y el tráfico en la NY-9A norte hacia Ossining fluyendo, Belle y Os avanzaron bien, llegando a la prisión veinticinco minutos antes de su reunión programada con el interno Nick Cage. Belle sintió que pasó una eternidad mientras Os buscaba lugar para estacionar en el casi lleno lote de visitantes, hasta que finalmente logró encajar la caravana en un espacio estrecho. Con cada milla que se acercaban a la prisión, su corazón latía más rápido—no por miedo a verlo, sino por imaginar las cosas torcidas que podría decir. La anticipación la hacía demasiado inquieta para permanecer quieta en el auto. Esperaba que la entrevista con Cage pudiera ofrecer pistas para la investigación. Pero ella no lo había previsto. De hecho, él disfrutaría atormentarla psicológicamente para su propio y retorcido entretenimiento. Aun así, ella cruzó los dedos.

Belle y Os entraron por la puerta principal de la prisión. Tras las formalidades y los controles de seguridad, se sentaron en duras sillas de plástico en una gran sala de espera abarrotada, principalmente de mujeres y niños. Belle esperaba ser escoltada rápidamente una vez que el alcaide diera el permiso, pero terminaron esperando más de una hora. Finalmente, un oficial de correccionales de mediana edad, de casi dos metros de estatura, con barba canosa y complexión robusta, llamó su nombre y abrió una puerta segura. Los condujo a través de la puerta, más allá de dos rejas de hierro forjado cerradas con llave, hasta una habitación con sólo una mesa, dos sillas y paredes desnudas de concreto blanco. Belle supuso que estaba en otra sala de espera.

«El alcaide los recibirá pronto», dijo el oficial, con voz áspera por fumar tres paquetes de cigarrillos al día. Él se fue, y la puerta de acero se cerró de un portazo tras él.

Cerca de la mesa, Belle se ajustó el incómodo gorro de punto y dijo: "Este lugar huele a testosterona y a puro mal." Se estremeció al pronunciar esas palabras.

"No me pagarían lo suficiente para trabajar en una prisión," dijo Os.

No tardaron mucho en esperar. La puerta se abrió de golpe, y el Alcaide Peters entró con un paso seguro y autoritario. Con una estatura de un metro noventa y cuatro, Alan Peters, un hombre de complexión poderosa y en sus sesenta, tenía el cabello corto, atractivo, canoso y salpicado de gris. Los dos decenios que Peters fue alcaide vieron cómo Sing Sing evolucionó de ser una institución brutal a una alabada por su atmósfera humana, ganándose el apodo de "el Hotel Plaza" de las prisiones de máxima seguridad. Aunque Sing Sing sigue siendo un lugar aterrador, miles de hombres solicitan cada año ser transferidos a Sing Sing, la prisión más requerida dentro del sistema penitenciario del estado de Nueva York. El Alcaide Peters implementó numerosos programas de apoyo, incluyendo clases de yoga y actuación (a través de Rehabilitación mediante las Artes), carreras de asociado y licenciatura en ciencias del comportamiento o artes liberales (mediante Hudson Link), un programa de maestría (de la Sociedad Teológica de Nueva York), y clases de música (por medio del programa Musicambia de Carnegie Hall), programas sin parangón en ningún otro lugar.

"Gracias por hacer esto, Alan," dijo Os, estrechando la mano del alcaide. "Le agradecemos el favor."

El alcaide le dio una palmada en el hombro a Os. "Dile a tu viejo que me debe una cerveza."

"Lo haré," respondió Os con una sonrisa. Señaló a Belle. "¿Recuerdas a mi amiga y socia, Belle McBain?"

"Sí." El alcaide le tendió la mano.

"Gracias por su generosidad," dijo Belle, estrechándole la mano. Hace varios años, en la casa de los padres de Os, conoció por primera vez a Alan Peters y desde entonces lo ha visto en las parrilladas y cenas de los Banks.

El alcaide mostró una sonrisa contenida. Guardó las manos en los bolsillos de su pantalón de vestir. "Dijiste por teléfono que tu visita hoy está relacionada con los recientes asesinatos en el Parque Fort Tryon y," miró a Belle, "la persona que te asaltó, Srta. McBain." Negó con la cabeza. "Dada su dirección actual, no encuentro conexión alguna con Cage."

"No estamos seguros de que exista una conexión," afirmó Belle. "La desaparición en 2004 de una mujer del Parque Fort Tryon, tras una visita a The Met Cloisters, podría estar relacionada con el último asesinato y mi asalto en ese mismo parque." Cage, un conserje del museo en 2004, fue una persona de interés cuando la mujer desapareció. Esperamos que Cage aporte detalles que ayuden en nuestra investigación."

"Si crees que Cage será útil, habrás desperdiciado tu viaje. Él pertenece a la categoría de irreparables. Un psicópata en lo más profundo de su ser. Sus palabras solo sirven para burlarse de ti por su retorcido placer."

Tal como ella lo predijo. "Aunque estoy de acuerdo, estamos listos para intentarlo." El alcaide encogió los hombros. "Haz lo que quieras."

El ruido estático de la radio dio paso a una voz masculina que impregnó la habitación. "Alcaide, recibo."

El alcaide descolgó el radio bidireccional de su cinturón. "Alcaide aquí," dijo al micrófono.

"Todo está asegurado y listo."

"Copiado." El alcaide volvió a colocar el dispositivo en su cinturón mientras se acercaba a la puerta. "Aparte de sus visitas poco frecuentes con el abogado," dijo por encima del hombro, "ustedes serán los únicos visitantes durante toda su estancia." Abrió la puerta y se volvió hacia Belle. "Será la primera mujer que él vea."

Ella contuvo el nudo en la garganta. "Estaré bien." Ella esperó.

El alcaide escoltó a Belle y Os, entablando una ligera conversación con Os, a través de un recorrido por pasillos bien iluminados de ladrillos grises y puertas de acero. El resonante golpe del acero, gritos lejanos y risas burlonas llenaban el aire viciado de la instalación, una banda sonora inquietante a cada paso que daban. Más adelante, un interno blanco, calvo y con numerosos tatuajes, vestido con uniforme verde oscuro de prisión, movía rítmicamente un trapeador sobre el pulido piso de concreto, reconociendo al alcaide con un asentimiento al pasar. Las habitaciones se alineaban a ambos lados del último pasillo, que servía como espacio para reuniones privadas entre los internos y sus abogados. El oficial correccional que los había escoltado antes estaba de guardia frente a la puerta del cuarto a la izquierda.

El alcaide se detuvo frente al oficial, luego giró y los enfrentó. —El CO Birks estará en la puerta si requieren asistencia —dijo, señalando hacia el oficial correccional.

Belle y Os asintieron con la cabeza.

Con la cabeza baja, Nick Cage estaba esposado a una mesa de metal en una silla metálica atornillada, con las manos cruzadas. Belle fácilmente podría confundir a esta persona con otra. Cage le resultaba desconocido, y a diferencia de la mayoría de los internos, no había pasado su tiempo levantando pesas. Su atuendo verde se tensaba sobre su abdomen prominente; su barba le llegaba al pecho. Su cabeza rapada revelaba manchas oscuras de la edad bajo la corta barba. En cámara lenta, Cage levantó la cabeza mientras Belle cruzaba la habitación, con Os siguiéndola de cerca. Una ligera tensión la invadió cuando sus miradas se cruzaron; Recordó su mirada perturbadora de años atrás.

Como un depredador, Cage percibió su tensión, una sonrisa malévola se dibujó lentamente en sus labios. "También te recuerdo, Srta. McBain," dijo con tono arrogante. "Eras una cosita bonita." La recorrió con la mirada de pies a cabeza, y luego sus ojos brillaron con emoción al fijarse en las heridas de su rostro, disfrutando como el perturbado que era. "Sigues siendo todo un atractivo para la vista." Lentamente, pasó la lengua por su labio superior.

Belle reprimió su repulsión hacia el hombre mientras se acomodaba en la silla frente a Cage, mientras Os permanecía a unos pasos, dejándola dirigir la entrevista; Cage, sonriendo, dijo: "Saber que un par de investigadores privados querían hablar conmigo ciertamente despertó mi interés. Quieren información que yo poseo. Quiero decir, ¿de qué otra forma estarían aquí? Pero, ¿qué? Bueno, ese es el misterio." Él se inclinó hacia adelante. "Dígame, Srta. McBain," susurró, con su sonrisa ampliándose.

La vileza del hombre penetró en el cuerpo de Belle, dejándola más repulsada y como si estuviera cubierta de suciedad. Ella había pensado que Víctor Simone y sus hombres eran lo peor, pero ahora, al fijar la mirada en Cage y su mirada depredadora, no estaba tan segura. Solo quería que la entrevista terminara para tomar una ducha caliente. Se concentró y continuó. "Laurel Landon," dijo.

Cage, sin sorprenderse por el nombre, inclinó la cabeza, sin que su sonrisa desapareciera. "¿Qué hay de ella?" preguntó, con un tono cargado de indiferencia burlona.

La actitud cruel y burlona de Cage, como si una mujer desaparecida fuera un juego, la enfureció, haciendo que abandonara su enfoque sutil y planeado para la entrevista y, en cambio, dijera: "La mataste," sin tener evidencia que respaldara su afirmación.

Cage la observó fijamente, sonriendo.

La malicia brotó en sus ojos, su mirada intensa la atravesaba, su mente absorbida por pensamientos oscuros. Segura de la mentalidad de Cage, ella se inclinó, con las manos entrelazadas sobre la mesa. Ignorando su buen juicio, gruñó con voz baja y áspera: "Tú mataste a Laurel Landon, Cage — justo como sé que ahora fantaseas con que tu polla me viole antes de estrangularme hasta apagar mi vida."

La sonrisa de Cage se desvaneció; sus ojos ardían de rabia mientras parpadeaba dos veces hacia ella. La sonrisa interna de Belle reveló su satisfacción al haber destrozado las imágenes retorcidas que el asesino tenía de ella. Sin embargo, Cage no terminó la entrevista como ella esperaba; en cambio, siguió fulminándola con la mirada, apretando los puños y con los ojos encendidos por una furia maníaca. El pesado silencio y la tensión en la habitación le provocaron un instante de pánico y un escalofrío; sus manos atadas no le brindaban consuelo alguno. Con una falsa y despreocupada tranquilidad, se recostó, cruzó las piernas y cruzó los brazos. "Tu empleo como conserje en The Met Cloisters en 2004 incluía ver a Laurel Landon en ese museo. Al final de su visita, la seguiste hasta el parque y viste tu oportunidad. La agarraste, la arrastraste hacia el bosque en el Parque Fort Tryon y la mataste."

La intensa mirada de Cage se suavizó, dando paso a una expresión de diversión. "Debes sentirte como la perra más desafortunada," dijo, mientras su cruel sonrisa reaparecía. "Quiero decir, las noticias decían que un asesino a sueldo quería verte muerta," dijo, señalando su rostro, "y ahora alguien más piensa que mereces morir. Ya sabes lo que dicen: a la tercera va la vencida."

La ira la atravesó, haciéndole arder los oídos, pero pronto recuperó la compostura, ocultando sus sentimientos tras una expresión calmada y vacía.

"Es un mundo extraño, ¿no crees?" reflexionó Cage, acariciando su gruesa, gris y peluda barbilla. "Descubrir cuerpos de víctimas de varios asesinos en un solo lugar." Se encogió de hombros con indiferencia. "Supongo que el parque es atractivo para quienes están desesperados por un alivio rápido. El riesgo de ser vistos y atrapados es insignificante frente a saciar su creciente hambre."

Las palabras de Cage la convencieron de que aludía a su propio deseo mórbido—confesando, a su manera retorcida, que había matado a Landon. Ella comprendió que la entrevista fracasaría a menos que empleara su creatividad para extraer algo útil de la boca patética de Cage. Consideró la entrevista con Charlotte Landon. "Laurel Landon estaba con su hijo de cinco años ese día. Él fue testigo de cómo te llevaste a su mamá."

La mirada de Cage se posó en ella por un largo instante, sus ojos brillantes siguiendo el rastro de las heridas en su rostro. Finalmente la miró y dijo: "El silencio del niño permitió satisfacer muchos deseos a lo largo de los años. Y lo último que escuchó fue. .." Su voz se desvaneció, terminando con una profunda carcajada.

Belle resistió el impulso de poner los ojos en blanco con molestia. *Asesinos y sus manipuladores juegos de palabras.*

—¿Cómo está el niño? —preguntó Cage con una sonrisa torcida. —Me imagino que perder a su mamá a tan corta edad debió ser devastador.

—Hace dos años, cometió suicidio.

El asesino estalló en una carcajada. —Bueno, maldición, hoy sin duda es mi día de suerte —dijo, riendo a carcajadas. —Hay una perra que no será encontrada.

Sus palabras encajaron a la perfección, cobrándole

total sentido. La realización, hasta entonces impensada, la hizo tragar saliva con fuerza. —La búsqueda policial en el bosque donde fueron enterrados los cuerpos debió haber descubierto los restos de Laurel Landon. Dejaste su cuerpo en el bosque, pero la única persona que fue testigo de tu crimen movió el cadáver de su madre.

Cage se inclinó sobre la mesa y susurró: —Hasta el amargo final. En un tono burlón y agudo dijo: —¡Corre, Matthew, corre! — Y rió. "El recuerdo de sus gritos aún me excita." Él sacudió la cabeza calva. "El estúpido niño volvió y observó desde los arbustos, sollozando como una niñita."

Imágenes de un niño pequeño presenciando la muerte espantosa de su madre inundaron su mente en destellos duros y veloces tras las escalofriantes palabras de Cage. ¿Colocó Matthew Landon la cruz blanca para señalar el lugar donde encontró a su madre? Su intuición le decía que sí. Una oleada de náusea la invadió mientras más inquietantes preguntas llenaban su mente. ¿Qué motivó el silencio de Matthew Landon sobre la ubicación de su madre, seguido por el posterior traslado de sus restos? ¿Por qué no reveló su conocimiento y testimonio presencial a la policía, provocando el arresto de Cage antes? ¿Por qué afirmó falsamente no recordar el día en que su madre desapareció?

"Le quité a su preciosa mami, y su silencio es mi recompensa", dijo Cage, interrumpiendo sus pensamientos. "Ella era mi tesoro oculto." Él le guiñó un ojo.

Las manos de Belle se cerraron en su regazo mientras luchaba por contener su furia y el impulso de golpear al asesino. Ella descartó la idea porque los efectos negativos superaban con creces el placer efímero. En cambio, tomó unas pocas respiraciones profundas, aguardando para recomponerse y evaluar la nueva información junto con sus implicaciones para la investigación. Belle concluyó que, dado que Matthew Landon había muerto dos años antes, su amigo Christopher debía haber descubierto qué había pasado con la madre de Matthew y había reunido a otros para cobrar venganza. Sin embargo, el escenario no aclaraba su conexión con los Landon. ¿Cómo se había convertido en la víctima de una venganza por parte de personas que nunca había conocido? ¿Y qué hay del asesinato de Ellie Barnes? ¿Cuál era su conexión?

Había escuchado suficiente de aquel asesino perturbado; levantándose, le hizo señas a Os para indicar que era hora de irse y se dirigió hacia la salida.

—¿Ya te vas? —dijo Cage, fingiendo decepción. Belle caminó hacia la puerta sin pronunciar palabra.

—La respuesta que buscas está más cerca de lo que piensas —le dijo Cage, dirigiéndose a su espalda.

Ella se detuvo, se volvió para mirarlo y sus miradas se cruzaron. Lo que vio en sus ojos aceleró el latir de su corazón. “Sabes a quién estamos buscando.”

Cage llevó un dedo a sus labios. Entonces escapó de él

una risa estruendosa.

Belle sintió un poderoso impulso de arrancarle los ojos al hombre. Con mirada firme, extendió la mano y golpeó la puerta. Cuando la puerta se abrió, le dijo a Cage: "¿Cómo está tu abuela, Cage?" —no pudo resistirse.

La risa de Cage cesó en seco; su expresión se endureció y sus ojos se encendieron con furia.

"Ah, es cierto, Mildred está muerta. Seguro que le alivió no volver a encontrarse con su patético nieto perdedor." Ella le guiñó un ojo a Cage y salió de la habitación. Las furiosas amenazas de muerte de Cage, gritadas tras la puerta metálica cerrada, resonaron por el pasillo detrás de ella.

"¿Crees que eso fue sensato?" preguntó Os, girando junto a ella. Ella se encogió de hombros. "Mejor que la alternativa," respondió.

Os, consciente del poder de su temperamento combinado con sus palabras agudas y mordaces, simplemente alzó una ceja y asintió.

CAPÍTULO 40

Mientras Belle y Os regresaban conduciendo a Jersey City, se toparon con un accidente automovilístico a los diez minutos de viaje. Kilómetros de tráfico detenido, con patrullas y ambulancias, cuyas luces intermitentes se veían a lo lejos. Belle no podía esperar para llegar a casa y ducharse, limpiándose de la persistente presencia de Nick Cage.

Aprovecharon el tiempo para llamar al detective Ross con su nueva información. Con el detective en altavoz, Belle y Os relataron los eventos del día que involucraban a Melissa Cartwright, Charlotte Landon y Nick Cage. La molestia del detective, aunque breve, fue evidente para Belle. Lo atribuyó a su propia entrevista con la Sra. Landon, un proceso que los condujo a Cage y a hablar con la Dra. Cartwright, antes que los detectives. Para cuando terminaron, las cuadrillas ya habían despejado el accidente de la carretera y el tráfico fluía. Ross proporcionó detalles sobre el Dr. Flynn y la situación relacionada con los restos de Matthew Landon. Belle consideró que quizá el forense estaba corrupto y participaba en el tráfico ilegal de órganos humanos y partes del cuerpo. Cuanto más inusual se vuelve su caso, menos la sorprende.

Después De Que Ella Desapareció

La llamada con el detective Ross terminó, y Belle pasó el resto del camino a casa perdida en sus pensamientos, reflexionando sobre las palabras de Nick Cage. La respuesta está más cerca de lo que crees, resonaba en su mente. ¿Estaba Cage jugando con su cabeza, o había verdad en estas palabras? Cuanto más resonaban esas palabras en su mente, por alguna razón misteriosa que escapaba a su alcance, más sospechaba que él sabía algo. Además, sabía por qué alguien quería que ella muriera. No podía comprender cómo lo sabía, pero creía que así era.

Os giró hacia Manor Street, y cuando vio la casa victoriana adelante, se paralizó al verlo salir de la casa. Había pasado más de un año desde la última vez que ella vio al Dr. Mark Stratton. "Detén el auto."

Os, al notar también al Dr. Stratton, disminuyó la velocidad del vehículo, encontró un espacio para estacionar detrás de una SUV negra y frente a una boca de incendio.

"Esperemos hasta que él se haya ido," dijo mientras observaba a EJ y Mark conversando al lado del BMW blanco de Mark. Mark, con mezclilla oscura y una chaqueta de cuero marrón, se veía atractivo y apuesto; su cabello corto aumentaba su encanto, haciéndola recordar su pasado. Los recuerdos aparecían y desaparecían con rapidez; no quería recordar el haberle roto el corazón a Mark —ni el futuro que alguna vez imaginaron juntos. EJ y Mark se abrazaron apenas Mark entró en su auto y partió por la calle. "Gracias," dijo ella mientras Os ponía la palanca en marcha.

"Buenas noticias," dijo Os. "No hay camionetas de noticias ni reporteros."

Centrada en Mark, no se dio cuenta de que la calle estaba vacía. "Gracias a Dios, esta vez perdieron rápido el interés en mí."

Al llegar a la casa victoriana, Belle vio a EJ en el porche, meciéndose en el columpio del sofá con una postura encorvada, como si no percibiera su regreso. "¿Demasiado, Félix?" bromeó, rodeando el capó de la caravana, aunque percibió que su soledad provenía de la visita anterior.

"Oh, hola," dijo EJ.

Ella subió el escalón de madera, deteniéndose en la tabla del porche para mirar a la derecha justo cuando Os apareció en la esquina de la casa desde la rampa. Inclinó la cabeza hacia la puerta principal, indicándole que entrara. Os asintió, reconociendo su deseo de pasar tiempo con su sobrino.

"¿Félix te está volviendo loco?" dijo Os a EJ, tomando el picaporte de la puerta principal.

EJ soltó una ligera risa. "No. Félix es genial."

"A veces está un poco tenso," dijo Belle, acomodándose a su lado y cerrándose el abrigo contra el viento del Río Hudson.

"Eso es una gran subestimación," dijo Os. Luego dijo: "Tu tía me privó de comida todo el día, así que voy a pedir pizza para mí, comida china para la niña, y para ti, señor."

"Arroz frito con pollo y rollitos de huevo."

Os levantó el pulgar y desapareció dentro de la casa.

—Mark se fue hace un momento. Quiso saludar y ver cómo estás. —Siempre jugando a ser doctor.

"Está bien que haya pasado. Quiero decir, ustedes todavía son amigos."

Belle pensaba distinto. EJ no necesitaba saber de la ruptura entre ella y Mark; era lo último que quería explicar. Por otro lado, ¿cómo podría entender del todo cómo se puede amar a alguien y sin embargo no querer pasar la vida con esa persona? Incluso después de un año, las razones para terminar con él seguían siendo poco claras. En cambio, dijo: "Fue bueno que haya pasado. Lamento no haberlo visto."

"¿Entonces, cómo te fue en la visita a la prisión? ¿Fue algo útil?"

"Hablaremos sobre los eventos del día mientras comemos rollitos de huevo." Quiero saber cómo te encuentras. Félix mencionó que fuiste a visitar a tu mamá. Lamento no haberme ofrecido a ir antes."

—Ah, creo que has estado ocupado casi muriendo y

luego hospitalizado. —Sí, eso es cierto.

“Además, era algo que quería hacer solo.”

Ella comprendía el dolor de su sobrino por la pérdida de un padre—o por creer que lo había perdido—y su corazón se estremecía por él. Sin embargo, sabía que nada de lo que dijera o hiciera disminuiría su profundo duelo.

“Tengo breves visiones de ella. Cocinando en la cocina, en nuestro jardín, en las gradas de mis partidos de lacrosse, viendo películas juntos en el sofá. ..”.” Su voz se desvaneció.

“Esos son bellos recuerdos a los que aferrarse,” dijo suavemente.

Él sonrió, una risita escapó de sus labios. “En nuestra sala de estar, ella bailaba y cantaba canciones de Beyoncé, Lady Gaga, Bruno Mars, Pitbull, o cualquier éxito del momento, demostrando que estaba a la moda y que era una madre genial.” Él negó con la cabeza. “Su baile era pésimo.”

Belle ssonrió.

“Luego, regresaba en mi mente al hospital, al momento en que apagaron su máquina de respiración.”

Ella le rodeó los hombros con un brazo reconfortante.

“Estuve enfadado con Joseph por mucho tiempo después de que nos escondimos,” admitió EJ. “No fue por su identidad ni por sus acciones. Él no mostraba interés por mi madre; nunca preguntaba por ella ni por sus historias. Cada vez que la mencionaba, él siempre encontraba una excusa para salir de la habitación. Me convencí de que él nunca la amó y lo culpaba por su muerte." Hizo una pausa. "En Italia, vivíamos en una villa sin aire acondicionado; Una noche, el calor era insoportable y no podía dormir. Me recosté en la cama, jugando con mi teléfono hasta que se quedó sin batería. Vi una luz encendida en la sala de estar mientras iba a la cocina por mi cargador. Joseph estaba dormido en la silla de la esquina. Varias fotos estaban esparcidas sobre su regazo. Me acerqué y recogí algunas de ellas. Vi fotos de mi madre cuando tenía más o menos mi edad y otras cuando era mayor. Fotos de ella y Joseph. No sé cuánto tiempo Joseph me observó de pie allí, llorando. No dijo nada. No necesitaba hacerlo. Entonces comprendí que me había equivocado. Él ha extrañado a mi madre durante mucho tiempo.

Ella no tuvo respuesta. Con un simple asentimiento, ella lo atrajo con más fuerza hacia su abrazo—eso era todo lo que podía ofrecer.

¿Todavía extrañas a tu mamá?

Ella meditó la pregunta. Su última conversación sobre su madre era un recuerdo distante. Ella retiró suavemente su brazo de sus hombros, se inclinó hacia adelante y entrelazó sus manos.

—Mi situación es un poco diferente. —¿De qué manera?

"Como nunca conocí a mi madre, tu abuela, me cuesta experimentar un sentido de pérdida. Como sabes, ella murió durante el parto conmigo. Mis recuerdos de ella provienen únicamente de las historias que me contó tu abuelo cuando era niño. Extraño la ausencia de una madre con quien crear recuerdos. De la manera en que tú tienes con tu mamá. Aunque ella murió joven, siempre atesorarás los recuerdos que tienes de ella. Siempre la llevarás contigo. Eso es algo que yo no poseo."

Reconfortado por sus palabras, EJ asintió.

"La casa victoriana cautivó a tu abuela en el instante en que la vio. Ella soñaba con formar una familia en aquella casa. A veces siento su presencia cerca y la imagino haciendo cosas por el hogar. Por eso me niego a venderla. La victoriana es lo único que tengo de ella."Se apoyó en él. "La Victoriana es tu hogar. Siempre recuerda eso." Ella le depositó un beso en la mejilla, luego se levantó con un suspiro contenido. "Vamos," dijo, dirigiéndose hacia la puerta principal. "Veamos cuánto tarda en llegar la comida." Su hambre rugía mientras los pensamientos de alimento afloraban, pero una oleada de cansancio la invadió, haciéndola imaginar acurrucarse en la cama. Su cuerpo estaba agotado, pero su mente activa, llena de preguntas sobre los acontecimientos del día, haría imposible que durmiera.

"Belle," dijo EJ, levantándose.

Ella se volvió, siguiendo la mirada de EJ hacia el fondo del jardín y al otro lado de la calle. Del asiento del conductor de un sedán plateado salió una mujer mayor desconocida, que los observaba desde la acera. Casi creyó ver a la mujer inspirar hondo, nerviosa, antes de avanzar hacia la casa victoriana. Observó cómo se acercaba y notó la determinación y confianza en su hermoso y maduro rostro. "¿Puedo ayudarla?" preguntó antes de que la mujer llegara al último escalón de madera. Desde el primer escalón, EJ permanecía a su lado, con los ojos fijos en la mujer, actuando como su guardaespaldas.

A mitad del camino empedrado, la mujer se detuvo. —Mis disculpas por esta visita inesperada —dijo con voz firme y segura, acorde con sus rasgos. La figura menuda de la mujer se imponía, con la mano sobre la correa de un bolso de cuero; vestía pantalones taupe, un suéter marfil de cuello alto y una gabardina color beige. —Mi nombre es Marian —dijo—. Marian Ross. Mi hijo es el detective Jonah Ross.

Belle frunció el ceño. Miró a EJ, quien reflejaba su desconcierto.

—Entiendo si esto les parece extraño —manifestó Marian Ross, observando sus rostros perplejos. —Mis disculpas por no haberlos contactado antes para expresar mis condolencias por la muerte de su padre.

El ceño de Belle se frunció aún más, mientras su confusión crecía. —¿Conocías a mi padre?

Marian Ross asintió lentamente. "Su padre y mi esposo eran conocidos." Hizo una pausa. "Yo también conocía a Joseph Simone."

El desconcierto la invadió. Abrió la boca, pero Marian Ross habló primero.

"Mi hijo y Joseph fueron amigos durante muchos años. Esa es la razón por la que estoy aquí. Ya que Jonah no lo haría, como creo que usted debería saber, que su familia y él tienen una conexión previa. Al igual que tú, mi familia es víctima de Víctor Simone. Víctor Simone y sus asociados asesinaron a mi esposo. Hasta hace poco, Jonah creía que su mejor amigo era el responsable de la muerte de su padre."

La mente de Belle giraba como si la hubieran golpeado de nuevo, con fuerza, en la cabeza.

CAPÍTULO 41

Su voz retumbante se dejó oír a través de la puerta cerrada de la oficina en el apartamento del Upper East Side. Con unos jeans stone-washed y una camisa negra de algodón de manga larga, Maggie estaba al final del pasillo, escuchando y enroscándose el cabello, apoyada en el marco de la puerta de su dormitorio. Ella no estaba interesada en escuchar la conversación, pero encontraba satisfactorio el pánico creciente en la llamada del hombre. Era la tercera llamada que recibía ese día, cada una sumando al pánico y la ira que crecían en él. Después de las dos primeras conversaciones, Maggie esperaba que él saliera de la oficina y descargara su furia contra ella. Esperó en silencio, a la espera de sus golpes. Sin embargo, los golpes esperados nunca llegaron; en cambio, un pesado silencio llenó la habitación tras la puerta cerrada. El tono furioso del hombre en sus llamadas unilaterales le indicaba que la policía se acercaba y que ella estaría libre de él. Sus labios se curvaron en una sonrisa torcida mientras pensaba en su plan para él.

La puerta de la oficina se abrió de golpe. En un instante, Maggie adoptó su fachada. Su compostura desapareció, reemplazado por la preocupación y el miedo grabados en su rostro. Él salió de la habitación a toda prisa, pero se detuvo al verla en el pasillo. Su rostro, rojo de furia, la fulminó con unos ojos salvajes y desdeñosos.

Con el castigo inminente, Maggie bajó la mirada, imaginándose entre flores silvestres, hallando consuelo en su belleza. Su lento avance la tensó, preparándose para la violencia inminente. —Limpia la oficina y destruye todo —siseó— al pasar junto a ella; luego aceleró el paso y salió corriendo del apartamento.

Maggie se quedó paralizada un instante, incrédula. El momento había llegado, reflexionó. La espera por fin había terminado. Su rostro se iluminó con una sonrisa.

CAPÍTULO 42

Hipnotizado por la luz vacilante del fuego, el agente Ed Cartwright estaba frente a la chimenea de piedra en la sala de fotografías de su extensa casa, contemplando las fotos dispuestas en la repisa. La habitación favorita de Cartwright, un espacio amplio y hundido con un imponente techo de catedral, estaba separada de la cocina y el comedor. Fotos familiares, organizadas en patrones diversos y creativos, adornaban las tres paredes de quince pies de la galería. Un papel tapiz diseñado como un collage fotográfico rodeaba la estrecha ventana de piso a techo en la pared norte. Fotos enmarcadas de 20 × 16 pulgadas, dispuestas como un reloj, llenaban el espacio en la pared trasera, a la derecha de la chimenea. A la izquierda de la chimenea, fotografías de distintos tamaños colgaban alrededor de una gran cita en adhesivo con letras negras: Juntos hacemos una familia. Fotos enmarcadas en negro de ocho por diez, dispuestas en una cuadrícula, cubrían la entrada de la pared sur; más fotografías reposaban sobre una credenza de roble, mesas auxiliares y la mesa de café detrás del sofá seccional gris.

Cartwright tomó una fotografía de la repisa de la chimenea, sonriendo ante el vívido recuerdo que evocaba. La penumbra se había instalado aquella tarde de sábado, con un cielo gris y lluvias de abril que se prolongaron todo el día. La varicela cubría el rostro joven e inocente de Melissa, de ocho años, con ronchas tratadas con loción de calamina. En la sala de fotografías, él examinaba un expediente en un extremo del sofá, mientras ella y su muñeca, Libby, se acurrucaban bajo un edredón en el otro. Ella ocultaba su rostro costroso y manchado detrás de La telaraña de Carlota, su libro favorito, que estaba leyendo por cuarta vez. Un grupo de los peluches de Melissa se sentaba entre él y su hija en el sofá.

Mientras Melissa dormía, él la observaba; su respiración lo calmaba tras leer material perturbador, y él también se quedó dormido. Jane, su esposa, aprovechaba la siesta vespertina de padre e hija para divertirse. La foto muestra a Melissa dormida con Libby acurrucada en su brazo y su libro tirado en el suelo. Dormido en el extremo del sofá, papeles cubrían su pecho, gafas descansaban sobre su cabeza calva, un oso de peluche marrón abrazado al cuello y otro peluche metido bajo el brazo. Muy graciosa, Jane.

Aunque amaba a ambas hijas y estaba igualmente orgulloso de ellas, sentía un vínculo más fuerte con Melissa. Ambas, decididas y testarudas, poseían una saludable dosis de autoconfianza, determinación e independencia. La inquietud de Katie y su necesidad constante de desafíos y libertad difieren de la personalidad de Melissa, pues rara vez consulta a sus padres, como quedó patente en su decisión de estudiar en el extranjero y mudarse a Europa el año pasado.

A diferencia de Katie, que era enérgica y arriesgada, Melissa era reservada, planificadora y capaz de resolver problemas, simplificando los retos en lugar de prosperar con ellos. Ella respetaba la guía de sus padres, consultándolos constantemente sobre su vida, estudios y trayectoria profesional. Como cualquier padre, él se preocupaba por sus hijas. La necesidad de proteger a sus hijos, potenciada por su trabajo en el FBI, lo envejeció más rápidamente que sus años de alcoholismo. Las acciones temerarias de Katie lo inquietaban y le provocaban hipertensión, pues rara vez sabía dónde estaba ni qué hacía. El enfoque cauteloso y serio de Melissa, junto a su costumbre de analizar antes de actuar, aliviaban sus preocupaciones. En palabras de su esposa, ella era la viva imagen de su padre.

Colocó la fotografía en el lugar que le correspondía, pero la culpa le corroía el corazón con mayor intensidad esta vez. Sabía que era irracional pensar que podría haber protegido a su hija del brutal asalto. Era algo insignificante. Luchaba por respirar bajo el peso de la culpa, el dolor y la ira que surgían de su sentido fracaso como padre. La cacería de Joseph llenaba sus pensamientos en esos momentos, ralentizando su respiración, llenando sus pulmones y asegurándose de que Joseph acabaría tras las rejas.

Sentado en la esquina del sofá, observaba las llamas ardientes en la chimenea, meditando sobre la posición de Joseph en su estrategia de captura. Su última conversación fue el domingo noche, y cada día su impaciencia aumentaba exponencialmente, su cordura ansiando el cierre al ver al perpetrador atrapado y castigado por el sufrimiento de su hija.

Solía despreciar a Joseph Simone, pero su fijación por derribarlo no era tan intensa ni malsana como su obsesión por Víctor Simone. Su determinación por ver a Joseph en prisión permanecía inquebrantable. El universo, sin embargo, tenía su propia lógica retorcida—extraña e imprevisible. Nunca esperó que, siendo un agente del FBI con firmes principios y ética, llegaría a hacerse amigo de un asesino despiadado responsable de múltiples muertes. Una ira abrasadora se encendió dentro de Jane al enterarse de su implicación con Joseph. Convencida de que sus acciones irracionales ponían en peligro a la familia, le advirtió que su carrera se arruinaría si el departamento se enteraba. Sin embargo, los sentimientos de Jane hacia Joseph cambiaron por razones inexplicables y se volvió más cómoda con su relación. Aunque él ya lo había considerado, la solicitud de la oficina para un permiso laboral llevó a Jane a instarlo a que contactara a Joseph de inmediato. Ahora, la pareja dependía de un asesino para ser su salvador y vengar a su hija. Sí. El universo era indudablemente peculiar.

Las pantuflas se deslizaron tras él sobre el suelo de madera de la cocina, luego Jane entró. Con una larga bata de seda ceñida a su cintura delgada, la agradable fragancia de su loción corporal de lavanda flotaba en el aire. Su belleza era tan impactante como el día en que se conocieron hace casi cuarenta y cinco años. Aunque estaba casada con un agente del FBI —un rol desafiante— nunca se quejaba. Se casó con él, sabiendo que su trabajo implicaba largas ausencias por los casos, y las toleraba. La familia y el matrimonio dependían de su fortaleza y seguridad; ella era su roca. Durante veintidós años, dirigió el centro de crisis del pueblo, guiando a mujeres y niños que escapaban del abuso o la adicción, ayudándolos a reconstruirse con asesoría y recursos cruciales. Sin embargo, en casa, ella no pudo salvar al hombre que amaba; tras dos años de negación y de presenciar su autodestrucción alimentada por el alcohol, finalmente alcanzó su límite.

Él bebía por la razón habitual: para escapar. No obstante, la causa de su bebida no eran las horribles imágenes de su profesión. La visión de cuerpos torturados, empapados en sangre, no le perturbaba por la noche. Luchaba por liberarse de Víctor Simone. La risa triunfante de Simone resonaba en su mente, un ciclo interminable de imágenes de sus huidas repetidas, como una película que se reproduce en reversa. El caso era algo que no podía soltar. Su obsesión lo consumía; vivía para la captura del criminal, imaginándose riendo en el rostro de Simone mientras derribaba a él y a su organización.

Había dedicado su vida a hacer cumplir la ley, pero su búsqueda de justicia se transformó en algo destructivo, haciéndole perder de vista sus valores. Después del trabajo, como en la mayoría de las noches, hacía una parada en un bar antes de dirigirse a casa. Cuando él entró a su casa esa noche, se dio cuenta de que su esposa y sus hijos no estaban allí. Jane dejó una nota sobre la isla de la cocina. Leer esa única frase lo espabiló de inmediato, dejándolo sin aliento. Jane estaba a punto de dejarlo. Él cayó al suelo, llorando y prometiendo hacer cualquier cosa para reunirse con su familia.

—¿El chico de Melissa logró sobrevivir otra semana en el programa? —preguntó, escuchando fragmentos de la conversación telefónica de ella con su hija desde el estudio al fondo del pasillo.

—Cada uno de los nuestros logró sobrevivir otra semana —dijo Jane, acomodándose en la otra esquina del sofá. —Esperábamos la eliminación de Mitch esta semana, pero Amanda eliminó inesperadamente a Drew. Una sorpresa total.

Él asintió, fingiendo comprensión o preocupación. Después del ataque a Melissa, Katie regresó a casa por un mes. Durante ese tiempo, madre e hijas se obsesionaron con un ridículo programa de telerrealidad sobre una soltera que elegía esposo. Desafortunadamente, la nueva temporada de la serie comenzó recientemente y absorbió por completo a Jane y a las chicas una vez más.

"¿La policía sigue intentando hablar con ella respecto

a su paciente?" él preguntó ella.

—No.

Después de que Melissa recibió una llamada de un detective sobre su paciente Ellie Barnes y una visita inesperada de la Srta. McBain, se lo contó a sus padres. "No podría haber imaginado que Melissa se encontraría con la Srta. McBain durante la investigación," dijo Jane, negando lentamente con la cabeza. "Quizás indirectamente, o a través de ti, pero no por un asesinato."

El universo está loco una vez más.

Sin embargo, Cartwright lo consideró creíble. Años en la oficina lo desensibilizaron ante los extraños, perturbadores e inesperados sucesos del mundo. Su mente, cerrada a la bondad, se preparaba para la catástrofe, esperando lo impensable. Nunca esperó que su propia familia se viera involucrada en un evento tan inimaginable. Sí, para él, pero no para su esposa ni para sus hijos. Incluso la noticia de otro ataque a McBain lo dejó impasible. Aunque estaba preocupado por McBain, confiaba en sus capacidades y creía que ella sabría manejar la situación. Él se rió para sus adentros, mientras el recuerdo de su primer encuentro con McBain emergía. Convencido de que él era un agente traicionero; ella lo fijó con una mirada de hostilidad inconcealable. El pasado había quedado atrás, superado por el respeto y la comprensión mutuos.

Jane metió la mano en el bolsillo de su bata de seda, sacó un papel doblado y lo depositó entre ellos sobre el cojín del sofá. Su mirada imperturbable lo decía todo.

La expresión interrogativa de Jane le reveló el contenido del papel doblado: una página del escritorio de su oficina en casa. Se levantó, metió las manos en los bolsillos de sus pantalones y caminó hacia la chimenea, donde permaneció observando las llamas vacilantes. Habló con la espalda vuelta hacia ella. "Jane, quizás sea tiempo."

Asintiendo con brusquedad, ella cruzó los brazos y guardó el silencio.

Él se volvió para mirarla. —Ya no soy capaz de hacer este trabajo.

—Mentiras, Ed.

No esperaba esa reacción. "Creí que estarías contento."

"Pues no lo estoy. La situación de nuestra hija no justifica que abandones la oficina. Apoyaría cualquier otra razón. No aceptaré tu evasión ni tu negativa a enfrentarlo."

Él negó con la cabeza. "Temo que vea a cada desgraciado como el responsable de hacerle daño a Melissa, y temo que no podré evitar reaccionar."

"Ed, tienes que dejar de sentir culpa. Deja de mentir y sé honesto con el psicólogo para que puedas sanar y seguir adelante con tu vida. No es tu momento, Ed. Necesitas a la oficina tanto como ella te necesita a ti. Te amo y quiero que estés en casa, pero no así. Tu presencia física es todo lo que hay aquí."

Él miró hacia las llamas voraces. El comentario de su esposa lo hirió, pero no pudo refutar su exactitud. Su trabajo lo colmaba; encontraba un propósito en la captura de criminales. Su estancia en casa no era placentera para Jane. Su ira hervía, alejando a su esposa con su fría indiferencia. Él observó las intensas llamas naranjas y azules del fuego, un reflejo de su propio ardiente deseo de venganza. "Me digo a mí mismo que una vez que lo atrapen, terminará—pero no será así. Ojo por ojo—eso es lo que se necesita, lo que me satisfará. Lo quiero muerto, Jane. Anhelo su muerte con tal fervor que juro ya puedo oler su cadáver en descomposición. Él hizo daño a nuestro bebé; su vida en prisión es inmerecida. Juro por Dios, fue lo más difícil que he tenido que hacer, no mandarlo a matar."

"Tú no lo hiciste," dijo Jane, con voz firme.

La incertidumbre ensombrecía su rostro mientras se preguntaba si había escuchado correctamente las palabras desapasionadas de su esposa. Pero al voltear hacia ella, no hubo lugar a dudas. Ojos oscuros e inquebrantables le devolvieron la mirada, provocándole un escalofrío gélido en la espalda. Por un instante fugaz, los ojos de la mujer frente a él sostuvieron su mirada, ojos que le resultaban ajenos y la convertían en una desconocida. —Jane —susurró—. "¿Qué has hecho?"

CAPÍTULO 43

El martes fue una decepción. El objetivo de Joseph no apareció en el Bar Mark's End antes del cierre a las tres de la mañana. La agente Williams y él acordaron reunirse en la cafetería a las diez en punto del día siguiente, antes de que reabriera el bar. Ella le ofreció a Joseph un aventón antes de irse, oferta que él rechazó. Buscó soledad en las frescas calles de la madrugada antes de regresar a su habitación en el Hotel Sheraton en Times Square.

A las siete en punto, Joseph se sentó en la cafetería, mirando el bar a través de la ventana, tal como lo había hecho el día anterior. Aunque el bar estaba cerrado, eso no tenía importancia. Joseph pasó el tiempo preparándose mentalmente, concentrado en el desenlace inevitable que creía al alcance.

La agente Williams llegó a tiempo, otro día idéntico al anterior, marcado por la impaciencia familiar del agente, sus quejas y la incertidumbre sobre la llegada del sospechoso. No habría imaginado que Williams fuera agente del FBI en otras circunstancias. Joseph sabía que, trágicamente, cuando los oficiales de las fuerzas del orden sufren una pérdida personal, fácilmente pierden la objetividad, actuando impulsados por la ira, por encima de su entrenamiento.

Las idas y venidas de Zagarus, junto con las frecuentes pausas para fumar de Tina, marcaron un día de vigilancia sin incidentes mientras la jornada se desvanecía en la noche. A Joseph no le importaba si el «descuento de viernes negro» no atraía al hombre nuevamente hoy. Él no tenía prisa, contento de esperar su momento, envuelto en la oscuridad, hasta que llegara su instante. Eventualmente, el adicto regresaría por otra compra.

El clima seco cambió con rapidez, dejando a Joseph y Williams contemplando únicamente la lluvia feroz que golpeaba la ventana de la cafetería. Dado que el bar era apenas visible, y Joseph, demasiado astuto para confiar en el pandillero/traficante de drogas, optó por un método alternativo. Mientras Williams batallaba con su paraguas bajo el viento y la lluvia, se dirigía hacia el bar. Por su parte, Joseph caminó una corta distancia por la acera como si fuera una noche cálida y estrellada, antes de cruzar la calle. Se encontraba bajo un toldo verde y desgastado de una bodega, ahora cerrada y cubierta con madera contrachapada pintada con grafiti. La falta de luz en la calle detrás de él lo sumía en sombras más profundas, haciéndolo menos visible. El viento aullaba y la lluvia caía con furia, pero él permanecía como un centinela, los ojos fijos en la entrada del bar, inmóvil ante el frío.

Un sentimiento desolado impregnaba las calles, haciendo que Joseph se sintiera como el único sobreviviente de un cataclismo. Él esperaba largos períodos antes de ver uno o dos autos, o alguna señal de vida en la acera, apresurándose a buscar refugio. Durante treinta minutos, no había entrado ni salido un alma del bar; ni borrachos, ni adictos, ni fiesteros parecían querer enfrentar los elementos. Pensó si la tormenta detendría la aparición del objetivo, pero su experiencia le decía lo contrario. La tormenta creaba condiciones ideales para que operaran criminales y acosadores. Menos gente significaba una menor posibilidad de ser visto o reconocido. Su teléfono vibró en el bolsillo del abrigo. Un mensaje de Williams. Bar muerto. Zagarus con sus secuaces.

Un hombre se apresuró más adelante, acercándose a él y al bar. Cuando el hombre pasó bajo una farola, Joseph lo evaluó rápidamente. Una persona de estatura media y complexión delgada, vestida con mezclilla y un abrigo grueso de nylon azul marino que llegaba hasta los muslos. Una cabeza doblemente cubierta, la capucha del abrigo sobre una sudadera con capucha oscura y holgada, baja sobre su rostro. Joseph se ocultó en las sombras del edificio, con la espalda casi pegada a la ventana tapiada, mientras el hombre se detenía en la entrada del callejón junto al bar. La lluvia azotaba al hombre mientras permanecía de pie, cabeza baja, jadeando. Tras un momento, se dirigió al bar, pero se detuvo, caminando inquieto cerca de la entrada. Un paso nervioso, pensó Joseph. El hombre se volvió y entró al bar.

Otra vibración de su teléfono resonó desde el bolsillo

de su abrigo. Un mensaje de Zagarus. Él está en el bar. En minutos, el hombre salió del bar y caminó rápido en la dirección de donde vino. Joseph apuró el paso, pasando al agente justo cuando ella salía por la puerta. Ella se apresuraba, sus piernas cortas esforzándose por alcanzar las largas zancadas de él. Seguían al hombre en silencio. La agente, con el paraguas inútil bajo la lluvia torrencial, luchaba contra el aguacero, limpiándose los ojos, mientras Joseph, con las manos en los bolsillos, permanecía impasible. El hombre caminó dos cuadras, luego giró a la derecha en la Calle 68 y bajó corriendo las escaleras hacia el metro. Con el agente siguiéndolo de cerca, Joseph sacó su tarjeta del metro mientras bajaba las escaleras. Usó su tarjeta para entrar, luego descendió otro tramo de escaleras hasta llegar al andén del metro en dirección al norte. Unos pocos esperaban el metro; Joseph notó al hombre empapado adelante, con la espalda contra la pared, mirando hacia el concreto. Joseph se acercó a él, reduciendo la distancia entre ambos. Se detuvo a seis metros de distancia, con el agua goteando de él y formando charcos a sus pies. Fingió usar su teléfono mientras observaba al objetivo de reojo, mientras Williams, detrás y a un lado, estaba empapada, temblando y frotándose las manos, aparentando ser una pasajera común a punto de abordar el metro.

El metro pasó a toda velocidad; su poderoso impulso creó una fuerte brisa que hizo temblar el andén antes de que frenara con un chirrido. El hombre bajó al vagón, empujando a algunos pasajeros que salían para reclamar un asiento vacío a su izquierda. Por otra puerta del vagón, Joseph entró y enfrentó a su objetivo. Williams ignoró a Joseph y tomó asiento en el centro del vagón, frente a una mujer negra y sus dos hijos. Las puertas del metro se cerraron y el tren partió de la plataforma a gran velocidad. Después de cuatro paradas, el hombre bajó del tren y corrió escaleras abajo en la terminal para hacer transbordo. El hombre descendió en la calle 97 con la avenida Madison, caminó dos cuadras hacia el norte y luego giró a la derecha en la calle 95. Costosas casas de piedra se alineaban a ambos lados de la cuadra. A mitad de la cuadra, el hombre cruzó la calle hacia el lado sur y corrió escaleras arriba de una casa de piedra rojiza (brownstone), abrió la puerta de vidrio y desapareció en su interior.

Joseph y el agente desaceleraron, posicionándose al otro lado de la calle frente a la casa de piedra rojiza (brownstone), ocultos de la vista por una fila de vehículos estacionados. Williams, con los dientes castañeando, dijo: "Probablemente se quede aquí durante la noche," mientras abría su paraguas para cubrirse. "Usaremos mi coche para la vigilancia." Ella se volvió hacia la Avenida Madison para detener un taxi, con rumbo a su automóvil.

Algo en la persecución perturbaba a Joseph, una disonancia sutil que no podía ignorar. Al perseguir a hombres corruptos y peligrosos, desarrolló una habilidad sorprendente para entender su maldad, superándolos al adoptar su forma de pensar. El hombre al que seguían no produjo ninguna reacción interna ni externa en él, lo que significaba una cosa. "Él no es nuestro tipo," dijo.

Williams, con una expresión torcida, se volvió y caminó hacia él. "¿Qué quieres decir con que no es nuestro tipo?"

Sus ojos se mantuvieron fijos en la casa de piedra rojiza (brownstone) rojiza. "Él no atacó a Melissa." "¿Qué te hace estar tan seguro?" preguntó ella, sin convencerse.

Joseph no dijo nada.

Después de un breve vistazo a su perfil, asintió en señal de comprensión. Un asesino entrenado como él podía identificar con facilidad a hombres igual de sórdidos desde una milla de distancia.

Del edificio de piedra marrón emergió el hombre. Desde el pie del escalón, dobló a la derecha, dirigiéndose hacia la Avenida Madison.

Joseph estaba en movimiento. Cruzó la calle y luego se colocó detrás de su objetivo desde una distancia.

Williams salió tras él. «¿Qué demonios estás haciendo?» le dijo, ya a su lado. «Ya que lo descartaste, nuestro objetivo probablemente está en ese edificio de piedra marrón.»

Joseph no dijo nada. Reconoció la alta probabilidad de que el objetivo se encontrara dentro del edificio de piedra marrón. Ahora su objetivo era obtener información. Fuertes ecos de una lluvia intensa llenaban la calle vacía mientras grandes gotas caían a su alrededor. A ambos lados, robles centenarios con hojas otoñales adheridas y ramas arqueadas formaban un túnel natural. La oportunidad de Joseph llegó en la cuadra débilmente iluminada, después del último edificio de piedra marrón, junto a una esquina en la Avenida Madison, donde la oscuridad se extendía por una corta distancia. Él aceleró el paso, calculando cada movimiento mientras acortaba la distancia. Cuando Joseph llegó a la oscura entrada, rápidamente sujetó a su objetivo, estrellándolo contra la pared de concreto del edificio y presionando su brazo contra la garganta del hombre con firmeza. Con las vías respiratorias bloqueadas, el objetivo arañaba débilmente las manos de Joseph; su desesperada lucha era inútil frente a la fuerza superior del hombre. Joseph usó su otra mano para arrancar las la doble sudadera con capucha del hombre, luego soltó rápidamente su agarre al reconocerlo. Aquel hombre era apenas un crío, no mayor que EJ. Su rostro, un mapa de moretones e hinchazones, mostraba el daño de numerosos puñetazos.

El niño tosió y jadeó en busca de aire. “Por favor, no me lastimes”, suplicó, luchando por respirar.

—Coopera o enfrenta las consecuencias —amenazó

Joseph mientras Williams aparecía. El niño asintió frenéticamente, sus ojos oscilaban entre el agente y él.

—Tu nombre —dijo Joseph, mientras cacheaba al chico con una mano y mantenía

la otra sobre la garganta del joven. Un viento fuerte soplaba desde el norte, y el desagradable aroma de la colonia del muchacho penetraba las fosas nasales de Joseph.

—Daniel.

—¿Cuántos años tienes?

—Veinte.

Joseph metió la mano en el bolsillo del abrigo del joven y sacó un libro de bolsillo titulado The Black Box de Michael Connelly. No encontró drogas durante su registro. —¿Las drogas están en la casa?

Los ojos de Daniel se abrieron con sorpresa; su rostro perdió el color.

—Así es, Daniel —dijo Williams. —Sabemos que acabas de salir del traficante de drogas, Zagarus.

Joseph apretó su mano sobre la garganta del joven.

Los ojos de Daniel se abrieron aún más, su miedo a la muerte intensificándose bajo el firme agarre de Joseph, pero este se mantuvo inquebrantable. La presión de sus dedos haría que Daniel perdiera el conocimiento en cuestión de segundos.

Al borde de la inconsciencia, Daniel asintió débilmente, moviendo la mano para indicarle a Joseph que hablaría. Joseph soltó al chico, permitiéndole llenar sus pulmones de aire. Doblado sobre sí mismo, con las manos apoyadas en las rodillas, Daniel tosió y se ahogó, emitiendo ruido, sibilantes gemidos mientras inhalaba. Daniel, recuperando el aliento, dijo: "No consumo drogas." Se incorporó y extendió las muñecas hacia Joseph. "Me alegra que esto por fin haya terminado."

"No estoy con la policía," dijo Joseph.

Con movimientos lentos, Daniel bajó los brazos, fijando su mirada en Joseph, parpadeando contra la lluvia. "Entonces, ¿quién eres?"

Joseph desvió la pregunta, dejando de lado el tema de las drogas por el momento. Lo que buscaba era un nombre, convencido de que Daniel poseía esa información. "Dime el nombre del agresor en el asalto a la mujer cerca de la iglesia de San Lucas, en la 71 y la Primera Avenida, hace siete meses."

Daniel se detuvo, con la cabeza gacha y empapado. "Sé acerca de todos ellos."

¿Todos ellos? Joseph no esperaba esa respuesta. Sintió una ira silenciosa e intensa crecer en su interior. "Nombre."

Daniel, con el cuerpo temblando y los labios castañeando, levantó la cabeza y dijo, "Es mi hermano."

Aunque Joseph quería respuestas inmediatas, pospuso el interrogatorio debido a Williams y al violento temblor del niño, y en su lugar les ofreció refugio del mal tiempo. Guiando a Daniel, Joseph lo condujo de regreso a la entrada del metro, descendiendo los escalones hacia el cálido pasaje subterráneo, con Williams siguiéndolos de cerca. Joseph caminó una corta distancia a su izquierda desde la base de las escaleras antes de detenerse. Mientras Daniel sacudía el agua de su cuerpo y calentaba sus manos, Joseph observaba el túnel del metro. Williams hizo lo mismo, manteniéndose a una corta distancia detrás. Como antes, el túnel del metro estaba silencioso y desierto, con quizás una docena de personas caminando hacia el andén. Más adelante, una persona sin hogar estaba sentada, sacudiendo una taza llena de monedas sueltas, suplicando a los transeúntes por dinero. Sin ser visto por ninguna policía, Joseph dirigió su atención a Daniel. "¿Cómo se llama tu hermano?"

El muchacho vaciló. "Eric."

"¿Y su edad?"

"Treinta y dos."

"¿Las drogas?"

"Se las consigo yo."

"¿Por qué?"

"Él quiere evitar ser visto comprando esas cosas." Hizo una pausa. "Eric no es mi hermano biológico. Me adoptaron cuando tenía cuatro años. Eric dice que no estoy relacionado con él por sangre y que soy un perdedor, tal como mi familia biológica. Mi mamá hace cosas con hombres a cambio de drogas, y mi papá está en prisión por robo a mano armada. Eric amenaza con incriminarme si alguna vez lo atrapan. La policía le creería a él, un director operativo de empresa, más que a alguien como yo. Él afirma que el delito está en mi sangre, y la policía no dudaría en arrestarme."

"Eso," dijo Joseph, señalando la vestimenta del niño, "es lo que él usa cuando está buscando a mujeres. Sus víctimas identificarán tu sudadera."

En cámara lenta, Daniel asintió. "Me amenazó con matarme si alguna vez se lo contaba a la policía o a nuestra madre.

Joseph llamó la atención sobre el rostro magullado e hinchado de Daniel. "Un adelanto de lo que está por venir."

Una vez más, Daniel asintió lentamente. "Él siempre se ríe cuando termina, diciendo que mi muerte será mucho peor. Lenta y excruciante."

La rabia contenida de Joseph se intensificó. El momento no podía llegar lo suficientemente pronto para conocer a Eric.

"¿Eric es el director de operaciones de qué compañía?" preguntó Williams.

"Darvere Group. Él bromea diciendo que lidera una empresa familiar multimillonaria que emplea a los mejores psicólogos, quienes irónicamente no ven lo obvio justo frente a ellos."

"Darvere es tu apellido," confirmó Joseph. Daniel asintió.

Esta información enfureció y al mismo tiempo deleitó a Joseph. La policía manejó mal el caso de Melissa Cartwright, dejándola sin justicia durante meses y provocando que un dedicado agente del FBI se desmoronara. Aunque enfurecido por la negligencia de la policía, también disfrutaba de su descuido; le permitía tomar el control.

"Dijiste que conoces a todas las mujeres," dijo Williams.

"Cada vez que le consigo un nuevo abastecimiento, finge estar en un viaje de negocios cuando en realidad está en casa drogado. Se vuelve loco y agresivo, comienza a hablar de las mujeres como inútiles pedazos de carne y trasero, y que merecen lo que les sucede. Sé que no pasará mucho antes de que vuelva a buscarlas. Eric tiene un apartamento en SoHo, en la calle MacDougal. Cuando está drogado, se jacta de las mujeres que ha lastimado y de las cosas perturbadoras que les hace en el apartamento. Dice que el miedo en sus ojos lo excita. Corro al baño a vomitar. Eric se ríe y me llama inútil cobarde, como a las perras que viola."

Joseph apretó el puño, imaginando el miedo que Melissa Cartwright tenía en sus ojos. —¿Has estado en el apartamento?

Daniel negó con la cabeza. Él nunca me permite subir a su Mercedes. Quise vengarme después de que me dio un golpe una noche. Una vez que se desmayó, tomé las llaves de su auto, con la intención de dar una vuelta por diversión. Pero nunca conduje el auto. Tenía miedo de que él se diera cuenta. Registré el interior y encontré correspondencia en la guantera dirigida al apartamento. Esa noche, en el metro, fui hasta el edificio y esperé afuera, listo para contactar a la policía. Pensé que debía haber algo dentro del apartamento para arrestar a Eric por las violaciones." Bajó la mirada. "Pero no llamé a la policía. Temía ser arrestado, no Eric. Si hubiera llamado, habría salvado a esas chicas de ser lastimadas."

Joseph estuvo de acuerdo. "¿Sabes el número del apartamento?"

"6D."

Joseph agarró el brazo de Daniel. "Nos llevarás allí."

CAPÍTULO 44

Eso es —dijo Daniel, señalando desde el asiento trasero del Agente Williams hacia un edificio frente a ellos. "Ahí fue donde salió el hombre." La agente Williams desvió el auto frente al edificio, detrás de una estación de Citi Bike y una acera bordeada de árboles. Ella puso la palanca en "P", con el motor en ralentí, y encendió las luces de emergencia.

Un edificio de seis pisos, de concreto y ladrillo, con balcones tipo Julieta y construido después de la guerra, se alzaba en el lado norte de la calle, en un barrio universitario de moda. El costado sur mostraba una mezcla de lo antiguo y lo moderno, con edificios antiguos de arenisca y escaleras de incendio de hierro forjado desgastado sobre restaurantes, bares y cafeterías animadas.

Desde el asiento trasero, Joseph observó la entrada principal y notó la ausencia de cámaras de seguridad externas. A la izquierda de la puerta principal de vidrio, el edificio contaba con un sistema de portero/intercomunicador anticuado en la pared exterior de concreto, lo que le facilitaba el ingreso.

"Quédate aquí," le dijo a Williams.

Williams asintió con firmeza, aceptando su plan para

irrumpir en el apartamento.

Él sacó guantes negros de su abrigo y se los puso mientras se dirigía hacia el edificio. Presionó los primeros cinco botones de la fila superior del intercomunicador de metal y esperó.

"Sí," respondió un hombre.

"Reparto de comida."

"No es aquí," dijo el hombre y colgó.

Joseph, sin obtener otra respuesta, repitió la acción en otro conjunto de cinco botones. Respondieron dos inquilinas; una, una mujer grosera, corrigió su número de apartamento con una palabrota, mientras que la otra, que esperaba una entrega, le permitió entrar. Caminó por el estrecho pasillo pintado de blanco como si viviera allí, dirigiéndose directamente a los ascensores, sólo para ser recibido por el aroma de carne asada con ajo proveniente de un apartamento cercano. Después de salir del ascensor en el sexto piso, se detuvo en el pasillo, mirando a la izquierda y a la derecha. Desde un apartamento a la derecha, un televisor retumbaba, y a su izquierda, un perro ladraba. La falta de privacidad y el deficiente aislamiento acústico en el apartamento intensificaban su repulsión ante la idea de las brutales violaciones. Revisó el número del apartamento frente alpasillo desde el ascensor, luego dio la vuelta, giró a la izquierda y nuevamente a la izquierda por otro pasillo. 6D era el último apartamento.

Del bolsillo interior de su chaqueta, sacó un pequeño estuche negro de cuero suave, lo desabrochó y extrajo una llave de tensión y una ganzúa de entre las cuatro herramientas que había dentro. Siempre llevaba consigo ciertos objetos específicos. Eso incluía su juego de ganzúas. Para abrir cerraduras, prefería la técnica rápida y sucia conocida como «scrubbing». Con ligera presión en la llave de tensión en la cerradura inferior, insertó la ganzúa en la cerradura superior. Mantuvo un agarre suave en la llave mientras movía la ganzúa de un lado a otro dentro de la cerradura hasta que todos los pasadores se trabaron.

Joseph entró ocho segundos después y cerró tras de sí la sólida puerta blanca de madera. Se detuvo, guardó sus herramientas en el bolsillo y, con una sola mirada, examinó el apartamento de 550 pies cuadrados con sus pisos de madera. Aunque limpio y ordenado, con mobiliario sencillo, Joseph percibía una presencia maligna dentro de los muros del apartamento. A su izquierda se revelaba una cocina moderna con gabinetes de madera oscura, encimeras de granito blanco, una isla y electrodomésticos de última generación. El pequeño comedor albergaba una mesa redonda de roble para cuatro personas y, justo a su derecha, una sala de estar de tamaño considerable. Contra la pared norte, frente a la entrada, había un sofá seccional de cuero marrón, adornado con cojines decorativos, centrado sobre una alfombra color crema. A su lado se encontraba una mesa de centro circular con cubierta de vidrio y un jarrón con flores artificiales. Dos grandes ventanas con marcos de madera, en la pared oeste, mostraban únicamente la antiestética pared exterior del edificio contiguo. La pared sur, con sus ladrillos de terracota expuestos, exhibía un televisor de gran tamaño, un mueble para medios de comunicación y elementos decorativos. El lugar estaba desprovisto de objetos personales. Las fotos habituales de familia, amigos y vacaciones brillaban por su ausencia en el apartamento.

Joseph cruzó la habitación hasta llegar a un pasillo corto entre el comedor y la sala de estar. A la derecha, una puerta entreabierta ofrecía un vistazo al baño. Él ignoró las otras puertas cerradas y estrechas; su atención quedó atrapada por un cerrojo de metal sobre una picaporte con bocallave en una puerta a su izquierda. Para él, esa puerta interior con doble seguro solo podía significar una cosa. Aunque sabía que estaba cerrada, giró la perilla de todos modos. Sacó sus ganzúas de nuevo y comenzó a manipular la perilla. El cerrojo cedió segundos después. A pesar de la apariencia de mayor seguridad, los mecanismos del cerrojo resultaron simples de manipular. Joseph abrió la puerta a un dormitorio mediano, con paredes sencillas en tono gris carbón, en menos de treinta segundos. Encendió el interruptor de luz a su izquierda. Los muebles de madera oscura proyectaban una atmósfera gótica y siniestra que parecía oprimir a Joseph, mientras las mezclas de colonia, sexo y miedo intensificaban su deseo de retribución.

La distribución de la habitación era sencilla. A la derecha, una cama tamaño queen con un edredón coral reposaba entre burós y lámparas a juego; un armario se encontraba cerca. Un tocador de tres niveles con seis cajones estaba contra la pared del fondo, con una silla solitaria encajada en la esquina. Al otro lado de la habitación, una amplia ventana panorámica daba a la calle MacDougal, oculta tras cortinas color ceniza, y un clóset de puertas dobles se hallaba cercano a la cama.

Joseph permaneció inmóvil, con la mirada fija en las apagadas cortinas, mientras imaginaba los pensamientos de su objetivo para localizar lo que buscaba. En un instante, miró el cerrojo de la puerta, y su error se volvió evidente. La estupidez de su objetivo, al creer que sus acciones garantizaban su seguridad y que nadie podría entrar a su habitación, facilitaba la tarea de Joseph. Él inspeccionó la habitación, calculando sus opciones, antes de dirigirse al clóset y abrir sus puertas. El clóset contenía algunas prendas: varias camisas abotonadas y pantalones de vestir, tres pares de zapatos formales y un par de tenis. Sin embargo, la amplia repisa sobre la barra de ropa estaba repleta de bolsas plásticas desbordantes de objetos, cajas abiertas con libros y revistas, además de mantas y almohadas.

Joseph observó la escasez de ropa, luego la repisa

sobrecargada; la abundancia de objetos le sugería algo. Recogió las bolsas plásticas y cajas, colocándolas sobre la cama detrás de él sin inspeccionar su contenido. No lo necesitaba. Servían como un disuasivo. Apartó las bolsas y cajas restantes para revelar una caja metálica negra oculta al fondo. Usó las yemas de sus dedos para jalar la caja hacia sí y levantó la caja fuerte metálica de 17 × 13 × 5, reconociendo su combinación digital y de llave — un diseño frecuentemente empleado para seguridad portátil en vehículos, casas rodantes, botes y más, para resguardar computadoras portátiles, teléfonos y tabletas.

Joseph supuso que habría abierto al menos cincuenta de estas y similares cajas fuertes durante su carrera, aunque nunca había llevado un conteo preciso.

Joseph colocó la caja fuerte sobre la cama y luego sacó una navaja automática TR-3 de grado militar del clip de su bolsillo en la cadera derecha. Un cuchillo automático de mango negro con una hoja de 3. 5" era otro de sus compañeros constantes. La hoja de acero Damasco salió disparada cuando presionó el botón; luego usó la punta para forzar la cerradura. Aplicó una presión suave y rápida, moviendo la navaja hacia adelante y hacia atrás para abrirla al instante.

Joseph cerró la hoja con seguridad, luego abrió la caja fuerte, revelando una computadora con un adaptador de corriente negro adherido y una toalla blanca que cubría parcialmente el fondo de la caja. Sacó la ligera computadora portátil Dell de 13", sostuvo el dispositivo a la altura de los ojos, centrando su atención en el adaptador. La insignificante lente circular negra confirmó su sospecha. En línea y en tiendas de electrónica, el cargador USB con Wi-Fi resultaba ser un adaptador de corriente con cámara espía. Su objetivo, si Joseph tenía que adivinar, fingía cargar su teléfono mientras grababa los asaltos y descargaba los videos en la computadora frente a él.

Colocó la computadora sobre la cama, retiró la tela blanca y examinó el contenido. El fondo de la caja fuerte contenía más de veinte identificaciones laminadas: licencias de conducir, placas de seguridad y credenciales universitarias, junto con diversas joyas y relojes de mujer. Colección de recuerdos. Con un puñado de licencias y placas en mano, las revisó cuidadosamente, fijando sus ojos intensamente en los rostros de las víctimas. Mujeres jóvenes, menores de treinta años, mostraban diversos tonos de piel y cabello. Su objetivo parecía victimizar sin preferencia alguna. Dentro de la caja fuerte, parcialmente oculta bajo la credencial universitaria de una chica mexicana en Nueva York, divisó la credencial de Darvere. Devolvió los objetos a la caja y luego tomó la tarjeta de identificación con foto de la Clínica de Salud Mental Darvere a nombre de Melissa Cartwright. Ni siquiera una foto genérica podía ocultar la belleza natural de Melissa: piel oliva, cabello largo y castaño, una sonrisa radiante y los ojos penetrantes y curiosos de su padre.

Él sintió una oleada de calor, su mente se activó y sus habilidades de élite entraron en acción. La noche en que Joseph dejó la propiedad del agente Cartwright, sus órdenes cambiaron.

Le aseguró que lo vería hasta el final.

Él siempre fue fiel a su palabra.

CAPÍTULO 45

Ross violó su propia regla. Envió un mensaje para que lo encontraran en Tijuana Cantina, un restaurante mexicano muy apreciado cerca de su casa de piedra rojiza (brownstone) en Morningside Heights. El lugar era pequeño, acogedor, y no muy concurrido. Los pimientos a la parrilla y la carne chisporroteante llenaban el aire con sus aromas. Colores intensos, texturas tejidas y murales primitivos, combinados con elementos de diseño nativo americano y latinoamericano, y sillas audaces con muebles rústicos de madera, creaban una atmósfera auténticamente mexicana. Cada semana, Ross visitaba la cantina, atraído por su ambiente encantador, su comida tradicional y su excelente tequila. Además, el pintoresco restaurante local de propiedad familiar, conocido por los vecinos, hacía improbable que sus colegas o superiores eligieran ese lugar para una comida.

Él la vio sentada en la barra de inmediato. Su largo y sedoso cabello caía suelto por la espalda, parcialmente oculto por una blusa de seda color rosa y unos jeans oscuros, que acentuaban su figura y sus caderas esbeltas, su rasgo favorito. Una oleada de arrepentimiento lo invadió al acercarse a ella, deseando haber arreglado encontrarse en su casa en lugar de en un lugar público. Él se deslizó entre los taburetes de la barra y se sentó a su lado.

—Está enganchado —dijo Olivia Amato como forma de saludo. —El detective no puede alejarse de mí por mucho tiempo.

Una sonrisa se dibujó en su rostro con la broma; luego llamó la atención de un barman desconocido y pidió un agua con gas.

—La elección de tu bebida sugiere que la noche no irá como esperabas —dijo Amato con el ceño fruncido. Luego: «Entonces, detective, ¿qué sucede? Tus ojos inquietos y las líneas marcadas en tu rostro revelan tensión y preocupación.»

Cuando el barman volvió con su bebida y se fue, Ross dijo: «Necesitaba una breve distracción.» Pensé que cenar con la encantadora Amato sería la distracción perfecta."

Amato lo estudió. "Parece que tu sombrío estado de ánimo provocó un lapsus en tu memoria."

"¿Qué quieres decir?"

"Lo que quiero decir es que soy reportera, Jonah, así que puedo notar cuando hay más en una historia de lo que parece. Te conozco lo suficiente para percibir cuándo algo te está molestando más allá de tus casos. Ignorar tu código ético en nuestra aparición pública y—" hizo un gesto hacia él con el dedo girando en el aire, "—mostrar cualquier cosa distinta al Detective Ross sereno revela más que simple frustración laboral."

Salir con una reportera, reflexionó Ross, tenía sus desventajas—especialmente una lo suficientemente aguda como para leer su estado de ánimo y presionar por respuestas. Su irritación por la ajetreada mañana de McBain y Bank, sumada al engaño de su madre, lo dejó de mal humor. Sus intentos por superar sus emociones negativas fracasaron, afectando su capacidad para trabajar en el caso el resto del día. El caso avanzó gracias a los hallazgos del investigador privado, pero él permaneció perturbado y frustrado por no ser quien descubriera la información. Por el bien de su cordura y para recuperar el enfoque en el caso, él buscó un escape momentáneo de su montaña rusa emocional—escribiéndole a Amato, sabiendo que ella le haría preguntas desafiantes sobre el caso. En ese instante, él acogía su cuestionamiento audaz, dándose cuenta de que era la manera perfecta de evadir sus luchas internas.

"Prefiero no hablar de eso."

Amato, intuyendo algo personal, le lanzó una mirada cómplice pero dejó el tema de lado. En cambio, se inclinó hacia él. "Tengo una mejor idea para evitar conflictos familiares momentáneamente."

El rostro de Ross se iluminó con una sonrisa. "Lo admitiré, la idea me surgió al llegar, pero planeo ir a casa y trabajar más esta noche."

Ella se sentó erguida en su silla. "Pierdes mucho," dijo con una sonrisa coqueta, y luego bebió de un trago su vino.

El cantinero acababa de tomar su orden de cena cuando su teléfono vibró en el bolsillo de su abrigo de cuero. El texto decía, Las pelucas no coinciden con los dos mechones encontrados. Ross asintió, el mensaje confirmaba lo que ya había sospechado. Sin la peluca que creen que llevaba el atacante de McBain, los mechones de cabello eran inútiles. Tuvo un cambio de pensamiento. Una vez más, su mente divagó hacia McBain y su encuentro con el asesino en serie. Su determinación para encontrar respuestas, incluso si eso implicaba enfrentarse a un asesino, lo impresionó—especialmente dado lo que había soportado en el pasado. Él sospechaba que su experiencia con Víctor Simone la había dotado de un valor, sigilo y temeridad considerables. Además, al igual que su hermano, poseía una fortaleza innata.

"Ahí está la expresión que conozco tan bien," dijo Amato, señalando su rostro. "Ahora tu mente está en el caso."

Él sonrió. "Culpable."

Durante los siguientes cuarenta minutos, entre tacos de pescado y enchiladas de pollo, repitieron su habitual danza sobre un caso, Amato lanzando preguntas, Ross ofreciendo poco o nada. Por un tiempo, su mente estuvo libre de la frustración y la ira que lo habían nublado antes. Ross percibió una cosa durante su velada. La primera copa de vino de Amato aún no estaba terminada. A estas alturas, ella habría bebido una botella entera. Le resultaba desconcertante la sobriedad de ella, una experiencia desconocida para él.

Ross miró su reloj, luego hizo un gesto al camarero mientras sacaba su billetera.

Los labios de Amato se curvaron hacia abajo en un puchero juguetón. —¿Seguro que no puedo persuadirte para que volvamos a tu lugar o al mío?

Ross le lanzó una mirada.

Amato dejó escapar un profundo suspiro. —Está bien —murmuró, recogiendo su abrigo del taburete en la barra— . Mejor así. —Papá querido está en la ciudad, y voy a encontrarme con él para desayunar en la mañana.

Eso explicaba por qué se mantenía sobria aquella noche. Según Amato, su padre, un oficial de alto rango de los Marines, era extremadamente autoritario y exigente —lo suficiente como para hacerla evitar beber antes de verlo.

"¿Él se queda un rato?" preguntó Ross mientras el mesero le entregaba la cuenta.

"Va y viene, gracias a Dios. Mañana regresa en un vuelo después del desayuno."

Después De Que Ella Desapareció

Su teléfono vibró cuando apoyó su tarjeta de crédito sobre la barra. Miró la pantalla. Su primer pensamiento fue el de un nuevo descubrimiento que habían hecho.

"Detective Ross," dijo al teléfono.

"Necesitamos hablar," dijo Belle McBain con un tono cortante.

Sintió por su voz que la llamada no tenía relación con el caso, lo que le causó temor. "¿Hay algún problema?"

"Hoy tuve una visita de tu madre."

Su cuerpo se congeló; el teléfono se deslizó de sus manos. Se recuperó rápidamente y volvió a llevarse el teléfono al oído, sin decir palabra. Belle McBain ahora estaba al tanto de su relación con Joseph. ¿Por qué diablos su madre se la habría contado?

"Estaré allí en una hora," dijo antes de que la línea se desconectara.

"Por la palidez de tu rostro," dijo Amato con una ceja arqueada, "parece que estás en un profundo problema con alguien."

En lugar de responder, Ross hizo un gesto al cantinero, pidiendo un trago de tequila para the camino.

CAPÍTULO 46

En la sala de estar, con los brazos cruzados, Belle caminaba de un lado a otro, con la mirada constantemente atraída por los faros de los autos que pasaban, iluminando las cortinas translúcidas. Después de que había pasado una hora, el detective aún no llegaba. Ella aprovechó el tiempo de espera para calmar su molestia con el detective. Un enfoque racional y desapasionado era lo más sensato. Pero su carácter irlandés ardiente se encendió ante el pensamiento de la falta de transparencia del detective, sumado al hecho de que —una vez más— alguien más sabía más de ella y su familia de lo que ella misma sabía.

Os, estacionado en el umbral de la habitación, ocultó una sonrisa con la mano mientras se giraba en su dirección. "¿Qué?"

La sonrisa sardónica de Os permaneció mientras apartaba la mano de su rostro y señalaba hacia su cabeza. "¿Usaste todo el rollo de vendaje adhesivo?"

Con la mente preocupada por Nick Cage y el detective Ross, recordaba vagamente haber cuidado su herida con un apósito limpio después de ducharse. —¿De qué hablas? —dijo, mientras se tocaba la cabeza, notaba el extraño bulto y fruncía el ceño. Se dirigió a la parte trasera del cuarto y se paró frente al espejo ornamentado colgado en la pared blanca. —¡Dios santo! Parece que me hubieran hecho una maldita lobotomía.

Os se rió. "Eso diría."

Desde la parte superior, desenredó y levantó la primera capa del vendaje elástico de su cabeza. Mientras quitaba la segunda capa, se dio cuenta de su distracción durante el cuidado de la herida, preguntándose si habría aplicado la crema antibiótica. Con el tercer vendaje fuera, recogió los otros dos, se acercó a Os y dijo, "No quiero escucharlo," anticipando esta burla.

Os reprimió una sonrisa tímida, abrió las manos. "No pensaría en hacer algo así."

Ella le rodó los ojos. "Eso sería la primera vez," dijo, lanzándole las vendas hechas un ovillo. Os reaccionó al instante, atrapándolas. "¿Está EJ en su cuarto?"

Él alzó la cabeza hacia el techo. "Escuché la ducha antes de entrar acá."

El timbre sonó, y ella se movió para contestar cuando Os dijo, —Yo la atiendo —dijo, echando a andar hacia el vestíbulo—. Luego estaré en la oficina.

"Está bien," dijo ella mientras él salía de la habitación y se dirigía al vestíbulo. Ella entendió que la ausencia de Os era su manera de indicarle que debía hablar con el detective en privado. Sin embargo, la cercanía de la oficina a la sala de estar significaba que Os podía escuchar fácilmente toda la conversación.

En cuanto el detective Ross entró, ella actuó sin demora. "Explica tu actitud cuando me conociste por primera vez en el hospital," dijo ella, de pie junto al sofá, con los brazos cruzados sobre el pecho. "Verme volvió a traer los recuerdos al frente y al centro. Tenías tanto odio en los ojos cuando me viste."

Desde su lugar frente a ella, junto al sofá, Ross dijo: "Sí, me sorprendió descubrir que una víctima en el caso estaba relacionada con Joseph Simone. Admito que cuando te vi por primera vez, pensé en Joseph; Te pido disculpas por mi comportamiento poco profesional y cualquier incomodidad que te haya causado."

Ella lo observó, dudando si su disculpa era sincera o solo palabras vacías. —Mi "conocimiento" de Joseph...—

"¿Conocimiento?" dijo con tono burlón. "Estuviste muy cerca de Joseph y creíste que él mató a tu padre hasta que Carzossa confesó el asesinato hace dos años. Diría que eso va más allá del conocimiento, detective."

Los ojos de Ross se abrieron de par en par.

"Así es, tu madre no dejó nada por decir," añadió, captando su incredulidad ante la revelación materna. "La pregunta es por qué nunca me revelaste tu relación con Joseph."

"No pensé que fuera relevante."

"Quizás no sea relevante para ti, pero me molesta que decidas qué es o no importante para mí."

Ross hizo una pausa. "Justo," dijo. "Aunque pensé que no tenía importancia, tampoco quería hacer lo que estamos haciendo ahora, discutirlo. La amistad entre Joseph y yo no existía desde hace años, y quería que siguiera siendo así." Se encogió de hombros. "Quizá una parte de mí también temía que lo vieras como un conflicto de intereses, que informaras a los superiores y me retiraran del caso. Aunque mis superiores lo saben, me han permitido continuar con el caso. Sin embargo, mi participación terminará si los medios de comunicación se enteran."

"Para mí, el problema del conflicto de intereses es irrelevante. Mi profesión es la de investigador. Encontraría las respuestas aunque no pudieras mantener la objetividad, dejando que tu odio hacia Joseph nuble tu juicio. No me gusta que me mantengan en la oscuridad sobre asuntos que me conciernen. Por indirecto que fuera, debiste haber sido franco conmigo.

Ross simplemente asintió.

Aunque estaba molesta con el detective, al mirarlo, las palabras de Marian Ross sobre su hijo resonaban en sus oídos. Sintió una similitud subyacente: una rabia abrumadora, provocada por la malicia y el engaño de otros, que los había corroído por dentro, destruyéndolos desde dentro. "Tu madre dijo que no has visto ni sabido nada de Joseph desde que terminaste la secundaria."

Ross vaciló. "Lo he visto desde entonces," confesó. "Sin que mi madre lo supiera, después del asesinato de mi padre, planeé matar a Joseph, pero él me dejó inconsciente antes de que pudiera dispararle. Y luego, hace unos días, lo vi de nuevo."

Ella frunció el ceño. "¿Tú hiciste eso?"

"Entró a mi casa la mañana siguiente a tu ataque. Me desperté y lo vi sentado en la mesa de mi cocina, disfrutando de una taza de café. Han pasado más de veinte años desde la última vez que lo vi." Él negó con la cabeza. "Nunca imaginé que lo volvería a ver. Ahí estaba, y mi necesidad de justicia era tan intensa como el día en que murió mi padre."

La ira y el dolor la atravesaron. Joseph había hecho tiempo para ver al agente Cartwright—ahora un detective que lo aborrecía—pero ¿no había encontrado tiempo para visitarla tras el asalto? Se calmó y luego preguntó: —¿Qué quería?

"Dijo que si no trabajabas con él, te convertirías en un enorme dolor de cabeza, y dada tu aparente valentía, tu seguridad requería vigilancia."

Belle le lanzó una mirada feroz.

Ross levantó los hombros. "Quizá no con esas exactas palabras."

Sonrió por dentro. Joseph, a su manera, hacía tiempo para ella, después de todo.

"También sugirió que poseías algo beneficioso para la investigación."

—Os —dijo ella, sin pensarlo. "Lo que descubriste después de hacer una investigación sobre él."

"Lo último que quería era que la víctima fuera un investigador privado con un socio capaz de hackear el Pentágono." Él puso los ojos en blanco. "Vi la combinación como un gran dolor de cabeza para mi investigación."

Belle sonrió, considerándolo un cumplido. Entonces, desde atrás, escuchó: "¿Conocías a Joseph?" Se giró y vio a EJ parado en el umbral de la sala de estar.

—¿Lo conocías antes de que empezara a matar? continuó EJ mientras entraba y se colocaba entre Ross y ella.

Belle observó al detective silencioso, cuya mirada estaba fija en su sobrino.

Una sonrisa sutil asomó en la comisura de los labios de Ross. "Sí, chico," dijo finalmente. "Crecimos juntos. Había sido mi mejor amigo durante años."

EJ preguntó, "¿Cómo era antes de convertirse en un asesino a sueldo?"

Sorprendido por la pregunta, el detective tragó saliva con dificultad. "Joseph era un chico común. Pasaba el tiempo con sus amigos, practicaba deportes y cortejaba chicas. Era inteligente y aprendía rápido. Yo no tomaba la escuela en serio, mientras que Joseph era un estudiante diligente que me ayudó a aprobar muchos exámenes. No creo que hubiera podido terminar la escuela sin su ayuda. Era una persona seria, aunque disfrutaba de alguna que otra broma inofensiva. Una vez, durante la clase de arte, se arrastró bajo una gran mesa cuadrada donde se sentaban seis niños y les ató los cordones. Sus caídas de un solo paso eran bastante divertidas de observar."

EJ soltó una risita. "Parece un buen amigo."

Ross asintió. "No conocía el miedo. Se atrevía con cualquier cosa. Pero Joseph también era una persona reservada y silenciosa. Guardaba todo para sí mismo, lo que a veces me molestaba, pero no dije nada. Decidí que era simplemente el comportamiento habitual de Joseph. Pero su lealtad significaba que siempre podía contar con él.

Mientras EJ insistía con preguntas sobre la antigua amistad, las respuestas sonrientes y risueñas del detective ante los viejos recuerdos hicieron que Belle se preguntara si extrañaba a Joseph como un amigo.

CAPÍTULO 47

Tarde en la noche, Charlotte Landon se sentó en la parte trasera de un taxi detenido, temiendo su regreso al norte de Nueva York. Le resultaba insoportable el ensordecedor silencio y la quietud de la enorme casa. Aunque extraños la envidiaban y amigos celosos elogiaban su hermosa casa, para ella era un lugar miserable. En cambio, pasó una hora con un taxista haitiano navegando por las calles de Manhattan, hallando consuelo en las luces vibrantes de la ciudad, antes de indicarle un destino.

Pasó horas en el restaurante, entumeciéndose después de haberse reunido con los dos investigadores. Se aclaró los sentidos al pararse afuera bajo un toldo, hipnotizada por el ren, hasta que se sintió lo suficientemente despejada para tomar un taxi a otro bar—continuando su esfuerzo por anestesiarse. Ella encontraba alivio en su batalla diaria contra el dolor, la tristeza y la ira a través del alcohol. Los recuerdos volvieron a surgir, reproduciéndose una y otra vez en su mente, y el licor los mantenía a raya. La conversación con los investigadores la sumió en un horrible remordimiento, con la culpa y la vergüenza proyectando una sombra oscura de la que no podía liberarse. Esta vez, a pesar de sus mejores esfuerzos, no pudo escapar de sus recuerdos;

el alcohol no bastaba para adormecer el dolor ni desterrarlos de sus pensamientos.

La vista del edificio Wilshire de sesenta pisos en el Upper East Side, desde la ventana del taxi al otro lado de la calle, evocaba en ella una mezcla de alegría y pesar. Habían pasado dos años desde la muerte de Matthew, y ella no había visitado su apartamento. El lugar donde él murió era un sitio que no se atrevía a visitar. Esperaba que vender el apartamento pusiera fin a sus remordimientos y pesadillas. Pensaba que la idea de venderlo sería una dura batalla para convencer a su esposo. Su deseo por una propiedad inmobiliaria de primera en Manhattan alimentaba aún más su ya inflado ego como destacado cirujano plástico. Él se jactaba ante amigos y colegas de sus vecinos famosos, exagerando sus conversaciones con actores y músicos reconocidos. Su acuerdo sin titubeos para poner la propiedad en el mercado la sorprendió. Otra cosa que la sorprendió: si era una propiedad de primera, como afirmaba su esposo, ¿por qué no se había vendido el apartamento? Ella instó a una reducción del precio, pero él insistió en la paciencia, convencido de que aparecería el comprador ideal. Incluso después de dos años, el lugar no se había vendido, y el recuerdo constante mantenía vivas sus pesadillas.

El edificio la golpeó con una ola de negación pasada. Aunque vio que el incidente ocurrió, lo desestimó, creyendo que era insignificante y pasajero. Ella sabía lo que estaba ocurriendo, pero el miedo a perderlo todo la mantenía en silencio. Pero alguien había perdido todo. Por su silencio y egoísmo, él murió. "Ojalá te lo hubiera dicho", susurró, una sola lágrima rodando por su rostro. "Tu muerte es mi culpa."

Una ola de culpa y vergüenza que golpeaba su conciencia acompañó la aparición de la imagen de sus cuñadas en su mente. Aunque devastada por la desaparición de Laurel Landon, una parte de ella sentía alivio, un sentimiento que la colmaba de autodesprecio. En su miseria, buscaba desesperadamente culpar a Laurel, deseando odiarla. Pero, a pesar de sus esfuerzos, sabía que Laurel no tenía la culpa. Sin embargo, creía que sin Laurel y manteniendo el pasado oculto, llegarían días más felices. Estaba equivocada.

Matthew era su único consuelo. Encontraba gran alegría y realización en ser su madre. Su corazón se apiadaba del niño de cinco años, sin padres y necesitado del amor y apoyo inquebrantable que ella podía brindarle. Las primeras etapas presentaron dificultades. Matthew hablaba poco, deseando aislamiento. Su joven mente no podía comprender por qué su madre lo había abandonado, dejándolo terriblemente confundido y dolido. Ella se negó a rendirse. Cada noche, ella lo arropaba para dormir, le besaba la frente y le susurraba que siempre estaría allí para él. Con el tiempo, se ganó su confianza, y Matthew poco a poco comenzó a comportarse como un niño típico de cinco años. La terapia continua de Matthew condujo a la felicidad, y se convirtieron en una familia. Sin embargo, cuando Matthew entró en la adolescencia, ella notó su transformación, pero permaneció en silencio y la alentó, sin protegerlo como un padre debería. A pesar del refuerzo insano y equívoco, ella se centró en los nuevos comportamientos de Matthew, ignorando su depresión y las señales de desesperación.

Las lágrimas se acumularon en las comisuras de sus ojos. Dos personas murieron por mis acciones cobardes. El odio hacia sí misma devoraba su corazón. ¿Cómo llegó mi vida a esto? Las lágrimas corrían por su rostro mientras miraba el edificio del apartamento, apenas notando las sirenas lamentosas de dos camiones de bomberos que pasaban a toda velocidad. Su mirada fija en el edificio, el contraste la consumía entre sus aspiraciones pasadas y su despiadada realidad actual, deseando ser alguien distinto a ella misma. A través de sus ojos vidriosos, una imagen la sobresaltó: alguien saliendo del Wilshire desde el otro lado de la calle. Ella se sentó erguida, parpadeó para secar las lágrimas y miró hacia la ventana. ¡No, no puede ser! Parpadeó rápidamente, preguntándose si el alcohol estaba afectando su percepción o si se estaba volviendo loca. Pero cuando el el portero hizo señas para que un taxi recogiera a la persona que esperaba junto al edificio, fue indudablemente claro. Forcejeó para encontrar la manija de la puerta, luego salió apresuradamente del asiento trasero y corrió a ciegas hacia el camino de vehículos en movimiento bajo la lluvia torrencial. El claxon estridente de un autobús cercano la hizo apresurarse de regreso al borde de la carretera. El autobús pasó mientras el taxi se alejaba en dirección contraria.

Confundida e incrédula, caminó hacia el taxi que la esperaba. Se esforzó por descartarlo como un producto de su imaginación, pero no pudo. Su estado de ánimo cambió, el shock se disipó mientras la ira se formaba y preguntas la desgarraban en todas direcciones. ¿Por qué? ¿Por qué las mentiras? ¿Por qué ese engaño enfermo y cruel? Impulsada por su ira creciente, tomó su bolso, pagó la tarifa y cruzó la calle, interrumpiendo el tráfico como una borracha descontrolada. Jimmy, el portero, le brindó un saludo, feliz de verla de nuevo después de tanto tiempo. Esbozando una sonrisa falsa y agradeciéndole, se dirigió al ascensor, repitiendo el saludo a Ed, el conserje.

Al llegar al ascensor, una pareja francesa de unos treinta años, elegantemente vestida para una noche afuera, salió, apenas reconociéndola antes de alejarse. Ella entró, rebuscó en su bolso la tarjeta magnética del ascensor y luego la deslizó por el lector magnético. Mientras ascendía, su ira se transformó en una aprensión temerosa sobre lo que acechaba detrás de la puerta del apartamento. Se sintió débil, su respiración se aceleró y manchas blancas danzaban en su visión. Se apoyó contra el panel de vidrio, con los ojos cerrados, tomando una respiración lenta y profunda. Una vez que ella llegó al piso, su visión y su respiración volvieron a la normalidad. Salió del ascensor, buscando en su bolso mientras se acercaba a la amplia puerta de cerezo del apartamento. Nerviosa, respiró hondo, introdujo la llave y abrió la puerta. Entró al apartamento, deteniéndose vacilante en el vestíbulo para escuchar. El aroma familiar de colonia impregnaba la atmósfera silenciosa. Avanzó por el pasillo y, en la cocina a la derecha, notó una botella abierta de agua Fiji y un vaso usado sobre la encimera junto al fregadero. Se detuvo entre el comedor y la sala de estar, ninguno de los cuales parecía diferente. A su derecha, cruzó la sala de estar y se dirigió hacia las puertas francesas abiertas que daban al área de entretenimiento. Un televisor de pantalla plana de 52 pulgadas, montado en la pared, mostraba las noticias nacionales en silencio. Su mirada se posó sobre el periódico abierto en la mesa de centro con cubierta de vidrio frente al sofá seccional de cuero. La esquina superior derecha mostraba la fecha del día. Su ira volvió a estallar y apretó los dientes.

Con determinación, salió de la habitación rumbo a la izquierda por el pasillo hacia el dormitorio principal. La colonia familiar impregnaba el dormitorio, como si la hubieran rociado recién. Su corazón latía con fuerza mientras escudriñaba la habitación, desde la cama desordenada hasta la ropa esparcida sobre una silla y la tintorería recién entregada colgada en la puerta, hasta que vio la maleta negra en la esquina que no debería estar ahí, lo que le hizo flaquear las rodillas. Se apoyó en el marco de la puerta, la vista clavada en la bolsa negra, paralizada en silencio.

El pequeño reloj de abuelo en la sala de estar dio las campanadas, devolviendo sus pensamientos al presente. Dios mío, ¿qué habrá hecho ahora? Un escalofrío helado le recorrió la espalda mientras el miedo la invadía, dejándole la respiración atrapada en la garganta. Se recompuso por un momento an antes de cruzar el pasillo hacia la puerta de la oficina en casa, con pasos vacilantes. La puerta corrediza de madera no cedió cuando intentó abrirla. Corrió de vuelta al dormitorio, abrió de golpe el cajón superior de la cómoda y rebuscó entre su lencería las llaves de repuesto.

Frente a la puerta de la oficina, sus manos temblorosas buscaron la llave. Giró la llave y deslizó la puerta. Extendió la mano izquierda y rozó la pared en busca del interruptor de luz. En cuanto encendió la luz del estudio, atravesó la habitación, con la mirada oscilando entre las numerosas fotos que adornaban la pared a su derecha. Se detuvo a centímetros de la pared, y entonces jadeó al inspeccionar de cerca las fotografías, reconociendo a las personas que aparecían. Las mismas dos personas aparecían en las fotos, a veces juntas, a veces solas. Los cambios estacionales en el fondo y la vestimenta de los sujetos en las fotos sugerían que la vigilancia había transcurrido durante un período prolongado, no solo un tiempo reciente.

"Hola Charlotte," susurró una voz baja desde detrás.

Sobresaltada, un rápido giro la dejó paralizada en shock al mirar a los ojos de la persona en el umbral. —Eres realmente tú —dijo por fin, con lágrimas asomando en sus ojos.

Con una sonrisa cálida, la persona entró en la habitación hacia ella. "Sí, soy realmente yo."

Ella corrió al otro lado de la habitación, con lágrimas cayendo, y abrazó a la persona. "¡Oh Dios, te he extrañado tanto!" sollozó en el cuello de la persona. "Creí que te había perdido para siempre. No puedo—" Una niebla mental súbita la invadió, drenando su fuerza y haciendo que sus brazos cayeran a sus costados. "¿Qué—" comenzó, buscando las palabras? Sus ojos se cerraron, sus piernas flaquearon, y brazos musculosos la ayudaron a llegar al suelo.

Forzó sus ojos a abrirse, una imagen borrosa se alzaba sobre ella. —¿Por qué? —murmuró. "Lo siento, Charlotte."

Mientras la oscuridad se cerraba, un suave «Maggie» escapó de sus labios.

CAPÍTULO 48

En el auto encendido de Williams, estacionado a una cuadra del apartamento de Eric Darvere en SoHo, Joseph estaba sentado en el asiento del copiloto mientras ella dormía al volante. Cerca de Bleecker Street, alrededor de las 10 p. m. , las multitudes de fiesteros del viernes representaban más testigos potenciales de los que él deseaba. Williams estacionó en una cuadra menos transitada a petición suya, pues no era necesaria una vigilancia tan cercana del apartamento. Una ligera lluvia caía de manera intermitente, con largos periodos de sequía, alejando los intensos aguaceros— quizás señalando un cambio inminente en el clima, con el sol de otoño y cielos azules en el horizonte, un marcado contraste con las calles húmedas y grises afuera. Una rendija mínima en la ventana de Joseph permitía que un aire frío y terroso circulara dentro del auto, aumentando su alerta mientras miraba fijamente por el parabrisas, el rostro de su objetivo bien visible y en el centro de su mente.

Williams despertó, sus ojos parpadeando al abrirse.—¿Cuánto tiempo estuve fuera? preguntó, levantando los brazos y arqueando la espalda en un estiramiento.

Sus ojos se posaron en el reloj digital del tablero.— Una hora.

Ella abrió la consola, sacó una botella de Scope tamaño viaje, desenroscó la tapa y enjuagó un poco en la boca. Ella abrió la puerta del auto, escupió el contenido y se limpió la boca con el dorso de la mano mientras lo observaba.—¿Por qué pareces haber dormido toda la noche— dijo con tono irritable, "mientras yo luzco y me siento hecha polvo?

Joseph no dijo nada. El sueño entorpecía la cacería. Gracias a su entrenamiento en privación del sueño, podía estar sin dormir el tiempo que fuera necesario. Para Joseph, el poder de la mente siempre superaba cualquier límite físico. La falta de sueño nunca se prolongaba por mucho tiempo. Conocía la ubicación de la mayoría de sus blancos; los demás aparecían en cuestión de días. Sostenido por un intenso foco y una vigilancia extrema, su mente calculaba cada movimiento, alimentando su cuerpo y volviéndolo inmune al agotamiento.

Williams tomó un sorbo de una botella plástica de agua, ajustó su posición en el asiento y luego preguntó: "¿Vas a explicar por qué regresaste a ver a Zagarus?" Su tono seguía siendo iracundo.

Joseph atribuyó su irritabilidad al agotamiento absoluto. Ella había fallado en su intento de entablar esta conversación antes. Después de salir del apartamento de Eric Darvere, él sugirió que Daniel buscara alojamiento alternativo por una o dos noches. Por dos motivos. Quería evitar que el chico sufriera otra golpiza y protegerlo de más daño. Williams creía que la desaparición repentina del chico despertaría la sospecha de Eric; ese era su segundo motivo. Con el acuerdo de Daniel, Joseph dirigió a Williams al Marriott en Lexington Avenue. Daniel proporcionó una foto de Eric tomada con el teléfono celular antes de que Joseph le entregara al muchacho algunos billetes nuevos de cien dólares y el número de su teléfono desechable antes de partir. Le indicó a Williams que se dirigiera al Bar Maker's Mark. Cuando él no respondió a su pregunta, ella desistió a regañadientes.

Una vez más, dejó la pregunta caer en oídos sordos.

Williams negó con la cabeza. "Tú y Belle tienen algo en común," dijo, irritada. "Ambas no trabajan bien con los demás."

Un silencio pesado y prolongado.— Por cierto, ¿cómo está ella?— Bien.

"Estoy segura de que está decidida a encontrar a la persona que la atacó ella misma."

Joseph consideraba que era una subestimación.

"Me compadezco de ella. Tras superar su pasado y la adicción a las drogas, Víctor Simone la secuestró y casi la mata por ese mismo pasado. Creí que toda esa basura había quedado atrás. Y entonces sucede esto."

Aunque Joseph mantuvo silencio, concentrado en la tarea inmediata, el ataque a Belle sugería un problema más profundo y perturbador.

Siguió otra larga pausa.

Williams finalmente dijo: "No me subestimes. Si el niño tuviera la intención de entregarnos a su hermano, ya lo habría hecho. Tu expectativa era el silencio del niño; Usaste eso para atraer a la víctima. Tú, de entre todas las personas, pudiste haber hecho que el niño denunciara a su hermano y el apartamento a la policía, pero decidiste no hacerlo. Con tus habilidades únicas, fácilmente podrías haber detenido a Eric Darvere, pero estamos atrapados aquí mientras él podría atacar a alguien más esta noche.

Un final rápido y sencillo a la persecución era posible, Joseph estuvo de acuerdo, pero él tenía su orden. Una orden significativa, más adecuada para la víctima. Williams tenía razón; él estaba esperando el momento oportuno.

— Ese hombre nunca verá el interior de una celda de prisión— continuó ella, "y estoy segura— tan segura como que el cielo estará gris mañana— de que esto no vino de Ed. Él no lo haría." Negó con la cabeza. "Y yo no hago nada para detenerte. Qué agente federal tan maldito soy."

Un mensaje de texto la alertó desde dentro del bolsillo de su abrigo. Lo sacó y examinó la pantalla. "Necesito reportarme en casa," dijo, mientras alcanzaba su paraguas en el asiento trasero.

Él vio al agente desaparecer en la distancia, disfrutando del silencio momentáneo. Ajeno al comentario de la agente, mantuvo la concentración, con los pensamientos fijos en su objetivo y en el resultado final. Desde su ventana agrietada, el sonido de las llantas sobre el pavimento mojado resonaba dentro del auto mientras un vehículo se acercaba por detrás. Un taxi amarillo pasó y se estacionó tres autos más adelante. Un hombre alto, vestido con un traje, salió por la puerta trasera del lado del conductor. El hombre abrió un paraguas mientras un niño pequeño bajaba, seguido por una mujer rubia con gabardina negra y zapatos de tacón. La mujer sostenía la mano del niño mientras el trío subía los escalones de una casa de ladrillo, desapareciendo en su interior. La escena evocó pensamientos de Katelynn en su mente. Él extrañaba a Katelynn, la única mujer que alguna vez amaría. Su relación terminó abruptamente cuando Katelynn se marchó sin explicación, con su embarazo permaneciendo en secreto. Años después, una carta póstuma de su madre reveló una verdad que alteró el rumbo de su vida. La carta de su madre explicaba que Ethan McBain era su verdadero padre y por qué Katelynn se había ido.

Él comprendía el sacrificio de Katelynn, amándola aún más por proteger a su hijo del adoctrinamiento de Víctor Simone, como a él, en un asesino. El amor maternal es una fuerza poderosa e inquebrantable que no se detendrá ante nada para salvaguardar a un hijo. Él vio en los ojos de Jane Cartwright el mismo amor profundo, protector e incondicional. La noche del domingo, Jane estaba de pie en el porche delantero tenuemente iluminado, esperándolo mientras él se marchaba. Él se detuvo, observó su expresión resuelta y sus ojos firmes y seguros. Sus ojos se posaron en su esposo, que estaba en la parte trasera de la casa, en la mesa de picnic, para luego regresar a ella.

Con un tono bajo y tranquilo, Jane dijo:— Para mí.

Él permaneció impasible ante la solicitud de aquella mujer amable, afable y protectora. Él comprendía los motivos de Jane, al igual que los del agente Williams. Ambas mujeres estaban cegadas por la fuerza de la venganza, habiendo olvidado su propia brújula moral. La captura del hombre no desharía el dolor y sufrimiento de toda una vida que había infligido a su hija y a la amiga de Williams. Él le dio a Jane un asentimiento firme, una promesa silenciosa, y luego desapareció en la noche, satisfecho de que su vida sin asesinatos había llegado a su fin. Algunas personas rompen promesas, pero hay excepciones.

Esta era una de esas excepciones.

***

Pasada la medianoche, el teléfono de Joseph vibró. Leyó el mensaje de Daniel, como esperaba: Está alterado. Quiere que lo llame.

Respondió por mensaje: No lo llames.

Daniel: K

Sacó sus guantes de cuero negros, se los puso y luego miró a Williams. "Vete a casa, agente."

Ella le lanzó una mirada prolongada. Tragó saliva con fuerza y bajó la barbilla en señal de aprobación.

Joseph salió de la SUV y se dirigió hacia el apartamento, desechando el teléfono desechable en un bote de basura cercano en el camino. Entró al apartamento de la misma manera que antes, cada movimiento silencioso y preciso. Él encendió la luz del dormitorio, cerró la puerta, acomodó los objetos sobre la cama y esperó. Cuarenta minutos después, escuchó el sonido lejano del cerrojo de la puerta del apartamento al abrirse, acompañado por la apertura y luego el portazo.

"Daniel, maldito pedazo de mierda inútil," dijo Eric Darvere en un tono fuerte y hirviente.

Tono.

Un ritmo constante de zapatos sobre la madera llegó a los oídos de Joseph. Su objetivo estaba caminando nervioso.

"Si me jodiste, Daniel, te voy a matar, malditamente," dijo Darvere.

Relajado pero alerta, Joseph se colocó a la izquierda de la puerta cerrada del dormitorio, con su objeto más importante apretado en la mano, sus ojos fijos en los objetos que había dispuesto en la cama mientras escuchaba los movimientos de su objetivo al otro lado de las finas paredes. Pasos rápidos golpeando la madera se acercaron, luego se detuvieron; siguió el sonido de respiración pesada y el tintinear de llaves. "¿Dónde está la maldita llave?" escuchó Joseph al otro lado de la puerta. La llave resbaló y giró, mientras el objetivo no sospechaba del cerrojo desbloqueado. Para Joseph, aquel hombre era el menos inteligente entre aquellos a quienes cazaba.

El objetivo abrió de golpe la puerta, entró apresuradamente y se detuvo abruptamente al ver lo que había sobre la cama. "¿Qué carajos?"

Joseph emergió, avanzó y apoyó la boca del arma de fuego contra la sien izquierda sudorosa del hombre. "Hola, Eric."

Perlas de sudor rodaron por la mejilla de Darvere mientras su cuerpo se tensaba y sus ojos se agrandaban. La piel del hombre despedía un hedor agrio tan intenso que golpeó a Joseph como el olor de una bolsa de gimnasio llena de ropa sucia, empapada en sudor, dejada al sol durante semanas. Él ignoró el olor a tripas, inhalando como si una vela perfumada iluminara el aire. La cabeza de Darvere se inclinó hacia un lado mientras Joseph aplicaba más presión sobre la boca del arma. "Siéntate en la cama."

Tal como se le ordenó, Darvere se acomodó en la cama. Su rodilla inquieta rebotaba, y sus ojos inyectados en sangre y dilatados se movían entre Joseph y la Beretta que sostenía. Joseph, con el arma de fuego apuntando a la cabeza de Darvere, se encontraba a pocos pasos, su mirada resuelta fija en el hombre. Un trago se le escapó a Darvere; su rodilla rebotaba con creciente rapidez. "No eres un maldito policía," dijo, su voz traicionando confusión y pánico.

Joseph permaneció en silencio. El hombre sentado frente a él no se parecía en nada a la imagen del rico y arrogante Eric Darvere que estaba en el teléfono de Daniel. En cambio, Darvere parecía mayor que sus treinta y dos años, desaliñado, un hombre en un frenesí inducido por drogas por más de veinticuatro horas, descuidando la simple tarea de la higiene básica. Su rostro sin afeitar, bañado en sudor, estaba enmarcado por ojeras profundas, y su cabello aceitoso color canela, cortado al estilo Ivy League, yacía aplastado.

"Por favor, hombre," suplicó Darvere con la voz temblorosa. "No tienes que hacer esto. Tengo dinero. Te daré lo que quieras."

Mientras Darvere suplicaba, los aterradores gritos de sus víctimas resonaban en la mente de Joseph. Él casi puso el arma de fuego en la boca de Darvere, pero se detuvo por una razón. No había señales de lesión. Unos pasos leves, suaves como plumas, en el pasillo detrás de él se acercaban. Él retrocedió, posicionándose entre Darvere y la puerta. Con un movimiento rápido, se giró, blandió el brazo y apuntó el arma de fuego al Agente Williams, manteniendo a Darvere en su visión periférica.

La agente Williams se mantuvo en el umbral, con el arma desenfundada y apuntando a Joseph. Silenciosos y firmes, ninguno cedía. Williams, con la mirada fija en él, lo estudiaba con el brillo acerado de una agente del FBI determinada a detenerlo. Al continuar mirándola, notó el conflicto en sus ojos entre su deber profesional y su deseo de venganza.

— Oye— dijo Darvere—, eres la perra que dejé entrar al edificio.

Joseph vio que el rostro de Williams se sonrojó intensamente. Por un momento, ella mantuvo su mirada fija en él; Luego dirigió su atención hacia Darvere, apuntándole con su arma y cruzó la habitación.

Darvere se congeló, con los brazos alzados en señal de rendición.—¡Ah, Jesús, hombre!— exclamó con pánico, sus ojos recorriendo las dos armas apuntándole—. Quienes sean ustedes, hay una manera de resolver esto, ¿no? Maldita sea, me entregaré. Admitiré todo.

Williams, junto al borde de la cama, miró de Darvere a los objetos colocados sobre la toalla blanca. Joseph recibió de ella una mirada que clarificaba sus intenciones de regresar a Zagarus. Ella volvió su atención hacia la cama y la caja fuerte abierta. Para mirar mejor, se acercó y se inclinó ligeramente.

El perfil de Williams mostró a Joseph su rostro contorsionándose de ira, la mandíbula apretada, y su mirada fija en la identificación fotográfica de Melissa Cartwright, entre muchas otras fotos femeninas. Ella se lanzó hacia Darvere, con el arma levantada en un movimiento de revés. En dos pasos, Joseph la alcanzó y sujetó su brazo en el aire. Ella giró bruscamente la cabeza y lo fulminó con la mirada. En ese instante, él comprendió que la brújula moral y ética del agente había desaparecido. Ella sucumbió a la oscuridad, sus ojos instándolo sin palabras hacia acciones que la repugnaban tanto como a él le causaban disgusto.

Él soltó su agarre. Williams, sin decir palabra, enfundó su arma, y se marchó.

El terror se apoderó de Darvere, con el rostro empapado en sudor y la rodilla temblando rápidamente.

“Por favor, amigo,” suplicó de nuevo, con la voz temblorosa de puro miedo. “Te ruego, no me mates.”

Joseph bajó su arma.— No seré yo quien te mate.

CAPÍTULO 49

La mañana del jueves llegó mientras la oscuridad se disipaba por la ventana de la oficina. Belle pasó las últimas dos horas en el escritorio de Os, revisando el caso desde el principio, esperando que el trabajo la distrajera de la horrible pesadilla de la noche anterior. El sueño recurrente la transportaba tres años atrás, en Florida, cuando estaba sentada en la mesa de la sala de entrevistas para internos, frente al asesino a sueldo y mano derecha de Víctor Simone, Anthony Carzossa. Su rostro, una máscara de reconstrucción, se torcía en una sonrisa maligna al revelar la verdad: su padre era inocente. Un placer cruel brillaba en sus ojos oscuros mientras relataba su patética vida; su risa resonaba ante su desconcierto y horrible incredulidad, como si su autodestrucción hubiera sido en vano.

Sin embargo, en ese sueño, el rostro de Carzossa cambiaba entre su apariencia reconstruida y sus rasgos originales, intercalados con la imagen borrosa de su atacante femenina. Pasaron meses sin que el sueño apareciera, hasta que de repente regresó, más intenso y vívido que antes. La imagen granulada de la mujer en el mismo sueño la inquietaba, pero no tanto como el retorno de Carzossa, que una vez más invadía su sueño, enfureciéndola.

Después De Que Ella Desapareció

— Hola— dijo EJ, entrando a la oficina con mallas negras para correr y una camiseta de manga larga azul marino.

Ella lo saludó con una sonrisa.— Buenos días. ¿Espero no haberte despertado? Ella tomó la botella de Mountain Dew y dio un gran trago.

En la silla frente al escritorio, él negó con la cabeza. "Ya estaba despierto."—¿Salida matutina?

Él asintió. "Después iré al centro recreativo a hacer ejercicio y a pasar el rato con Os y los muchachos."

"Bien. Te mereces un descanso y algo de diversión." Luego añadió: "Os ya había salido a nadar cuando desperté." Cuando el detective se fue la noche anterior, ella se retiró poco después, mientras Os salió a nadar para aliviar los calambres en su pierna. Sin saber que él había regresado, supuso que había salido para su habitual natación matutina, hecho confirmado por su mensaje de texto anterior. El mensaje también decía que volvería después de su partido de baloncesto. Os jugaba baloncesto con otros hombres en silla de ruedas en el centro recreativo. Ella solía ir con frecuencia a verlos jugar. Aunque no era fanática del deporte, el entusiasmo desenfrenado de los amigos de Os hacía que verlo resultara inesperadamente disfrutable.

"Sí, eso supuse." Él inclinó la barbilla hacia la computadora. "¿Qué estás haciendo?"

"Estoy reevaluando el caso desde el principio, armada con nuestro entendimiento actual." En la pantalla de su computadora se mostraba el metraje de vigilancia de The Met Cloisters sobre Nathan; el archivo Claustro/Nathan, que contenía fotos borrosas de él y notas manuscritas, estaba abierto sobre su escritorio.

"Con gusto me quedaría para echarte una mano."

Ella negó con la cabeza. "Vas a salir de aquí por un rato." Ella señaló su brazo, la tela fina de micro-malla ceñida que delineaba sus bíceps definidos. "Además, pareces un poco demasiado blando alrededor de los bordes."

Él soltó una carcajada y luego dijo: "Hablé con Joseph. Vendrá a visitarnos hoy."

Las preguntas que ella quería hacerle a Joseph saturaban sus pensamientos. Por fin, pensó que tendría respuestas. "Supongo que terminó sus asuntos con el agente Cartwright."

EJ se encogió de hombros. "Conoces a Joseph."

"Sí," respondió ella con una sonrisa. "Un hombre de pocas palabras."

Fuera de la oficina, el vestíbulo resonaba con el sonido de golpes, seguido por la puerta principal abriéndose y cerrándose. En segundos, Félix apareció en el umbral de la oficina, luciendo is elegante con una bufanda multicolor, abrigo de gamuza, camisa blanca, jeans entallados, botas de cuero color chile y un pequeño bolso mensajero coñac.— Buenos días, mis amores— dijo, cruzando la habitación. "¿Estamos despiertos y listos para conquistar otro día dichoso?"

Después De Que Ella Desapareció

Belle frunció el ceño ante la presencia de Félix. Los fines de semana, él viene a trabajar por las tardes. "¿Por qué estás aquí tan temprano?"

Félix se posicionó junto a EJ, con una mano en la cadera, fingiendo una expresión molesta.— Vamos, señor Delicioso.

Una sonrisa cruzó el rostro de EJ. "Os lo llamó anoche para—"

"Para cuidarme mientras tú y Os están fuera teniendo un tiempo de hermanos." EJ ofreció otra sonrisa. "Más bien para no dejarte sola."

En un movimiento juguetón, sus ojos se alzaron hacia arriba. "Ahora me enfrento a dos conspiradores."

Ambas manos de EJ golpearon el apoyabrazos. "Me ne vado," dijo y se levantó. "Me voy de aquí."

— Diviértete. Diviértiti— dijo Félix.

"¿Hablas italiano?" preguntó EJ.

"Un poco, pero no bien. Un'po', ma non bene."

"Podría enseñarte."

"Sí, gran idea. Sì, ottima idea."

Una oleada de aprecio hacia su familia invadió a Belle, dibujando una sonrisa en su rostro. Ella no podía imaginar su vida sin su sobrino.

Después de que EJ se fue, Félix caminó despacio hacia la cocina. Estaba lista para volver a ver el video de vigilancia cuando sonó el timbre. Miró su reloj: 8: 05 a. m. Supuso, por la hora, que eran los detectives asignados a su caso. Las apariciones de las fuerzas del orden son imprevisibles. Se levantó, pero se detuvo cuando Félix pasó apresuradamente junto a la puerta de la oficina. De vuelta en su asiento, deseó que los detectives tuvieran nuevas pistas o, aún mejor, que hubieran localizado a Christopher o a la mujer con el lápiz labial rojo.

De un solo trago, vació su taza de café y luego dirigió la mirada al televisor con bajo volumen, donde una meteoróloga rubia y voluptuosa presentaba el pronóstico para siete días. El pronóstico no mostraba huracanes en ninguna de las costas ni lluvia para el resto de la semana, brindando al área triestatal un merecido respiro del clima inclemente. "Por fin," susurró para sí misma. Con la boca llena de Mountain Dew, escuchó la voz de Félix desde el umbral.

— Tienes visita— dijo él, con Melissa Cartwright a su lado.

Ella dejó la lata mientras ocultaba su sorpresa y curiosidad. "Dra. Cartwright, por favor, pase." Ella indicó una silla frente al escritorio.

"Melissa," dijo el psicólogo, cruzando la habitación. "Espero que no sea demasiado temprano."

"Para nada," respondió ella mientras Melissa, vestida con una camiseta de manga larga color verde azulado (teal), jeans oscuros y tenis blancos, con el cabello recogido en una coleta, se acomodaba en la silla.

Una leve sonrisa asomó en el rostro de Melissa. “Probablemente sea un impacto verme aquí.”

Belle correspondió la sonrisa. “Lo he estado ocultando, pero sí, es bastante sorprendente.” “Aunque compartir información sensible me incomoda, puedo decir que tuve una guía sólida al decidir estar aquí.”

Con un asentimiento firme, Belle comprendió quién había ofrecido esa guía. Gracias, agente Cartwright.

“He estado revisando los archivos de Ellie Barnes y Christopher,” dijo Melissa. “En mis sesiones con Ellie, ella preguntaba con frecuencia sobre las respuestas conductuales ante el estrés abrumador o el trauma, el papel del cerebro en el trauma y por qué varían los mecanismos de afrontamiento. Interpreté sus preguntas, considerando la devastación en su familia, como un intento de aferrarse al a sí misma. Reveló una amistad reciente y—” Se detuvo, luego dirigió su atención a un boletín de última hora en el televisor.

En el televisor, Belle vio a un atractivo periodista negro de unos treinta años reportando. Detrás de él, la calle vibraba con luces intermitentes de vehículos del NYPD, camiones de bomberos y ambulancias frente a un complejo de apartamentos. Personal de policía y bomberos se desplegaba alrededor de la calle acordonada, deteniendo personas, ingresando al edificio de apartamentos y conversando.

“La situación aún está en desarrollo, pero sabemos que aproximadamente a las 3: 00 a. m. esta mañana, el Departamento de Bomberos de Nueva York respondió a una llamada 9-1-1 originada por un inquilino del edificio. La alarma de incendios del edificio sonó, lo que sugería un posible incendio. Mientras el Cuerpo de Bomberos de Nueva York buscaba la fuente y el origen del fuego, otros bomberos evacuaban a los residentes, piso por piso, en los apartamentos. En el último piso, la puerta de un apartamento estaba abierta, lo que provocó la intervención del Cuerpo de Bomberos de Nueva York. Fue entonces cuando encontraron el cuerpo sin vida de un hombre en el dormitorio, tendido sobre la cama con una jeringa clavada en el brazo. Además del cuerpo, los investigadores hallaron una multitud de objetos. Había narcóticos, una caja con credenciales de mujeres y sus diversas licencias, y una computadora portátil reproduciendo un video pornográfico casero. Aunque no hay comentarios oficiales, fuentes internas indican que las fuerzas del orden sospechan que el hombre fallecido era un violador serial. Aunque las autoridades no revelan el nombre del hombre, fuentes lo identifican como Eric Darvere, COO de la importante empresa médica privada Darvere Group, según el contrato de arrendamiento del apartamento.

Un suspiro audible escapó de los labios de Melissa, haciendo que Belle desviara la mirada del televisor hacia el doctor. Ella notó que el rostro de Melissa palideció; su piel oliva se tornó del color de la nieve. Belle lanzó una mirada rápida de Melissa al televisor, luego de regreso a Melissa, y se preguntó: ¿podría Melissa estar entre las víctimas? Dios santo, esperaba que ese no fuera el caso. El empleo de

Melissa en Darvere Group podría explicar su reacción. La voz del reportero interrumpió sus pensamientos.

"Las autoridades informan que fue una falsa alarma," continuó, leyendo de su teléfono celular, luego miró a la cámara. "No se detectó ningún incendio. Las autoridades sospechan que alguien activó la alarma de incendios de forma maliciosa, lo que condujo al hallazgo del hombre fallecido. Manténganse en sintonía con WINK-7 para actualizaciones continuas sobre esta historia en desarrollo. Jason White reportando en vivo desde SoHo."

"La noticia debe ser un golpe para ti," dijo Belle, provocando a Melissa. "Dado que trabajas para Darvere, debes conocer a Eric Darvere."

— Lo conocía— dijo Melissa, con el rostro impasible.

Belle observó a Melissa, encontrándola imposible de descifrar. Ella se abstuvo de indagar más. "Estabas hablando sobre la nueva amistad de Ellie Barnes."

"Ellie me contó acerca de sus nuevos amigos y que ella y Christopher los ven con frecuencia. Su respuesta, ante mi pregunta sobre dónde los había conocido, fue vaga y evasiva, lo cual despertó mis sospechas. Sin embargo, ella parecía más feliz después de conocer a esas nuevas personas. Se volvió más positiva, enfrentando su dolor y trauma, lo que contribuyó a que pasara más tiempo con amigos, reduciendo así su aislamiento y depresión.

"Ella planteó una pregunta inquietante semanas después, durante una sesión. ¿Por qué se considera incorrecto tener amigos imaginarios, sobre todo si ayudan a sobrellevar experiencias difíciles de la vida?"

—¿Como tener una personalidad dividida? preguntó Belle.

Melissa asintió. "El trastorno conocido como Trastorno de Identidad Disociativa (TID), implica que dos o más estados o identidades de personalidad separados se alternan e influyen en el comportamiento de la persona. Aunque el origen exacto del DID sigue siendo desconocido, los expertos creen que surge de una compleja interacción entre factores genéticos, ambientales y del desarrollo. El DID suele manifestarse como respuesta a experiencias traumáticas, funcionando como un mecanismo de afrontamiento para recuerdos dolorosos. El antecedente de trauma o abuso en la infancia es un factor de riesgo importante. Su nombre, procedencia y características distinguen a cada identidad. Estas identidades pueden incluir diferencias en patrones vocales, expresión de género, gestos y atributos físicos como la necesidad de usar gafas.

"Como se señaló en mis sesiones con Christopher, su único enfoque era Ellie; esos amigos jamás fueron mencionados. Considerando la pérdida de Ellie, me preguntaba si esos nuevos amigos eran identidades alternas. Ellie no reportó alucinaciones ni problemas de memoria cuando fue interrogada. Para confirmar que sus nuevos amigos eran reales, respondió que Maggie y Nathan eran reales para ella, lo cual—"

"Espera," dijo Belle, incorporándose de golpe en la silla. "¿Nathan?" "Sí, Nathan."

Del escritorio tomó una fotografía y se la entregó a Melissa. "La policía piensa que este tipo podría estar involucrado. Una cámara de vigilancia de The Met Cloisters capturó esa fotografía. Este tipo está en el museo todas las semanas sin excepción, y estuvo allí el día de mi ataque en el parque. Los empleados del museo dicen que se llama Nathan, pero desconocen su apellido.

Durante un largo momento, Melissa examinó la fotografía con intenso detenimiento. Levantó la foto y dijo:— Este. .. este es Christopher.

Los ojos de Belle se entrecerraron. "¿Estás segura?"

Melissa asintió. "La foto lo muestra más viejo, con un aspecto particular: vello facial, quizá lentes de contacto de color, gafas y una nariz protésica— probablemente obra de Ellie, dada su experiencia. Es indudablemente Christopher, confirmando mis sospechas basadas en el expediente de Ellie. Sus preguntas no eran autosugeridas."

Una revelación impactante y el cambio rápido e inesperado en los acontecimientos hicieron disparar la adrenalina de Belle. Hasta hace una hora, revisaba meticulosamente los videos y archivos del caso, esperando un milagro— un hallazgo que ella y Os habían pasado por alto.

Melissa continuó: "Creo que ella me reveló el secreto de Christopher al mencionar esos amigos para no traicionar su confianza. Ella estaba consciente de su necesidad de ayuda. La tristeza y la introversión de Christopher ocultaban problemas más profundos que resultaban difíciles de identificar. Como mencioné antes, sus conversaciones solo giraban en torno a su amistad con Ellie. Las preguntas sobre otros temas, como familia, amigos y la escuela, provocaban prolongados movimientos de negación con la cabeza antes de que inevitablemente regresara al tema de Ellie. Esperaba ganarme su confianza y ayudarlo a superar el miedo que fuera lo que o quien se lo estuviera provocando. Y al igual que Ellie, Christopher no mostraba signos externos ni características que sugirieran su diagnóstico."

Las palabras de Melissa desataron un torrente de imágenes en su mente— Anthony Carzossa y su agresor— que parpadeaban de un lado a otro con una intensidad y velocidad estremecedoras. Pero esta vez, vio ambas imágenes borrosas, cada una ganando una fracción de claridad con cada destello giratorio. Belle no advirtió el tono preocupado de Melissa. Las imágenes capturaron por completo su atención, dejándola sin palabras y paralizada, mientras una profunda inquietud se asentaba en ella al percibir la urgente necesidad de Carzossa por transmitir algo. Las imágenes alternadas concluyeron con un primer plano enfocado en el rostro reconstruido de Carzossa, antes de dar paso a un recuerdo borroso de su ataque. La reproducción era tan realista que parecía estar ocurriendo en tiempo real. Con un agarre mortal apretando su cuello, exhaló su último aliento. Ella intentó reflejamente alejar las manos que la estrangulaban, pero sin ningún resultado. Sus pulmones parecían a punto de estallar, y estaba perdiendo la conciencia. ¡Maldita sea, lucha! ¡Abre los ojos! Con un parpadeo y un enorme esfuerzo, logró forzarlos a abrirse. Una sombra oscura se cernía sobre ella. ¡Maldita sea, concéntrate!

Reunió todas sus fuerzas para concentrarse y evocar la imagen que había visto. Cuando finalmente recordó el rostro de la sombra oscura con lápiz labial rojo, comprendió entonces la razón del resurgimiento de los recuerdos relacionados con Carzossa tras tanto tiempo transcurrido.

CAPÍTULO 50

Ross, tras una pista urgente, frenó bruscamente frente al edificio Wilshire en la Quinta Avenida. Salió del Caprice, corriendo tras Mueller hacia la entrada del edificio.

Treinta minutos antes, Ross y su equipo estaban sentados alrededor de la mesa de conferencias en la sala de guerra, informando al teniente estresado, privado de sueño y molesto sobre los hallazgos, obstáculos y callejones sin salida actuales de la investigación, cuando el teléfono sobre la mesa sonó. Ross tomó la llamada y supo por su colega Big Bird que una mujer angustiada quería hablar con el detective jefe sobre los homicidios en el Parque Fort Tryon. Ross, convencido de que la conversación sería inútil y no aportaría nada valioso, aún así albergaba un débil rayo de esperanza y la aceptó.

— Detective Ross— dijo, girándose lejos de la mesa para alejarse del bullicio del cuarto. Del teléfono solo provenían los suaves sollozos y la respiración entrecortada de la mujer.

—¿Hay algo en lo que pueda ayudarla, señora?— dijo.— Mi nombre. .. es Charlotte Landon.

Desde una postura relajada, Ross se incorporó en la silla. “Señora Landon, ¿en qué puedo ayudarle?”

Silencio. Respiración entrecortada. "Señora Landon, ¿se encuentra bien?"

Todos en la habitación dirigieron la mirada hacia Ross.

"Sí— no. Quiero decir," dijo Landon, con la voz tensa, sus palabras lentas e imprecisas, como si estuviera bajo el influjo de drogas o alcohol.

Ross aguardó a escuchar lo que diría a continuación. Al no recibir respuesta, insistió adelante. "Señora Landon, deseaba usted conversar conmigo sobre la investigación en Fort Tryon."

Silencio.

"Señora Landon," intentó nuevamente.

"Mi esposo," exhaló por fin. "Él es la persona que usted está buscando."

Ross y Mueller usaron sus placas para pasar junto al portero, cuyo sombrero de copa negro y su abrigo largo negro con rojo le recordaban a Ross a un maestro de ceremonias de circo. Desde detrás del escritorio, un hombre blanco, bajo y de mediana edad, vestido con un traje azul marino y corbata, se acercó rápidamente.

"Buenos días, oficiales," dijo, señalando hacia los ascensores con una sonrisa vacilante, invitándolos a seguirlo. "La señora Landon me informó sobre su llegada prevista. Para cumplir con las normas de seguridad, necesito otorgarles acceso al ascensor."

Los detectives entraron en el recinto espejado, cuyo piso de concreto estaba salpicado de negro, y el aire aún conservaba el tenue aroma de los productos de limpieza matutinos. Junto al panel de botones, el conserje sujetó la tarjeta magnética a un dispositivo circular antes de retroceder. Antes de que la puerta se cerrara, sonrió cortésmente y dijo: "Es el apartamento a la izquierda."

"Cada vez este caso se vuelve más extraño," dijo Mueller desde detrás de la puerta cerrada del ascensor. "Para citar a mi compañero, esperen lo inesperado."

"Compañero inteligente."

"Demasiado serio, sin sentido de la moda, sin sentido del humor," murmuró Mueller en tono de broma. "Además, molesto."

"¿No es eso justamente lo que acabo de decir?"

Ross negó con la cabeza, reprimiendo una sonrisa. Su teléfono sonó dentro de un bolsillo. Lo sacó, y el identificador mostraba que la llamada era de Belle McBain. Tendría que devolverle la llamada. Salieron del ascensor hacia un área privada, silenciosa, espaciosa y suavemente iluminada. Tres grandes jarrones de cerámica blanca, cada uno con un arreglo floral seco, reposaban sobre una credenza de roble frente al ascensor; un gran espejo colgaba encima, con un apartamento a cada lado del corto pasillo. La puerta del apartamento teñida de nogal a la izquierda estaba entreabierta. Una mirada compartida entre Ross y Mueller precedió al desenfundar de sus armas y al avance hacia la puerta. Ross lideró el camino. A unos pasos de la entrada, se detuvo para escuchar. Silencio. Con el arma lista, empujó la puerta.

"¡Policía!" gritó. El olor a un cigarrillo recién encendido lo golpeó al cruzar el umbral. Él siguió el corredor. Una cocina amplia con electrodomésticos de acero inoxidable apareció a la izquierda. Mientras Ross avanzaba, Mueller entró en la cocina por la parte trasera. Un amplio comedor en esquina se abría desde la cocina y al final del pasillo, donde Mueller apareció por una segunda entrada a la cocina, negando con la cabeza. Una amplia sala de estar, amueblada con costosas piezas contemporáneas, se encontraba a la derecha. En una esquina, un antiguo reloj de péndulo marcaba los segundos, un marcado contraste con el estilo contemporáneo de la habitación. Ventanas de piso a techo que dominaban el muro ofrecían una vasta vista del Parque Central.

Ross cruzó la sala de estar, dirigiéndose hacia la habitación contigua con puertas francesas abiertas. En la entrada, se detuvo, observando la escena. La habitación contaba con un enorme sofá seccional de cuero color chocolate y una mesa de centro ubicados frente a un televisor de 52 pulgadas montado en la pared sobre un largo centro de entretenimiento de madera oscura. Tres estantes metálicos tipo etagere, con paneles traseros, que sostenían libros, cerámica y pequeñas plantas artificiales, alineaban la pared detrás del sofá. Para Ross, además de un periódico abierto sobre la mesa de café, el espacio perfectamente ordenado parecía artificial, como si fuera una puesta en escena y apenas se utilizara. Él giró a la derecha hacia un pasillo diferente, luego a la izquierda, manteniendo a Mueller a poco más de un metro detrás de él. El olor a tabaco quemado se intensificaba con cada paso, casi como si alguien acabara de exhalar humo, mientras observaba las habitaciones a la izquierda y Mueller examinaba las del lado opuesto.

Desde la última habitación a la izquierda, un sonido tenue resonó en el pasillo. Ross se detuvo a mitad de camino, señalando a Mueller que había actividad en su interior. Ross retrocedió, se alineó con la pared y luego avanzó hacia la puerta. Con un arma de fuego en mano, al salir por la puerta, sus ojos se posaron de inmediato en una mujer sentada en un sofá, fumando un cigarrillo. Algo captó su atención por el rabillo del ojo derecho. Sus ojos se dirigieron hacia la pared norte; desde su posición, identificó a las personas en las fotografías. Volvió la mirada hacia la mujer. Imperturbable ante el arma de fuego que le apuntaba, ella permaneció inmóvil, mirándolo con ojos vacíos.

"Estoy sola," dijo con un tono firme, seguido de una calada a su cigarro.

Ross guardó su arma, entró en la habitación y tomó posición detrás del sofá frente a ella. Mueller, ladeándose a su lado, lo siguió de cerca, inspeccionando la habitación antes de dirigirse hacia la pared de fotos.

— Charlotte Landon— dijo Ross. La investigación de antecedentes de Ross reveló que Charlotte Landon estaba en sus cincuenta, aunque su apariencia juvenil sugería lo contrario. Antienvejecimiento en su máxima expresión. La pálida y sin vida apariencia ocultaba a una atractiva mujer rubia, delgada y elegante, vestida con un traje sastre de pantalón y tacones.

Landon exhaló una bocanada de humo. "Esta oficina le pertenece a mi esposo," dijo.

La espaciosa y bien organizada oficina en casa reflejaba la decoración de buen gusto del resto del apartamento. La pared izquierda, detrás de un moderno escritorio ejecutivo en forma de L gris, presentaba estanterías personalizadas en gris y roble, tres archiveros y una impresora sobre una credenza. Las ventanas del muro este ofrecían una vista impresionante del Parque Central. Dos sofás de tela color salvia se situaban a cada lado de una mesa de centro rectangular de piedra blanca, de estilo moderno, que dominaba el centro de la habitación. Una oficina en casa típica, salvo por su muro norte.

"Mi marido no estaba en Boston en una conferencia," dijo Landon débilmente. Con una expresión vacía, ella miró el sofá frente a ella. "Lo cuestioné sobre su necesidad de ir a tantas conferencias. Cada dos semanas, se iba a asistir a una conferencia médica." Murmuró para sí misma, como reviviendo un recuerdo. Movió la cabeza negando lentamente. "Él no asistió a ninguna conferencia. Todo el tiempo estuvo en el apartamento con ella."

Ross no la estaba siguiendo y pensaba que el caso no podría ponerse más extraño, pero dio un giro inesperado. Espera lo inesperado.

"Ross," dijo Mueller cerca de la pared de fotografías.

Él miró a Mueller, quien le hizo una señal para que se acercara. Junto a su compañero, Ross examinó la pared. Fotos en primer plano y a distancia de Belle McBain y Osmond Banks, provenientes de diversos lugares, llenaban toda la pared en filas ordenadas. Los cambios estacionales en los fondos de las fotos indicaban que McBain y Banks habían estado bajo vigilancia durante muchos meses. Alguien tomó las fotos con un teléfono inteligente, las imprimió en papel fotográfico y las recortó en distintos tamaños.

—¿Ves lo que yo veo? preguntó Mueller.

Él sí lo vio. El indicador de rareza del caso subió tres niveles. Regresó hacia Landon.— Cuéntenos lo que sabe, señora Landon— exigió.

Landon se inclinó sobre la mesa de café, apagó su cigarrillo en el cenicero y luego lo miró, con lágrimas asomando en sus ojos. "Les contaré lo que mi esposo y yo hemos hecho."

CAPÍTULO 51

Belle caminaba nerviosa por el piso de la oficina. La nueva información y la sobrecarga de cafeína la hacían sentir que podría estallar si no liberaba esa energía. Para aumentar su ansiedad, habían pasado cuarenta minutos desde que ella había contactado al Detective Ross, Os y EJ sin recibir respuesta alguna. Os y EJ probablemente se encontraban en la cancha de baloncesto. Os, un constante verificador de mensajes, siempre mantenía su teléfono en el compartimento lateral del Cadillac. Aunque, a diferencia de Os, ella tenía la sensación de que él estaba disfrutando con sus amigos, olvidando momentáneamente su teléfono y otras preocupaciones. Ella esperaba que el caso mantuviera ocupado al Detective Ross, retrasando así su llamada de regreso.

Para calmar su ansiedad, ella y Félix pusieron al tanto a Melissa sobre sus avances en la investigación, subrayando su vínculo con un caso sin resolver de dos décadas sobre una madre desaparecida y su hijo fallecido.— Pero la conclusión a la que hemos llegado— dijo Belle, caminando de un lado a otro— es que Nathan, Maggie y Christopher son una misma persona.

— La cuestión clave— dijo Melissa con frialdad— es determinar cuál identidad es la real o si las tres son falsas. El vello facial del atacante en tu recuerdo prueba que es un hombre, descartando a Maggie como identidad real y señalándola como una identidad alterada. Sospecho que Nathan es otro alter, considerando el uso excesivo de disfraces.

Belle dejó de caminar de un lado a otro, con el ceño fruncido. Su desconocimiento del trastorno mental hacía que nunca lo hubiera considerado, lo que añadía una nueva y desafiante dimensión al caso. Ella suponía que Christopher era la persona real.

Félix preguntó: "¿Es posible cambiar de alters varias veces en un solo día?"

"Sí. Sin embargo, el individuo no puede controlar directamente a sus personalidades alternas. Diversos detonantes pueden provocar las alteraciones. El cambio de alter, según la investigación, puede ser consensuado, planificado con antelación, forzado con acuerdo entre alters o provocado por situaciones específicas.

"Por lo tanto, los alters interactúan entre sí," dijo Belle.

"Aunque la familiaridad entre identidades varía, tales ocurrencias son efectivamente posibles."

Belle reflexionó. "¿Y qué sucede con el individuo? Si Christopher, Maggie y Nathan son alters dentro de una sola persona, ¿tiene esa persona alguna conciencia de las acciones y experiencias de sus alters?"

Muchas veces, sí. Las personas afirman escuchar a sus personalidades alternas. Las voces de los alters son aquellas que se oyen dialogando entre ellas. Las conversaciones pueden ir desde amistosas hasta confrontativas, y en ocasiones, se produce pérdida de memoria cuando los alters toman el control del comportamiento del individuo. La duración de la presencia de los alters varía. El período es flexible. Depende del individuo específico y de las funciones de sus alters. Los alters también pueden ejercer dominio, subyugando y silenciando al individuo durante un tiempo considerable.

Belle no podía concebir la experiencia de tener TID, pero entendía su urgente necesidad de reprimir recuerdos insoportables y dolorosos. Incluso ahora, con detalles adicionales, la razón detrás del intento de asesinato seguía siendo incierta. Le resultaba peculiar que pudiera interpretar con mayor facilidad las acciones de los hombres hacia ella que las de las mujeres.

Su teléfono vibró sobre el escritorio. Félix, sentado en el escritorio, lo recogió y miró la pantalla. Él extendió el brazo, con el teléfono en mano, y dijo: "Es el señor Detective."

Belle cruzó la habitación apresuradamente, tomó el teléfono y contestó. "Detective Ross, esta llamada está en altavoz. La Dra. Melissa Cartwright y mi asistente, Félix, están conmigo. Buenas noticias: mi memoria ha regresado. Fue un hombre, no una mujer, quien me atacó."

"Lo sé."

Ella frunció el ceño. "¿Lo sabes? ¿Cómo?"

Mientras Ross resumía su visita matutina con Charlotte Landon y lo que ella le había revelado, Belle y su grupo quedaron asombrados por sus palabras. "Hablaré de los detalles más tarde," dijo. "Wade Landon te ha estado vigilando durante un largo tiempo. Esta mañana, en el apartamento de los Landon en el Upper East Side, encontramos una pared cubierta de fotos tuyas y de Os en sus actividades cotidianas."

Belle encontró esta revelación incomprensible. "No conozco a ningún Dr. Wade Landon," dijo, "sin embargo, él me conoce. ¿Cuál es la relación de Landon conmigo?"

— No estamos seguros si tú eres el vínculo con Wade Landon o Banks— dijo Belle con la mandíbula desencajada—. ¿Qué quieres decir, Os?

— Basándonos en la cantidad de fotos de Os respecto de las tuyas, parece que él fue el objetivo, no tú.

Ella soltó una risotada.—¿Os?— negó con la cabeza.— No hay nadie a quien le desagrade Os, mucho menos que quiera hacerle daño. Si eso fuera cierto, ¿por qué yo fui el objetivo del ataque y no Os?

Ross dijo:— No lo sabemos aún.

En el vestíbulo, ella escuchó el cierre de la puerta principal; momentos después, EJ entró apresurado a la oficina, jadeando.

Su respiración pesada y piel húmeda le sugirieron que su sobrino había corrido a casa en lugar de llegar en la caravana.—¿Dónde está Os?— preguntó a EJ, notando la preocupación marcada en su rostro.

— Nunca apareció en el centro recreativo.

Era inaudito que Os faltara a un partido de baloncesto. "¿Qué?" respondió como si no hubiera escuchado bien.

"Pregunté a sus amigos en el centro deportivo, quienes dijeron no haber visto ni sabido de Os. Esperaban que jugara hoy. Lo llamé, dejé un mensaje y luego mi teléfono se quedó sin batería. Fui a revisar su casa. Encontré la casa cerrada con llave. Toqué la puerta, pero no obtuve respuesta. Su caravana está en la entrada con la puerta abierta y la rampa bajada." Levantó la mochila de cuero en su mano. "La mochila y la computadora de Os seguían en la camioneta."

El corazón de Belle cayó hasta el fondo de su estómago. Os no dejaría atrás su preciada computadora y la mochila llena de aparatos a menos que algo terrible hubiera sucedido. El mensaje que ella recibió antes no había sido de Os. Antes de que el detective pudiera responder, y con creciente miedo, ella declaró la verdad innegable que suplicaba y rezaba que no fuera cierta.

— Wade Landon tiene a Os.

CAPÍTULO 52

Os gimió mientras sus ojos se entreabrían. Puntos blancos pulsaban ante su vista. Aturdido, intentó aliviar su dolor de cabeza frotándose las manos, pero estas permanecieron inmóviles. Miró a su alrededor, parpadeando mientras intentaba enfocar. Atado por las muñecas, yacía de lado en una camioneta en movimiento similar a la suya propia. Alzó la vista hacia la ventana, observando la luz del cielo gris. Un nuevo día había comenzado.

Una oleada de miedo lo invadió. Estiró el cuello para mirar. Su silla de ruedas no estaba en la camioneta. Luchó contra la niebla para recordar. Había ido a casa desde el Victoriana para nadar y aliviar los espasmos en su pierna. Pasó más tiempo en la piscina de lo planeado y salió rumbo al Victoriana cerca de las 2: 00 a. m. Mientras esperaba que bajaran la rampa de la caravana, una figura emergió y lo inyectó con una aguja. Él despertó más tarde en un estado de somnolencia en su silla de ruedas, con las muñecas sujetas a ella, desplazándose por una carretera bordeada de árboles, justo antes de caer nuevamente en la oscuridad.

Él echó un vistazo por encima del hombro hacia el frente de la camioneta. Un hombre hablaba con el pasajero mientras conducía. "Primero, la silla de ruedas, después una llanta pinchada. Hemos perdido mucho tiempo." Él revisó su reloj. "Sin embargo, creo que estamos bien. Ella pensará que él sigue en el centro jugando baloncesto."

Os esperó una respuesta del pasajero, pero ninguna llegó.

"¿Estás seguro de que la oficina quedó completamente limpia?" preguntó el conductor. "¿Las fotos y los documentos han desaparecido? ¿No queda nada que pueda servir para rastrearlos?"

El pasajero asintió en respuesta.

"Será mejor que así sea." Él se volvió hacia su pasajero, la mirada intensa del hombre visible en su perfil para Os. El hombre revisó su espejo retrovisor antes de volver la atención a la carretera. "Estás despierto, Señor Banks," dijo, sonriendo. "Como puedes ver, me deshice de tu silla de ruedas. Estoy al tanto de tu destreza tecnológica, Señor Banks. Muchas personas han escrito artículos sobre ti. Admito que no consideré la posibilidad de dispositivos electrónicos en la silla de ruedas; sin embargo, no fue sorpresa descubrir el rastreador GPS, y para asegurarme de que ningún otro inconveniente surgiera, abandoné la silla de ruedas junto a un camino de tierra. Un error que me costó tiempo. Tuve que conducir varios kilómetros de regreso para desviar a quienes pudieran venir por la ruta planeada, y el lugar apartado que encontré específicamente para esta ocasión."

Os, con la boca seca y arenosa y un horrible sabor de algún tipo, tragó antes de preguntar:—¿Quién eres? ¿Por qué haces esto?

El hombre se rió entre dientes. "Soy alguien que ha esperado mucho tiempo por este momento." Con una sonrisa maliciosa, el pasajero lo miró de reojo.

Os, con la mente nublada, lo observó un instante antes de comprender. Sus ojos se abrieron de par en par y su corazón se aceleró.— Eres tú— dijo él, con la voz cargada de sorpresa y confusión.— Intentaste matar a Belle— negó él despacio—. No eres una mujer.

La sonrisa del pasajero se torció en un ceño malévolo.— Al carajo con que no lo soy— replicó.

— El asalto de McBain no formaba parte del plan— afirmó el hombre.— Maggie, para mi decepción, reaccionó con una estupidez mayúscula, permitiendo que su desprecio por la mujer la dominara. El sufrimiento de McBain es fundamental, y si ella estuviera muerta, no podría soportarlo.

Quizás las drogas eran la causa, pero Os no lograba seguir la lógica del hombre.—¿Por qué se hace sufrir a Belle?— La camioneta redujo la velocidad, giró a la derecha, se detuvo y luego dobló a la izquierda. Os intentó enderezarse para obtener una mejor vista por la ventana, pero su mano atada, la debilidad y el mareo provocado por las drogas se lo impidieron.

— Porque yo he tenido que sufrir todos estos años. Quiero que ella conozca el dolor que he soportado. Deseo que ella sienta la pérdida profunda y el dolor que esto provoca. Aunque sus acciones no causaron mi dolor, ella es la culpable. Ella lleva el nombre. Estoy satisfecho con ella como mi sustituta. Encontraré consuelo al saber que he castigado." Él se encogió de hombros. "Mi venganza podría parecer injusta, y podrían llamarme psicópata." Él se encogió de hombros una vez más. "Muy bien, entonces. Su muerte no será en vano."

Las palabras del hombre, una vez más, eludían a Os, pero alimentaban su miedo. El hombre estaba loco. — Mi muerte no devastará a Belle, por mucho que lo creas— dijo, fingiendo. Quizá podría persuadir al hombre de que está perdiendo el tiempo.

El hombre rió. "Señor Banks, he estado observándote a ti y a McBain por un tiempo, y sé que nadas en tu piscina los jueves por la mañana antes de ir al centro recreativo comunitario para jugar baloncesto. Aunque verte en tu casa anoche fue una grata sorpresa. No planeamos secuestrarte hasta tu llegada a casa esta mañana para nadar. Con el tiempo que he pasado observándote a ti y a McBain, si no supiera mejor, creería que tú y ella tienen una relación romántica. Tu intento de convencerme de que su vida no se verá afectada por tu muerte no está funcionando.

El estómago de Os se revolvía. Él había estado acechando a Belle y a mí. Tenía que hacer algo. Hará que el hombre siga interactuando con él, y tal vez el loco lo vea como persona, no como su víctima. Quizá desarrolle un cariño por Os Banks, ya que a todos les cae bien Os Banks, ¿verdad? Era una idea descabellada, se dio cuenta, pero para salvar su vida haría cualquier cosa.

"Su muerte," dijo Os, moviéndose sobre el piso para aliviar la tensión en su hombro. "¿Quién es her?" La furgoneta disminuyó la velocidad y luego giró a la izquierda, golpeando un camino accidentado. Os rebotaba sobre el piso, su torso se tornaba rígido por la golpiza.

"Yo era escéptico respecto al destino, la fatalidad y el amor verdadero, señor Banks, hasta que la conocí," dijo el hombre, mirando hacia él por el espejo retrovisor. "Comprendí, en el preciso instante en que la vi, que estaríamos juntos. Sin embargo, debía ser paciente. Cuando mi hermano dejase de ser un obstáculo, estaba seguro de que ella correspondería mis sentimientos." El hombre hizo una pausa mientras volvía a mirar a Os por el espejo retrovisor. Esta vez, Os percibió pura maldad en los ojos oscuros del hombre. "Pero un asesino me la arrebató, y nunca pudimos compartir nuestras vidas. Si el sistema hubiera encerrado al asesino cuando pudo, ella estaría viva hoy. En cambio, el sistema permitió que el asesino la matara."

En ese instante, todo encajó para Os. "Tú eres Wade Landon. Estabas enamorado de Laurel Landon."

Una sonrisa silenciosa apareció en el rostro de Landon.

"Quieres castigar a Belle por las acciones de tu padre."

De nuevo, Landon sonrió sin decir una palabra. Detuvo la camioneta, la puso la palanca en P y apagó el encendido. Abrió la puerta, se volvió hacia Os y, con una sonrisa firme, dijo: "Hemos llegado."

Después De Que Ella Desapareció

El corazón de Os latía con un pánico absoluto. Rezaba para que EJ hubiera ido al centro recreativo como estaba planeado. Belle se daría cuenta de que algo andaba mal antes de lo que Landon esperaba. Aun así, sabía que Belle y la policía no lo encontrarían a tiempo sin el GPS en su silla de ruedas. Sus muñecas atadas y sus piernas inmóviles lo hacían sentir indefenso. Ni siquiera podía intentar una escapatoria. Nunca había sentido tanto odio hacia su condición de paraplejia.

***

Maggie abrió la puerta de la camioneta antes de que esta se detuviera por completo. Para evitar agarrar el arma oculta y dispararle a Wade en ese mismo instante, tuvo que crear distancia de él antes de sucumbir a la tentación. Ella salió, cerró la puerta de un portazo y se quedó con los puños apretados, furiosa. Su convicción de que él y Laurel compartirían una vida juntos era impensable. Wade era malvado, trastornado e indigno de ella; jamás se rebajaría a amarlo. Cualquier mención de ella por parte de él la enfurecía. Hablar de su hermano, Eric, sólo intensificaba su odio ardiente hacia él.

El calor subiéndole a las mejillas, se obligó a calmarse. Maggie pensó en sus engaños a Wade y sonrió para sus adentros. No le contó que Charlotte había estado en el apartamento y había descubierto su secreto. Mientras empacaba su mochila con los suministros para el Señor Banks, escuchó las llaves en la puerta del apartamento. Estaba segura de que no era Wade regresando. Se escondió en el armario de su dormitorio hasta que Charlotte entró a la oficina. Le agradaba mucho Charlotte. Aunque lamentaba haber drogado a Charlotte, Maggie sabía que necesitaba el tiempo extra para llegar a su destino. Ella esperaba que Charlotte llamara a la policía. Incluso si lograran localizar la propiedad, la policía llegaría demasiado tarde. Y no, Wade, pedazo de mierda. No deseché las fotos de Banks y McBain. ¿Para qué?— se había preguntado. La policía descubriría que él estaba muerto.

CAPÍTULO 53

Una vez que la situación quedó clara, Belle se lanzó a la acción, su miedo y rabia fusionándose para salvar a su mejor amiga. Él odiaba arriesgarse a que le robaran algo—especialmente este preciado Cadillac— por eso había equipado su silla de ruedas con un rastreador. Ella solía burlarse de él por ponerlo allí y por sus otros costosos dispositivos electrónicos. Ahora, agradecida por sus herramientas, prometió ser menos dura con él en el futuro. Un futuro inimaginable para ella sin Os.

Ella le había proporcionado a EJ las contraseñas de la computadora de Os y de la aplicación GPS que él usaba. Su corazón se desplomó al ver el estado del GPS marcado como fuera de línea en el monitor de la computadora. Wade Landon lo había descubierto. Solo pudieron determinar la última ubicación conocida de la silla de ruedas en la Autopista Interestatal 87, en dirección norte, antes de que Landon descartara el dispositivo.

"Enviaré una alerta nacional de inmediato," dijo el detective Ross, y luego colgó bruscamente.

Él tuvo buen juicio, pensó Belle, al no pedirle que se quedara en casa. Luego ella misma dio las instrucciones. Indicó a Félix que se mantuviera cerca del teléfono y a EJ que recogiera la computadora portátil de Os de su mochila.

Melissa avisó que iría con ellos. Belle dijo que no. A pesar del peligro, el agente Cartwright le rompería el cuello si Melissa fuera. Melissa insistió en que su formación médica podría ayudar, dada la situación. Melissa tenía razón, y Belle estuvo de acuerdo.

Antes de perseguir a Wade Landon, subió corriendo al armario de su dormitorio. Ella tomó la caja metálica negra del arma de fuego del estante junto a sus botas. La dejó sobre la cama y tecleó el código. La caja hizo clic al abrirse, mostrando una Sig Sauer de 9 mm. El caos que envolvía a Simone había cambiado su percepción sobre las armas. Ella y Os se entrenaron en el manejo de armas de fuego con un ex Navy SEAL. El poder del arma y su control sobre ella la sorprendieron. No pudo resistir el vértigo de la fuerza peligrosa e imparable que le confería. Nunca consideró tener que usar el arma. Sin embargo, nadie jamás amenazó la vida de su mejor amiga.

Durante casi dos horas, Belle condujo hacia el norte por la Autopista Interestatal 87, luchando contra pensamientos negativos por no llegar a tiempo con Os. Con cada marcador de milla, su odio hacia Wade Landon crecía, y la tensión en sus hombros se intensificaba por apretar con fuerza el volante.

— Estamos cerca— dijo EJ desde el asiento trasero, con la mirada fija en la pantalla de la computadora portátil—. A unas millas adelante.

Belle estiró el cuello para observar a su alrededor en la autopista. "Todo lo que hay aquí son árboles y una autopista." No hay salidas cercanas en la autopista." Su corazón latía con fuerza, alimentado por un pánico creciente al descubrir las acciones de Landon. "Landon arrojó el rastreador GPS mientras conducía." Esta vez no pudo contener los horribles pensamientos e imágenes de Os herido, muriendo una muerte torturada. Su estómago se encogió, la bilis le subió a la garganta. Levantó una mano para cubrirse la boca mientras las lágrimas caían desde la esquina de sus ojos.

"Oye," dijo Melissa desde el asiento del pasajero, tocándole suavemente el brazo. "Lo encontraremos a tiempo. No pierdas la esperanza, ¿de acuerdo?"

Con un asentimiento, Belle se secó las lágrimas. Apreciaba las palabras, pero no le ofrecían consuelo alguno. En el portavasos central, un tono sonó desde su teléfono. Puso a Ross en altavoz. Se aclaró la garganta. "Ross, ¿dónde estás?"

"Un tráiler articulado encajonado causó un embotellamiento saliendo de Manhattan. ¿Dónde estás?" "Estamos casi en el lugar."

"Llevas aproximadamente veinte minutos de ventaja sobre nosotros."

"La ubicación está justo a la salida de la autopista. Landon debe haber arrojado el dispositivo de rastreo por la ventana."

"Sí, registramos las coordenadas del lugar. Ellie Barnes tenía tierra en su ropa que provenía de la zona.

Hablamos con la Sra. Landon. El hermano de Wade poseía una casa de verano en Windham, en las montañas los Catskills. Aunque Wade la mantenía, la Sra. Landon dijo que no habían visitado la casa desde hacía tiempo. Como él conduce un Porsche, necesita un vehículo más grande para acomodar la silla de ruedas de Os. No ha comprado un coche con su tarjeta de crédito en el último año. Lo más probable es que haya pagado en efectivo. Alertamos a las fuerzas del orden locales en Windham y sus alrededores para que estén en alerta."

Cuando Ross dio la dirección y colgó, Belle recuperó una chispa de esperanza. "Frena el auto," dijo EJ.

Belle aminoró la velocidad, activó las luces intermitentes y llevó el auto al costado de la autopista. Ella miró en el espejo retrovisor y rezó para que el flujo constante de tráfico no los golpeara.

"El lugar está justo aquí," dijo EJ.

Belle puso la marcha en parque y salió del auto, con el corazón palpitando. Debería ir al siguiente lugar, pero la necesidad de certeza, a pesar de la posible pérdida de tiempo al revisar, la dominaba. Observó el tráfico que venía mientras rodeaba el capó del auto y escaneaba la zona mientras atravesaba las malezas altas. EJ y Melissa, siguiendo su ejemplo, buscaron en la densa área a ambos lados, conscientes de que ella no buscaba el rastreador.

"Lo encontré," gritó EJ, levantando la unidad negra del GPS.

Después De Que Ella Desapareció

Belle pasó unos segundos más buscando antes de concluir con extremo alivio que el cuerpo de Os no estaba allí. De regreso en el auto, condujo hacia la autopista interestatal y presionó fuerte el pedal del acelerador. "¿Cuánto falta para llegar a Windham?"

EJ, revisando la computadora portátil, dijo: "Cuarenta y tres millas. Tomarás la salida 262. Desde la autopista interestatal, la casa está a diez millas más al oeste."

Melissa abrió Google Maps en su teléfono, ingresó la dirección de Eric Landon y se la mostró a Belle.

Los ojos de Belle se movían rápidamente entre la carretera y la pantalla. Una distancia considerable aún los separaba de Os. Wade Landon había enviado un mensaje falso desde el teléfono de Os a las 5: 10

a. m. de esa mañana. ¿Lo secuestró entonces, o antes, justo después de que Os salió de la casa victoriana para nadar? Cualquiera de las dos hipótesis le habría dado tiempo suficiente para dañar a Os y salir de la ciudad. No. Él sigue vivo. Debe estarlo. Ella apartó ese pensamiento aterrador y pisó más fuerte el acelerador.

***

A dos casas de la de Belle, Joseph estacionó su Audi negro en un lugar en la calle, observando un Mini Cooper y un Jeep Wrangler en su entrada y un Volkswagen Bug en la calle. Él apagó el motor y fijó la mirada en la casa victoriana, ponderando el futuro. Él esperaba que Belle se abstuviera de un aluvión de preguntas en cuanto el ingresara. Su investigación la ocuparía, retrasando su interrogatorio. Proporcionarle las respuestas que buscaba no representaba problema alguno para él. Era su reacción a la decisión de su padre para lo que debía prepararse. Joseph creía que la decisión la lastimaría muchísimo más que descubrir que su padre estaba vivo.

A punto de abrir la puerta, Joseph se detuvo al ver a EJ corriendo hacia la casa victoriana, cargando una mochila. Él y EJ solían correr juntos con frecuencia, y sabía que en ese instante su hijo no lo hacía por ejercicio. Su paso apresurado sugería que se había descubierto un problema. Con dos pasos a la vez, su hijo subió las escaleras delanteras y entró en la casa. Joseph sacó su teléfono y esperó.

Quince minutos después, Belle salió corriendo de la casa con EJ detrás, llevando una computadora portátil, seguido por una mujer a quien reconoció de fotos familiares y de la placa de identificación en la caja de recuerdos de Eric Darvere. Intrigado por la enigmática presencia de Melissa Cartwright, él sospechaba que ella tenía un papel en la investigación de Belle. Con Melissa en el asiento del pasajero y EJ en la parte trasera, Belle subió al Mini Cooper para conducir. El teléfono en su mano vibró mientras ella retrocedía para salir del camino de entrada. Un mensaje de texto de EJ, tal como esperaba. Belle no es el objetivo. Un hombre llamado Wade Landon tiene a Os y planea matarlo. Os lleva un rastreador en la silla de ruedas. Lo ubicamos cerca del I-87 al norte. A más de dos horas de distancia. Saliendo ahora para allá.

Después De Que Ella Desapareció

Joseph respondió solicitando actualizaciones continuas. Arrancó el auto, cambió de marcha y siguió al Mini Cooper por la calle, manteniéndose a distancia prudente. Volvió a mirar el mensaje de texto de EJ y leyó las primeras palabras. Belle no es el objetivo. Reprodujo mentalmente el secuestro descrito en el mensaje, reflexionó sobre las palabras y las encontró poco creíbles. Sus pensamientos penetraron en la mente del hombre retorcido y malvado. Belle tenía algo valioso que le había sido arrebatado por aquel hombre. Algo tan preciado que destrozaría a Belle y su mundo. El hombre quería que Belle soportara un dolor y sufrimiento constantes. Él mataría a Os para alcanzar ese objetivo. En ese momento, a Joseph no le importaba el motivo detrás del plan de aquel hombre. Su propósito era encontrar a Os con vida.

Unas dos horas después, vio cómo el Mini Cooper desaceleraba y se detenía. Su teléfono vibró con un mensaje de EJ. Estaban en el lugar donde la unidad GPS dejó de rastrear. Detuvo el coche suavemente en el acotamiento de la interestatal, manteniendo distancia. Observó el área detenidamente. Más adelante, las montañas y los abundantes árboles delineaban el paisaje del norte de Nueva York. Matorrales bordeaban ambos lados de la autopista interestatal. Lo que Joseph vio le disgustó. Era una vasta extensión de naturaleza salvaje. Si la policía y Belle no obtienen la información adecuada, las probabilidades de encontrar a Os serán prácticamente inexistentes.

Joseph miró a Belle y a los demás. EJ recogió algo de la hierba alta y se lo mostró a Belle. EJ encontró la unidad

GPS desechada que había recogido. Al descubrirlo, el hombre lanzó el objeto por la ventana de su vehículo en movimiento. A pesar de haber encontrado el rastreador, Belle persistió en registrar la hierba. Joseph comprendió que ella estaba confirmando que Os no yacía muerto a lo largo de la Autopista Interestatal. Belle y los demás abandonaron su búsqueda, regresaron al vehículo y aceleraron con prisa. Alguien reveló otro lugar al grupo, sospechó Joseph. Aceleró, usó el acotamiento para adelantar autos más lentos y persiguió al Mini Cooper hasta estar lo suficientemente cerca para incorporarse con seguridad al tráfico.

Su teléfono vibró una vez más con un mensaje de texto de EJ. Belle se dirigía a la casa de verano del hombre en los Catskills. Él ya esperaba que Os no estuviera allí. Un asesino no facilitaría tanto la cacería.

CAPÍTULO 54

A diez millas al oeste del pueblo de Windham, Belle detuvo el Mini Cooper, un poco más allá del camino de tierra que conduce a la casa. Ella rogaba a Dios que Os estuviera en el lugar y se encontrara vivo y bien. Ella sacó su arma de fuego de su bolso mensajero y la ocultó en la cintura. Ella salió del auto, sin prestarle atención a la mirada interrogativa de Melissa. Dos autos rápidos se detuvieron detrás del Mini Cooper. El detective Ross y Mueller salieron de uno, mientras que otros dos detectives, supuso Belle, bajaron del otro.

Ross sacó su arma de fuego, su mirada barriendo entre ella, EJ y Melissa.— Quédense aquí, los tres— dijo con voz severa—. No sabemos a qué nos enfrentamos.

'Os vale el riesgo', dijo Belle, sin permitir discusión.

Ross exhaló un suspiro de molestia, luego dio instrucciones a sus colegas antes de avanzar hacia la casa. A corta distancia detrás, Belle, EJ y Melissa siguieron a los detectives. El camino de tierra se extendía entre una cerca de madera y una densa alineación de árboles. Belle contemplaba el camino recto, aparentemente interminable, que se perdía en la espesura, sin rastro alguno de la casa.

A poco más de medio kilómetro por el camino de tierra, una curva hacia la izquierda dejó al descubierto la casa más adelante. Con sus aleros salientes, el emblemático chalet invernal evocaba en Belle imágenes de acogedoras chimeneas, majestuosas montañas nevadas y emocionantes aventuras en las laderas. Su mente aterrorizada divagaba hacia lugares insólitos. A pesar del frío ambiente, Belle sentía el sudor bajo los brazos y en la espalda. Una profunda respiración la estabilizó mientras apretaba los puños para detener el temblor. Los dos detectives desconocidos, uno de ellos mujer, se separaron tomando caminos distintos alrededor de la casa. El detective Ross y Mueller, al acercarse a los escalones frontales, se distanciaron, con Mueller siguiendo a Ross. Ross se volvió hacia ella y señaló hacia los árboles, indicándole que permaneciera allí. Ella asintió con firmeza en señal de acuerdo. A pesar del impulso de entrar de prisa a la casa para encontrar a Os, tuvo la suficiente prudencia para evitar un posible tiroteo. El asesino Wade Landon podría disparar y matarlos a todos. Con tranquila fortaleza, ella controló su respiración y esperó a que los detectives hicieran su trabajo.

Después de que EJ, Melissa y ella se apartaron junto a un gran árbol, Ross hizo una señal a Mueller, quien asintió en respuesta, dando luz verde. La ansiedad de Belle se disparó al observar el cuidadoso ascenso de Ross por la plataforma de madera. Para mirar dentro del oscuro espacio interior, Ross inclinó su cuerpo hacia una de las enormes ventanas. La señal de mano de Ross a Mueller comunicó a Belle que no había movimiento en el interior. Ross intentó el picaporte de la puerta de madera, pero no cedió— estaba cerrada con llave. Retrocedió unos pasos, levantó una pierna y pateó la puerta para abrirla. Con el arma apuntando, entró al edificio, seguido por Mueller.

Belle ya no pudo ver a los detectives una vez que comenzaron a registrar la casa. Una nube de temor pendía sobre ella, EJ y Melissa mientras permanecían en silencio. Su corazón latía con fuerza; sus manos húmedas temblaban con la anticipación del hallazgo. Para ella, pareció una eternidad hasta que Ross apareció en el umbral.— Os— gritó, corriendo hacia él.

Ross frunció el ceño.— No están aquí.

Un murmullo de "Mierda" escapó de sus labios mientras se apresuraba más allá de Ross hacia la casa, el miedo aumentando con rapidez.

El chalet, abierto y espacioso, contaba con dos niveles. El primer piso tenía paredes de madera, una chimenea de ladrillo y un cuarto de barro, techos catedralicios elevados, y grandes ventanas que mostraban montañas nevadas en invierno y bosques frondosos en verano. Aunque Belle consideraba el lugar un escape estacional perfecto del estrés cotidiano, una presencia maligna impregnaba la casa.

La multitud se dispersó para inspeccionar la zona. Desde el segundo nivel emergió la detective femenina sin identificar. Como Belle no había visto entrar a la detective, concluyó que Ross debió haberla dejado pasar por la puerta trasera.

— Todo despejado arriba— dijo la detective, bajando las escaleras—. La señora Landon quizá no haya estado aquí recientemente, pero alguien sí. La cama principal sigue sin hacerse, y un recibo de supermercado hallado bajo la cama tiene fecha de hace dos semanas.

— El refrigerador contiene productos que aún no han expirado— dijo el detective masculino desconocido, cerrando la puerta del refrigerador.

— Esta correspondencia es para Wade Landon— dijo Melissa. Ella estaba de pie en una esquina del cuarto de barro, junto a un escritorio con tapa de vidrio, mostrando un sobre abierto en una mano y una hoja de papel en la otra.— Es una factura anual del seguro de mala praxis. El sobre tiene un matasellos de la semana pasada. Las visitas recientes de Landon han sido sin el conocimiento de su esposa.

— En lugar de hacerlo aquí, Landon se arriesgó a revelar su seguimiento a Belle y Os en su apartamento de Manhattan— dijo Mueller.

—¿Demasiado lejos para conducir?— preguntó la detective.

— Y mantuvo ocultas sus visitas aquí a su esposa— dijo Mueller.

"Sospecho que el chalet tiene un significado más profundo para él," dijo Melissa. "Él quiere evitar manchar su imagen del lugar con su enfermo y retorcido plan de venganza y asesinato." El GPS lanzado es útil, a pesar de no conocer la ubicación de Os. Creo que las intenciones de

Landon están dirigidas a esta zona. Él encontró un lugar alternativo para usar."

Una nueva ola de pánico marcó el rostro de Belle con rigidez. "Os podría estar en cualquier lugar," dijo, mientras caminaba de un lado a otro, "y no sabemos dónde buscar. Ni siquiera sabemos qué conduce Landon." Estaba al borde del colapso bajo la presión del miedo, la ira y la desesperación. La incredulidad se apoderó de ella al enfrentarse a sus propios pensamientos; añoraba las habilidades de su hermano. Piensa como un asesino para rastrear a Os. ¿Dónde estaba Joseph cuando ella lo necesitaba?

Ross, acercándose a una estantería en la sala de estar, ordenó: "Registren toda el área." Hasta ahora, la investigación de SCI no ha revelado evidencia alguna de un lugar específico de asesinato en his computadora doméstica ni en su oficina. Chen y Torres, afuera. Mueller y EJ, arriba.

Todos siguieron las instrucciones. Melissa revisó el cuarto de barro mientras Belle volcaba la cocina. Su miedo y preocupación la tentaron a romper los platos en el suelo cuando los vio en la alacena. Después de la cocina, revisó los clósets del pasillo y el cuarto de lavandería. Pasaron minutos sin éxito en su búsqueda.

— Nada— dijo Mueller, bajando las escaleras con EJ.

El sonido de un disparo resonó en la parte trasera, eco dentro de la casa.— Quédense aquí— gritó Ross mientras él y Mueller sacaban sus armas y corrían hacia la puerta trasera.

—¡Os!— gritó Belle. En reacción, sacó su Sig de la cintura e ignoró la orden mientras ella y EJ apresuraban tras los detectives. Su único pensamiento suplicaba que Os permaneciera ileso. Ella huyó por la puerta, descendiendo a toda prisa las escaleras de madera, y persiguió al detective hasta un pequeño garaje de madera independiente, oculto entre los árboles cerca de la casa.

— No disparen— dijo la detective Torres, haciendo un gesto y arrodillándose junto a la detective Chen, cuyo rostro estaba pálido y sudoroso, mientras sujetaba con fuerza su arma de fuego—. Una serpiente mordió la pierna de Chen, y ella le disparó. Necesita ir a un hospital.

Belle se detuvo, se inclinó, con su arma y sus manos sobre las rodillas, respirando con dificultad por la ira y la decepción. EJ estaba a su lado, ofreciéndole una caricia reconfortante en la espalda. Nada de lo que había vivido antes era tan terrible como lo que había estado atravesando desde la desaparición de Os. Ella luchó contra el impulso de derrumbarse en lágrimas.

—¿Puedes caminar?— preguntó Mueller, parado a su lado—. Chen asintió mientras guardaba su arma.

— Bien, vamos a levantarte y llevarte al auto— dijo Mueller mientras tomaba un brazo; Torres tomó el otro y la ayudaron a ponerse de pie. Chen gimió mientras recuperaba el equilibrio, luego asintió para que continuaran.

— La tengo— dijo Torres a Mueller.

Mueller soltó su agarre.— Windham está a sólo unas millas. Estarás bien, Chen— le apretó suavemente el brazo.

Con un lento movimiento de cabeza, Chen mostró su conformidad.

— Te mantendré informado— dijo Torres a Ross mientras pasaba junto a él, dirigiéndose hacia un costado de la casa.

Belle se levantó y se dirigió hacia Mueller, encaminándose al garaje para continuar la búsqueda, observando el asentimiento cabizbajo de Ross hacia el detective. Ross, con las manos en las caderas, contemplaba la panorámica distante de las montañas. Con dos compañeros menos, supuso que, al igual que ella, sentía la presión aplastante sobre sus ya escasas posibilidades de rescatar a Os con vida— una presión que aumentaba con cada segundo que pasaba.

Ross se dio vuelta para regresar a la casa, pero al ver el arma de fuego en sus manos se detuvo. Señaló su mano.

"Tengo licencia para portar," dijo con tono cortante, devolviendo el arma de fuego a la cintura.

Ella calculaba que el arma de fuego era lo menos de qué preocuparse.

El teléfono de Ross vibró. Él contestó, diciendo, "Detective Ross," y escuchó con atención. "¿Dónde?" preguntó, con voz acelerada.

El pulso de Belle se aceleró ante la pregunta rápida de Ross. ¿Habían descubierto algo?

Ross apartó el teléfono del oído, observó la pantalla y luego se lo mostró a Belle. "¿Es esa la silla de ruedas de Os?"

La adrenalina de Belle se disparó. Con ambas manos temblorosas, sostuvo la mano de Ross mientras ella y EJ observaban la foto. "Sí, esa es la de Os," exclamó.

Ross volvió a poner el teléfono en su oído. "¿Lo tienes?" dijo en el auricular. Escuchó antes de decir, "Vamos en camino. Mándame la dirección por mensaje." Colgó, luego gritó por Mueller mientras se dirigía hacia la casa. A Belle, él le dijo: "Encontraron la silla de ruedas al sur de la I-87, a veinte millas del rastreador GPS de Os."

Mueller, al escuchar a Ross, se unió a ellos y preguntó: "¿Conduce hacia el norte, luego da la vuelta y regresa hacia el sur?"

Desde dentro de la casa, Melissa gritó: "¡Detectives!"

Sin saber que el doctor no estaba con el grupo, Belle y los demás corrieron tras Ross hacia la casa, donde hallaron a Melissa arrodillada sobre el piso de ladrillo del cuarto de barro hundido, con el contenido de un sobre manila delante de ella.

"Cuando disparó el arma de fuego, tropecé con uno de los bordes filosos de los ladrillos y caí. Fue entonces cuando noté que una parte del zócalo de los escalones estaba dispareja." Señaló un área bajo el saliente del escalón.

Para tener una mejor perspectiva, Belle, acompañada por los demás, bajó al cuarto de barro. Melissa había retirado una sección del zócalo marrón, revelando un pequeño espacio oculto.

— Descubrí esto— dijo Melissa, mostrando unos papeles e indicando varias fotos en el suelo.

Belle se inclinó y recogió una fotografía. En una vieja fotografía aparecía una joven hermosa vestida con un vestido azul de verano; su largo cabello castaño caía alrededor de su rostro, y una sonrisa suave y luminosa jugaba en sus labios.

— Laurel Landon— dijo Ross a su lado—. La reconozco por nuestras fotos del precinto.

— Todas las imágenes son de ella— dijo Melissa, levantándose.— Échale un vistazo a esto— dijo, entregándole los papeles a Ross.

Belle se acercó un poco mientras él aceptaba los papeles. Cuatro páginas impresas mostraban casas de campo embargadas o abandonadas, además de un campamento. La revelación golpeó a Belle, haciendo que sus ojos se agrandaran y el aliento se le quebrara en la garganta. Belle captó el significado; las piezas encajaban en su mente.— Landon tiene Os en uno de estos lugares— dijo rápidamente.

Ross sacó su teléfono. "Necesitamos ayuda local adicional para cubrir las ausencias de Chen y Torres y dividir los sitios." Él examinó los documentos, con una expresión seria e iincomprensible.

Belle, al notar su expresión perpleja, preguntó con ansiedad: "¿Qué sucede?"

"Aunque está distante de aquí, un radio de veinte a treinta millas agrupa las cuatro casas de campo. En comparación con las otras cuatro, el campamento es sumamente remoto."

Belle entendió al detective de inmediato y dijo: "El campamento fue el último lugar donde lo encontraron. Su ubicación ideal estaba muy lejos de esta casa. Landon usó la ubicación de la silla de ruedas como distracción, enviándonos en la dirección opuesta."

Tras la salida rápida de Ross, Belle y los demás lo siguieron mientras este guiaba a Mueller hacia el campamento por Google Maps y luego informaba con prontitud a las fuerzas del orden locales sobre su hallazgo, proporcionando las direcciones de las cuatro propiedades. Ross colgó casi tan pronto como llamó.

La adrenalina volvió a recorrerle el cuerpo, y Belle luchó por abrir la puerta del auto. Una vez que los pasajeros estuvieron asegurados, ella aceleró el motor, giró el coche y pisó el acelerador, persiguiendo el vehículo del detective que se desplazaba a toda velocidad. Voy en camino, Os.

CAPÍTULO 55

Con los ojos cerrados, Os escuchó el arrastre de pies sobre tierra suelta. El aire fresco, húmedo y terroso que inhalaba le calaba hasta los huesos. Sabía que lo habían sedado de nuevo. Su cabeza giraba mientras destellos blancos parpadeaban en la oscuridad. Esta vez, sin embargo, la parte superior de su cuerpo parecía estar atrapada en cemento. ¿Le habrían dado demasiadas drogas, o esa había sido su intención desde el principio? Un peso insoportable oprimía sus ojos. Parecía que le tomaba una eternidad lograr abrirlos. Luchó por parpadear, despejando su vista borrosa. Desde arriba, una luz tenue brillaba ante él en la oscuridad. Su mirada recorrió el espacio circular. Una escalera de cuerda colgaba de la pared de ladrillos a su izquierda. Él inclinó la cabeza, contemplando las nubes que se agolpaban en el cielo. Apoyó su pesada cabeza contra el ladrillo y la tierra, y parpadeó con fuerza. Su brazo izquierdo no respondía cuando intentaba levantarlo. Alzó la cabeza y advirtió un delgado alambre metálico que sujetaba su muñeca a una estaca de acero clavada en el suelo terrenal. Un charco de sangre se formó bajo su palma alzada, goteando de una herida en su muñeca. Wade Landon se arrodilló a su derecha, asegurando su otra muñeca con manos enguantadas en látex. Aunque desconocía el atuendo de Landon en la camioneta, sabía que era distinto al mono marrón oscuro que vestía en ese momento. Frente a él, en la oscuridad, Os percibió un leve movimiento de una figura. El hombre al que llamaban Maggie se apoyaba contra la pared, observándolo desde el otro lado. Para Os, los ojos del hombre parecían vacíos, su rostro inexpresivo, como absorto en pensamientos. Un corte profundo en su muñeca lo hizo estremecerse y gemir. Él movió la cabeza hacia la derecha, viendo la sangre filtrarse de una fina cortada en su piel.

"Señor Banks," dijo Wade Landon, limpiando su bisturí quirúrgico, "te ofrezco una muerte lenta e indolora. Para mi deleite, la naturaleza prolongada de tu desaparición atormentará a McBain. Si ella te hubiera encontrado, quizá te habría salvado a tiempo. Eso la tortura aún más y me llena de gran satisfacción." Las comisuras de su boca se elevaron.— Hace tiempo que no me sentía tan feliz. Así como no he logrado encontrar a mi Laurel, McBain jamás te localizará.

Os se recostó, cerrando los ojos una vez más. Le faltaba la fuerza para suplicar por su vida, y no importaba. Ignorarían sus súplicas. En cambio, para calmarse, se dejó llevar por la falsa esperanza de que Belle lo salvaría. Escuchó cómo sus asesinos subían por la escalera y luego el chirrido de ésta contra la pared al retirarla.

Las lágrimas surcaban el rostro de Os. Él no lloraba por sí mismo ni por su muerte inminente. A pesar de tener aún mucho por vivir, si su hora había llegado, así sería. No hay razón para temer lo inevitable. Lágrimas de felicidad y orgullo nublaban su vista mientras evocaba con cariño los recuerdos preciados con sus padres. Las acciones de su padre no menguaron su amor incondicional. Nadie podría haber deseado un mejor padre. Compasivo, valiente, solidario y generoso con su tiempo, se entregaba por completo a su familia. Esperaba algún día ser el padre que Tom Banks fue para él.

Sus pensamientos se volcaron hacia Belle. Sonrió, mientras las lágrimas se deslizaban en un flujo constante. En retrospectiva, nunca pensó que su amistad permanecería tan fuerte como lo había sido. Imaginaba que la carrera de Belle como abogada sería tan exigente; ganando el respeto y reputación como una figura imponente al igual que el suyo, no tendría tiempo para él. Sin embargo, creer que Ethan McBain estaba muerto cambió sus vidas. Él sentía que era el catalizador que hizo que su amistad con Belle perdurara tanto tiempo, fortaleciendo ese vínculo increíble.

Pensaba que su amor de infancia se desvanecería, pero su corazón solo había crecido más enamorado de ella. No creía que su amor pudiera profundizar aún más. Sin embargo, cada día, su risa, sonrisa, voz y temperamento vehemente enviaban una descarga a través de su corazón, haciéndolo amarla más.

Sintió que su conciencia se desvanecía mientras su mente se volvía más ligera. Un último pensamiento luchó por emerger a la superficie de su mente. Lágrimas acariciaron sus labios mientras sonreía, imaginándose sosteniendo a Belle, su beso suave pero apasionado. Te amaré por siempre, Annabelle.

CAPÍTULO 56

Para cuando Ross y sus acompañantes llegaron al campamento Beaver Creek, el sol comenzaba su descenso, tiñendo el cielo de un gris sombrío. En lo profundo del bosque, a media milla de un camino de tierra, Ross encontró el campamento. Con el arma lista, avanzó hacia la verja metálica abierta, revisando a la izquierda y a la derecha. Las malezas crecidas y los gruesos troncos de los árboles ocultaban una cerca de alambre de unos tres metros que corría a lo largo del perímetro del campamento. Varias pequeñas cabañas con techos a dos aguas formaban un triángulo frente a él. El lugar le causaba escalofríos a Ross; era más parecido a un recinto de culto que a una escapada divertida. Mueller, pensó, seguramente encontraba la atmósfera espeluznante del lugar semejante a la de sus películas de terror favoritas.

Se detuvo y señaló a Mueller que se moviera hacia la maleza de la derecha, rumbo al campamento, mientras Ross se inclinaba hacia la izquierda, manteniéndose oculto entre la espesura. Mueller asintió con la cabeza y desapareció entre los árboles. Ross miró hacia atrás, hacia Belle y su grupo. No aprobaba su presencia, deseando que esperaran seguros en el coche mientras él cazaba al asesino, pero permaneció en silencio. La mirada temerosa pero resuelta de McBain dejó en claro a Ross que ella ignoraría sus reparos, sin importarle su propia seguridad. —En fila india, manténganse justo detrás de mí —susurró.

Tres cabezas asintieron ante su orden. Luego, al darse la vuelta, notó que McBain estaba desarmada. Se preguntaba cuándo ella desenfundaría su SIG Sauer. Avanzó una corta distancia hacia la izquierda, a través de la maleza, antes de dirigirse hacia el campamento, moviéndose hacia la parte trasera de tres cabañas alineadas con espacios entre ellas. Agujeros y tablas desgarradas dañaban las estructuras de madera envejecida y descuidada. Una rama gruesa y grande, en ángulo, cubría una gran abertura en uno de los techos. El susurro y movimiento de la maleza crecida alrededor del edificio frente a él detuvieron a Ross en seco. ¿Un pequeño roedor, tal vez? Nada: tendría que disparar y revelar su presencia; eso esperaba. Cuando las malas hierbas se movieron a la izquierda, el animal, aparentemente alerta, huyó lejos.

Con la espalda apoyada en la madera astillada, Ross escuchó voces al otro lado de la cabaña. Alertó a Belle y a sus compañeros sobre voces más allá del edificio. Aunque no pudo distinguir las palabras desde su posición, una voz fuerte y airada era inconfundible. Hizo una señal a Belle por segunda vez, indicando su plan de ir a la siguiente cabaña y avanzar por su exterior para acercarse y que lo siguiera.

Pisó con suavidad, intentando minimizar el sonido de las malezas y hojas crujientes bajo sus pasos. En el borde frontal de la cabaña, se detuvo a escuchar. Escuchó dos voces masculinas. Asomó la cabeza lentamente por la esquina. En la entrada sin pavimentar del campamento, los dos hombres que buscaba estaban dentro de un área cercada frente a un edificio más grande. Sobre la entrada, sin puerta, se leía en letras naranjas desvaídas: «Bienvenidos a Beaver Creek». Desde la perspectiva de Ross, la cerca parecía extenderse hacia atrás y conectarse con la alta cerca perimetral, sugiriendo que el lado opuesto era igual. Ross consideró extraño aquello. Tal vez el campamento tuvo un propósito anterior. La buena noticia era que no había una salida trasera por donde escapar. Más allá de una caravana blanca, él podía ver un grupo de cabañas en ruinas a poca distancia, con el mismo aspecto desgastado y abandonado que las demás. A la derecha, había una plataforma de madera cubierta de maleza; un gran pozo abierto se encontraba en el centro, y alrededor, sillas de jardín rotas y oxidadas estaban esparcidas. Detrás del pozo, él notó a Mueller entre la maleza, dirigiéndose hacia las cabañas, posicionándose. Con los gritos que iban en aumento, Ross volvió junto a los hombres, y en segundos, Wade Landon le apuntaba directamente con un arma.

—¿Qué demonios crees que estás haciendo, Maggie? —dijo Wade Landon, con los brazos extendidos a los lados—. Te dije que no lo hice.

—¡Deja de mentir! —gritó Maggie, con la respiración entrecortada mientras sujetaba el arma de fuego con ambas manos—. Te escuché hablar con Charlotte. Ella te confrontó. No fue un accidente que Eric sufriera aquel percance esquiando.

Landon, en silencio, observó a Maggie. —Ustedes aparecieron entonces— dijo, asintiendo ante la revelación. "Siempre me pregunté por qué sucedió entonces y no después de que Laurel desapareciera." Sus labios se curvaron en una sonrisa torcida. "¿Entonces vas a matarme por haber matado a mi hermano?"

"Por eso, y por el infierno que nos has hecho pasar," Maggie siseó, apretando los dientes. "Tu venganza nos encerró en prisión."

"Maggie, querida, no tiene por qué ser así," suplicó Landon con falsa sinceridad. "Nuestra familia puede ser feliz de nuevo si simplemente me dices dónde está escondida Laurel."

Maggie soltó una risa seca. "¿Familia?" Nunca hemos funcionado como una familia. Tu plan es matarme." Fue su turno de sonreír. "Morirás sin saber jamás dónde está Laurel."

Mueller captó la atención de Ross para indicar que estaba listo. Ross asintió, y los dos detectives emergieron desde lados opuestos.

—¡Policía! —gritó Ross, avanzando con el arma apuntada.

Con un movimiento rápido, Landon arrebató el arma a Maggie y la sujetó cuando ella se volvió hacia Ross.

—Detente, o lo mato —dijo Landon, moviendo la mirada entre Mueller y él.

Ross y Mueller se detuvieron. "Se acabó, Landon," dijo Ross. "Deja caer el arma y déjalo irse."

Landon miró más allá de él hacia la cabaña, y Ross supo que había visto a Belle.

La voz de Landon fue tajante: —¡McBain y todos los demás, salgan de ahí!

Ross observaba a Landon, pero escuchó el crujir de pasos sobre la tierra. Al tener a McBain

y a los otros expuestos, temía que Landon pudiera abrir fuego. McBain surgió desde su visión periférica izquierda, distante, ambas manos sobre su arma. Él supuso que McBain se colocó frente a EJ y Cartwright, pues no podía verlos.

—¿Dónde está Os? —exigió Belle.

—Belle McBain —dijo Landon con una sonrisa torcida, sin prestarle atención, "al fin nos encontramos. Esto no es lo que esperaba, sin embargo. Supongo que me equivoqué en la casa de Windham."

—¿Dónde está él, Landon? —gritó Belle.

La sonrisa de Landon desapareció; sus ojos se encendieron de rabia mientras apretaba el brazo alrededor del cuello de Maggie. "Tenía toda mi vida perfectamente planeada," siseó, "y soñaba con pasar mis días junto a la mujer con la que anhelaba estar. Pero Ethan McBain arruinó mi oportunidad de ser feliz. Manipuló el sistema y logró que retiraran los cargos contra Nick Cage, y sé que Cage hirió a mi amor preciado. Un encarcelamiento anticipado de Cage, como debió ser, habría salvado la vida de Laurel. Tú—"

—¿Es por culpa de mi padre? —exclamó Belle, su voz colmada de ira y desconcierto. —¿Estás haciendo sufrir a Os por mi padre, que solo está haciendo su trabajo?

Ross, perturbado por el tono vehemente en la voz de Belle, percibió que ella estaba alcanzando su límite —un estado que podía poner en peligro a todos.

—No es por Banks, tú —dijo Landon. —Mis sentimientos sin Laurel durante todos estos años, pronto los experimentarás. El misterio de su desaparición y paradero supera el mero duelo y la desesperación.

—¿Dónde está? —dijo Belle, dando un paso adelante.
—McBain, no —advirtió Ross, con la mandíbula tensa.

—¡Alto! —ordenó Landon, girando el arma de Maggie hacia Belle.

—¿Dónde diablos está? —dijo Belle en voz alta, avanzando. —Si no me lo dices, mátame. No te daré la satisfacción de destruir mi vida.

—Banks está muriendo mientras hablamos —dijo Landon, empujando a Maggie hacia adelante antes de disparar varias veces y huir hacia la parte trasera del edificio.

Ross inspeccionó el área mientras corría tras Landon, confirmando que el grupo de Belle había evitado lesiones. Él miró a Mueller tendido en el suelo. "¡Mueller!"

"¡Estoy bien!" respondió Mueller. "¡Ve!"

Maggie yacía herida mientras él corría a su lado, su sudadera gris manchándose con un tono oscuro en la zona del abdomen. Detrás de él, escuchó a Belle, presa del pánico, gritar: "¿Dónde está?" mientras se levantaba y corría hacia Maggie. Al frente, Ross no lograba distinguir a Landon entre los árboles y la maleza. ¿Adónde planeaba ir Landon? se preguntó Ross. Había una entrada en la dirección opuesta. Incluso con una escalera alta, escalar la cerca rematada con alambre de púas parecía improbable. Es posible que él intente rodear las cabañas y dirigirse hacia la arteria principal del campamento. Al fondo del edificio, Ross se detuvo, mirando a izquierda y derecha entre la arboleda. No había señales de Landon. Mientras Ross corría hacia la única salida, una idea repentina le vino a la mente. Él se abrió paso entre las plantas hacia la cerca y vio, a unos diez metros a su derecha, lo que sospechaba. Corrió hacia un agujero en la cerca, apartó el alambre y se deslizó a través, notando un sendero de tierra frente a él. Corrió con los oídos atentos tanto a los sonidos de la vida silvestre como a cualquier señal de Wade Landon. A medida que se internaba en el bosque, los altos árboles bloqueaban el cielo y la oscuridad se cernió.

Una poderosa ráfaga de aire, causada por el disparo del arma de fuego, rozó la cabeza de Ross. Abandonó el sendero y se ocultó detrás de un árbol. No pudo precisar de dónde había partido la bala. En algún lugar al otro lado del camino. El disparo de Landon, no su huida, convenció a Ross de que el sendero era un callejón sin salida que conducía más adentro de la naturaleza salvaje. Dejó el árbol, se agachó rápidamente y cruzó a toda prisa el sendero justo cuando

Landon efectuó otro disparo. Esta vez, identificó la trayectoria de la bala como proveniente de su derecha. Él no tuvo más opción que atacar a Landon por la espalda. Para mantenerse oculto de Landon, tuvo que adentrarse más en el bosque, girar a la derecha y luego retroceder. Durante cinco minutos enteros, avanzó sigilosamente en dirección al sendero, alejándose del campamento, permaneciendo agazapado. Giró a la derecha y, tras una breve caminata, continuó hacia el campamento. La ausencia de disparos sugirió a Ross que su plan había funcionado. Se movía lenta y silenciosamente mientras avanzaba a la tenue luz, aguzando el oído en busca de cualquier signo de movimiento. Tan concentrado en lo que tenía delante, no escuchó el leve susurro de Landon acercándose por detrás. Se detuvo al oír cómo se amartillaba un arma.

—Suéltala —ordenó Landon.

Ross abrió los brazos y dejó caer el arma al suelo.

—Hiciste esto demasiado fácil, detective —dijo Landon. Justo cuando iba a disparar, una bala por la espalda le impactó en el hombro. Giró de inmediato, disparó una vez y otra bala le alcanzó la pierna, haciendo que su arma cayera de su mano mientras caía, gimoteando de dolor.

Ross, habiéndose arrodillado para evitar el fuego enemigo, se puso de pie y quedó paralizado por el asombro ante la persona que emergió de la maleza.

—Vivirá —dijo Joseph Simone.

Sin decir palabra, Ross arrestó a Wade Landon mientras Joseph aseguraba tanto el arma de Landon como la suya, colocándolas en la pretina de su pantalón. Los hombres tomaron cada uno un brazo de Landon y lo jalaron de regreso hacia el campamento. Landon había perdido el conocimiento para cuando regresaron, y Ross sujetó al asesino contra la cerca. La gente rodeaba a Maggie, y Ross, parado junto a Mueller, quien sostenía su brazo por la herida de bala en la carne, miraba interrogativamente a Joseph Simone. Belle, EJ y Melissa se arrodillaron junto a Maggie; La presencia de Simone era desconocida para ellos. La sangre empapaba la sudadera de Maggie y se acumulaba debajo de él. Ross sabía que su única esperanza para encontrar a Os dependía de Maggie.

Melissa sacudió el brazo de Maggie, instándola a mantenerse despierta mientras sus ojos se cerraban. "Maggie, quédate conmigo," dijo.

"Intenta de nuevo antes de que pierda el conocimiento," dijo Belle con desesperación.

"Ella sigue pidiendo a Matthew, pero Maggie está impidiendo que aparezca," dijo Mueller a Ross.

"Maggie, ¿puedo hablar con Matthew, por favor?" insistió Melissa. Maggie no respondió, permaneciendo inmóvil y tensa.

"Matthew," dijo Melissa, intentando otro enfoque. "¿Puedes oírme? Soy la doctora.

Cartwright. Ahora estás a salvo. Por favor, Matthew, habla conmigo."

Después De Que Ella Desapareció

Primero, los ojos de Maggie parpadearon; luego se abrieron. Con voz suave y tensa, él dijo, "Matthew."

"¿Eres tú, Matthew?" preguntó Melissa. Matthew movió ligeramente la cabeza hacia arriba.

"Matthew. Necesitamos tu ayuda. Debemos encontrar al amigo de Belle, Os. Por favor, dime dónde está."

Matthew miró a Belle. "Él los volvió en tu contra," jadeó, con dificultad para hablar. "Lo siento."

"No es tu culpa, Matthew," dijo Belle. "Mi amistad con Os, al igual que la tuya con Ellie, es sumamente importante para mí. Por favor dime, ¿dónde está Os?" "Así como con la muerte de Ellie, Os no necesita morir."

Las lágrimas brotaron en los ojos de Matthew antes de que, con esfuerzo, dijera: —Un pozo.

—¿Está en un pozo? "¿Dónde está el pozo, Matthew?" preguntó Belle con voz apresurada mientras los ojos de Matthew temblaban. "Quédate conmigo, Matthew. ¿Dónde está el pozo?"

Con los ojos cerrándose nuevamente, Matthew masculló: —Cabaña del este. Torre de agua. Luchó por tragar, y luego susurró: "Mamá está con papá," antes de que su cabeza cayera de lado.

Joseph, con los ojos clavados en su teléfono, corrió hacia la entrada principal justo cuando Ross sacaba el suyo para la app de brújula. Ross estaba seguro de que los movimientos rápidos de Joseph indicaban que su pantalla ya mostraba la brújula. Él indicó a Mueller y Melissa que permanecieran en su lugar mientras él, Belle y EJ perseguían a Joseph. Fuera de la puerta de alambre, Joseph giró a la derecha y Ross mantuvo el paso, igualando las largas zancadas de Joseph. Ross usó la luz de su teléfono para guiar sus pasos en el bosque que se oscurecía. Un coro de grillos, ranas y otros sonidos peculiares lo rodeaba. Alzó la vista, mirando en todas direcciones, preguntándose si podían localizar la torre de agua. Cuando volvió a mirar hacia adelante, Joseph se inclinó ligeramente a la izquierda para continuar hacia el este, acercándose a un arroyo poco profundo que cruzaba la zona.

Mientras corrían, el camino parecía interminable hasta que Ross divisó la torre de agua al frente, en un campo abierto de hierba alta. Belle y EJ aparecieron, y todos se dispersaron cerca de la torre. Aunque el sol se estaba poniendo, Ross se alegró de haber dejado atrás el bosque oscuro para estar bajo el cielo abierto, lo que facilitaba la búsqueda.

—Miren —gritó EJ cerca de la torre, levantando una escalera de cuerda. —Está conectada a un cable largo que está sujeto a la pata de la torre de agua.

El largo cable sugirió a Ross que el pozo se hallaba algo retirado de la torre, aunque aún no podía determinar en qué dirección. Pero ¿en qué dirección? —pensó Ross. La inmensidad del campo lo inundaba de un temor creciente.

"¡Os!" gritó Belle. "¡Os!" No hubo respuesta.

Los gritos continuos de Belle clamando por Os se intensificaron con el paso del tiempo, y Ross sintió cómo aumentaba su temor compartido. Frente a él, vio un montón de hierba alta cortada de casi un metro. Al patearlo, su pie golpeó algo sólido. Apartó algo de hierba y descubrió una abertura redonda, de piedra, de un pozo antiguo de un metro y medio de diámetro. —¡Por aquí! —Despejó rápidamente la abertura y alumbró con la luz de su teléfono hacia abajo. Un pozo de piedra se hundía unos seis metros en la oscuridad, finalizando en un piso de tierra. El espacio debajo parecía más grande que la abertura del pozo. "¡Os! ¡Os!"

De nuevo, no hubo respuesta.

Mientras todos corrían hacia el pozo, Ross observó cómo Joseph reaccionaba con rapidez. Él se sentó en el borde del pozo, colgando las piernas hacia abajo y descendiendo con cuidado mientras se aferraba al pozo. Luego soltó su agarre y cayó. Ross dirigió la luz de su teléfono hacia el pozo mientras Joseph aterrizaba y rodaba de lado. Se levantó y caminó hacia la izquierda, desapareciendo.

—¡Joseph! —le gritó Belle desde lo alto. Pasaron unos segundos antes de que Joseph respondiera: —Está vivo.

CAPÍTULO 57

Cinco días después

En una banca en el lado oeste de Central Park, Joseph contemplaba el paisaje grisáceo y negro, salpicado de grandes rocas. En lo alto del cielo azul sin nubes, el sol de la mañana brillaba por primera vez en semanas. El cuerpo sudoroso y acalorado de Joseph recibió con agrado el aire fresco y ventoso tras su carrera. Entre la solicitud de Cartwright y la situación de Belle, no había tenido un instante para reflexionar desde que llegó a Nueva York desde Italia. Ahora que las cosas estaban más calmadas y nadie intentaba matarlo, debía planear y explorar sus opciones. Él y EJ permanecerían en los Estados Unidos por ahora, pero él estaba ansioso por regresar a Italia. Durante su periplo mundial en la búsqueda de sus objetivos, hallaba especialmente atractiva la cultura y la gente de Italia. Estableció varios contactos allí y conocía personas que deseaban contratarlo por sus habilidades. Mientras evaluaba sus opciones profesionales en Estados Unidos, advirtió que el agente Cartwright se acercaba desde su izquierda. Alto y de hombros cuadrados, el agente avanzaba con determinación y propósito. Para Joseph, el agente parecía haber retomado su antiguo yo.

—La DEA capturó a Zeke Zagarus esta mañana en su lujoso apartamento de Nueva York —dijo Cartwright sin preámbulos al sentarse en el banco.

Joseph no podía ignorar el tráfico de drogas de Zagarus. Aunque Zagarus destinaba parte de sus ganancias a reconstruir el vecindario, este permanecía plagado de delincuencia y decadencia. El vecindario Hill Heights resistiría. Al regresar al bar de Zagarus para recoger las drogas de Eric Darvere, Tina, la cantinera, estaba afuera fumando, esperándolo al salir. Mientras ella regresaba, colocó discretamente una servilleta doblada en su mano, que contenía la dirección del laboratorio de metanfetamina cristalina de Zagarus y su cargamento de drogas en Jersey City. Joseph prefería incendiar el almacén, pero tras la muerte de Eric Darvere, telefoneó a Cartwright y le proporcionó la información.

—No preguntaré cómo obtuviste esa información —dijo Cartwright—, pero ese almacén albergaba una cantidad enorme de mercancía. Los agentes de la DEA incautaron drogas con un valor estimado en la calle de varios millones de dólares. Los agentes de la DEA también confiscaron una suma considerable de dinero y numerosas armas de fuego. Zagarus trabaja con el cártel mexicano, abasteciendo su red en Nueva York.»

La información complació a Joseph. El cártel mexicano ya había marcado a Zagarus a muerte, y su desaparición era inminente.

Un momento de silencio se instauró entre los dos hombres antes de que Cartwright hablara. —Todavía no puedo creer que Melissa estuviera implicada en Beaver Creek —dijo, incrédulo, negando con la cabeza. —Escuché que salvaste la vida de Jonah Ross.

"No era su momento de morir." Él había llegado más tarde de lo esperado al campamento. Una manada de ganado escapó de una granja cercana y bloqueó el camino hacia Beaver Creek. Él apareció justo cuando estallaron los disparos y vio a Ross correr hacia la parte trasera de los edificios. Rodeó la cerca y se adentró en el bosque. Siguiendo la trayectoria de los disparos, se topó con Ross justo cuando un atacante estaba a punto de dispararle. Admitió sentirse satisfecho por haber salvado la vida de su viejo amigo. El odio que Jonah Ross sentía hacia él no cambiaba su creencia de que Ross era un hombre decente. Tal vez ahora Ross podría acabar con ese rencor enfermizo y olvidarlo.

—Melissa también me dijo que encontraron los restos de Laurel Landon gracias a ti. ¿Cómo lo descubriste?

"Matthew Landon dijo: «Mamá está con papá» No parecía referirse al cielo. Sospeché que enterró a su madre junto a su padre, Eric Landon."

Cartwright asintió, haciendo una pausa antes de hablar. «Sé que Jane te pidió que mataras a Eric Darvere. La noticia me sorprendió y me horrorizó al principio.» Nunca imaginé que mi esposa haría algo así. Pero cuando supe quién era él y lo que había hecho a tantas mujeres, sentí alivio de que ella lo hiciera. Me alegra que esté muerto, y no preguntaré, pero te conozco, Joseph. Sé que no quieres matar, pero puedes ser astuto para mantener tus manos limpias.»

Las palabras de Cartwright eran ciertas. Joseph recordó estar parado en silencio en el apartamento de Eric Darvere, mirándolo con expectación. Con los ojos clavados en las drogas y la jeringa, el hombre asustado y agitado movía la rodilla y se mordía las uñas, el sudor le corría por el rostro; pronto le pidió a Joseph un golpe. Joseph le hizo una señal para que continuara. Observó las acciones de Darvere: preparar la droga, llenar la jeringa, aplicar un torniquete, encontrar una vena e inyectarse. Darvere sintió de inmediato los efectos de la letal mezcla de metanfetamina cristalina y fentanilo. Él se desplomó sobre la cama, su respiración cesó. Él no ofreció ni entregó las drogas a Darvere; por lo tanto, no mató al hombre. Para Joseph, su conocimiento de la mortal combinación de drogas era un detalle insignificante. Para asegurar el descubrimiento inmediato de Darvere, activó la alarma contra incendios al salir del edificio.

—Puede imaginarse mi sorpresa —continuó Cartwright—, cuando Williams me dijo que ella estaba contigo, rastreando a Darvere. ¿Su crítica hacia ti no fue demasiado dura, verdad?

—Ella estaba fina.

Con vacilación, Cartwright preguntó: "¿Estuvieron ustedes dos juntos en el apartamento de Darvere?" —Sus manos están limpias, Ed —respondió él, omitiendo su presencia en el apartamento y el conocimiento de su plan. Para Joseph, ciertos detalles eran mejor dejarlos sin decir. Su teléfono sonó. En el momento en que vio el número de Os en la pantalla, supo que algo estaba mal. Él nunca había recibido una llamada de Os antes. Aunque había sido informado de la buena noticia de que Os finalmente había recobrado la conciencia esa mañana, que Os le llamara desde el hospital solo agravaba lo que estuviera mal.

—Os —respondió.

—Soy Tom Banks, el padre de Os —dijo Banks.

Mientras escuchaba a Banks, Joseph esperaba oír algo muy grave. En cambio, supo de un giro catastrófico en los acontecimientos. El momento no importaba; solo que había sucedido y que seguirían más preguntas. Colgó la llamada y guardó el teléfono en el bolsillo.

—¿Algo malo? —preguntó Cartwright, con una expresión de preocupación en el rostro. —La verdad —dijo Joseph, levantándose y alejándose.

CAPÍTULO 58

Belle condujo su Mini Cooper de regreso al hospital. Los padres de Os alternaban turnos con ella al lado de Os. Había regresado a casa tras pasar la noche en el hospital, se duchó y cambió cuando la madre de Os, Coreen, llamó, insistiendo en que Os necesitaba hablar con ella. Su regreso temprano la colmó de alivio y felicidad. Os había pasado dos días en un hospital cercano al campamento. Él sufrió una pérdida considerable de sangre, lo que desembocó en un shock hipovolémico. Recibió transfusiones de sangre, líquidos intravenosos y medicamentos para estabilizar su presión arterial y ritmo cardíaco, junto con una cirugía para reparar el daño en las arterias de sus muñecas durante los primeros días. Sufrió insuficiencia renal aguda, y la falta de sangre oxigenada en órganos vitales hacía impredecible para los doctores el daño permanente. Una ambulancia trasladó a Os a Jersey City al tercer día; estaba estable pero entraba y salía de la consciencia. A las 3 a. m. , Os la despertó en la camilla junto a su cama de hospital; él había estado completamente consciente desde el incidente.

En un semáforo en rojo, ella observaba pasar los autos, preguntándose una vez más qué habría sido de Os sin las rápidas acciones de Joseph. Su fuerza y resistencia superaban lo que ella esperaba. De su bolsillo, Joseph sacó una pequeña navaja y cortó su camisa en tiras, los cuales usó para vendar los bíceps de Os y así frenar el flujo de sangre, luego sus muñecas. Él levantó a Os con facilidad, lo cargó sobre su hombro, subió la cuerda con una destreza practicada y luego lo pasó a Ross y a EJ. En cuanto Joseph emergió de debajo de la tierra, corrió, llevando a Os, como si supiera exactamente cómo regresar al campamento y a su automóvil. Con la cabeza de Os en su regazo en el asiento trasero y Ross en el asiento del copiloto, Joseph se apresuró hacia el hospital. A pesar de la fuerza de EJ y Ross, dudaba que ni siquiera sus esfuerzos combinados pudieran igualar la rapidez y facilidad de Joseph. Solo en el hospital, cuando el personal médico se apresuraba a llevarse a Os, comprendió por completo que su hermano había estado observando desde las sombras todo el tiempo, desde que ella salió de la Victoriana para encontrar a Os. Ella abrazó a Joseph, sollozando entre sus brazos.

La luz cambió y ella aceleró. Aunque el caso se había cerrado hace cinco días, muchas preguntas permanecían sin respuesta —y algunas probablemente nunca lo estarían. Ayer, ella y Ross hablaron por primera vez desde el calvario en Beaver Creek. Para evitar la prensa negativa y reconstruir la confianza pública, Ross había propuesto a sus superiores concederle a la periodista Oliva Omato una entrevista exclusiva sobre el caso y su conexión con Joseph Simone. Aceptaron. Tres días después de su publicación en el periódico, el artículo aún no había recibido ninguna crítica pública. Ella inevitablemente se preguntaba acerca de los sentimientos de Ross tras que Joseph le salvó la vida. Quizás, al igual que ella, él ahora podría dejar el pasado atrás y seguir adelante.

Wade Landon permanecía hospitalizado y recuperándose en el norte del estado de Nueva York. Lo trasladarían a la jurisdicción de la ciudad de Nueva York tras estabilizarse su condición. Landon contrató un abogado y se negó a hablar. La teoría era que Landon estaba obsesionado con la esposa de su hermano, Laurel, y mató a su hermano para quedarse con ella. Según Charlotte Landon, Laurel no correspondía esos sentimientos. El comentario de Matthew sobre que su mamá estaba con su papá llevó a todos a creer que se refería al cielo. Joseph comprendió lo que Matthew quiso decir y enterró los restos de su madre junto a los de su padre. Las autoridades recuperaron los restos de Laurel Landon y desenterraron los de Eric Landon para una autopsia, con el propósito de acusar a Wade Landon por la muerte de su hermano.

No se sabe cuánto tiempo planeó Landon su venganza, pero los investigadores sospechaban que, al descubrir las personalidades alteradas de Matthew, Landon detuvo la terapia de Matthew y explotó y manipuló esas identidades para ayudar a ejecutar su plan. La Dra. Melissa Cartwright cree que Matthew pudo haber estado ausente por bastante tiempo. Los investigadores creían que Landon fabricó el suicidio de Matthew para encubrir su intención de asesinarlo una vez que ejecutara su plan, asegurándose de que nadie lo sospechara. Resultó que el Dr. Gary Wise, el forense, había asistido a la escuela de medicina con Landon. Landon persuadió a Wise para que pusiera en peligro su carrera médica simulando la muerte de Matthew, aunque no estaba claro cómo logró convencerlo. El oficial Tony Helm y John Mason, los dos oficiales que respondieron, eran corruptos y aceptaban sobornos con facilidad. La conexión de Landon con ellos seguía siendo un misterio. Helm murió a causa de una hemorragia cerebral hace cuatro meses, Mason renunció a la fuerza nueve meses antes, y todavía lo están buscando.

El descubrimiento de Landon sobre la amistad entre Ellie Barnes y Matthew, y su posterior vigilancia, que reveló la asistencia de Matthew a la Clínica de Salud Mental Darvere, constituye la teoría sobre su muerte. Los investigadores creen que Landon utilizó a Maggie para convencer a Barnes de ir a Beaver Creek, donde la inyectó fatalmente con insulina y la enterró en una caja de pino, hecho que los investigadores descubrieron posteriormente. Es probable que el otro yo de Matthew, Christopher, la haya trasladado más cerca del Parque Fort Tryon para facilitar las visitas. Cartwright sostiene que Matthew no revelaría la ubicación de los restos de su madre porque Landon asesinó a su padre. Al observar a los alters de Matthew, Landon los obligó a emerger, creyendo que alguno podría revelar los restos de Laurel Landon.

Aunque Matthew sobrevivió a la cirugía, hubo un periodo en el que su supervivencia fue incierta. Permaneció en estado crítico e inconsciente. Mientras aguardaba la recuperación de Matthew, Cartwright especuló que las frecuentes visitas de Matthew a The Met Cloisters con su madre le habían revelado que Las Bellas Horas era una de las exhibiciones favoritas de Laurel. Cartwright creía que la identidad alternativa de Matthew, Christopher, colocaba los medallones del Levantamiento de Lázaro junto a los cuerpos. Él anhelaba el regreso de Ellie Barnes y la renovación de su amistad, mientras Nathan o Maggie, o ambos, se obsesionaban con las Belles Heures, un libro de horas, recreando un sitio medieval de entierro. Cartwright también creía que las cruces blancas colocadas en el suelo marcaban el lugar donde Matthew había encontrado por primera vez los restos de su madre antes de moverlos. La cronología del descubrimiento y traslado de los restos de su madre por parte de Matthew era incierta; sin embargo, su eventual recuperación, con esperanza, revelaría respuestas.

Las autoridades no acusarán a Charlotte Landon de ningún delito, pero Belle deseaba lo contrario. Ella creía que la mujer merecía castigo por tres razones. Primero, sabía que su esposo abusaba de Matthew, pero no hizo nada. Segundo, al observar la enfermedad mental de Matthew, similar a la de su esposo, ayudó a su progresión para su propio beneficio en lugar de buscar terapia para él. Tercero, sabía que su esposo había asesinado a su hermano y permaneció en silencio. En opinión de Belle, la mujer estaba tan trastornada como su esposo.

En el hospital tuvo la suerte de encontrar sitio para estacionar de inmediato. Solo había pasado una hora desde su última visita, pero anhelaba ver a Os. Con una risa nerviosa, tomó su bolso mensajero. Tenía la corazonada de que la urgencia de Os por verla tenía más que ver con la pizza que con cualquier otra cosa. Miró en el espejo retrovisor y acomodó el gorro de punto blanco. Con la herida en la cabeza sanando, ya no necesitaba vendajes. Desafortunadamente, el crecimiento de su cabello era más lento de lo deseado.

Salió del automóvil sonriendo. Ni siquiera su aversión a los hospitales pudo arruinarle el buen ánimo. La salud de Os mejoraba, y ella se sentía profundamente agradecida. Caminó por el estacionamiento, deleitándose con el sol radiante en el rostro y la refrescante brisa otoñal.

Llegó a la unidad de cuidados intensivos en el sexto piso donde estaba Os cinco minutos después, percibiendo al instante la atmósfera densa y solemne. Tom Banks, el padre de Os, estaba junto a la ventana mirando hacia afuera, con los brazos cruzados y un profundo ceño fruncido marcado en el rostro. Sentada al lado de la cama, la madre de Os, Coreen Banks, apoyaba su mano sobre el mentón, una expresión de preocupación surcando su rostro. En la cama, con las muñecas vendadas, una cánula nasal y vías intravenosas (IV) conectadas, Os la vio entrar, pero no sonrió ni la saludó — algo inusual en él. El estómago de Belle se contrajo.

Con el pánico en aumento, preguntó: —¿Está todo bien? ¿Dijeron algo los doctores? —cruzó la habitación y se colocó al lado de la cama.

"Oh, Belle," dijo Coreen. "No me di cuenta de que habías llegado. Todo está bien. Os es estable."

Belle llevó una mano rápidamente al pecho. "Gracias a Dios. Me asustaste." Sus ojos

recorrieron a cada uno de ellos. "¿Entonces, por qué esas caras largas?"

Os dio golpecitos en la cama con los dedos. "Nena, ven y siéntate," dijo él.

Belle se sentó a su lado en la cama mientras Coreen se levantaba para unirse a su esposo junto a la ventana. A Belle no le gustó—algo le decía que algo terrible estaba a punto de suceder. Le lanzó a Os una mirada interrogante. "¿Qué está pasando, Os?"

Os tomó su mano y la sostuvo sobre la cama. "Significas el mundo para mí, y valoro nuestra amistad por encima de todo. No hay nada que no haría por ti."

Entendía a Os como se entendía a sí misma y supo que de él iba a venir una confesión de traición. Su rostro se sonrojó y su cuerpo se tensó. "Deja la mimosería, Os, y dime lo que sea," dijo con soberbia.

—Él quiere decirte que yo lo sabía —dijo Tom Banks. Belle se volteó hacia Tom. "¿Sabías qué?"

"Sabía que tu padre siempre había estado vivo."

Sus ojos se abrieron, llenos de asombro e incredulidad. —¿Lo sabías y no me lo dijiste? —dijo ella, levantándose de la cama. Su voz se tornó más fuerte. —¿También lo supiste desde el principio: que la representación de mi padre en los medios de comunicación era un cúmulo de mentiras?

Tom no respondió. No necesitaba hacerlo. La culpa en sus ojos al mirarla habló por sí sola.

—Me viste autodestruirme —rugió ella, con los ojos inundados, sin importarle que sus palabras cruzaran la puerta cerrada del cuarto. —Me viste caer en la adicción a las drogas, indiferente ante mi vida o mi muerte, por las mentiras en las que creía. Pensaba que mi padre había traicionado mi confianza. Pudiste ayudarme a terminar con mi autolesión y mi dolor interno, a soltar la ira hacia mi padre y hacia mí misma. En cambio, me permitiste seguir creyendo que mi padre era corrupto y estaba muerto." Miró a Coreen. "¿Lo sabías?"

—No hasta años después —dijo Coreen, con lágrimas desbordándole por las comisuras de los ojos—. Pero sí, lo sabía.

Belle se secó las lágrimas mientras crecía en ella la urgencia de gritar y golpear algo, pero entonces una aplastante revelación irrumpió en su mente. Se volvió a mirar a Os, señalando detrás de ella hacia su padre. "La razón de tu relación tensa con Tom es esta: el secuestro de Simone. .. fue entonces cuando descubriste el secreto de Tom. Durante dos años lo has sabido, y no me lo dijiste."

"Le pedí que no lo hiciera," dijo Tom.

"Lo siento mucho, Belle," dijo Os, conteniendo las lágrimas. "No quise lastimarte."

Ella negó con la cabeza frenéticamente. "Solo me lo estás diciendo ahora porque casi mueres, ¿es eso? De lo contrario, habrías seguido ocultándomelo."

Os no dijo nada mientras una solitaria lágrima caía de su ojo.

Después De Que Ella Desapareció

Ella fijó la mirada en Os, con la cabeza dando vueltas mientras la ira y el dolor atravesaban su cuerpo. Esto no puede estar sucediendo. Una oleada de náuseas la invadió, haciendo que le faltara el aire y que su estómago se revolviera. Ya no podía soportarlo más. Necesitaba alejarse de ellos. Se dio la vuelta y salió disparada hacia la puerta.

"Estoy enamorado de ti, Annabelle," dijo Os detrás de ella.

Se detuvo bruscamente en la puerta, parpadeando rápidamente por la confusión y el shock. "Siempre he estado enamorado de ti," dijo Os.

No, esto no puede ser real, pensó. Nada de esto está pasando. Abrió la puerta y se marchó sin decir palabra.

***

Belle entró en la casa victoriana quince minutos después, furiosa, dando un portazo. En el vestíbulo, se detuvo y miró hacia la izquierda, hacia la oficina. En su escritorio, Félix escribía en el teclado. Ignorando su saludo alegre, ella miró a través de la oficina hacia la sala familiar, donde Joseph estaba de pie junto a la chimenea, observándola. Se dio cuenta de que había recibido una llamada de uno de los Banks y la esperaba.

Al entrar, sus manos temblaban con una emoción ardiente. "Tom Banks sabía desde el principio que Ethan estaba vivo, pero tú ya lo sabías, ¿verdad?" dijo ella, exaltada, con los ojos húmedos y rojizos de llorar en el auto. Se paró cerca del sofá y dejó caer su bolso mensajero sobre él. "¿Qué más están ocultándome?"

"Tom no podía decírtelo por tu propia seguridad," dijo Joseph, con los brazos cruzados sobre su pecho.

Ella soltó una risita. "¿Seguridad?" replicó con sarcasmo. —Víctor Simone aun así me secuestró. "Lo habría hecho antes si creyera que sabías que Ethan estaba vivo. Pero Víctor

era un hombre inteligente y lo suficientemente cauteloso para saber que serías la última persona en enterarse de Ethan. Como sabes, Víctor te secuestró para sacarme de mi escondite y para que le dijera dónde estaba Ethan, porque sabía que yo tenía esa información."

Su cuerpo estaba caliente y tembloroso, al borde de perder el control. Se sentía aplastada por el mundo una vez más, atrapada en una batalla entre su pasado y su presente. Su ira, alimentada por las mentiras y engaños de todos, alcanzó un punto de ebullición. Como pasaba sus días con Os en el hospital, no habló con Joseph acerca de sus preguntas. Ahora, por razones que no podía explicar, la respuesta a una pregunta que había llevado consigo por mucho tiempo de pronto se le reveló.

"Él habría regresado contigo y con EJ," dijo ella. "Pero no va a regresar, ¿verdad?" Las lágrimas que brotaban de sus ojos rodaron por su rostro. "Y no quiere que yo sepa dónde él está."

Joseph permaneció silencioso.

"¿Significo tan poco para él?" dijo ella, secándose las lágrimas. Joseph permaneció en silencio una vez más.

Su furia superó el control cuando alzó la voz. "¿Me deja con esta vida?" Chasqueó las manos a los costados en un gesto seco y furioso. "Ahora vivo con miedo constante, siempre mirando por encima del hombro, preguntándome cuándo ocurrirá el próximo intento contra mi vida. ¿Y tú? ¿Estoy en peligro por tus acciones?" Se escucharon pasos detrás. Ella se volteó para ver a EJ parado en el umbral de la habitación.

—¿Has estado en contacto con tu abuelo en algún momento? —le preguntó a EJ. Su sobrino miró de ella a Joseph, y luego de nuevo.

Ella aspiró con brusquedad. —Lo has hecho —murmuró, con los ojos muy abiertos, dándolo por hecho. Se volvió hacia Joseph. —Está en Italia, ¿no es así? —exigió.

Joseph no respondió.

Sus ojos eran fríos como el hielo al mirarlo. En ese instante, ella detestó a su hermano. Muy bien, pensó. Estaba dispuesta a hacer lo que fuera necesario. Tomó su bolso mensajero y se dirigió con paso firme hacia la puerta, pero se detuvo frente a EJ y se volvió hacia Joseph. —¿Sabes qué clase de persona es nuestro padre? —Su rostro volvió a estar húmedo de lágrimas. — Es un cobarde.

Ella se abrió paso entre EJ y subió corriendo las escaleras hacia su habitación. Ella sacó una maleta de su armario, la dejó caer sobre la cama y la abrió. Tomó un puñado de ropa colgada en el armario y la arrojó dentro de la maleta. Con prisa, revolvió los cajones de la cómoda, tomando objetos. Aunque sabía que sus acciones eran irracionales, el dolor y la ira ahogaban toda razón. Al borde del colapso, se sentía entumecida por dentro, incapaz de importarle más. Después de empacar varios artículos de tocador, cerró la maleta y bajó corriendo las escaleras, saliendo por la puerta principal y cerrándola de golpe tras de sí.

***

En el aeropuerto de Newark, Nueva Jersey, Joseph redujo el paso, se acercó a una pared y se quedó de pie. Guardó en el bolsillo su pase de abordar, que pensaba reprogramar, mientras observaba desde el otro lado del corredor cómo Belle entraba a un restaurante. El aeropuerto repleto le facilitaba mezclarse. El viaje de Belle a Italia para encontrar a su padre fue inesperado en su momento, pero no sorprendente en sí. Él comprendía que lo que ella había encontrado esa mañana la llevaría al límite, y quizá la arrastraría de nuevo a su oscuro abismo.

Belle estaba sentada en la barra del restaurante, con un hombre a un lado y un taburete vacío al otro. Con una señal rápida y unas palabras al hombre detrás de la barra, le sirvieron una bebida. Sacó un objeto redondo del bolsillo de sus jeans; mientras lo manipulaba, Joseph supo que era su medalla de sobriedad. Con la otra mano, trazó el borde de su bebida con un dedo. El intercomunicador del aeropuerto anunció el vuelo de Belle. Ella permaneció sentada, mirando fijamente el vaso con alcohol.

Después De Que Ella Desapareció

Al anunciarse el último llamado para abordar, Belle guardó su medalla, sacó algo de dinero y pagó por su bebida intacta. Se levantó y se colgó el bolso mensajero sobre el hombro antes de irse. Caminó unos pasos y luego regresó a la barra, sacando su medalla y posándola sobre la superficie. Joseph observó cómo ella se escurría de nuevo en su oscuro abismo, tomando la bebida y terminándola de un solo trago.

Mientras Joseph veía a Belle desaparecer por la manga hacia el avión, sacó su teléfono e hizo una segunda llamada a su contacto en Italia. "Ella está en el vuelo. —Envía informes diarios sobre ella —dijo. Cortó la llamada y, una vez que el avión despegó de la puerta, se encaminó fuera del aeropuerto, sin estar seguro de si su hermana alguna vez se recuperaría de esto y volvería a ser la misma.

www.ingramcontent.com/pod-product-compliance
Lightning Source LLC
Chambersburg PA
CBHW052346020726
47503CB00001B/126

* 9 7 8 1 9 7 1 2 3 2 1 1 9 *